AF307621

MILA SOMMERFELD

TAGE DER HOFFNUNG

DIE GROSSE KAUFHAUS-SAGA

Überarbeitete Neuausgabe Januar 2024

Copyright © 2024 dp Verlag, ein Imprint der
dp DIGITAL PUBLISHERS GmbH
Made in Stuttgart with ♥
Alle Rechte vorbehalten

TAGE DER HOFFNUNG

ISBN 978-3-98778-911-3
Hörbuch-ISBN: 978-3-98778-860-4
E-Book-ISBN 978-3-98778-884-0

Copyright © 2020, dp Verlag, ein Imprint der
dp DIGITAL PUBLISHERS GmbH
Dies ist eine überarbeitete Neuausgabe des bereits 2020 bei
dp Verlag, ein Imprint der dp DIGITAL PUBLISHERS GmbH erschie-
nenen Titels Zeit des Sturms (ISBN: 978-3-96087-837-7).

Covergestaltung: Anne Gebhardt
Umschlaggestaltung: ARTC.ore Design
Unter Verwendung von Abbildungen von
stock.adobe.com: © phatthanit, © Poramet, © Vlad Ivantcov, © ILIA
shutterstock.com: © Serg Zastavkin, © Coco Ibet, © Belikart
Lektorat: Astrid Rahlfs
Satz: dp DIGITAL PUBLISHERS GmbH
Druck und Bindung: Books on Demand GmbH, Norderstedt

Für meine Familie

VORWORT

Ursprünglich sollte der Roman die Liebesgeschichte zweier Menschen erzählen vor dem Hintergrund des Zweiten Weltkriegs. In dieser schrecklichen Zeit geschah so viel Unrecht, dass meine Protagonistinnen es als ihre Aufgabe sahen, Widerstand zu leisten, und so trat der Hintergrund stärker hervor. Trotz der Kämpfe, des Grauens und des Leids entstand aber nicht nur eine Liebesgeschichte, sondern drei Erzählungen, niedergeschrieben in drei Büchern.

Während der Recherche zur Zeit des Zweiten Weltkriegs dachte ich häufig an meinen Vater. Er musste mit achtzehn Jahren in den Krieg ziehen und geriet in Gefangenschaft. Mögen wir in der Welt nie mehr solche Gräuel erleben und in Frieden miteinander leben.

Während der Recherche zur Zeit des Zweiten Weltkriegs dachte ich häufig an meinen Vater. Er musste mit achtzehn Jahren in den Krieg ziehen und geriet in Gefangenschaft. Mögen wir in der Welt nie mehr solche Gräuel erleben und in Frieden miteinander leben.

1

Würzburg, 1933

Die Vorhänge an den Fenstern waren noch offen. Der Mond stand milchig weiß am nachtschwarzen Himmel, einzig ein Stern zeigte sich neben ihm. Zu wenig Licht, um einzelne Büsche im Garten erkennen zu können. Vielmehr wirkten sie wie große, schwarze Klumpen. Schwarz die Nacht, die Umgebung, der Horizont. Dabei war Schwarz keine Farbe.

Sophia seufzte. Kannten ihre Schwestern sie so wenig oder meinten sie, sie zu ihrem vermeintlichen Glück zwingen zu müssen? Zusammen mit Katharina und Maria würde sie den Abend ihres neunzehnten Geburtstages im Tanzcafé Christina verbringen, obwohl sie nicht gerne tanzte und das Café nicht einmal kannte. Bis jetzt war es ein schöner Geburtstag gewesen. Ihre Eltern hatten ihr einen besonderen Tag bereitet. Ob der Abend wohl auch so werden würde?

Sie zog die Vorhänge zu. Nur ihr Zimmer besaß zwei hohe Fenster. Obwohl Katharina ein gutes Jahr älter war als sie, hatte sie ihr das größte überlassen. Zum Glück! Schließlich musste sie all die gemalten Bilder irgendwo unterbringen und mehr Licht zum Malen bekam sie so auch ab.

Die Uhr schlug sechsmal, Zeit sich zurechtzumachen. Sie schlüpfte aus Rock und Bluse und trat zu ihrem Bett. Dort lag es! Das Kleid, das sie heute Abend tragen würde. Vorsichtig nahm sie es auf und zog es über. Die Seide kühlte ihr die Haut und wog weniger als die schwere Wolle, die sie im Winter meist trug. Wie es ihr wohl stand? Sie stellte sich vor den Spiegel.

Die Farbe des Kleides hatte das wässrige Blau des Himmels an einem Nachmittag im Sommer, der gleiche Farbton wie der Stein an ihrem Armkettchen, der gleiche wie der ihrer Augen – ihre Lieblingsfarbe. Blau schimmerte hoffnungsfroh, selbst jetzt am Abend bei dem schummerigen Licht der Lampe. Sie drehte sich vor dem Spiegel. Das Kleid schmeichelte ihrer etwas zu fülligen Taille, weil es den Blick auf die bauschigen Ärmel lenkte. Perfekt!

Sie lächelte sich im Spiegel an. Heute hatte Vati ihr das schönste Geschenk überhaupt gemacht. Sie durfte in der Aula der Oberrealschule ihre Werke ausstellen. Schon wieder bekam sie deswegen einen Kloß im Hals. Sie hatte hart an sich gearbeitet und sie wünschte sich sehnlichst, dass viele ihre Bilder betrachteten und sich bestenfalls daran erfreuten. Schon länger drängte es sie danach, die Meinung anderer zu hören. Nun bot sich die Möglichkeit dazu. Endlich! Mit der Ausstellung würde sie Mama beweisen, wie gut sie ihr Handwerk beherrschte. Mama, der sie nie etwas recht machen konnte.

Nichts da! Kein Trübsal blasen! Heute war ein Tag der Freude.

Sie trat an die Zimmertür und lauschte nach draußen. Ob Maria und Katharina bereits ihre Abendkleidung trugen? Katharina schaute gewiss wieder aus wie aus dem Modemagazin entsprungen und Maria war ohnehin wie eine Bienenkönigin, um die die männlichen Wesen kreisten.

Schnell noch einmal einen Blick in den Spiegel werfen. In dem Kleid wirkte sie wie eine Fee aus den Märchen.

David klopfte an, sie erkannte das zaghafte Klopfen, dann blieb er im Türspalt stehen. Der gute David, für sie mehr ein Zweitvater als Bediensteter. Ihm gefielen all ihre Bilder. Unermüdlich hatte er sie motiviert, ihre Gefühle in ihre Werke zu legen, so lange, bis sie sich mit jedem einzelnen zufriedengab.

„Was gibt es, David?"

„Die gnädigen Fräulein warten."

„Danke."

Er gab die Tür frei.

In der Galerie kam Maria als Erste heran und drückte ihr einen Kuss auf die Wange. Katharina lächelte. „Ich ahnte, dass dir das Kleid ausgezeichnet stehen würde."

Nachdem Vati und selbst Mama sie bezaubernd fanden, fuhren sie zu dritt zum Café Christina.

Tanzmusik vermischte sich mit Stimmengemurmel, der Duft nach Wein und Zigarettenrauch schlug ihnen entgegen. Sophia hielt kurz den Atem an. Die Gerüche verabscheute sie. Sie atmete flach weiter. Den Abend über würde sie die schon aushalten.

Sie drängten an den Tanzpaaren vorbei, die auf dem Holzboden herumwirbelten. Linker Hand spielte ein Musiker auf einem Klavier. Er hielt die Augen geschlossen und schien in seiner Musik aufzugehen. Wie gut sie das Gefühl kannte. In solchen Augenblicken drang sie während des Malens in ihr Innerstes vor und legte ihre Stimmung in ihr Werk.

Hinter der Tanzfläche reihten sich Tische und Stühle aneinander, über denen kreisrunde Leuchten ein fahles Licht spendeten. Am hintersten Ende wischte eine Frau die Theke sauber.

Katharina blieb dicht hinter ihr, Maria zog sie mit sich. Schon schnellten junge Männer in die Höhe und boten ihnen einen Platz an deren Tischen an. Maria wählte einen aus, von dem sie einen direkten Blick auf einen goldgerahmten Spiegel an der Wand hatte. Darin prüfte sie ihre Frisur und lächelte. Sie schaute auch heute aus wie ein schwarzhaariger Engel mit dunklen Augen.

Einer der Männer bat Sophia um den ersten Tanz, noch bevor sie Platz genommen hatte. Der Mann führte sie geschickt zum Tango „Du schwarzer Zigeuner". Leider redete er kein Wort mit ihr, dafür sprach sein Gesicht Bände. Eine Röte zog sich vom Hals über seine Wangen. Gleich nach dem Tanz brachte er sie an den Platz zurück, dankte und verschwand zu einer Gruppe von Männern.

Ein anderer kam heran, reichte ihr ein Glas Wein und warf ihr bewundernde Blicke zu. Offenbar stand das Kleid ihr wirklich gut.

„Du strahlst richtig von innen heraus", sagte Katharina.

Sie stieß mit ihr an. „Ihr habt mich wohl gut herausgeputzt."

„Du siehst wirklich hübsch aus." Katharina deutete mit dem Kinn in eine Ecke und lachte. „Maria aber auch. Sie ist von so vielen Männern umgeben, dass man nur noch ihr Lachen wahrnimmt.“

Marias Lachen steckte sie an. „Hoffentlich kann sie sich all die Namen merken.“

„Das braucht sie nicht, sie stellen sich ihr oft genug vor.“

Auf einmal stand Joseph Weiß an ihrem Tisch. Er begrüßte sie mit einer leichten Verbeugung: „Guten Abend, Fräulein Wagner.“

Katharina grüßte lächelnd zurück. Auch Sophia musste über die förmliche Anrede Josephs schmunzeln. Neulich erst war Katharina zu ihm in den Wagen gestiegen und hatte ihm die Hand auf die Schulter gelegt. Und auch jetzt hielten sie einander mit Blicken fest.

Wie schön für die beiden! Katharina lächelte sie an, drehte sich aber gleich wieder zu Joseph um.

Der schien sich von dem Betrachten seiner Liebsten losreißen zu müssen, wandte sich an sie und überreichte ihr ein Geburtstagsgeschenk. Es war ein Parfum, Chanel No 5.

„Vielen Dank, Herr Weiß.“

Bestimmt stammte es aus seinem Kaufhaus und das führte er bereits seit zwei Jahren, obwohl er nur wenig älter war als Katharina. Bewundernswert!

Er lächelte. „Es freut mich, wenn es Ihnen gefällt, Fräulein Wagner.“

Dann beugte er sich hinab zu Katharina und flüsterte ihr etwas ins Ohr. Daraufhin raffte sie die Sachen zusammen und entschuldigte sich bei Sophia. „Herr Weiß und ich müssen noch etwas bereden. Ist dir das recht?“

Sie nickte. Was sollte sie auch erwidern?

„Ich bin gleich zurück“, versprach Katharina.

Hoffentlich! Sie schaute ihnen nach und suchte dann mit den Augen nach Maria. Die tanzte gerade mit einem ihrer Verehrer. Dabei lachte sie mit offenem Mund und legte den Kopf in den Nacken. Ihre Schwestern schienen sich zu amüsieren. Sophia drehte ihr Weinglas auf dem Tisch.

Wie gerne stünde sie jetzt inmitten ihrer Bilder und suchte die für die Ausstellung aus, die schönsten Landschaftsgemälde, aber auch eine Handvoll Porträts.

Die letzten Akkorde des Liedes erklangen. Ob Maria an den Tisch zurückkehrte?

Mit einem Mal schob sich deren beste Freundin Margarethe durch die Menge. Sie hatte sich bei einem hageren Mann untergehakt, der sich mit aufgerissenen Augen im Café umschaute, als befände er sich auf einem unbekannten Planeten. Wie gut sie ihn verstand!

Als Margarethe sie ausmachte, winkte sie, kam heran und gratulierte ihr zum Geburtstag. Maria hatte wohl ihre Freundin bemerkt, hob ihren Rock und trippelte auf ihren Stöckelschuhen heran. Sie begrüßte Margarethe mit einer Umarmung. Deren Begleiter kannte sie wohl nicht, denn er wurde ihnen vorgestellt. Er hieß Martin Moltke, neigte kurz den Kopf, drehte sich dann um und schritt in Richtung Theke.

Maria schaute ihm nach, wandte sich dann mit hochgezogenen Brauen an ihre Freundin. „Nanu?“

Die winkte ab. „Ach, er ist wegen der Reichstagswahl verärgert.“

Maria zuckte mit den Schultern. „Da kümmere ich mich nicht drum.“ Dann lächelte sie Sophia an. „Und heute, an Sophias Festtag, erst recht nicht.“

Schon entschwebte Maria wieder auf das Parkett und lächelte ihnen über die Schulter des Tanzpartners zu.

Margarethe erzählte, dass Moltke gerade aus Nürnberg zurückgekehrt sei. „Er macht sich Sorgen um das Land. In den meisten Städten hat wohl die falsche Partei die Oberhand.“

Sophia versuchte, sich zu konzentrieren. Vermutlich meinte Margarethe die NSDAP. Ein Schauder durchfuhr sie. Sie hatte Mitglieder der Partei kennengelernt, ungehobelte Rüpel, die sich aufführten, als hätten sie etwas zu sagen. Zu ihrem Bedauern gehörte Vati dieser Partei an und das verstand sie nicht. Wie konnte er nur! Zu spät merkte sie, dass sie ihre Gedanken laut aussprach. „Es ist nicht zu fassen!“

Margarethe nickte. „Das macht mir auch Angst.“

„Mir auch. Warum wählen so viele Menschen diese Partei, wo sie doch wissen, was die vorhat?“

Margarethe schnaubte. „Leider ist es so.“ Sie beugte sich zu ihr hinüber und flüsterte. „Wie weit muss ein Mitglied der Partei sinken, um gegen Andersgläubige so vorzugehen wie sie es tun? Und im Grunde ist denen der Glaube egal, sie hassen die Juden, einfach so. Zudem verfolgen sie jeden, der ihre Ideologie nicht teilt.“

Als ob sie das nicht wusste! David hatte es am eigenen Leib zu spüren bekommen. Auf ihn hatten sie einen Jungen gehetzt, der ihm einen Stein an den Kopf geworfen hatte und das nur, weil David Jude war.

Gerade wollte sie sie fragen, wie es in den anderen Städten ausschaute, da forderte ein Uniformierter Margarethe zum Tanz auf. Die blieb einen Augenblick sitzen, blinzelte hektisch und stand schließlich mit einem

Lächeln auf, das ihre Augen nicht erreichte. Dann folgte sie ihm auf das Parkett.

Sophia strich sich eine Strähne aus der Stirn. In ihrem Kopf drehte sich alles. Wie ernst würde es für Andersgläubige werden, wenn schon Vati neulich bei einem Besuch der Parteimitglieder David wie einen Sklaven behandelt hatte? Daraufhin hatte sie heftig mit ihrem Vater gestritten.

Schließlich trat Moltke an den Tisch und stellte zwei Gläser Wein ab. „Sorgen?" Er wartete keine Antwort ab, setzte sich und schob ihr ein Glas hin. „Sie haben heute Geburtstag, hörte ich. Lassen Sie uns darauf anstoßen."

Er verzog spöttisch die Mundwinkel und trank dann das halbe Glas leer. Danach kramte er Zigaretten aus seiner Jackentasche heraus, bot ihr eine an, die sie dankend ablehnte, und zündete sich selbst eine an. Er blies den Rauch seitlich weg und wandte sich an sie. „Sind Sie oft hier?"

Es klang, als habe er gefragt, ob sie häufig Regenwürmer aß.

Sie zuckte mit den Schultern. „Warum? Gefällt Ihnen das Café nicht?"

Er zog an der Zigarette. „Nein, was sollte mir hier gefallen? Es ist vertane Zeit und ein sinnloses sich im Kreis drehen. Wenn ein Mann eine Frau kennenlernen möchte, dann kann er sich doch mit ihr unterhalten statt sie auf dem Parkett herumzuzerren."

Wider Willen musste Sophia laut lachen.

Er grinste ebenso, dabei funkelten seine braunen Augen wie bei einem frechen Lausbuben. Als ihm Asche auf den Tisch fiel und er sie wegpustete, fiel ihm eine schwarze Strähne in die Stirn. Er warf den Kopf zurück und zwinkerte ihr zu. „Habe ich recht?"

„Möchten Sie recht behalten?"

„Nein, ich liebe Widerspruch und die nachfolgende hitzige Debatte."

Sie prustete los. „Über das Tanzen im Café?"

„Für Bewegungsmuffel wie mich eine Herausforderung."

„Was tun Sie dann hier?"

Er stützte den Kopf auf die Hand. „Mich mit einer netten Dame aus gutem Hause unterhalten."

„Das wussten Sie doch vorher nicht."

Er nickte. „Doch. Margarethe informierte mich ausführlich. Warten Sie." Er zählte an den Fingern ab. „Maria ist die beste Freundin von ihr und allgemein sehr beliebt. Sophia ist die mittlere Tochter der Familie Wagner, hat heute Geburtstag und malt gerne Bilder. Katharina ist beinahe volljährig und enorm fleißig." Er schaute sich um. „Wo ist sie überhaupt?"

„Sie kommt bestimmt gleich wieder."

„Auch gut. Sie sind ja da."

„Na schön", sagte sie. „Warum also sind Sie mit Margarethe hierhergekommen?"

„Um zu gratulieren." Er rieb sich die Augen. „Sie war auf dem Weg zum Café, also begleitete ich sie."

„Und was tun Sie sonst?"

„Beruflich? Ich gehöre nicht der noblen Gesellschaft an, ich verdiene mein Geld mit den Händen, als Schreiner."

Das klang, als habe die noble Gesellschaft Aussatz.

„Ach, und die Mitglieder der sogenannten feinen Gesellschaft verdienen ihr Geld nicht mit Arbeit?"

Er schnaubte. „Ich weiß, dass ihr Vater arbeitet. Das auch."

Moltke hielt sich wohl für besonders edel, weil er mit den Händen arbeitete. Er blies gerade den Rauch zu Kringeln. Sophia tat, als reizte sie der Zigarettenrauch. Sie hustete in ihre Faust. „Was heißt das?"

Moltke drückte sogleich die Zigarette aus. „Dass Herr Wagner sein Mäntelchen nach dem Wind hängt, was die Politik angeht."

Sie sprang auf. „Was erlauben Sie sich! Ich lasse meinen Vater hier nicht von jemandem beleidigen, der ihn nicht einmal kennt."

Er erhob sich und zog die Mundwinkel nach unten. „Und ob ich Ihren Vater kenne!" Er trat nahe an sie heran. „Wenn es Sie interessiert, was ich genau meine, dann wenden Sie sich an Margarethe. Wie ich hörte, besitzen wenigstens Sie einen wachen Verstand."

Er drehte sich um und ließ sie stehen. So ein unverschämter Kerl! Kam heran, bot ihr einen Wein an, plauderte nett und beleidigte Vati aus heiterem Himmel. Sie trank den Wein in einem Zug aus, setzte sich, dann atmete sie einige Male tief ein und wieder aus.

Moltke hatte behauptet, er kenne Vati. Ob das stimmte? Leider war es so, dass Vati einer Partei angehörte, die Menschen hasste. Einen wirklichen Grund dafür gab es nicht. Und wie sich Hass auswirkte, hatte sie bei David miterlebt. Folglich waren er und alle Juden in Gefahr. Ihr Herz raste mit einem Mal.

Als Margarethe an den Tisch trat, bat Sophia sie, einen Schluck aus deren Glas trinken zu dürfen. Sie trank und stellte das Glas dankend ab. „Dein Begleiter ist bereits gegangen. Woher kennst du ihn denn?"

Margarethe setzte sich neben sie. „Ich habe ihn über Bekannte kennengelernt. Er hätte nicht hierherkommen sollen. Das ist nichts für ihn."

„Warum nicht?"

Margarethe lächelte. „Er sucht nach den echten Werten im Leben."

„Tun wir das nicht alle?"

„Ich denke nicht. Den meisten ist die Not der übrigen Menschen gleichgültig. Nicht so Martin. Er schultert das Leid der anderen."

„Arbeitet er in einer Hilfsorganisation?"

Margarethe starrte zu Boden, als Maria sich zu ihnen gesellte. Die strich sich ihre Frisur glatt. „Für heute habe ich genug vom Tanzen. Mir tun die Füße weh." Dann schaute sie von einer zur anderen. „Was ist denn hier los? Habt ihr vergessen zu feiern?"

Margarethe lachte. „Du hast recht. Kommt! Lasst uns noch einmal auf den Geburtstag anstoßen."

Sophias Glas war leer, also zuckte sie mit den Schultern, stützte dann das Kinn auf die Hand. Maria stupste sie lachend an. „Ich hole dir etwas zu trinken."

„Hol lieber unsere Mäntel."

Vor dem Ausgang schauten sie sich um.

„Lass uns auf Katharina warten", sagte Maria. „Sonst wird sie zu Hause Ärger bekommen."

„Auf jeden Fall." Sophia wandte sich an Margarethe. „Wegen meiner Frage vorhin ..."

Die aber schüttelte den Kopf. „Ich muss jetzt wirklich nach Hause." Sie umarmte zuerst Maria, dann Sophia. „Wir sehen uns noch."

Maria lachte. „Margarethe hat es aber eilig." Dann rieb sie ihre Hände aneinander. „Hast du ihren neuen Mantel gesehen? Den finde ich schick."

„Ja. Aber sie sieht ja immer wie eines der Models aus den Magazinen aus."

„Weil ihre Mutter sie einkleidet. Neulich sagte sie, dass Margarethe sie in den Wahnsinn treibe, weil ihr die Garderobe gleichgültig sei. Aber als einzige Tochter der Schultheiss, soll sie natürlich hübsch aussehen."

„Na, so passt sie auch äußerlich gut zu dir."

Maria strahlte. „Wir verstehen uns doch auch sonst gut."

„Weil ihr euch ergänzt."

„Wie meinst du das?"

Sophia steckte die Hände in die Manteltaschen. Ihr fiel dazu stets ein, wie Maria sich als kleines Mädchen geweigert hatte, einen Cousin Margarethes mit den Puppen mitspielen zu lassen, einfach weil er ein Junge war. Daraufhin hatte ihre Freundin überlegt und entschieden, den Kleinen sehr wohl mitmachen zu lassen, denn nur so wären alle in der Lage zu prüfen, ob es auch ein Spiel für Buben sei.

„Du saugst das Leben auf, tanzt lächelnd durch den Tag. Margarethe lässt alles auf sich wirken und bewertet es bis ins Kleinste, bevor sie etwas dazu sagt."

„Ach, und ich denke über nichts nach oder wie?" Maria zog einen Schmollmund.

„Doch, aber du reagierst spontan."

Maria zuckte mit den Schultern. „Dann bin ich eben fix und Margarethe klug."

Auch Sophia schätzte die Freundin als gescheite Frau ein. Wie aber passte Moltke in ihr Leben?

„Wie kommt es zu der Freundschaft zwischen Margarethe und Moltke?"

Maria schüttelte den Kopf. „Da fragst du die Falsche. Auch ich staune, in welcher Gesellschaft meine beste Freundin sich manches Mal aufhält. Neulich ging sie mit einer Schauspielerin aus dem Theater untergehakt zum Einkaufen."

In dem Augenblick brachte Joseph Weiß Katharina zu ihnen zurück. Sie schaute aus, als sei sie gerade aus dem Bett aufgestanden, die Augen auf Halbmast geschlossen, das Haar zerzaust. Bei dem Gedanken an ein Bett glühte Sophias Gesicht. Gut, dass so ein kalter Wind blies, der würde ihre Wangen kühlen.

Auf dem Heimweg richteten sie unter einer Laterne Katharinas Frisur und hatten Glück damit. Mama schien nichts zu bemerken. Sie musterte Katharina und strich ihr über den Kopf. „Die neuen Tänze sind zu wild für eine elegante Frisur."

Sophia lag im Bett, fand aber keine Ruhe. Sie hatte ihre Lampe angelassen und starrte die Stuckdecke in ihrem Zimmer an. Schon als Kind hatte sie in den Blumenmustern der vier Ecken Gesichter von Elfen ausgemacht, was Unsinn war. Doch sie hatte sie sich vorgestellt und sogleich aufs Papier gebannt. Ebenso hatte sie geglaubt, im Glaseinsatz ihres Schrankes Tierköpfe zu erkennen. Auch die hatten ihren Weg auf das Papier gefunden.

Sie drehte sich auf die Seite. Dieser Moltke! Wie er ihr empfohlen hatte, bei Interesse an seinem Tun Margarethe nach ihm zu fragen. Der konnte warten bis zum

Sankt-Nimmerleinstag. Sie würde sich bestimmt nicht nach ihm erkundigen.

Jedenfalls war jetzt nicht an Schlaf zu denken.

Sie sprang aus dem Bett und griff sich ihren Skizzenblock. Mit wenigen Strichen entwarf sie Moltkes hageres Gesicht, die hohen Wangenknochen, den schmalen Mund zu einem spöttischen Lächeln verzogen, das energische Kinn, das schwarze Haar, wie es über die traurigen Augen fiel. Ach, Unsinn. Sie riss das Blatt ab und pfefferte es in eine Ecke. Jetzt adelte sie ihn auch noch mit einem Entwurf! Den arroganten Kerl! Bloß weil da Hoffnungslosigkeit in seinem Blick mitschwang. Nein, das war nicht richtig, es war mehr das bekannte Gefühl: Trostlosigkeit.

Das kannte auch sie zur Genüge. Sie schloss die Augen. Es stiegen die üblichen Bilder auf. Mama lachte mit offenem Mund über Sophias erste passable Zeichnung: ein Porträt von Greta Garbo. Vati hielt es mit stolzgeschwellter Brust in den Händen: „Schau nur, Leonore."

Doch Mama lachte weiter und schüttelte den Kopf.

Ein anderes Mal thronte Mama auf dem Sofa, in einem Arm Katharina, im anderen Maria. Sophia stand Nägel kauend davor. Für sie war kein Platz übrig.

„Du bist deines Vaters Tochter", hieß es. Als wären das die anderen beiden nicht.

Ihr Hals schnürte sich zu, als habe sie die Zeichnung von vorhin verschluckt. Sie nahm das Stück Kohle in die Hand und skizzierte einen Mann mit schwarzem Haar von hinten, er trug ein Jackett und eine Hose, stand aber barfuß auf sandigem Boden inmitten einer wüsten Landschaft. Hier und da fanden sich abgeknickte Grashalme, dort ein Baum mit blattloser Krone. Dürre und Trostlosigkeit bis ins Unendliche. Das genügte für heute.

Sie klappte den Skizzenblock zu, kuschelte sich unter die Bettdecke. Das altbekannte Gefühl blieb. Sie weinte sich in den Schlaf.

Wie jeden Morgen frühstückte sie zusammen mit Maria. Ihre Eltern und Katharina waren bereits zur Arbeit gegangen. Ihr war es ein Rätsel, warum Mama und Katharina sich das antaten. Das Geld war nicht der Grund, schließlich verdiente Vati genug, um die Familie zu ernähren. Vermutlich gab es ihnen ein Gefühl, bedeutungsvoll zu sein, wenn sie etwas Nützlichem nachgingen. „Nützliches" war eines der Lieblingswörter Mamas. Selbstverständlich zählten Sophias Bilder nicht dazu. Wie langweilig aber wäre eine Einrichtung ohne Gemälde? Abgesehen davon, welche Gefühle ein Bild in einem Menschen auslöste.

Gemälde von anderen aber waren akzeptabel, nur nicht die von ihr.

„Was hast du heute vor?" Maria pustete in ihre Teetasse.

Auch diese Geste hasste Mama, doch die war ja gerade nicht anwesend.

„Ich will zum Blumenthal. Ich brauche eine neue Leinwand und Kohle, Farben auch."

Maria nickte. „Ich wäre gerne dabei, habe mich aber mit Margarethe verabredet."

„Was habt ihr vor?"

Maria zuckte mit den Schultern. „Wir gehen ins Café Meier. Danach will sich Margarethe wieder mit dieser christlichen Jugendgruppe treffen. Ich weiß nicht, warum sie da mitmacht."

„Welche Jugendgruppe denn?"

Maria trank ihren Tee, dann tupfte sie mit einer Serviette ihren Mund ab. „Ach, Margarethe ist katholisch und da gibt es eben die Jugendarbeit. Was die da genau machen, das weiß ich nicht." Sie flüsterte mit einem Mal. „Sie sagt, die Arbeit von ihnen wird von der NSDAP nicht gerne gesehen, aber eben geduldet." Maria lehnte sich zurück. „Mir ist aber nicht klar, warum sie sich da so sorgt, schließlich haben die hier in der Stadt nicht gesiegt."

„Nein, aber sie tun so als ob."

Sie hatte plötzlich keinen Appetit mehr und schob den Teller von sich.

Zusammen verließen sie das Haus und schlenderten die Ludendorffstraße hinab, vorbei am Park, in dem die Büsche und Bäume die kahlen Äste zum Himmel reckten, als flehten sie um Knospen und Blätter. Es war aber erst März und ein kalter Tag dazu. Vor der Residenz marschierten junge Männer in der Uniform dieser schrecklichen Partei auf und ab und schwenkten eine Fahne. Auf der befand sich das Kreuz mit den Haken, dem Symbol, das so furchteinflößend wie die Mitglieder der Partei war.

„Am besten, du beachtest die gar nicht." Maria hakte sich bei ihr unter.

„Es hilft denen doch, wenn wir sie dulden."

Maria schaute kurz zu Boden, dann hob sie den Kopf wieder. „Was willst du denn gegen sie unternehmen? Vergiss nicht, dass unser Vater auch zu ihnen gehört."

Das war ja das Furchtbare, aber noch lange kein Grund, alles hinzunehmen. Doch was konnten sie unternehmen? Ihr musste etwas einfallen!

Maria riss sie aus den Gedanken, als sie den Marktplatz erreichten. „Ich gehe jetzt runter zur Alten Mainbrücke. Zwar wäre ich noch gerne bei Mama vorbeigegangen, aber ich bin zu spät dran."

Sie umarmten sich zum Abschied, dann schaute Sophia Maria nach, wie sie leichtfüßig über den Platz eilte. Für sie war das Leben eine einzige Bühne, in der sie die Hauptrolle spielte. Wozu sich sorgen, wenn doch alles zu ihrem Guten geschah und das Schlechte von ihr ferngehalten wurde? Sophia seufzte. Könnte sie doch nur einen Tag in so einer pastellfarbenen Stimmung verbringen. Das Bild der schwenkenden Fahne mit dem Hakenkreuz erschien vor ihrem inneren Auge. Sie blinzelte es weg.

Die Uhr der Marienkapelle schlug zur halben Stunde. Sophia drehte sich um und ging die wenigen Schritte zu Mamas Laden. Möglicherweise konnten sie die Mittagspause zusammen verbringen.

Nachdem sie die Tür geöffnet hatte, kam ihr Katharina entgegen. Sie trug einen Packen Seidenstrümpfe in der Hand und legte sie auf einem Stuhl nieder.

„Wie schön, dass du uns besuchst." Sie trat näher an sie heran und wisperte. „Kein Wort zu Mutter wegen gestern Abend!"

Sophia schüttelte den Kopf und sagte laut: „Ich will rüber zu *Papier und Feder*, dachte aber, ich schau rasch bei euch herein. Wann macht ihr Mittagspause?"

Mama kam aus dem Hinterzimmer heran. „Ich denke, dass es heute eher halb eins werden wird." Sie schaute kurz auf die Uhr. „Übrigens hat Blumenthal den Laden geschlossen." Sie senkte den Blick.

„Das kann nicht sein." Sie hatte sich doch wohl verhört. „Das Geschäft gibt es schon immer. Wieso ..."

Katharina legte ihr eine Hand auf die Schulter. „Er wurde gegängelt und gab auf."

Sie ballte die Fäuste. „Von dieser verflixten Partei, nicht wahr?"

In dem Augenblick läutete die Ladenglocke und eine Bekannte ihrer Eltern betrat den Laden. Sophia kam nicht gleich auf den Namen, der war ihr auch gerade gleichgültig. Sie wandte sich an Katharina, doch die begrüßte die Frau freundlich. „Guten Morgen, Frau Schmidt. Ich habe Ihre Ware schon bereitgelegt."

Derweil drängte Mama sie zur Tür. „Schau nach, ob du beim Weiß das bekommst, was du brauchst", wisperte sie. „Noch gibt es das Kaufhaus ja."

Mama schob sie regelrecht hinaus. Offenbar fürchtete sie, Sophia könne laut gegen die Partei protestieren, gerade so, als wüsste sie nicht, sich in der Öffentlichkeit zu benehmen. Aber war es nicht gerade wichtig, öffentlich gegen die Partei anzugehen? Keiner traute sich, jeder nahm alles von denen hin.

Vor der Tür drehte sie sich zum Laden um. Wäre sie doch nur nicht hineingegangen. Da drinnen hatte es ihr noch nie gefallen. All die hautfarbene Wäsche! Langweilig bis zum Gehtnichtmehr. Ach, Unsinn! Mamas Geschäft konnte nichts für ihren Hass auf die NSDAP.

Vor der Tür reckte sie das Gesicht zum blassblauen Himmel und ließ den Blick über die roten Dächer schweifen, dann auf die mehrstöckigen prächtigen Häuser rundherum, in deren Fensterscheiben sich die Sonne spiegelte. Wie schön das Licht und die Farben waren! Und darunter loderte die Gehässigkeit der Partei.

Sophia schlug den Mantelkragen hoch und ging durch die Schustergasse. Dann würde sie eben keine Pause zusammen mit Katharina und ihrer Mutter machen. Pah! Im Grunde hatte Mama sie gekränkt, indem sie sie wie einen Backfisch hinausbefördert hatte. Vermutlich war sie aber selbst schuld daran. So manches Mal war sie aus der Haut gefahren, wenn ihr etwas gegen den Strich gegangen war, und dann hatte sie lautstark ihre Meinung kundgetan. So wie neulich bei dem Abendessen, als Vati David gemein behandelt hatte, nur weil er Parteimitglieder bewirtet hatte und hatte zeigen wollen, wie er mit Juden umging. Da war es ihr gleichgültig gewesen, dass Parteimitglieder am Tisch gesessen hatten. Sie hatte David verteidigt und ihren Vater leider dabei bloßgestellt. Dafür hatte es Schelte gegeben.

Für einen Augenblick hielt sie inne. Blumenthals Laden war also geschlossen. Weil ihn die Mitglieder der NSDAP dazu gezwungen hatten. Tränen traten ihr in die Augen. Da würde sie sich selbst von überzeugen. Womöglich hatte er doch wieder aufgemacht oder es handelte sich um ein Missverständnis. Sie wischte die Tränen weg.

Dann bog sie um die Ecke, hastete am Juliusspital vorbei und gelangte in die Kaiserstraße. Dort blieb sie vor dem Wollwerth-Geschäft stehen. Der Blick von da auf den Kiliansbrunnen am Bahnhof war großartig. Die Häuser rechts und links der Straße schienen Spalier zu stehen, nur um einen Rahmen für den Brunnen zu bilden. Sie hatte die Szene bereits skizziert, aber bis jetzt nicht gemalt, weil sie auf das Frühjahr mit seinem Sonnenlicht wartete, das die Konturen klarer herausschnitt. Zudem brauchte sie Farben für das Bild.

Mit wenigen Schritten überquerte sie die Straße und stand vor Blumenthals Laden. Und wirklich! Dort hing ein Schild mit der Aufschrift „Geschlossen“. Kein Missverständnis, keine Neueröffnung. Nun rannen Tränen über ihre Wangen. Sie wischte sie mit dem Ärmel ab. Das Ganze war so eine Gemeinheit! Blumenthal, der für seinen Laden lebte. Er behandelte seine Ware voller Ehrfurcht. Jeder Federhalter wurde überlegt platziert und am Briefpapier schätzte er den Duft, den es ausströmte. Der Laden gehörte zu Blumenthal wie der Pinsel zur Farbe. Und nun?

Laute Stimmen auf der gegenüberliegenden Straßenseite lenkten sie ab. Sie wischte sich noch einmal über die Augen und drehte sich um. Ein Uniformierter der verfluchten Partei rempelte jemanden an und nannte ihn „Judenschwein“. Der Beschimpfte trat einen Schritt zurück. Das war doch Joseph Weiß! Sophia wollte bereits hineilen, doch sogleich hasteten zwei Männer, breit wie Schränke, aus dem Kaufhaus und stellten sich zwischen Joseph und den Uniformierten. Der trat zwei

Schritte zurück. „Ich werde wiederkommen, darauf könnt ihr euch verlassen. Hochnäsiges Pack!" Dann streckte er den rechten Arm aus und brüllte den üblichen Gruß.

Joseph Weiß drehte sich um und ging in das Kaufhaus zurück. Die zwei Männer folgten ihm.

Sophias Herz raste. Trotz der Kälte schwitzte sie auf einmal im Nacken. Sie holte tief Luft und stieß sie wieder aus. Nun gängelten die Parteimitglieder also auch Joseph Weiß. Er war wohl jetzt an der Reihe. So hatten sie es gewiss schon mit Blumenthal gemacht, bloß hatte der keine Männer zur Seite gehabt, die ihn schützten.

Sophia überquerte die Straße. Verflixt! Joseph und Katharina waren ein Paar. Sollte sie Katharina von dem Vorfall erzählen? Es war wohl besser, wenn sie mit Joseph darüber sprach. Sie trat durch die Glastür ins Kaufhaus und ließ den Blick über die dunklen Holzregale schweifen, in denen Handtaschen neben Lederhandschuhen standen. Es wäre geschickt, wenn noch passende Schals dabei lägen.

Sie eilte an der Lederwarenabteilung vorbei, ließ die Abteilung mit dem Schmuck hinter sich, dessen edle Stücke in einer langen Glasvitrine angeboten wurden, und gelangte in die Kosmetikabteilung. Blumiger Duft schlug ihr entgegen. Unzählige Flaschen thronten in den dunklen Holzregalen, auf Tischen lockten Lippenstifte und sonstige Schminkutensilien. Goldgerahmte Spiegel standen bereit, in denen die Kundinnen das Ergebnis des Verschönerns betrachten konnten. Da wäre es von Vorteil, Kämme und Bürsten neben den Spiegeln bereitzulegen. Was für Nichtigkeiten ihr durch den

Kopf gingen, als hätte sich die Angst bei all der Pracht hier im Kaufhaus geduckt.

Als sie in die Buchabteilung gelangte, in der die Bücher in Regalen aus Eichenholz wie in einer Bibliothek wirkten, fiel ihr Blick auf die Schreibwaren auf der rechten Seite und dazwischen führte eine Treppe in die oberen Geschosse. Es zog sie zu den Farben und Blöcken, doch zuerst wollte sie mit Joseph Weiß sprechen. Traute sie sich das zu? Er war der Besitzer dieses riesigen Hauses, aber gestern hatte er wie jeder andere junge Mann gewirkt, als er ihr das Parfum geschenkt hatte. Also los!

Sie stieg in den ersten Stock. Dort hingen Mäntel für Herren neben Anzügen und Hemden. Was hinter der Treppe angeboten wurde, war nicht zu erkennen. Aber auch hier wirkten die Regale aus Eiche sehr nobel. Warum hatte sie die früher nie beachtet?

Im zweiten Stockwerk gab es alles für die Damen. Das hatte sie zusammen mit Katharina und Maria oft besucht. Ein Schild wies auf die neue Mode im Frühjahr hin. Dahinter waren die neuen Kostüme ausgestellt, daneben die leichten Mäntel. Was sie in der kurzen Zeit ausmachen konnte, erschien ihr langweilig. Mit wenigen Kniffen sähe das Ganze raffinierter aus. Aber so erging es ihr schon seit jeher. Ihr fiel stets etwas auf, das verändert, dem Stück dann den nötigen Pfiff gäbe.

Als Kind hatte sie einmal zwei Bommel von ihrem Mantel abgetrennt und auf die Spitzen ihrer neuen Schuhe geklebt. Mama hatte geschimpft, weil der Kleister die Schuhe ruiniert hatte. Dennoch hatte Sophia das Paar aufgehoben und zu Hause gerne getragen.

Im obersten Stockwerk stapelte sich Bett- und Tischwäsche in den Regalen, aber auch auf Tischen. Auch hier hätte sie einen Tisch mit edlem Porzellan eingedeckt und unter dem Geschirr eine besonders feine Tischdecke ausgebreitet. Aber gut. Es war ja nicht ihre Aufgabe, die Ware des Kaufhauses zu präsentieren. Gerade plagten sie andere Sorgen.

Nun stand sie im richtigen Stockwerk. Ein Schild mit der Aufschrift „Büro" verwies sie in den entsprechenden Trakt. Was aber, wenn sie an der falschen Tür anklopfte oder Joseph Weiß gerade mit jemandem ein wichtiges Gespräch führte und sie es störte? Dennoch! Es ging um seine Sicherheit, aber auch um die Katharinas. Noch einmal tief durchatmen!

Gerade da kam eine Frau mittleren Alters auf dem Gang heran. Sie schien Sophias Ratlosigkeit zu bemerken. „Kann ich Ihnen helfen?"

Sophia räusperte ihren Kloß im Hals weg. „Ja, danke."

„Ja bitte?"

„Ich möchte Herrn Weiß sprechen." Ihre Stimme klang piepsig, sie räusperte sich noch einmal.

„Aha." Die Frau musterte sie. „Haben Sie einen Grund, sich zu beschweren? Wurden Sie unfreundlich behandelt?"

Sophia schüttelte den Kopf. „Nein. Es geht um etwas Privates."

Die Frau nickte lächelnd. „Dann folgen Sie mir bitte. Gerade passt es gut. Später hat Herr Weiß noch Termine."

Sie hastete den Gang entlang, klopfte an der letzten Tür, öffnete sie und trat zur Seite, um sie freizugeben. „Herr Weiß, eine Dame möchte Sie sprechen."

Joseph erhob sich hinter seinem Schreibtisch, knöpfte sein Jackett zu, kam mit ausgestrecktem Arm auf sie zu und gab ihr die Hand. „Kommen Sie herein und nehmen Sie Platz, Fräulein Wagner."

Sophia nahm auf dem Stuhl vor dem riesigen schweren Tisch aus Kirschholz Platz. Joseph setzte sich ihr gegenüber. Er hob die Brauen. „Hatten Sie eine schöne Feier gestern Abend?"

„Sie haben mir Katharina entführt."

Röte überzog sein Gesicht. „Das tut mir leid, aber wir hatten etwas Wichtiges zu besprechen."

„Ja, das glaube ich." Im gleichen Augenblick dämmerte ihr, wie das klang. Ihr Gesicht glühte.

Joseph schien das zu übersehen. Er legte den Kopf schief. „Ich hoffe, Sie verzeihen mir."

„Natürlich, aber deswegen bin ich nicht hier." Sie holte tief Luft. „Ich weiß nicht recht, wie ich das formulieren soll."

Joseph lehnte sich zurück. „Nur heraus mit der Sprache."

Sie schaute zur Decke, als fielen die Worte von dort herab. Es half alles nichts, sie musste ihm jetzt klar sagen, was sie bedrückte. „Herr Weiß ..."

„Joseph bitte."

„Gut. Joseph. Es ist doch so, dass die NSDAP sich in der Stadt breitmacht, obwohl sie die Wahl verloren hat."

Er seufzte. „Das tut sie, bedauerlicherweise."

„Deren Mitglieder belästigen Menschen des jüdischen Glaubens."

Er legte die Fingerspitzen aufeinander. „Auch das stimmt."

Sie überlegte, wie sie fortfahren sollte, da beugte er sich nach vorne. „Und nun fürchten Sie, dass Katharina darunter leiden könnte?“

„Genau, aber auch alle Juden. Herr Blumenthal hat seinen Laden geschlossen.“

„Ja, ich weiß das. Auch andere wurden bedroht.“

„Ebenso wie Sie. Doch Sie haben Männer, die Sie schützen.“ Er nickte. „Die Frage ist, wie lange sie mich vor der Partei bewahren können.“

„Bitte nehmen Sie die Pöbeleien der Parteimitglieder ernst.“

Er nickte. „Hier in der Stadt haben sie die Wahl nicht gewonnen, in den meisten deutschen Städten aber schon. Ich halte die Partei für gefährlich.“ Er seufzte. „Mein Vater ist krank, meine Mutter wurde bereits von Uniformierten bedroht.“

„Was unternehmen Sie dagegen?“

„Ich werde mit meinen Eltern das Land verlassen.“

Also hieß es Abschied nehmen von Katharina. In Sophias Innerem krampfte es. Tränen sammelten sich in ihren Augen. Sie stand rasch auf, um sich nicht in Verlegenheit zu bringen. „Ich verstehe. Dann werde ich künftig jeden Augenblick, der mir bleibt, mit Katharina genießen.“ Sie hob die Hand zum Gruß. „Leben Sie wohl.“

Joseph erhob sich ebenso und trat zu ihr. „Leben Sie auch wohl, Sophia.“

Sie wischte sich über die Augen und hatte bereits die Hand auf dem Türgriff, als er murmelte. „Katharina wird nicht mit mir gehen.“

Wie bitte? Er wollte sich trennen?

Sie drehte sich um. „Sie geben Katharina auf? Was sind Sie für ein Mann!"

Er hob die Hände vor die Brust. „Nein, so ist es nicht! Sobald der Wahnsinn hier im Land ein Ende findet, werde ich zurückkehren und wir werden heiraten."

Sie glaubte, sich verhört zu haben. Katharina blieb bei ihnen?

Joseph seufzte. „Wir lieben uns und haben uns die Ehe versprochen."

Sophia schluckte die Tränen hinunter. „Wer weiß, wie lange dieser Irrsinn dauern wird. Und all die Zeit wollt ihr aufeinander warten, nur wegen des Kaufhauses?"

Joseph hatte das Kaufhaus einst von seinem Vater übernommen. Aber war es denn so wichtig, dass Katharina blieb, nur um es für ihn zu erhalten? Sophia schüttelte den Kopf. „Kaufhaus gegen Liebe?"

Joseph drehte das Gesicht zur Seite. „Wir werden es zusammen schaffen." Er nickte. „Katharina und ich lieben uns. Da spielt die Zeit keine Rolle."

„Nehmen Sie doch nicht alles so hin. Kämpfen Sie!"

„Ich trage die Verantwortung für meine Eltern. Was bleibt mir denn übrig, als zu fliehen?"

„Ohne Gegenwehr?"

Er wischte sich über das Gesicht. „Habe ich eine Wahl?"

„Katharina hat sie."

„Wir haben uns entschieden."

Sie gaben sich die Hand zum Abschied. „Alles Gute für Sie, Joseph."

„Das wünsche ich Ihnen auch."

Sophia ließ sich beim Treppensteigen Zeit. Die NSDAP hatte einen Keil zwischen Joseph und Katharina gerammt. Alles Liebenswerte erstickte sie und verwandelte es in Leid. Wie schön hätte es für die beiden werden können und nun sahen sie sich gezwungen, eine lieblose Lösung zu finden. Katharina würde sich sehnen, bis es wehtat. Und Joseph nahm alles hin.

Nun gut, er sah sich gezwungen, seine Eltern und auch sich selbst in Sicherheit zu bringen. Warum aber begleitete ihn Katharina nicht? Sie liebte ihn doch! Da sollte sie doch an seiner Seite bleiben. Natürlich war sie noch nicht volljährig und Vati würde Joseph nicht mit offenen Armen empfangen. Aber für eine Liebe lohnte es sich doch zu kämpfen.

Begegnete ihr selbst irgendwann der Mann fürs Leben, dann ginge sie mit ihm durch dick und dünn. Sie wäre sogar froh, wenn sie kämpfen könnte und ihr nicht alles auf dem Silbertablett serviert würde. Das bewies den Wert der Liebe und schweißte gewiss zusammen.

Im Erdgeschoss hielt sie inne. Da hatte sie nun das Gespräch mit Joseph gesucht, um zu erfahren, wie er sich und Katharina schützte und ihre Schwester dachte nicht einmal daran, ihn zu begleiten! Wie aber würde sie den Schmerz um den Verlust Josephs ertragen? Ihr hatte schon der kleine Augenblick gereicht, als sie zunächst angenommen hatte, dass Katharina wegging. Aber was bedeutete es, sich stets zu sehnen und das Verlangen nach dem Seelenverwandten über Jahre nicht gestillt zu bekommen? War das nicht schlimmer, als sich von der Familie loszureißen? Aber was wusste sie schon? So richtig verliebt war sie mit ihren neunzehn Jahren bis jetzt nicht gewesen. Der eine oder andere hatte ihr schon gefallen. Meist waren es eben die, die abgerückt in einer Ecke standen. Sie zog es auch stets zu Männern hin, deren Stirn grau umwölkt war. Zumindest glaubte sie das. Moltke war zum Beispiel jemand voller Sorge. Natürlich kein Kandidat für sie. Aber sie würde sowieso niemals heiraten. Sie wollte frei bleiben, um zu jeder Tages- und Nachtzeit zu malen, wenn ihr danach war. Katharina und Joseph aber liebten sich, durften das aber nicht, weil die Partei Juden hasste und aus dem Land ekelte. Warum nahmen das alle hin? Was hieß hinnehmen? Vati unterstützte das Ansinnen sogar! Ihr drehte sich der Magen bei dem Gedanken um. Es musste doch eine Möglichkeit geben, die NSDAP aufzuhalten. Sie zerstörte das Leben der Stadt, sogar im gesamten Land! Sah das denn keiner außer ihr? Doch, Moltke. Aber er alleine konnte nichts ausrichten, so wie sie alleine auch nicht. Dazu brauchte es eine große Menge, die sich auflehnte.

In der Parfumabteilung bot eine Verkäuferin ihr an, die neuen Düfte auszuprobieren und riss sie aus ihren Gedanken. Sophia lehnte dankend ab und da fiel ihr ein, dass sie ja noch eine Leinwand, Blöcke und Farben besorgen wollte. Im Grunde schien ihr der Wunsch angesichts der Sorgen unwichtig, dennoch ging sie zurück zu den Schreibwaren. Einen Block fand sie sogleich, eine Leinwand nicht und mit den Farben war das so eine Sache. Da gab es wohl welche, aber nicht die, die sie sonst immer verwendete. Und nun? Sie würde das Kobaltblau und das Tannengrün mitnehmen und beides zunächst ausprobieren.

Damit machte sie sich auf den Weg zur Kasse. Plötzlich stand Margarethe neben ihr.

„Grüß dich, Sophia. Wie schön, dich zu sehen." Sie schaute sich um. „Bist du alleine hier?"

„Ja. Maria wollte sich doch mit dir treffen."

„Das haben wir auch, aber sie ist schon nach Hause gegangen und ich …", Margarethe warf einen Blick über Sophias Schulter und lächelte, „… ich will ein paar Besorgungen erledigen."

Sophia folgte Margarethes Blick. An ihnen schob sich eine Frau vorbei, die sie von irgendwoher kannte. Wo hatte sie sie nur schon einmal gesehen?

Margarethe wartete, bis die Frau an ihnen vorbei war. Dann flüsterte sie: „Das ist Sina Mainberger. Sie singt am Stadttheater."

Die Sängerin bewegte sich nicht nur elegant, sie wirkte wie die Königin eines fremden Landes. Ihr Haar, die Augen und der Teint waren dunkel, die Lippen voll und knallrot gefärbt. Ihre schlanken Arme unterstrichen jede Bewegung des Körpers und ihre Taille war so schmal wie bei den Frauen in den Modemagazinen. Sophia zog unwillkürlich den Bauch ein. Ach, wäre sie so schlank und hätte schwarzes Haar und dunkle Augen statt ihres brünetten Haares und den wässrig blauen Augen. Sie liebte Farben. Warum war sie mit keiner ausgestattet worden? Unsinn! Im Grunde liebte sie Blau. Außerdem war ihr doch ihr Äußeres gleichgültig.

„Sie ist Sängerin", wiederholte Margarethe.

Da dämmerte es Sophia endlich, woher sie die junge Frau kannte. Sie hatte in einer Operette, die ihre Familie besucht hatte, eine kleine Nebenrolle gespielt. Merkwürdig, dass Margarethe und die Schauspielerin sich grüßten. „Kennst du sie gut?"

Ihre Freundin zuckte mit den Schultern. „Wann kennt man einen Menschen schon?"

Auf philosophische Sprüche verspürte Sophia keine Lust, eher darauf, Margarethe nach Moltke zu fragen.

„Gestern Abend sagte Moltke etwas Seltsames zu mir."

Margarethe legte den Zeigefinger auf ihre Lippen. „Nicht hier!" Sie schaute sich um. „Bezahl erst deine Sachen und lass uns am Main spazieren gehen."

Sie entschieden, am Bahnhof über Moltke zu reden, weil Sophia der Weg bis zum Fluss hinab zu weit erschien. Am Kiliansbrunnen pickten Spatzen und Tauben auf dem Boden nach Essbarem. Diese Vögel blieben der Stadt auch im Winter treu.

Margarethe deutete auf sie. „Tauben sind die Ratten der Lüfte."

„Das klingt aber grausig."

Margarethe lächelte. „Manches Mal bleibt einem nichts anderes übrig, als sich das zu nehmen, was man braucht."

„Das sagst ausgerechnet du, die von ihren Eltern gehätschelt wird und jeden Wunsch erfüllt bekommt?"

„Ich bezog das Bild der Ratten nicht auf mich." Sie zog Sophia ein Stück beiseite, weil ein älteres Ehepaar am Brunnen stehen blieb. Der Mann zündete sich eine Zigarette an, die Frau rieb sich die Hände.

Es hatte sich abgekühlt. Sophia war froh um ihre Handschuhe, schließlich trug sie eine Tasche mit sich und konnte nicht beide Hände in denen des Mantels vergraben. „Wir sprachen von Moltke."

Nachdem sie Abstand zwischen den Brunnen und sich gebracht hatten, wartete Sophia auf eine Antwort.

Margarethe schaute in die Ferne, blinzelte dann hektisch und holte tief Luft.

„Moltke arbeitet als Schreiner, setzt sich aber in der katholischen Jugendgruppe auch für ... wie soll ich es nennen ... für Gerechtigkeit ein. Er fürchtet, dass die Mitglieder der grässlichen Partei Menschen, die mit deren Ideologie nicht einverstanden sind, es deutlich spüren lassen werden, noch mehr als bisher." Sie räusperte sich. „Entschuldige bitte, dein Vater gehört ja auch der Partei an."

„Leider. Deswegen haben wir schon gestritten."

„Ich weiß. Maria erzählte mir davon." Sie schien Sophia mit ihren Blicken zu durchleuchten. „Du findest das doch nicht gut, was die Partei tut?"

Sophia schüttelte den Kopf. „Ganz und gar nicht. Sogar Blumenthal haben sie aus seinem Laden geekelt. Und das heute bei Joseph Weiß versucht. Das ist alles ungeheuerlich!"

„So ist es. Und die Juden werden künftig bestimmt noch stärker darunter leiden. Moltke denkt, dass die NSDAP gegen alle angehen wird, die ins Land eingereist sind, und nicht nur gegen die Juden."

Sophia schaute sie wohl derart verständnislos an, dass Margarethe fortfuhr. „Zum Beispiel all die Sinti. Sie sind ja sesshaft, wohnen also in einer Wohnung und ziehen nicht mehr in ihren Wagen umher. Dennoch wurden sie bereits von einigen Uniformierten angepöbelt. Sina zum Beispiel." Margarethe stütze eine

Hand auf die Hüfte. „Da feiern sie sie im Stadttheater, schenken ihr sogar Blumen, aber auf der Straße wird sie dumm angeredet."

Da gehörte Sina also den Sinti an. Daher ihr etwas fremdes Aussehen. Es wäre traumhaft, sie einmal zu porträtieren. Was ging ihr heute nur im Kopf herum!

Margarethe bekam eine Zornesfalte zwischen den Brauen. „Das sind solche Rüpel! Da muss man sich doch wehren!"

Endlich teilte jemand ihre Wut.

„Was unternimmt denn Moltke?"

Margarethe flüsterte mittlerweile so leise, dass sie kaum zu verstehen war. „Komm doch mal in seine Schreinerei. Am besten mittwochs gegen sieben Uhr." Sie schaute sich erneut um. „Pass aber auf, dass dir keiner folgt!"

„Warum? Gilt das Versammlungsverbot auch hier in der Stadt?"

„Gleichwie, es ist besser, wenn wir nicht auffallen."

Sie hatte „wir" gesagt. Wer sich wohl dort alles einfand?

Margarethe hakte sich bei ihr unter. „Komm! Lass uns durch die Stadt bummeln, bevor wir mit unserem Gerede auffallen."

War es schon so weit gekommen? Fielen sie auf, bloß weil sie sich am Bahnhof unterhielten?

Dann war das nicht mehr die Stadt, in der Sophia aufgewachsen war und es war höchste Zeit, dem Hetzen der Partei entgegenzusteuern. Doch wie? Sie warf Margarethe einen Blick zu. Die nickte, als läse sie ihre Gedanken.

Sie blieben vor dem Schaufenster einer Konditorei stehen und nahmen sich Zeit, sich gedanklich zu sortieren. Sophia atmete tief ein und aus. Sie würde die Schreinerei aufsuchen. Schließlich bot sich da eine Möglichkeit, überhaupt etwas zu unternehmen. Jedenfalls war sie Margarethe dankbar, dass sie ihr einen Weg aufzeigte.

Aus einer Laune heraus zog Sophia sie in die Konditorei und kaufte für sie beide Schokoladentörtchen. Mit denen in der Hand spazierten sie durch den Ringpark und ließen sie sich schmecken.

„Nicht zu süß und nicht zu bitter", lobte Margarethe. Sie tupfte sich mit einem Taschentuch die Lippen ab. Dann aß sie auf und verabschiedete sich. „Ich muss nach Hause. Mutter sorgt sich bestimmt schon."

„Musst du nicht noch zu einer Jugendgruppe? Maria sagte das."

Margarethe legte den Kopf schief. „Dazu ist es längst zu spät."

Sophia umarmte sie. „Auf Wiedersehen."

„Hoffentlich am Mittwoch."

Sophia kehrte aufgewühlt nach Hause zurück, drückte David wortlos Mantel und Hut in die Hand und verschwand in ihrem Zimmer. Sie fand keine Ruhe, tigerte vom Fenster zur Tür und zurück. Es gab also Menschen, die sich wehrten und zu denen zog es sie hin. Ginge sie zu dem Treffen, begegnete sie aber Moltke. Im Grunde wollte sie das nicht. Doch sie war mit der Partei ganz und gar nicht einverstanden. Moltke auch nicht. Leider aber gehörte Vati ihr an. Katharina hatte ihn verteidigt. Er wolle die Familie mit der Mitgliedschaft schützen, hatte sie behauptet. War das aber der richtige Weg? Wenn nicht, lag Moltke mit seinem Schimpfen nicht daneben. Ob er ihn von einer der Baustellen kannte? Das alles würde sie nur herausfinden, wenn sie entweder Vati fragte oder zu dem Treffen ging.

Sie schaute aus dem Fenster. Merkwürdig, dass ein jeder hinausstarrte, wenn es im Inneren rumorte, gerade so, als stünde dort die Antwort auf alle Fragen.

Spräche sie ihren Vater auf Moltke an und er kannte ihn, würde er ihr den Kontakt verbieten, denn die beiden mochten sich anscheinend nicht. Wollte sie danach doch zu einem Treffen, dann gegen Vatis Willen. Also war es besser, ihn nicht zu fragen.

Gut, sie würde zu einem der Treffen gehen. Ihr schwirrte der Kopf. Etwas zu malen, half gewiss. Wie die neuen Farben wohl auf der Leinwand wirkten?

Sie waren ebenso schön wie die vorherigen, zwar eine Nuance heller, doch das ließ sich mit ein wenig Mischen ausgleichen. In jedem Fall würde sie sich da noch einige Farbtöne zulegen.

Erst als das Licht schwächer wurde, wusch sie die Pinsel aus und schloss die Tuben. Das Bild, auf dem der Mann von hinten zu sehen war, war fast fertig. Die Landschaft hatte den öden Grauton bekommen, der das Gefühl der Trostlosigkeit in ihr hervorrief. Es war gut gelungen.

Sie trat von der Leinwand zurück, als es an der Tür klopfte.

Maria steckte den Kopf zur Tür herein. „Störe ich?"

„Nein, komm rein."

Ihre Schwester setzte sich aufs Bett, das knarzte. „Katharina redet gerade mit den Eltern. Du glaubst nicht, was passiert ist." Maria zog die Brauen hoch, was ihre Augen riesig erscheinen ließ. Ihre Wangen waren leicht gerötet. Sophia kannte den Ausdruck an ihr nur zu gut. Etwas regte ihre kleine Schwester auf.

„Was denn?" Sie setzte sich neben Maria.

„Katharina kauft Joseph Weiß das Kaufhaus ab. Stell dir das nur vor! Das riesige Geschäft! Und sie will es leiten."

„Ja, ich weiß."

„Warum weißt du immer alles schon vor mir?"

„Weil ihr mich alle interessiert, deswegen."

„Aber ..." Maria winkte ab. „Das spielt ja keine Rolle. Verstehst du das? Wieso verkauft Joseph ihr das? Wegen der Partei und ihren Machenschaften?"

„Ja, verdammt. Und weil er das Land verlassen wird."

„Wir dürfen nicht fluchen." Maria fuchtelte mit dem Zeigefinger vor Sophias Nase herum.

Als spielte das jetzt eine Rolle! Sie umarmte Maria.

Die zog die Brauen hoch. „Aber Katharina liebt doch Joseph. Ich meine, wenn er ausreist, dann ..."

Offenbar war sie nicht die Einzige, die Katharinas Verhalten nicht verstand.

„Er wird wiederkommen und dann werden sie heiraten. So ist der Plan."

„Romantisch finde ich das nicht."

„Wir leben nicht in Zeiten, in denen Romantik großgeschrieben wird."

„Die Armen. Ihnen ist nicht einmal die Liebe vergönnt."

Noch immer glaubte Sophia, dass Katharina so durchsetzungsfähig war, dass sie auch für das Problem einen Weg finden würde. Daher drückte sie Maria nur die Hand.

Die stand auf und strich ihren Rock glatt. „Vater ist jedenfalls stolz auf Katharina. Er will ihr in den nächsten Tagen bei der Übernahme des Kaufhauses helfen."

„Natürlich wird er das." Das allzu bekannte Gefühl kroch in Sophia hoch.

Vergessen war ihre Ausstellung. Wieder einmal drehte sich alles um Katharina. Was hatte es also für einen Sinn, ein Gemälde nach dem anderen zu malen, wenn es keiner außer ihr zu sehen bekam?

Maria winkte ihr und schloss die Tür hinter sich, nur um gleich wieder hereinzuschneien. „Jetzt hätte ich es beinahe vergessen: Sobald Katharina die neue Eigentümerin des Kaufhauses ist, veranstaltet Vater eine Feier."

„Aha."

„Katharina ist davon wenig begeistert, weil vermutlich wieder diese Rüpel eingeladen werden."

„Dann halte ich mich von der Feier fern."

„Und lässt Katharina alleine?"

„Ich kann sowieso nicht so gut trösten wie du. Außerdem will ich nicht mit den NSDAP-Mitgliedern zusammensitzen."

„Im Grunde gibt es für die nichts zu feiern, weil das Kaufhaus eben nicht in deren Hände geraten ist."

Sophia grinste. Daran hatte sie noch gar nicht gedacht. Das alte Traditionshaus in den Händen dieser gemeinen Rüpel! Sie hätten es bestimmt zu einem Werkzeug für ihre Zwecke gemacht. Maria hatte recht. Das war eine Art des Widerstandes, die Sophia gefiel.

„Stimmt. Auf die Weise bietet Katharina denen die Stirn.“

„Na siehst du.“

„Ja, aber da ist noch Vati. Er gehört der Partei an und so hat die doch wieder ihre Hände im Spiel.“

„Jetzt führt aber Katharina das Kaufhaus und fertig.“

Sophia seufzte. Und Katharina würde sich von den Parteimitgliedern feiern lassen.

Maria betrachtete sie aus großen Augen. „Wirst du zur Feier kommen?“

„Nein, ich muss den Parteimitgliedern keine Gesellschaft leisten.“

Maria kam heran und umarmte Sophia. „Auch nicht mir zuliebe?“

Sie schüttelte den Kopf. „Warum gehst du denn hin?“

„Wegen Katharina. Ich weiß, dass es ihr dort nicht behagen wird.“

Maria nahm die Klinke in die Hand und war fast zur Tür hinaus. „Und du weißt das auch.“

Sie würde stets zu ihren Schwestern halten, aber nicht mit der NSDAP feiern.

Vor dem Spiegel richtete Sophia sich das Haar, wie immer vor dem Abendessen. Heute gab es eine Nudelsuppe und die kochte keiner so gut wie Hilda. Als kleines Mädchen hatte sie sie ihre Zweitmama genannt. Sie grinste sich im Spiegel an, da klopfte es an ihrer Tür und Katharina trat ein. Sie rieb ihre Hände aneinander und faltete sie. Die gleiche Geste, die Mama an den Tag legte, sobald sie etwas Unangenehmes mitzuteilen hatte. Als wüsste Sophia nicht von ihren Plänen. Aber sie nahm sich vor, sich nicht zu verplappern. Wenn Joseph Katharina von dem Gespräch erzählen wollte, dann bitte. Sie würde schweigen.

Katharina schilderte, wie sehr Joseph und sie sich liebten, in welcher Gefahr seine Familie schwebte und was ihm sein Kaufhaus bedeutete.

„Verstehst du? Es ist das Lebenswerk seines Vaters und nun auch Josephs Leben. Und die Partei wird es ihm wegnehmen, einfach so, um es an sich zu reißen." Tränen rannen über Katharinas Wangen.

Sophia nahm sie in den Arm. Warum war sie den Tag über wütend auf Katharina gewesen? Bestimmt hatte die sich die Entscheidung nicht leicht gemacht. Zudem traf sie keine Schuld an dem Ganzen, sondern die NSDAP.

Sie strich Katharina über den Rücken. Scham stieg in ihr hoch. Vorhin, da war sie sogar eifersüchtig gewesen, weil Vati sich nicht die Zeit für ihre Ausstellung genommen hatte. Richtig kindisch hatte sie sich benommen und das vor Maria! Das galt es später wieder geradezurücken.

Katharina wischte sich die Tränen ab und schluchzte noch ein paarmal. „Joseph wird bald abreisen und wohl eine Weile im Ausland bleiben."

„Du tauschst das Kaufhaus gegen die Liebe."

Nun fing sie schon wieder mit dem Gestänker an! Sie räusperte sich und schaute in Katharinas erschrockene Augen. „Es tut mir leid. Ich meine: Willst du Joseph nicht lieber begleiten?"

„Wir haben uns schon entschieden."

Die gleichen Worte hatte Joseph gebraucht.

„Für uns als Familie freue ich mich, dass du bleibst." Sie strich ihr übers Haar. „Aber für euch als Paar nicht."

Katharina knüllte ihr Taschentuch zusammen. „Ja, ich weiß, wie du es meinst. Aber Joseph zerreißt es das Herz, wenn er das Kaufhaus abgenommen bekommt."

„Und dir? Wenn er abreist?"

Katharina seufzte. „Ich muss das halt aushalten – für Joseph."

Sie stand auf, umarmte Sophia und verließ das Zimmer.

Warum nur war sie oft so unbeherrscht, dass ihr Worte herausrutschten, die sie besser für sich behalten hätte? Wieso vermochte sie nicht so zu trösten, wie es Maria stets gelang?

Sie atmete tief ein und aus und klopfte an Marias Tür.

Tage später, an besagtem Abend der Feier, nachdem sich Sophia versichert hatte, dass Maria Katharina beistehen würde, eilte sie die Ludendorffstraße hinab.

Heute wurde das Kaufhaus gefeiert. Es war bereits in KAWA umbenannt worden. Doch Katharina hatte das frühere Schild aufbewahrt, hatte sie erzählt, so wie sie auch Joseph im Herzen aufbewahren würde.

Sophia schlug den Mantelkragen hoch. Ein eisiger Wind war aufgekommen.

Der Apotheker kam ihr entgegen und lupfte den Hut. „Fräulein Wagner, ich wünsche Ihrer Schwester viel Erfolg mit dem Kaufhaus."

„Danke, ich werde es ausrichten."

„Möge sich alles zum Besten wenden."

„Ja, das hoffen wir auch."

Er nickte. „Man muss halt für den Erfolg etwas tun, und zwar in jedem Bereich!"

Warum nur bekam sie das von allen Seiten zu hören? Sie verabschiedete sich und setzte ihren Weg fort. Wieder und wieder schaute sie sich um. Keiner folgte ihr. Es war ein weiter Weg bis zur Schreinerei. Hoffentlich heftete sich niemand an ihre Fersen. Nun bediente sie sich auch noch der Sprache des Untergrundes. Aber was wusste sie schon darüber?

Sie wählte den Weg durch den Hofgarten, hielt inne und tat so, als sähe sie die Büsche und Bäumchen das erste Mal. Frostüberzogen wie mit Zuckerhüten gruppierten sie sich in Reih und Glied. Sophia drehte sich im Kreis. Hinter ihr kam ein Mann in einem langen schwarzen Mantel heran. Wie angewurzelt blieb sie stehen, hielt den Atem an. Der Mann zog den Hut und spazierte an ihr vorüber.

Sie atmete auf. Doch die Gefahr war noch nicht vorbei. Sie wartete ein paar Atemzüge ab und schlenderte gemächlich weiter. Dabei ließ sie ihre Umgebung nicht aus den Augen. Der Mann war nun ein gutes Stück vor ihr, dann verließ er den Garten durch das vordere Tor.

Als sie hinaustrat, war er weg. Zum Glück! Sie prüfte die Umgebung. Lediglich ein alter Mann zog einen Handkarren hinter sich her, der über das Kopfsteinpflaster holperte. Sie hatte absichtlich den längeren Weg zur Zellerstraße gewählt. Sie hastete die Hofstraße hinab, ließ die Domstraße hinter sich und betrat die Alte Mainbrücke mit ihren Steinfiguren. Hier ließ sie sich stets Zeit, um die Figuren auf sich wirken zu lassen. Auch jetzt trat sie von einer zur nächsten, aber nur, um sich nach etwaigen Verfolgern umzuschauen.

Ein Liebespaar schmuste in inniger Umarmung. Gerade das war doch verdächtig. Gewiss lösten sie sich voneinander, sobald Sophia etwas Abstand zwischen sich und sie gelegt hatte. Sie schlenderte weiter, blieb stehen, strich mit dem Finger einen Schwung im Gewand der Figur nach und lugte zurück. Das Paar lehnte über der Brüstung und schaute auf den Fluss hinab. Auffällig bis zum dorthinaus!

Sophia lehnte sich mit dem Rücken an die Brüstung und behielt das Paar im Auge. Die beiden küssten sich und schlenderten dann in die entgegengesetzte Richtung.

Also hatte sie nun Zeit verloren für nichts. Sogleich eilte sie über die Brücke in die Zellerstraße. Margarethe hatte ihr das Haus beschrieben. Über der Haustür hing angeblich ein Hobel. Dort vorne stand ein einstöckiges Haus mit einer breiten Holztür und dem besagten Hobel darüber.

Vor der Schreinerei schaute Sophia sich vorsichtig um. Keiner war zu sehen. Noch bevor sie an die Tür klopfte, flog diese auf, eine Hand packte sie am Arm und zog sie hinein.

Ein Mann in ihrem Alter lachte sie an. „Nicht erschrecken, ich habe mir nur einen Scherz erlaubt." Er deutete zu einer Tür neben sich und machte eine einladende Handbewegung. „Hereinspaziert."

„Was soll das? Ich finde das nicht spaßig!" Sie warf ihm einen zornigen Blick zu.

„Entschuldigen Sie." Er lachte noch immer. „Kommen Sie!"

War der verrückt, sie so zu erschrecken? Worauf hatte sie sich da nur eingelassen? Sollte sie nicht besser gehen?

Der Mann winkte ihr, ihm zu folgen. „Jetzt kommen Sie doch endlich, wir warten schon eine Weile."

„Machen Sie das nicht noch einmal!"

„Ich habe mich entschuldigt." Nun machte er ein zerknirschtes Gesicht.

Nun gut, sie konnte ja wenigstens einen Blick in den Raum werfen.

Zunächst blieb sie im Türrahmen stehen und atmete tief ein. Sie liebte den Duft nach Holz und hier schlug er ihr so stark entgegen, dass sie gar nicht genug davon bekam. Herrlich! Dann trat sie in den schwach beleuchteten Raum. Hier also schreinerte Moltke. Abgeschliffene Bretter lagen aufeinander. Auf der rechten Seite arbeitete er wohl an einem Schrank, jedenfalls wies ein viereckiger Kasten darauf hin. Links von ihr standen zwei Stühle, in einem dunklen Braun lasiert. Mitten im Raum saß Martin Moltke an einem Tisch und schaute sie grinsend an. Ansonsten war keiner anwesend.

Der junge Mann drängelte sich an ihr vorbei. „Wir haben auf Sie gewartet. Nehmen Sie doch Platz!"

„Wieder ein Scherz?" Sie trat einen Schritt zurück. „Wo sind die anderen?"

Moltke zuckte mit den Schultern. „Margarethe wird noch dazu stoßen, wenn sie es zeitlich schafft. Ansonsten müssen Sie sich mit uns beiden zufriedengeben." Er lachte. „Oder flößen wir Ihnen Angst ein?"

Sophias Kehle fühlte sich staubtrocken an. Warum nur hatte sie sich hierhergewagt? Nie zuvor war sie im Dunkeln alleine unterwegs gewesen und nun sah sie sich gezwungen, sich ohne Begleitung mit zwei Männern zusammenzusetzen. Wüsste ihre Mutter davon, würde sie ihr den Kopf abreißen.

„Ja, da verabschiede ich mich doch gleich wieder." Sie drehte sich um, öffnete die Haustür und starrte in Margarethes lächelndes Gesicht. Die war in Begleitung einer älteren Frau, die sie als ihre Hausdame vorstellte. Im Gegensatz zu Sophia hatte Margarethe weitergedacht. Sophia senkte den Blick. Verflixt! Was würden die beiden von ihr denken? Margarethe umarmte sie sogleich und schob sie in die Werkstatt. „Wie schön, dass du gekommen bist." Sie grüßte die beiden Männer, setzte sich zusammen mit der Hausdame zu ihnen und deutete auf den Platz neben sich. „Komm doch her."

Sophia senkte den Kopf. Bestimmt glühten ihre Wangen. Wie konnte sie nur so leichtfertig aus dem Haus stürmen?

„Lasst uns anfangen." Moltke faltete die Hände und schloss die Augen. Die anderen taten es ihm gleich.

Sophia schaute in die Runde. Was ging hier vor sich?

Dann geschah etwas, das sie niemals erwartet hätte. Moltke murmelte ein Gebet. Er bat Gott darum, allen Menschen Frieden ins Herz zu säen und den Hass zu vertreiben.

Nachdem alle das Amen gesprochen hatten, räusperte sich Sophia. „Ihr betet hier in der Werkstatt und was tut ihr sonst noch? Ich meine: Wir treffen uns doch nicht nur hier, um zu beten, oder?"

Margarethe öffnete den Mund, schloss ihn aber wieder. Sie warf Moltke einen fragenden Blick zu, indem sie die Augenbrauen hochzog.

Moltke schien mit sich zu ringen, dann aber räusperte er sich. „Also, da Margarethe dich seit deiner Kindheit kennt, denke ich, dass wir dir vertrauen können."

Sophia wusste nicht, wann sie zum Du übergegangen waren, aber ihr war es recht, wenn sich hier alle duzten. Sie nickte Moltke zu.

„Gut", fuhr er fort. „Es ist so, dass wir uns meist an einem anderen Ort treffen. Dorthin kommen viel mehr Leute als hierher in die Schreinerei. Du wirst aber verstehen, dass wir den Treffpunkt neuen Mitgliedern nicht gleich verraten."

„Weil Versammlungen jeglicher Art von der NSDAP unerwünscht sind?"

Er schüttelte den Kopf. „Nein, das ist nicht der Grund. Wir leiten eine katholische Jugendgruppe und der ist es erlaubt, regelmäßige Treffen abzuhalten." Er deutete auf den Mann neben sich. „Das ist Karl. Er kümmert sich um die Pfadfindergruppe hier vor Ort. Sie wandern häufig zusammen. Auch das ist uns gestattet. Die Frage ist nur: Wie lange noch?"

Sophia zuckte mit den Schultern. „Ja, das weiß ich auch nicht."

„Eben." Margarethe übernahm nun. „Wir werden aber die Gruppe beisammenhalten, denn sie ist auf eine beachtliche Zahl angewachsen, nicht nur hier in der Stadt, sondern im ganzen Land. Wir denken, dass wir der Partei auf diese Weise die Stirn bieten, denn die Jugend ist auf unserer Seite."

Zweifel stiegen in Sophia auf. Die gesamte Jugend war bestimmt nicht auf Moltkes Seite. Es gab da einen Jungen, der David einen Stein an den Kopf geworfen hatte.

Eine Frage aber brannte ihr auf der Seele. „Was genau unternehmt ihr gegen die Partei?"

Moltke meldete sich wieder zu Wort. „Es geht immer um den Widerstand. Es gibt viele Arten, den zu leisten. Unsere ist nicht die mit Waffengewalt. Wir möchten auf andere Art zeigen, dass wir uns nicht unterdrücken lassen."

„Und auf welche?"

„Zunächst machen wir so weiter wie bisher, wandern, singen und beten zusammen."

Sophia stand auf. „Das reicht mir nicht. Zudem gehöre ich der evangelischen Kirche an."

Moltke wischte sich über das Gesicht. „Das spielt doch keine Rolle. Viele evangelische Christen sind zu uns gestoßen, weil die Partei euren Bischof in der Stadt überrumpelte." Er schlug mit der Faust auf den Tisch. „Das wird uns nicht passieren." Er starrte sie an.

Es war nicht zu fassen! Was war das für ein Widerstand? Beten und singen, das konnte sie auch zu Hause im Kämmerlein, dazu brauchte es keine heimlichen Treffen.

Sie schüttelte den Kopf. „Das ist nichts für mich." Dann wandte sie sich an Margarethe. „Bleibt ihr ruhig noch hier. Ich finde alleine nach Hause."

Die aber stand auf und zog die Hausdame mit. „Auf keinen Fall! Wir begleiten dich natürlich."

Den gesamten Weg über redete Margarethe auf sie ein. Wichtig sei doch, sich nichts gefallen zu lassen, Gegenwehr zu zeigen. Wer wusste schon, was denen noch alles einfiele. Gerade dann sei es von Wert, jemanden an seiner Seite zu haben. Das war alles richtig und dennoch ...

„Das genügt mir nicht", antwortete Sophia.

Vor der Villa verabschiedete sie die beiden und trat durch die Haustür. In der Diele traf sie auf Maria. Die führte sie nach oben in Katharinas dunkles Zimmer und dort ans Fenster. „Schau!"

Ein blasser Schemen stand regungslos, halb verdeckt vom Nussbaum, im Garten. „Wer ist das?"

Marias Stimme zitterte. „Katharina und hinter dem Baum ihr Joseph."

„Verabschiedet er sich gerade?"

„Vermutlich."

„Dann braucht sie gleich Trost. Mach du das!"

„Das werde ich."

Sophia tastete sich durch das dunkle Zimmer, verließ es und war froh, als sie im nächsten Augenblick in ihrem Bett lag. Was war das nur für ein Abend gewesen! Gegen das aber, was Katharina gerade ausstand, glichen ihre Sorgen kleinen Schäfchenwolken. Oder vielleicht doch nicht?

2

Am nächsten Morgen wachte Sophia so früh auf, dass sie außer Maria noch alle beim Frühstück antraf. Sie war mundfaul, wie jeden Morgen, und hörte den Gesprächen zu.

„Heinrich", sagte Mama. „Bist du auch so stolz auf Katharina?"

„Das bin ich, Leonore." Vati griff nach ihrer Hand. Dann runzelte er die Stirn. „Aber ich sorge mich um dich."

Mama schaute blass aus, wie ein unbemaltes Stück Papier. Sophia stellte die Tasse ab. „Mama, was ist denn mit dir?"

Die winkte ab. „Nichts mein Kind. Ich bin nur etwas erschöpft."

Katharina ergriff das Wort. „Mutter, dir geht es nicht gut. Trotzdem willst du den Laden aufmachen und auch noch alleine führen? Sei nicht so leichtsinnig!"

„Wenn du Hilfe brauchst, dann sag es." Sophia ahnte schon, was nun folgen würde.

„Kind, wobei willst du mir helfen?" Sie tupfte sich mit der Serviette den Mund ab. „Roll nicht mit den Augen! Du bist nun mal nicht fürs Kaufmännische geboren."

Bevor Sophia widersprechen konnte, stoppte Katharina sie. „Sophia kann die Ware auspacken. Das zehrt doch am meisten an deiner Kraft."

„Papperlapapp." Damit war für Mama das Thema beendet.

Natürlich durfte sie nicht helfen, nicht einmal Ware auspacken, als bräuchte sie dafür kaufmännische Erfahrung! Das war lächerlich! In ihrem Hals bildete sich ein Kloß. Gab es irgendetwas, das sie in Mamas Augen richtig machte? Die Frage kam beinahe über ihre Lippen, doch Mama stand gerade vom Tisch auf und stützte sich dabei ab. Also schluckte Sophia die Frage hinunter.

In ihrem Zimmer machte sich Sophia zurecht, eilte die Treppe hinab und verließ die Villa. Sie zog ihre Handschuhe über, dann öffnete sie das Gartentor. Es blies ein kalter Wind, doch die Sonne schien von einem blassblauen Himmel herab, über den sich einzelne Schleierwolken schoben. Blaue und weiße Tupfen, so kindlich sorglos, friedlich. Sie drehte sich am Gartentor um. Heute ähnelte der gelbe Anstrich der Villa eher dem von altem Heu. Gleichwie, hinter Häusern in sonnigem Gelb lebten bestimmt frohe Gemüter. In denen, die altem Heu glichen, trug jemand ein Päckchen, gefüllt mit Kummer.

Ihr Blick wanderte über die Vorderfront. Die weißen Fensterläden standen alle offen, bis auf die von Marias Fenstern. Wie jeden Tag schlief sie gerne länger als der Rest der Familie. Ihr gehörte das Zimmer auf der linken Seite im ersten Stock, das Elternschlafzimmer war rechts davon. Sophias lag hinten auf der Rückseite mit Blick zum Garten, ebenso wie Katharinas. Im Grunde gefiel ihr die Villa von der anderen Seite besser, dennoch hatte sie sie stets von der Frontseite gemalt. Warum nur? Sie trat auf den Bürgersteig und drehte sich erneut um. Heute glänzte das schwarze Walmdach wie lackiert. Die Frostschicht war gewichen. Womöglich verdrängte endlich der Frühling den kalten Winter.

Sie winkte dem Apothekerpaar auf der gegenüberliegenden Seite. Die Frau stopfte ein Netz in einen Korb, der um ihr Handgelenk hing. Offenbar planten sie einen größeren Einkauf.

Sollte sie auch etwas einkaufen? Vielleicht noch einige Farben beim Weiß? Nein, das Kaufhaus hieß ja nun KAWA. Dabei könnte sie Katharina besuchen. Ach, zuerst einmal würde sie einfach in die Innenstadt hinuntergehen und sich dann treiben lassen.

Auf dem Platz vor der Residenz versammelten sich Uniformierte und schwenkten Fahnen mit dem Hakenkreuz darauf. Hoffentlich machte Vati da nicht mit! Sie wandte ihren Blick ab. Bloß weg hier!

In der Domstraße schaute sie hoch zur Festung. Wie beruhigend, dass die Stadt im schützenden Talkessel der Weinberge lag und die Burg ein Auge auf sie hatte. So hatte sie als kleines Mädchen gedacht. Und heute? Was, wenn sich unter der jetzigen Regierung alles umkehrte? Wenn die Burg zum Symbol der Unterdrückung würde? In der Residenz hatten sich der Gauleiter und sein Gefolge ja bereits breitgemacht.

Sie schüttelte den Kopf. Als genügte das nicht, bereitete ihr das kränkliche Aussehen Mamas Sorgen, das so gar nicht zu ihr passte. Mutter war der Rudelführer, hatte Vati einmal zum Spaß gesagt, und das Bild hatte

Sophia stets vor Augen. Nie im Leben wäre ihr der Gedanke gekommen, dass Mama Schwäche zeigen könnte. Die ließ sie sich auch jetzt nicht anmerken, sie verhielt sich stur wie eh und je. Aber sie schaute krank aus und ließ sich nicht helfen. Sophia seufzte. Was sollte sie bloß unternehmen?

Neben der Festung stand das Käppele. Die kleine Wallfahrtskirche reckte ihre zwei Türme gen Himmel, als wollte sie den Anblick von der Festung auf sich lenken. Sophias Blick wanderte hin und her. Das Käppele schaute niedlich aus, mehr aber auch nicht. Noch nie hatte sie den Wunsch verspürt, es zu zeichnen, ebenso wenig wie die Festung. Es gab bereits zu viele Gemälde und Fotografien von beidem und eine war so langweilig wie die andere. Besucher der Stadt stiegen aber dort hinauf und beteten in der kleinen Kapelle. Ob ihre Wünsche erhört würden?

Sie schlenderte die Domstraße hinab bis zur Alten Mainbrücke und schaute auf den Fluss. Ihr fiel ein, wie sie sich gestern Abend verfolgt glaubte. Im Nachhinein war das witzig.

Plötzlich blieb eine alte Frau neben ihr stehen. Sie stützte sich auf einen Stock mit abgeblätterter Farbe. Sie stöhnte. „Wäre ich noch so jung wie Sie.“

„Was dann?“

Die Frau lächelte. Tausend Fältchen umgaben ihre funkelnden Augen. „Dann könnte ich ganz hinauf zum Käppele. So aber ...“, sie wiegte den Kopf hin und her. „... muss ich sehen, wie viele Stationen ich schaffe.“

Als Kind war Sophia mit Vati mehr als einmal den Kreuzweg hinaufgestiegen. Damals hatte sie die lebensgroßen Figuren auf dem Weg schauerlich gefunden. Sie stellten das Leiden Jesu nach, von der Verurteilung durch Pilatus bis zur Grablegung. Auch heute noch würden die sie abstoßen, auch wenn es sich um Kunstwerke handelte.

„Sie sind doch nicht gut zu Fuß. Warum tun Sie sich das an?"

Die Frau lächelte wieder. „Um für unsere Stadt zu beten." Sie zeigte zur Kirche hinauf. „Von dort schaut die Mutter Gottes auf uns Würmle herab. Die will ich darum bitten, Unheil abzuwenden."

Ob sich die Mutter Gottes wohl um die Politik der Stadt und des Landes kümmerte? Sophia legte den Kopf schief. Gleichwie, gab es ein schöneres Ansinnen? Um das eigene Wohl zu bitten, fiel den meisten Menschen nicht schwer. Wie viele davon wohl an das der anderen dachten?

Die Frau verabschiedete sich, da hielt Sophia sie zurück. „Warten Sie. Ich werde Sie begleiten, wenn Sie nichts dagegen haben."

„Komm nur mit, Mädel. Zwei Stimmen bewirken vielleicht mehr."

Als sie endlich die erste Station erreichten, schnaubte die alte Frau. „Hier wird Jesus verurteilt. So ergeht es gerade der Stadt."

Eine weise Frau! Sophia drehte sich um. Ihr Blick wanderte über Würzburg. Sie würde für die Stadt beten, aber auch für Mama. Das tat sie am besten gleich, denn zusammen mit der Frau würde sie niemals oben in der Kapelle ankommen.

Die alte Frau hielt einen Rosenkranz in der Hand und murmelte ein Gebet. Sophia schaute hinauf zur Kirche und sprach in Gedanken ihre Bitten aus, da vernahm sie Stimmen hinter sich. Zwei Uniformierte, rund zwei Jahre jünger als sie, stiegen die Stufen hinauf. Als sie die Terrasse erreichten, bauten sie sich vor Sophia auf. Einer mit einem dicken Pickel auf der Nasenspitze hob die Augenbrauen.

„Wen haben wir denn da?" Er steckte die Daumen in den Gürtel seiner Jacke.

Der zweite, dürr wie ein Besenstiel, faltete die Hände. „Betende Frauen. Wie fromm! Na, Alte? Betest du auch für mich?"

Sophia stellte sich neben die alte Frau. Die warf den Jungen zornige Blicke zu. „Schert euch zum Teufel, wenn ihr schon nicht bis Fünf denken könnt."

Die zwei Uniformierten schauten sich an. „Die Alte ist frech." Das war der Pickelige.

„Müssen wir uns das gefallen lassen?" Der Dürre trat einen Schritt auf die Frau zu.

Sophia baute sich sogleich vor ihm auf. „Lasst sie in Ruhe!"

Der Pickelige grinste von einem Ohr bis zum anderen. „Was sonst?"

Sophia ballte die Fäuste. „Verschwindet! Was sucht ihr überhaupt hier auf dem Stationsweg?"

Der Pickelige bekam eine Zornesfalte zwischen den Brauen. „Leute wie euch."

Er trat zu der alten Frau, riss ihr den Rosenkranz aus den Händen und schleuderte ihn weit von sich.

Die Frau griff noch nach ihm, da fiel ihr der Stock aus der Hand. Der Kerl hob ihn auf und fuchtelte damit wie mit einem Schwert in der Luft herum. Der Dürre grölte darüber.

Sophia stützte die alte Frau, da trat der Dürre nah an sie heran.

„Na, Püppchen? Spielst hier die herzensgute Helferin?“

Nun reichte es! Sophia stieß die Luft aus und zischte: „Sagt mal Jungs, weiß eigentlich Gauleiter Carsten davon, dass ihr Frauen beim Beten belästigt? Ich werde ihn fragen, wenn er uns das nächste Mal besucht.“

Ekel stieg in ihr hoch, aber der Trick schien zu wirken.

Der Dürre drehte sich zu seinem Freund um und warf ihm einen unsicheren Blick zu.

Der Pickelige schwang den Stock. Den bestärkte doch nur seine Uniform, die lächerliche braune Uniform mit den Hakenkreuzen. Ohne die würden sich die beiden so eine Aktion niemals zutrauen. „Wer belästigt hier wen? Wir schauen nur nach dem Rechten.“

„Gebt der Frau den Stock zurück!“

Der Pickelige hörte mit dem Schwingen auf. „Sonst?“

„Gehe ich sofort zum Gauleiter.“

Beide starrten sie erst an, dann senkten sie den Blick. Sie nahmen den Mund zu voll, letztlich fehlte ihnen aber der Mut, wirklich Schlimmes anzustellen. Noch!

Der Pickelige ließ den Stock fallen, drehte sich zum Dürren um und bedeutete ihm, nach unten zu gehen. Letzterer warf Sophia noch einmal einen zornigen Blick zu, folgte seinem Freund aber, wenn auch betont langsam. Feiges Pack!

Sophia hob den Stock auf und drückte ihn der Frau in die Hand. Sie hatte keine Lust mehr zum Beten und der alten Frau saß offensichtlich der Schrecken noch in den Knochen, so blass wie sie aussah. Daher hakte sie

sie unter. „Kommen Sie. Beten können wir schließlich überall.“

Die Frau versteifte sich. „Kennen Sie den Gauleiter gut?“

Sophia grinste. „Ich habe meinen Vater von ihm reden hören, aber mir ist gerade nichts Besseres eingefallen.“

„Dann ist es ja gut.“ Nach wenigen Stufen hinab schimpfte die Frau: „Stänkerer!“

Sophia schaute nach vorne. Dort standen die zwei Dummköpfe an eine Hauswand gelehnt. Die beiden grölten mit gefalteten Händen und hielten sich den Bauch vor Lachen. Als sie Sophia aber zusammen mit der Frau sahen, drehten sie die Köpfe weg.

Sie hob das Kinn im Vorübergehen.

Die alte Frau japste nach Luft. „Die wollen uns alle einschüchtern.“ Dann hob sie den Zeigefinger. „Aber das schaffen die bei mir net.“

Sophia brachte die Frau bis vor ihr Haus in der Karmelitenstraße. Dort drückte diese ihr die Hand. „Bleiben Sie so wie sie sind, junges Fräulein. Weichen Sie niemals vom Weg ab.“

„Das werde ich nicht.“

Sophia ging die Straße in Richtung Brücke. Diese miesen NSDAP-Kerle! Wie sehr hassten sie andere Menschen und somit auch sich selbst. War es nicht so, dass jemand, der andere für eine bestimmte Eigenschaft hasste, im Grunde den Charakterzug an sich selbst verabscheute? Gewiss gönnten die zwei Dummköpfe ihnen das Beten nicht, weil sie selbst den Drang danach spürten, aber es sich nicht gestatteten oder andere es ihnen nicht erlaubten.

Die Glocken der Marienkapelle läuteten zu Mittag. Es war an der Zeit, nach Hause zu gehen. Schließlich wartete Hilda mit dem Essen auf sie. Sie nahm am besten die Abkürzung über den Marktplatz.

Bereits aus der Ferne drangen laute Stimmen aus der Richtung des Rathauses an Sophias Ohr. Was da wohl passierte? Sie folgte dem Gebrüll, als zwei Männer hinter einem Torbogen hervortraten. Der eine hatte seinen Hut tief ins Gesicht gezogen und einen Schal um den Mund gewickelt. Er wirkte von der Statur her wie Joseph Weiß. Aber das war ja unmöglich. Der weilte ja mittlerweile in der Schweiz. Der zweite war ein alter Mann, dürr bis auf die Knochen. Er überquerte o-beinig den Marktplatz und legte dabei eine Hand auf sein Kreuz.

Sie folgte ihm zu der Menschenmenge vor dem Rathaus. Da hatte sich ja eine beachtliche Anzahl versammelt. Was ging hier vor sich?

Kreisleiter Müller und Gauleiter Carsten redeten auf den Bürgermeister ein, während sie die Fahne der NSDAP in den Händen hielten. Was verlangten die?

Sie schob sich durch die Menge ein Stück nach vorne. Müller brüllte laut, dass es an der Zeit sei, die richtige Fahne zu hissen. Carsten trat so nahe an den Bürgermeister heran, dass Sophia fürchtete, er würde diesen gleich niederstoßen.

„Das Rathaus ist ab sofort in unserer Gewalt", keifte Müller. Er hielt die Fahne in die Höhe. „Zum Zeichen dafür wird die jetzt hochgezogen."

Uniformierte der NSDAP rückten dem Bürgermeister dicht auf die Pelle, bis der sich verzweifelt umschaute.

Keiner kam ihm zu Hilfe, wenn auch in manchem Gesicht Abscheu stand. Der Bürgermeister hob die Hände, drehte sich um und verließ den Platz. Das war ungeheuerlich! Diese Widerlinge rissen einfach so die Macht an sich, obwohl sie die Wahl verloren hatten! Sophia schaute sich um. Wieso griff denn keiner ein? Einige schüttelten den Kopf, schwiegen aber. Andere verließen den Platz, manche aber applaudierten.

Da musste doch jemand eingreifen!

„Halt!", rief Sophia. Sie schob sich weiter nach vorne, als sie eine Hand am Arm packte und festhielt. Sie drehte sich um. Moltke stand hinter ihr.

Er schüttelte den Kopf und deutete mit dem Kinn zum Marktplatz. „Komm!"

„Nein!", rief sie.

Einige Köpfe drehten sich zu ihr um.

„Los jetzt!" Moltke zog sie mit sich.

Erst als sie genügend Abstand zum Rathaus hatten, ließ er sie los.

„Was fällt dir ein?" Sie rieb sich die Stelle am Arm, an der er sie gepackt hatte.

Er senkte den Kopf. „Es tut mir leid, falls ich dir wehtat."

Sie winkte ab. „Pah! Das ist doch jetzt unwichtig wie nur was." Sie zeigte zum Rathaus. „Was aber dort geschieht, das kann doch keiner hinnehmen. Da muss man doch einschreiten."

Moltke schüttelte den Kopf. „Hast du gesehen, mit wie viel Mann die dort angerückt sind? Was willst du da alleine dagegen ausrichten? Die sperren dich weg und dann ist es mit deinem Aufbegehren vorbei."

Sollte sie das alles akzeptieren, wie alle anderen? Ganz bestimmt nicht! Sie trat einen Schritt auf ihn zu. „Ach, ist es besser, die schalten und walten zu lassen, wie es denen gerade in den Sinn kommt?"

„Es ist besser, die Menschen um uns herum zu informieren und ihnen die Augen zu öffnen. Je mehr wir für uns gewinnen, umso erfolgreicher werden wir sein." Moltke fixierte ihren Blick.

Sie schnaubte wütend. „Und wann wird es soweit sein? Wann wehrt ihr euch? Und wie? Mit Beten?"

„Ein Schritt nach dem anderen. Aber eine sinnlose Aktion zu starten, die ins Leere führt, ist sogar gefährlich." Er schaute sich um. „Geh jetzt nach Hause."

Was glaubte er eigentlich, wen er vor sich hatte? Sie ließ sich gewiss nicht herumkommandieren wie ein kleines Mädchen! Sie trat nahe an ihn heran. „Ist Beten dein Widerstand?"

„Na, dann geh doch zur Residenz und brülle dort herum", zischte er. Er ging zwei Schritte weg, kam wieder zurück. „Schau doch, wie weit du kommst. Die sperren dich weg, schlagen dich zuvor zusammen oder noch Schlimmeres. Hast du dann etwas gewonnen?"

Sie schluckte. Hatte er recht? Vermutlich. „Aber ..."

„Wenn du etwas tun willst, dann weißt du ja, wo du mich finden kannst." Er nickte zum Abschied, vergrub die Hände in den Manteltaschen und schlug den Weg zur Alten Mainbrücke ein.

Sophia holte tief Luft und stieß sie aus. Moltke regte sie bei jedem Treffen auf, hier aber hatte er sie beschützt. Sie schaute zurück zum Rathaus. Die Menschenmenge lichtete sich. Es blieben wohl nur die, die Beifall spendeten. Eine Gänsehaut kroch über Sophias

Rücken. Es war grauenvoll, was hier geschah. Ob Vati davon wusste? Sie würde ihn zur Rede stellen!

Sie hastete über den Marktplatz, eilte zur Residenz, von dort am Park entlang in die Ludendorffstraße bis zur Villa. Dort lehnte sie sich kurz an das Tor und verschnaufte.

Der Apotheker winkte ihr und kam heran. Er deutete zum Himmel. „Die Sonne verhöhnt uns."

„Die Sonne kann nichts für die Dummheit der Menschen."

„Es ist der Hass im Herzen weniger." Er drehte sich um. „Der Hass ist der Weg zum Bösen."

Sophia malte bis zum Abend an einem Porträt, das Katharina auf dem Küchentisch sitzend zeigte, wie sie zwischen ihren Zehen pulte. Sie hatte lange an Katharinas konzentriertem Blick gearbeitet, jetzt aber passte der Ausdruck des jungen Gesichtes.

Dann endlich schlug die Haustür zu und Vati redete mit David unten in der Diele. Sie legte die Pinsel auf die Palette und stieg die Treppe hinab.

Vati bekam von ihr einen Kuss auf die Wange, dann bat sie ihn um ein Gespräch.

Er legte den Arm um ihre Schultern. „Lass uns gleich reden, bevor Leonore und Katharina heimkommen, denn dann wollen wir zusammen essen und danach will ich noch Papiere durchschauen."

Er führte sie in das kleine Zimmer, in dem er meist zusammen mit David rauchte und einen Cognac trank, auch wenn er behauptete, dort Männergespräche zu führen. Auch jetzt goss er sich etwas zu trinken ein und setzte sich an den kleinen Tisch ihr gegenüber.

„Was gibt es, mein Mädchen?“

Sie würde gleich auf den Punkt kommen. „Heute Mittag war ich vor dem Rathaus und habe erlebt, wie deine Partei die Macht an sich gerissen hat und den Bürgermeister ... ja ... im Grunde vertrieben hat.“

Vati trank das Glas leer. „Was soll ich dazu sagen? Das machen die überall so. Befehl von höchster Stelle.“

„Die?“ Sie merkte, dass sie laut wurde und senkte die Stimme. „Vati, du gehörst zu ihnen.“

Er fixierte einen Punkt rechts von ihr. „Davon verstehst du nichts, mein Kind.“ Dann schaute er ihr in die Augen. „Warum beschäftigst du dich überhaupt damit? Schau, Maria interessiert sich nicht für Politik ...“

„Ich bin nicht Maria.“ Sie holte tief Luft. „Entschuldige bitte. Ich habe dich unterbrochen.“ Sie seufzte. „Warum machst du bei so einer Partei mit, die Angst verbreitet und Menschen hasst, ja sie sogar aus dem Land vertreibt?“

Vati stand auf und trat ans Fenster. „Ich könnte dir aufzählen, was die Partei alles vorhat, um den Menschen zu helfen.“ Er drehte sich zu ihr um, hob die Arme und ließ sie fallen. „Verstehst du? Es muss im Land wieder bergauf gehen.“

Das konnte doch nicht wahr sein! War er so verblendet? Sie erhob sich. „Mit Gewalt und auf dem Rücken Unschuldiger?“

Vati schaute zu Boden. „Der Machtwechsel lässt sich nicht mehr aufhalten.“

„Doch! Jeder, der noch in den Spiegel schauen will, muss sich wehren. Noch gibt es genügend Menschen, die sie aufhalten können." Tränen traten in Sophias Augen. „Du hast immer gesagt, wir sollten rechtschaffen bleiben, oder etwa nicht?"

Vati nahm sie in die Arme. „Manchmal braucht es dafür Umwege."

Sie schaute zu ihm hoch, als er ihr zuzwinkerte.

Eine Weile blieb sie in seinen Armen gekuschelt. Er roch wie immer nach Wald und Harz, nach seinem Rasierwasser, umschlang sie, als wollte er sie davontragen und strich ihr übers Haar.

Sie kannte seine Umwege nicht, verspürte auch keine Lust, sie mit ihm gemeinsam zu gehen. Ihr Weg war ein anderer.

Als sie die Stimmen von Katharina und Mama vernahm, löste sie sich aus der Umarmung. „Bitte vertreib das Grauen aus dem Land!"

Das war Kleinmädchendenken, aber gerade war sie auch sein Mädchen.

Vati zuckte mit den Schultern. „Wir werden sehen."

Am nächsten Morgen erzählte David während des gemeinsamen Frühstücks, dass die Mitglieder der NSDAP neben der Residenz, die Festung sowie die Faulenbergkaserne und andere wichtige Gebäude der Stadt eingenommen hätten. Er wischte sich mit einem Taschentuch den Schweiß von der Stirn.

Sophia wandte sich an ihren Vater. „Was sagst du dazu?"

Mama wischte Krümel vom Rock. „Was soll Heinrich dazu sagen? Er hat damit nichts zu tun."

„Wie bitte?“ Sie hörte wohl nicht recht! „Es ist seine Partei!“ Dann schaute sie zu ihrem Vater. „Wusstest du davon?“

Der legte seine Serviette auf den Teller. „Muss ich mich hier für jede Aktion der NSDAP rechtfertigen? Was geht dich das an?“

„Lass es jetzt gut sein“, mischte sich Katharina ein. „Wir sollten so wie immer als Familie zusammenhalten.“

„Und die Augen verschließen?“ Sophia schaute ungläubig in die Runde.

Da lächelte Vati ihr zu. „Mein Mädel, heute steht dir die Aula der Oberrealschule zur Verfügung. Ich stelle dir auch einen meiner Leute zur Seite, er wird deine Gemälde aufhängen. Vielleicht hilft auch …“

Sie sprang vom Stuhl auf, sodass er umkippte. „Wie kannst du bei all den schrecklichen Ereignissen, die deine Partei verursacht, an die Ausstellung denken?“

David hob den Stuhl auf. „Gnädiges Fräulein …“

Spielten ihr hier alle einen Streich? Wie friedlich sie ihr Frühstück einnahmen. Als ob die Welt um sie herum nicht in grellen Flammen loderte! Waren sie derart blind?

Schließlich stemmte sich Mama ächzend hoch und verließ das Zimmer.

„Es geht ihr nicht gut“, sagte Maria.

Sie machte Anstalten, ihr zu folgen, da bedeutete ihr Sophia sitzen zu bleiben. „Ich geh schon, schließlich habe ich sie wohl vertrieben.“

Sie klopfte an die Tür des Schlafzimmers und trat ein. „Wie geht es dir?“

Mama sah noch immer so bleich wie eine unbemalte Leinwand aus. Das Hausmädchen half ihr beim Auskleiden und brachte sie zu Bett. „Ich komm gleich wieder", versprach Emmi.

Mama lächelte. „Heute fühle ich mich ein wenig schwach. Ich brauche etwas Ruhe, dann muss ich den Laden aufschließen. Noch gehört er ja mir."

Sophia setzte sich auf einen Stuhl neben dem Bett. „Was heißt das?"

„Stell dir vor: Katharina wird den Laden in ihr Kaufhaus aufnehmen. Von da an bin ich arbeitslos."

Sophia seufzte. „Du musst jetzt erst mal wieder auf die Beine kommen. Da ist die Arbeit doch unwichtig."

Da hob Mama den Zeigefinger. „Die Arbeit ..."

„... steht an erster Stelle, ich weiß."

Mama fasste nach ihrer Hand. „Heute wirst du deine Ausstellung aufbauen, nicht? Dein Vater ist schon ganz aufgeregt. Präsentiere deine Bilder, schließlich hast du Jahre an ihnen gearbeitet."

Durch Sophia ging ein Ruck. Das waren ja ganz neue Töne!

„Ja, ich habe mir mit ihnen Mühe gegeben."

„Ich weiß. Dann zeige sie den Mitmenschen!" Mama holte tief Luft und schloss die Augen, als Vati zusammen mit Maria hereinkam.

Sophia schlich hinaus. Hatte sie sich verhört? Mit einem Mal hielt Mama sie dazu an, ihre Werke der Öffentlichkeit zu zeigen. Dann fand sie sie wohl doch nicht so schlecht. Dabei hatte sie kaum jemals eines zu sehen bekommen. Oder war sie heimlich in ihr Zimmer gegangen? Wie auch immer. Natürlich drängte es sie zu der Ausstellung, trotz der politischen Lage.

Sie stieg die Treppe hinauf, ging in ihr Zimmer und betrachtete ihre Werke. Wenn es sogar Mama wünschte, dann würde sie die Ausstellung halt aufbauen.

Vati hatte ihr die Gelegenheit dazu gegeben. Er schätzte ihre Kunst und gleichzeitig unterstützte er die NSDAP. Sie ballte die Fäuste. Sie musste gegen sie angehen und daher würde sie am Abend nach dem Aufbau der Galerie zu Moltke gehen.

Sophia hatte einen Mann aus Vatis Baufirma erwartet, der ihr beim Verladen und beim Aufhängen der Bilder helfen würde, aber gewiss keinen Uniformierten aus der Partei. Doch genauso einer bot sich ihr an. Er war nicht größer als sie, auch in ihrem Alter, zog leicht das rechte Bein nach und hatte schmalere Schultern als sie selbst. Na, das konnte ja was werden ...

Zum Glück packte Maria mit an. Sie dirigierte den Jungen, bis alles in Vatis Wagen geladen war.

So verfuhr Maria auch mit ihm, als Vatis Chauffeur Armin vor der Oberrealschule hielt. Sie wies ihn an, die Bilder auszuladen und einzeln an die Wände der Aula zu lehnen. Daraufhin wollte sich der Uniformierte verabschieden. Das konnte ihm so passen!

Sophia hielt ihn am Arm zurück.

„Nichts da! Wir müssen jedes Bild noch aufhängen." Sie drückte ihm einen Hammer und Nägel in die Hände. „Schön langsam. Ich muss mir noch überlegen, wo ich welches Gemälde platziere."

Der Junge rollte mit den Augen, doch das war ihr gleich.

Der Platz, der Lichteinfall durch die hohen Fenster, die Leuchten an der Decke, alles spielte eine Rolle, damit jedes Werk seine Wirkung voll entfalten konnte. Das Gemälde mit dem Blick vom Ufer auf den Main in der Sanderau war ihr liebstes Landschaftsbild, weil ihr die Lichtsprenkel auf der Wasseroberfläche besonders gut gelungen schienen. Das sollte den Platz auf der Wand gegenüber dem mittleren Fenster bekommen. Am besten war es wohl, wenn die Landschaftsbilder das Tageslicht abbekamen, denn da wirkten die Gräser, Blumen und Büsche lebendiger. Hingegen erschienen ihr die Hintergründe der Kinderporträts im schummerigen Licht der Lampen schön verschwommen, was auch so sein sollte. Sie sortierte die Gemälde, forderte den Jungen auf, die Nägel entsprechend einzuschlagen, hängte die Bilder auf und wieder um, bis sie zufrieden mit ihnen war.

Maria blieb vor den Porträts stehen. „Wann um alles in der Welt hast du die gemalt?" Dann hielt sie die Hände vor den Mund und senkte sie wieder. „Das bin ja ich, oder? Als ich mich am Residenzbrunnen nass gemacht habe." Sie lachte laut.

„Ja, das bist du. Selbst als Mädchen mit nassem Haar warst du wunderschön."

Maria winkte ab. „Ach, hör schon auf."

Doch ihr Lächeln verriet, wie sehr sie sich über das Kompliment freute. Sie winkte den Jungen zu sich. „Nachdem du den Hammer sowieso in der Hand hältst, werden wir es folgendermaßen machen: Sophia überlegt sich Titel für die Bilder, ich schreibe sie auf die Schilder und du nagelst sie unter die Werke."

Maria hatte doch wirklich kleine Schilder aus festem Papier zurechtgeschnitten und mitgenommen. Daran hatte Sophia nicht einmal gedacht. Natürlich! Die Werke brauchten einen Namen! Sie bedankte sich mit einem Kuss auf Marias Wange.

Bild für Bild gingen sie zusammen durch, überlegten sich zum Scherz auch Titel wie „Der letzte Flug der Libelle" oder „Die Wolke im Nebel" und kicherten darüber, bis der Uniformierte seufzte und um mehr Ernst und Eile bat.

Sie waren beinahe fertig, als Katharina hereinschneite. Sophia folgte Katharinas Blick auf die Gemälde, die sie noch nie in einer solchen Fülle, geschweige denn überhaupt einmal aufgehängt, gesehen hatte. All das hatte sie Strich für Strich gemalt, verbessert und daran gefeilt, bis es gepasst hatte.

Katharina trat zu ihr und umarmte sie.

„Schau dir an, was du geleistet hast." Sie ließ sie los und betrachtete die Porträts, besonders das, wo sie als Mädchen auf dem Tisch saß und zwischen ihren Zehen pulte. Sie schüttelte den Kopf. „Das wirkt so unglaublich echt."

Sophias Herz weitete sich. „Danke schön."

Später, als alles beschriftet war, sie aufgeräumt hatten und Maria bereits die Hand auf die Türklinke legte, ging Sophia von Bild zu Bild. Weder mochte sie sie alleine hier zurücklassen, was albern war, noch eines von ihnen verkaufen. Es waren doch ihre Gedanken und Gefühle, die sie in jedes Werk eingesponnen hatte. Ab morgen würden fremde Menschen sie betrachten und beurteilen, womöglich mitnehmen und in ihrem

Zuhause aufhängen. Ob die erkannten, was sie aussagten? Schließlich wussten sie ja nichts von ihr und würden sie aufgrund eines Werkes auch nicht kennenlernen. Wie auch? In keinem der Werke fand sich ihre Seele wieder, sie streute in jedes einzelne nur Splitter von sich. Dennoch gehörten die ja zu ihr und wurden nun endgültig von ihr gekappt, falls sie überhaupt eines verkaufte. Sie drehte sich einmal im Kreis. Grün überstrahlte alle anderen Farben. Ein hoffnungsvolles Grün. Sie trat zu Maria an die Tür. „Lass uns nach Hause gehen."

Sophia schlüpfte in ein dunkelgrünes Kleid. Dazu würde sie ihren schwarzen Mantel überziehen. Ein Schal wäre noch gut. Sie wühlte in ihrem Schrank und zog einen braunen heraus. Mit dem über dem Kopf würde sie so gut wie unsichtbar durch die Nacht schleichen. Heute war nicht Mittwoch, dennoch hatte Margarethe sie um ein Treffen am Residenztor gebeten. Was sie wohl vorhatte?

Was brauchte sie noch für das Treffen? Ihr fiel nichts ein. Sie griff nach dem Schal. Da klopfte es an der Tür. Sie ließ ihn wieder fallen.

Vati trat ein. „Liebes, lass uns noch bei der Oberrealschule vorbeischauen. Ich möchte mir deine Ausstellung ansehen." Er lächelte. „Unten wartet ein großer Strauß Rosen auf dich. Ich dachte mir, den könntest du in der Aula aufstellen."

Sie gab ihm einen Kuss auf die Wange. „Danke, Vati."

Dann tat sie, als räume sie auf, griff nach dem Schal und legte ihn ordentlich zusammen. Wie konnte sie

Vati vom Besuch der Ausstellung abbringen? Ginge sie dahin, käme sie zu spät zum Treffen mit Margarethe.

„Ich würde dich lieber morgen mit meinen Gemälden überraschen." Sie nahm ein Täschchen vom Stuhl. „Die Rosen könntest du mir dann feierlich bei der Eröffnung überreichen."

„Das ist ein schöner Gedanke." Er verfolgte jeden ihrer Handgriffe mit den Augen. „Aber Maria hat mir den Mund wässrig gemacht, daher will ich unbedingt noch heute Abend vorbeischauen." Er zuckte mit den Schultern. „Später braucht mich Leonore. Sie möchte mit mir etwas bereden. Also ist jetzt der beste Zeitpunkt für einen Besuch."

Verflixt! Was könnte sie noch vorbringen?

Es klopfte, David schaute zur Tür herein. „Entschuldigen Sie bitte. Gnädiger Herr, unten wartet ein Mann in Uniform auf Sie."

Vati wandte sich an sie. „Tut mir leid, mein Mädchen. Wie es aussieht, werden wir doch alles auf morgen verschieben müssen."

„Außer, du jagst den Kerl unten zum Teufel!"

„Sophia!" Er schüttelte den Kopf und verließ das Zimmer.

Na bitte! Sie hatte ihn verärgert, also würde er heute nicht mehr nach ihr schauen. Sie lugte nach unten.

Vati und der Mann verzogen sich ins kleine Zimmer. Mit Schal und Täschchen in den Händen hastete sie die Treppe hinab, hängte die Tasche um, schlüpfte in den Mantel. Da vernahm sie Vatis Abschiedsgruß. Gleich würde der Mann aus dem Zimmer kommen. Sie machte einen Satz zur Haustür, zog sie so leise wie möglich ins Schloss, eilte zum Gartentor hinaus und wickelte den Schal um Kopf und Schultern. Schnell! Bloß nicht den Uniformierten im Rücken haben!

Sie versuchte sich zu beeilen, doch stellenweise war der Boden gefroren. Folglich gab sie bei jedem Schritt acht. Sie hatte den Park noch nicht erreicht, da vernahm sie Schritte hinter sich, die sich ihr näherten. Also ging sie noch langsamer weiter. Bestimmt war das der Uniformierte. Als sie ihn direkt hinter sich glaubte, beugte sie sich zu ihrem Schuh hinab und tat, als schnürte sie ihn fester.

Der Mann grüßte im Vorbeigehen, drehte sich aber noch einmal um. Sogleich zog sie wie beiläufig ihren Schal über Mund und Nase, doch es war zu spät. Er hatte sie gewiss gesehen, hoffentlich aber nicht erkannt.

Er ging nun gemächlich weiter, schaute noch einmal zurück und schritt durch das Tor in den Hofgarten. Verflixt! Folgte sie ihm, sprach er sie womöglich an. Liefe sie um die Residenz herum und dann zum Tor, verlöre sie Zeit. Dennoch! Sie hatte keine andere Wahl, um sich mit Margarethe zu treffen, ohne aufzufallen.

Sie rannte den Weg hinab, bog um die Ecke und gelangte auf den Vorplatz der Residenz. Dort gingen Uniformierte ein und aus, aber es überquerten auch Spaziergänger den Platz. Sie tat, als gehörte sie einer Gruppe Männer und Frauen in ihrem Alter an, schlenderte knapp hinter ihnen über den Platz, nur um so schnell wie möglich die letzten Meter zum Residenztor zurückzulegen.

Margarethe war nicht da. Sie suchte die Umgebung mit den Augen ab, so gut sie es im Dunkeln vermochte. Nichts! Sie trat durch das Tor. Einige Meter vor ihr eilte eine schmale Gestalt den Weg zum hinteren Tor hinab. Bestimmt war sie das. Sie würde ihr folgen, aber nicht rennen. Das wäre zu auffällig. Gerade da legte jemand die Hand auf ihre Schulter. Sophia zog die Luft ein und zuckte zusammen.

„Ich bin's", flüsterte Margarethe.

Sie stieß die Luft aus. „Was bin ich erschrocken!"

„Endlich bist du da." Margarethe drehte sich um. „Komm!"

Diesmal war sie alleine. Sie nahm Sophia an der Hand. „Kein Wort! Folge mir."

Sie rannten in die Hofstraße. Vor dem kleinen Handarbeitsladen „Strickhexe" blieben sie stehen. Margarethe schaute sich um. Weiter unten am Paradeplatz stand ein Liebespaar eng umschlungen. Sophia presste die Lippen zusammen. Neulich hatte sie gerade so ein Pärchen verdächtigt. Wer wusste schon, ob sie so danebengelegen hatte? Auch Margarethe schien unschlüssig. Sie zuckte mit den Schultern. „Was denkst du?"

„Ich weiß es nicht."

„Lass uns nicht länger warten." Margarethe trat einen Schritt zurück. „Wer weiß, wer noch alles hier auftaucht." Sie prüfte erneut die Straße, dann trat sie zu einer Holztür neben dem Laden und klopfte dreimal an.

Sophia stellte sich dicht neben sie. Ihr Herz schien im Hals zu klopfen. Sie schluckte mehrmals, dann endlich öffnete eine Frau mit einem gestrickten Schal um die Schultern die Tür. „Herein mit euch!"

Die Frau drückte sich an die Wand des engen Flures. Margarethe trat ein und schritt auf eine offene Tür zu, die in einen Kellerraum führte. Sophia folgte ihr.

Eine Lampe auf einem quadratischen Tisch, auf dem Stapel von Papier lagen, erhellte spärlich den Raum. Um den Tisch saßen oder standen Frauen und Männer in Sophias Alter. Zwischen ihnen stand Moltke mit verschränkten Armen. Er verdeckte teilweise den Blick auf eine Maschine an der hinteren Wand. Sophia erkannte nur, dass die Maschine aus schwarz gefärbtem Metall war und ein langer Hebel aus ihr herausragte. Wozu die wohl diente? Neben ihr lagen Säcke, gefüllt mit Wolle in allen Farben, Körbe und Kisten, in denen sich ebenso bunte Wolle türmte. Wie schön sich die Farbtupfer im Dunkel ausmachten.

Margarethe und Sophia grüßten, dann nahmen sie auf zwei freien Stühlen Platz.

Moltke zog eine Braue hoch, wünschte einen guten Abend und räusperte sich. „Es wird keiner mehr kommen. Fangen wir an."

Ob wohl wieder gebetet würde? Aber keiner faltete die Hände.

Vielmehr zog Moltke ein Blatt Papier unter seiner Weste hervor.

„Das ist das neue Liedblatt." Er wandte sich an eine junge Frau. „Danke Klara für das Schreiben." Dann reichte er es einem Mann neben sich, der es las und schließlich weitergab.

Moltke schaute in die Runde. „Wer möchte es vervielfältigen?"

Die Frau, die die Tür geöffnet hatte, meldete sich zu Wort. „Ich bekomme das mit der Maschine nicht so hin, kann aber jemandem zur Hand gehen."

Der Mann neben Moltke nickte. „Ich mach das."

Moltke ließ Sophia nicht aus den Augen. „Gut. Sehen wir uns also übermorgen wieder und diesmal hier! Da werden alle kommen."

Nach und nach verließen sie den Raum. Moltke legte eine Hand auf Sophias Schulter. „Warte!" Er winkte sie zu der Maschine. „Hier drucken wir die Liedblätter. Und wie du mitbekommen hast, schreibt sie jedes Mal jemand anderer von uns."

„Mit einer Schreibmaschine?"

„So ist es. Wenn du mitmachen willst, dann besorge ich dir eine."

„Ich kann mir selbst eine beschaffen." Das hatte trotziger geklungen als sie es wollte. Aber das Ganze war unsinnig. „Warum verteilen wir nur Liedtexte?"

„Christliche Lieder und Gebete oder Gedanken lehnt die Partei ab. Doch wir Christen lehnen uns dagegen auf. Wir …"

„Warum rufen wir nicht mittels der Texte zur Gegenwehr auf?"

Moltke fixierte sie. „Das ist zu riskant. Da werden die uns einen Riegel vorschieben und dann ist es aus mit dem Widerstand."

„Ja, das leuchtet mir ein." Aber es musste doch eine Möglichkeit geben. „Was, wenn ich jeweils eine Zeichnung beilege, die eben irgendeinen Aufruf darstellt?"

Moltke fixierte sie aus schmalen Augen. Er rieb sich das unrasierte Kinn. „Hm. Kein schlechter Gedanke." Er schien mit sich zu ringen. „Entwirf was und bring es das nächste Mal mit." Er drückte ihr mehrere handbeschriebene Blätter Papier in die Hand. „Tipp die bitte bis übermorgen auf der Schreibmaschine ab."

„Bis übermorgen?“ Wie dumm, dass sie Moltkes Angebot abgelehnt hatte. Doch die Blöße, ihn doch um eine Schreibmaschine zu bitten, würde sie sich nicht geben.

„Ja, da treffen wir uns wieder hier und vervielfältigen dein Schreiben.“ Er zog die Stirn in Falten. „Ich brauche dir nicht zu sagen, dass du alles geheim halten musst? Verstecke auch auf dem Heimweg die Blätter gut!“

Anschließend beteten sie doch noch ein stilles Gebet, alle außer ihr. Wo um alles in der Welt könnte sie die Blätter auf dem Heimweg am besten verstecken und woher eine Schreibmaschine bekommen?

Als Sophia nur noch mit Margarethe, der Besitzerin des Geschäftes und Molke im Kellerraum stand, kehrte sie ihnen den Rücken zu, legte sich den Schal um, knöpfte ihre Bluse auf, schob die Blätter hinein und schloss die Knöpfe wieder. Zufrieden wandte sie sich an ihre Freundin. „Lass uns heimgehen.“

Moltke grinste. „Bis zum nächsten Mal.“

Augenscheinlich hatte er ihr Versteck mitbekommen. Na wenn schon! Hauptsache, sie brachte alles sicher nach Hause.

Sie war bereits an der Tür, da fiel ihr etwas ein. Sie wandte sich an Moltke. „In der Oberrealschule stelle ich Bilder aus, ab morgen. Möchtest du vorbeikommen?“

Moltke nickte. „Danke.“

Draußen zog Margarethe sie auf die gegenüberliegende Straßenseite. „Morgen werde ich auf jeden Fall zu deiner Ausstellung kommen. Aber jetzt sollten wir direkt nach Hause gehen. Schaffst du den Heimweg alleine?“

War es gut, dass jede von ihnen alleine unterwegs war? Schlüge sie aber Margarethe vor, bei ihr zu übernachten, dann müsste sie ihrer Familie erklären, dass sie noch unterwegs gewesen war und womöglich stellten sie dann Fragen. War es besser, zu versuchen, unbemerkt ins Haus zu schlüpfen? Auf der anderen Seite sorgte sie sich um Margarethe. Deren Heimweg war deutlich länger.

„Wie wäre es, wenn du mich begleitest und die Nacht bei uns verbringst?"

Ihre Freundin schüttelte den Kopf.

„Warte! Wir könnten einfach behaupten, uns zufällig bei einem Spaziergang getroffen und nicht gemerkt zu haben, wie die Zeit verging."

Margarethe lächelte. „Und was für eine Ausrede gebrauchen wir das nächste Mal?"

Sie hatte recht. „Gut, dann wünsche ich dir einen guten Heimweg."

Die Blätter auf Sophias Brust schienen zu glühen, als sie an der Residenz vorbeihastete. Dort standen Männer vor dem Eingang und redeten miteinander. Gingen die nie heim? Wäre sie selbst nur schon zu Hause und hätte die Blätter irgendwo in ihrem Zimmer versteckt. Im Grunde war es lächerlich. Es waren doch nur Kirchenlieder darauf zu lesen. Was war denn schlimm daran? Warum machte Moltke so ein Gehabe darum? Gerade mit der Geheimnistuerei hatte er ihr Angst eingejagt. Doch wenn sie jetzt schon ein mulmiges Gefühl auf dem Heimweg hatte, wie bitte sollte sie dann den Plan mit den aufrührerischen Zeichnungen umsetzen?

Da war das heimliche Zeichnen noch die leichteste Aufgabe. Danach mussten die Blätter zu Moltke gelangen und bei deren Transport würde ihr das Herz stehen bleiben, wenn ihre Nerven jetzt schon flatterten. Also – tief durchatmen! Und weitergehen!

Hoffentlich kam Margarethe gut nach Hause. Gewiss fürchtete sie sich weniger, schließlich war sie ja bei vielen Treffen dabei gewesen und hatte wohl Übung darin.

Sophia fasste unter den Schal und presste das Papier an sich. Was tat sie da? Sie zog die Hand wieder weg. Das war ja wie ein Fingerzeig auf die Zettel.

Sie hastete den Rennweg hinauf. Der Park zu beiden Seiten wirkte heute Abend besonders finster. Was, wenn sie hinter dem Gestrüpp jemand beobachtete? Sie zog unwillkürlich den Kopf ein. Unsinn! Es war besser, sie straffte sich und verhielt sich so wie immer.

Nun kam ein Mann die Straße herab. Er blieb unter einer Laterne stehen und zündete sich eine Zigarette an. Ein Uniformierter. Ob der seine übliche Route lief?

Der Mann ließ sich Zeit. Sie eilte weiter. Eine Armlänge entfernt von ihr blieb er stehen. Er schaute auf seine Armbanduhr. „Ist es nicht ein wenig spät zum Spazierengehen?"

Ihr Herz hämmerte. Hoffentlich zitterte ihre Stimme nicht. „Nein, finde ich nicht. Aber ich gehe auch nicht spazieren."

„Sondern?"

„Ich komme von meiner Ausstellung. Da gab es noch allerhand zu tun."

Zum Glück war ihr das eingefallen!

Er zog eine Braue hoch. „Ach, wirklich?"

Sie reckte das Kinn in die Höhe. „Kommen Sie doch morgen vorbei! Sie ist in der Oberrealschule." Er zeigte keinerlei Regung. „Fragen Sie nach Sophia Wagner. Ich bin Heinrich Wagners Tochter."

Es ließ sich nicht ablesen, ob er bei der Nennung des Namens beeindruckt war. Natürlich riskierte sie, dass er ihn aufschrieb und dass Vati davon erfuhr. Aber hatte sie eine Wahl, wenn sie ihn überzeugen wollte?

Der Mann streckte den Arm aus, murmelte den Gruß der Partei und ging weiter.

Sophia setzte den Weg fort, ohne sich noch einmal umzudrehen. Hoffentlich erfuhr Vati nichts von dem Vorfall!

Wenige Schritte vor der Villa kam der Apotheker von gegenüber heran. Er lupfte den Hut.

„Guten Abend, Fräulein Sophia. Beinahe hätte ich Sie nicht erkannt."

Sie grüßte auch und deutete zu der Laterne vor sich. „Ist es nicht hell genug?"

Er schien sie zu mustern. „Das schon. Aber Sie sehen aus, als wären Sie gerannt."

Sie kramte ein Taschentuch heraus, tupfte sich den Schweiß ab und schüttelte den Kopf. „Ich hatte nur eine unerfreuliche Begegnung."

„Ja, auf die stößt man in letzter Zeit nur allzu oft."

Mit einem Mal schwang die Haustür auf. Sophia zuckte zusammen. Vati verabschiedete einen Uniformierten mit Handschlag. Schon wieder einen? Offenbar legte der ausnahmsweise keinen Wert auf den üblichen Gruß.

Sophia strich ihren Rock glatt, richtete den Schal und öffnete das Gartentor. Der Uniformierte kam heran, streckte die Hand aus. „Guten Abend, gnädiges Fräulein."

Nun erkannte sie den Mann. Es war Gauleiter Carsten, der sich zusammen mit dem Kreisleiter in allen bedeutenden Gebäuden der Stadt breitgemacht hatte. Nein, dem wollte sie nicht die Hand reichen.

Da trat Vati neben Carsten. „Das ist meine Tochter, Sophia." Er warf ihr einen ernsten Blick zu. „Gauleiter Carsten."

Sie wischte sich mit dem Taschentuch über ihre Hände. „Entschuldigen Sie bitte, aber ich habe schmutzige Hände. Ich habe im Gestrüpp gewühlt und nach Ästchen gesucht – als Zeichenobjekte. Aber leider nichts Brauchbares gefunden."

Carsten ließ die Hand sinken. „Ach, Sie zeichnen?"

„Ja. Meine Leidenschaft."

Er lächelte. „Hier scheinen ausschließlich begabte, hübsche Damen zu wohnen. Es freut mich, Sie kennenzulernen, meine Liebe."

Seine Liebe war sie ganz bestimmt nicht. Sie hob das Gesicht zu ihm hinauf. „Die Damen des Hauses sind auch mit reichlich Verstand gesegnet."

Er kniff die Augen zusammen. „Ja, ich habe nicht den geringsten Zweifel daran." Er schaute von ihr zu Vati und wieder zu ihr zurück. „Wo waren Sie denn um die späte Uhrzeit unterwegs?"

Nun lag es ihr auf der Zunge, zu fragen, was ihn das anging. In dem Augenblick sagte der Apotheker: „Fräulein Sophia war so nett, mich auf meinem Abendspaziergang zu begleiten. Das tut sie häufig, ganz zu meiner Freude."

Carsten zog die Brauen hoch, nickte aber. „Verstehe. Dann wünsche ich den Herrschaften noch einen angenehmen Abend.“

Sophia gab das Gartentor frei und wandte sich lächelnd an den Apotheker. „Gute Nacht.“

Der tippte sich an den Hut. „Die wünsche ich Ihnen auch.“

Er überquerte die Straße und verschwand in seinem Haus. Soeben hatte sie einen Freund gewonnen.

Vati hielt ihr die Haustür auf, dann schloss er sie leise hinter sich. „Sophia, wo warst du und wie schaust du aus?“

„Das hast du doch gehört. Der Apotheker und ich sind im Park spazieren gegangen.“ Sie machte einen Schmollmund. „Du hattest ja keine Zeit für mich.“

Er hob die Hand. „Es tut mir leid. Morgen werde ich mich freimachen und zu deiner Ausstellung kommen. Versprochen.“

Sophia legte Mantel und Schal ab, gab Vati einen Kuss, dann ging sie in ihr Zimmer hinauf.

Wo ließen sich die Papiere nur am besten verstecken? Unter der Matratze? Im Sekretär? Der war im Grunde ein gutes Versteck, denn er besaß ein Geheimfach und das ließ sich absperren. Wie sie aber herausgefunden hatte, besaßen Marias und Katharinas Sekretäre das gleiche Fach und es passte auch jeder der Schlüssel zu jedem der Fächer. Also kam das nicht infrage.

Ein Klopfen an der Tür ließ sie zusammenfahren. Ohne zu überlegen, steckte sie die Papiere unter ihre Bettdecke.

Maria kam herein und setzte sich auf das Bett. Sophia hielt die Luft an, weil sie ein Knistern befürchtete, doch nichts geschah.

Maria strich sich eine Strähne aus der Stirn. „Puh! Bin ich heute müde. Erst die Ausstellung, auf die ich mich natürlich freue, und dann der Gauleiter, dem ich artig die Hand geben musste."

„Und Katharina?"

„Von der ist er ganz entzückt. Na ja, wie auch immer. Sie ist traurig."

„Das wird sie noch länger sein. Sie wird sich auch sehnen." Sophia seufzte. „Ob das so ein Kaufhaus wert ist?"

Maria zuckte mit den Schultern. „Jedenfalls muss die Liebe der beiden groß sein, wenn sie das alles füreinander auf sich nehmen." Sie schlug die Hände zusammen. „Ist das nicht romantisch?"

Wie ihre Augen strahlten und sich die Wangen rot färbten. Ob sie selbst jemals so entzückend ausschaute? Dennoch fand sie das Verhalten nicht romantisch, wollte aber Maria die Begeisterung nicht nehmen. „Gewiss werden sie arg verliebt sein."

„Hoffentlich verliebe ich mich auch einmal so sehr."

Sophia setzte sich zu Maria. „Da bin ich ganz sicher. Eine Auswahl an Männern steht dir ja immer zur Verfügung."

Maria kicherte. „Nur weil die mich mögen, heißt das nicht, dass mein Herz für sie schlägt. Da muss der Richtige noch kommen."

„Das wird er."

Maria ließ nur Schönes in ihre kleine Welt treten und erfreute sich daran. Genau das Leichte in deren Leben liebte Sophia an ihr. Sie gab ihr einen Kuss auf die

Wange. „Mach dir keine Gedanken um den richtigen Mann. Er wird dich schon finden."

Maria stand vom Bett auf. „Hoffentlich!" Sie ging zur Tür. „Schaust du noch einmal nach Katharina?"

„Sie kann ja zu mir kommen, wenn sie mag."

Sophia wartete, bis Maria die Tür schloss, dann fischte sie die Papiere unter der Decke heraus.

Wo würde sie keiner bemerken? Ihr Blick fiel auf die Skizzenmappe. Natürlich! Sie schob die Blätter zwischen den Stapel ihrer Zeichnungen und atmete erleichtert auf, als Katharina anklopfte.

Sophia war nicht gut im Trösten und lenkte Katharina ab, indem sie das Gespräch auf das Kaufhaus brachte. Katharina erzählte von ihrer Sekretärin Sonja, die ihr eine Menge Arbeit abnahm, indem sie den Schreibkram erledigte.

„Schreibt sie alles mit der Hand?"

Katharina winkte ab. „Natürlich nicht. Sie tippt die Unterlagen mit der Schreibmaschine."

Wenn das nicht die Gelegenheit war! Sie nahm ihren Mut zusammen. „Sag mal, denkst du, dass ich die Maschine auch benutzen könnte?"

Katharina zog eine Braue nach oben. „Was möchtest du denn schreiben?"

Das war eine gute Frage!

Sophia stand auf, trat zu ihren Werken. „Oh, weißt du, ich möchte eine Art Katalog meiner Werke erstellen, erst mal nur so für mich. Den möchte ich aber ordentlich schreiben und du kennst ja meine hässliche Handschrift."

Katharina gähnte herzhaft. „Ich werde jetzt schlafen gehen." Sie umarmte Sophia. „Aber natürlich kannst du die Maschine benutzen. Sonja geht meistens gegen sechs Uhr, oft auch früher, nach Hause. Ich bleibe ja länger im Büro, also kannst du abends gerne deine Texte tippen kommen."

Sophia schluckte. Was, wenn Katharina mitbekam, was sie da tippte? Aber da würde sie sich eben Gedanken drüber machen, wenn es soweit war.

Nachdem Katharina gegangen war, zog Sophia einen der Liedtexte nach dem anderen aus der Mappe heraus. In einem hieß es:

Auf, auf, ihr Reichsgenossen, euer König kommt heran.

Dazu würde ihr gewiss eine Zeichnung einfallen.
Ein weiterer Text kam Sophia bekannt vor.

Aus tiefster Not schrei ich zu dir.

Sie schlug in einem ihrer Bücher nach. Richtig! Das war ein evangelisches Lied. Der Text stammte von Martin Luther. Da unterschied Moltke offenbar nicht so streng die katholische von der evangelischen Kirche. Hauptsache der Inhalt der Texte schreckte auf. Das fand sie gut. Auch sie wollte wachrütteln und ihre Zeichnungen sollten das stützen.

Es war bereits spät in der Nacht, als sie mit ihren Entwürfen zufrieden war. Zusammen mit den Liedtexten schob sie sie in die Skizzenmappe. Die nutzlosen zerriss sie in kleine Stücke und warf sie in den Kamin, dessen Flammen bereits erloschen waren. Erst jetzt merkte sie, wie kalt es im Zimmer war und wie klamm sich ihre Finger anfühlten. Sie rieb die Hände aneinander, dann spreizte sie die Finger der linken Hand und ballte sie zu einer Faust. Wüsste Mama, dass sie ausschließlich mit links malte, sie wäre entsetzt. Mit der rechten Hand, der angeblich guten, schrieb sie. Zwar hässlich, aber immerhin leserlich, weil sie dazu angehalten worden war. Aber das Zeichnen und Malen überließ sie ihrer linken Hand. Außer David wusste keiner davon. Es schaute ihr auch niemand dabei zu, nicht weil sie jemals ein Verbot dazu ausgesprochen hätte. Vielmehr interessierte ihre Technik keinen.

Am nächsten Tag freute sie sich über die wenigen Besucher ihrer Ausstellung. Jeden einzelnen begleitete sie von Gemälde zu Gemälde und erklärte, wie das Bild entstanden war oder erzählte eine Geschichte dazu. Der eine oder andere zeigte Interesse, die meisten aber lächelten gequält. Sie bekam Kommentare zu hören, wie etwa: „Ganz nett", „Das Potenzial ist da" und ähnliche. In den Situationen hätte sie am liebsten ihre Bilder verdeckt und die Besucher hinauskomplimentiert. Doch sie führte sie bis zum Ende, schloss hinter ihnen die Tür und atmete erleichtert auf.

Maria bekam das Verhalten eines solchen Gastes mit. Es war eine Dame in ihrem Alter, die beim Betrachten eines Bildes hektisch blinzelte, dann die Mundwinkel herabzog, schweigend zum nächsten schritt, sich schließlich für die Ausstellung bedankte und den Raum verließ.

Daraufhin legte Maria die Hand auf Sophias Schulter. „Die ist bestimmt traurig, dass sie nicht so gut malen kann."

„Das glaube ich nicht." Sie starrte auf ihre Porträts. „Vielleicht erwarten die meisten andere Motive als Landschaften und Kinderzeichnungen."

Maria zuckte mit den Schultern. „Das ist doch deren Problem. Ich meine, manche mögen dies und andere das. Du kannst nicht jedem seine Wünsche erfüllen. Mach das, was dir Freude bereitet und steh dahinter, gleich, was andere sagen."

Dafür umarmte sie Maria. Warum nur ließ sie sich durch die Meinung einiger Besucher so verunsichern? Sie war mit ihren Werken zufrieden und fertig.

Sophia rückte noch das ein oder andere Bild zurecht, als die Tür aufschwang. Vati trat ein. Er begrüßte sie beide mit einem Kuss auf die Wange und drückte Sophia einen Strauß weißer Rosen in die Hand. „Für dich! Und jetzt will ich mir mal die Werke meiner Künstlerin anschauen."

Alles hatte sie erwartet, nicht aber, dass er sich Tränen aus den Augen wischte, nachdem er die Porträts betrachtet hatte. „Ich bin so stolz auf dich, Mädle."

Er nahm sie in die Arme und zeigte auf die Porträts. „Wie treffend du euch Kinder gemalt hast. Die Bilder muss Leonore unbedingt sehen!"

In dem Augenblick schwang die Tür erneut auf und der Uniformierte von gestern Abend auf der Straße trat ein. Er streckte den Arm zum Gruß.

Sophias Beine schienen für wenige Augenblicke am Boden festgewachsen. Als aber Vati sie losließ und den

Mann begrüßte, kam wieder Leben in sie. Auch sie ging zu dem Uniformierten hin.

„Kann ich Sie durch die Ausstellung führen?"

Er grinste. „Wenn es Ihnen Freude bereitet."

Vati räusperte sich. „Kennt ihr euch?"

Schweiß trat auf Sophias Stirn.

Der Mann aber zuckte mit den Schultern. „Flüchtig."

Zwischen Vatis Brauen bildete sich eine Falte. Er musterte Sophia, dann aber wandte er sich zur Tür. „Ich muss los. Auf Wiedersehen."

Maria ging zu ihm und hielt ihm die Tür auf. „Bis heute Abend."

Sophia atmete erleichtert auf. Das aber erschien ihr sogleich ungeschickt. „Er ist mein größter Kritiker."

Der Uniformierte nickte. Dann erzählte sie ihm zu jedem Bild ihre kleinen Geschichten, die sie mittlerweile auswendig kannte. Am Ende grinste er sie an. „Ja, nette Bilder. Leider verstehe ich nichts von Kunst."

Was hatte sie auch erwartet? Sie zuckte mit den Schultern. „Ja, dann, danke, dass Sie sich die Zeit genommen haben."

Er verabschiedete sich und verschwand durch die Tür. Also war er wohl nur gekommen, um zu prüfen, ob sie gestern Abend die Wahrheit gesagt hatte und es wirklich eine Ausstellung gab. Zum Glück war er jetzt verschwunden. Unwillkürlich warf sie einen Blick auf ihre Tasche hinter Marias Stuhl. Dort lag die Zeichenmappe mit den Liedtexten. Sie atmete ein und wieder aus. Ruhig bleiben! Der Kerl war weg!

Maria deutete mit dem Kinn zur Tür. „Wer war denn das?"

„Ein Wichtigtuer."

„Seit wann hast du Bekannte aus der Partei?"

„Bekannte? Den werde ich hoffentlich nie wiedersehen."

Maria lachte. „Er hat ja auch nichts gekauft."

Am Nachmittag schneite Margarethe herein, begleitet von der Sängerin, die sie neulich im Kaufhaus getroffen hatten. Ihr Name fiel Sophia nicht gleich ein,
doch Margarethe stellte sie einander vor. „Sina Mainberger, das ist die Künstlerin Sophia Wagner."

Sina reichte ihr die Hand und wandte sich sogleich
den Bildern zu. Vor den Porträts schlug sie entzückt die
Hände zusammen. „Die würde ich alle kaufen, wenn
ich es mir leisten könnte."

Sophia vermochte sich kaum auf den Inhalt der
Worte zu konzentrieren, denn Sina schien selbst beim
Reden zu singen. Ihre Stimme klang weich und sie unterstrich ihr Sprechen mit sanften Handbewegungen
wie eine Tänzerin auf der Bühne. „Wenigstens eines
möchte ich mitnehmen." Sie drehte sich zu Sophia um.

Nun war es soweit! Sie musste sich von einem ihrer
Werke trennen. Das würde dann in einer fremden
Wohnung an der Wand hängen und hoffentlich dem
neuen Besitzer Freude bereiten. Etwas stach in ihre
Brust. Gleichwie, sie würde das Bild für sich selbst er-
neut zeichnen.

„Sie will wissen, was du dafür haben möchtest", flüsterte ihr Margarethe ins Ohr.

Maria stieß sie an. „Du bist gerade dabei, dein erstes
Werk zu verkaufen!" Dann wandte sie sich an Sina und

nannte ihr den Preis. Zum Glück hatte Maria die Aufgabe des Verkaufs übernommen. Zahlen waren Sophia ein Gräuel.

Sina kaufte das Bild, auf dem Katharina zwischen ihren Zehen pulte. „Sobald ich wieder etwas Geld gespart habe, werde ich wieder eines mitnehmen." Sie strahlte Sophia an. „Ich bin froh, eine Künstlerin zu kennen. Danke schön für das Bild."

Erst nachdem sie zusammen mit Margarethe gegangen war, horchte Sophia in sich. Ob Sina beim Betrachten des Bildes auch das Loslassen der Gedanken der kleinen Katharina empfinden würde? Und gleichzeitig all die Konzentration auf die Aufgabe des Kindes erkennen konnte? Ein Kind besaß die Fähigkeit, alles um sich herum auszublenden und das durchzuführen, was ihm eben gerade wichtig erschien. Das war die Aussage des Bildes, ganz gleich, wie niedlich Katharina darauf wirkte. Hoffentlich empfand Sina das. Denn die Mühe des Malens lohnte sich nur für die aufsteigenden Gefühle während der Arbeit.

„Sina ist wunderschön", riss sie Maria aus den Gedanken. „Findest du nicht auch?"

„Ja, das ist sie. Ich möchte sie gerne malen."

„Du kannst sie über Margarethe erreichen." Dann knetete sie ihre Hände. „Es ist vier. Meinst du, dass du die letzte Stunde ohne mich auskommst?"

„Ja, natürlich. Wo willst du hin?"

Maria schlüpfte in ihren Mantel. „Nur ein wenig frische Luft schnappen."

Ihr war es wohl zu langweilig geworden. Sophia ließ den Blick über die Bilder schweifen und blieb an der kahlen Stelle hängen. Es war unglaublich! Sie hatte es geschafft, eines ihrer Werke zu verkaufen. Unfassbar! Sie strich über die leere Wand, an der Katharinas Porträt gehangen hatte. Welchen Rahmen Sina wohl dafür wählen würde?

Wenn es ihr gelänge, noch mehr Geld zu verdienen, dann könnte sie bei der nächsten Ausstellung womöglich alle Bilder einrahmen. Um wie viel schöner sie dann aussähen – mit Rahmen und herausgeputzt.

Mit einem Mal schwang die Tür auf und Moltke trat ein. Er war wirklich gekommen! Sie hatte vermutet, dass er alles, was mit Kunst zu tun hatte, für verschwendete Zeit hielt.

„Guten Tag", murmelte er. Dann deutete er in den Raum. „Hier ist also die Ausstellung der Kunstwerke."

„Ja, das ist meine Ausstellung." Sie reckte das Kinn.

„So weit muss man es erst einmal bringen." Er lächelte, dann kreuzte er die Hände auf dem Rücken und stellte sich vor das erste Bild neben der Tür.

Sophia trat zu ihm. „Das ist einer meiner liebsten Plätze am Main."

„Sag bitte nichts zu den Bildern. Ich will sie auf mich wirken lassen – ohne jegliche Geschichte dazu."

Also ging sie zu dem Stuhl, auf dem Maria gesessen hatte und nahm Platz.

Martin Moltke schlenderte von einem Bild zum anderen, kehrte manches Mal zurück zu dem vorherigen, murmelte etwas, das sie nicht verstand und ließ sich eine Menge Zeit beim Betrachten.

Nachdem er am Ende angekommen war, drehte er sich zu ihr um. „Du hast Talent. Aber du solltest etwas mehr Gesellschaftskritik in deine Gemälde einbringen, so wie du es ja mit den Liedtexten vorhast."

Was wusste er schon vom Malen! In ihren Bildern steckten Gefühle, natürlich keine Politik.

„Als die Bilder entstanden, lebte ich noch in meiner heilen Welt."

„Ja, das spüre ich beim Betrachten. Und jetzt ist die Welt durcheinandergeraten?"

„Hätte ich mich sonst bereiterklärt, in deiner Gruppe mitzuwirken?"

Er musterte sie aus schmalen Augen, dann nickte er. „Wie ich sehe, bist du unbeschadet mit den Papieren heimgekommen."

„Ja, und ich habe auch bereits Entwürfe für die Lieder."

„Gut. Ich werde sie mir ansehen, wenn sie fertig sind." Er schaute zu Boden. „Bring alles morgen mit. Margarethe wird sich um das Vervielfältigen kümmern." Dann runzelte er die Stirn. „Ich muss nach Nürnberg."

Sophia stand vom Stuhl auf. „Du verlässt Würzburg?" Warum gab ihr das einen Stich in der Brust? Sie kannte ihn doch kaum.

Er kaute auf seiner Wange. „In Nürnberg gibt es Probleme innerhalb der Gruppe. Da halte ich es für nötig, einiges zu regeln. Von dort will ich nach München."

„Wann wirst du wieder zurückkehren?"

Er nahm ihre Hand. „Ich weiß es nicht. Ich könnte dir schreiben und berichten, was wir bewirken. Ich denke, dass du Margarethe und die anderen gut unterstützen kannst."

Sie nickte. In ihrem Hals war es gerade so eng, dass sie keinen Ton herausbrachte.

„Hör zu, Sophia!" Er drückte ihre Hand. „Natürlich ist es zu gefährlich, wenn du Briefe von mir erhältst. Deswegen werde ich unter dem Namen Martina Stern schreiben. Und bestimmt finde ich auch verwobene Sätze, um eben für Fremde alles im Unklaren zu lassen."

Sie räusperte sich, tauchte dann in seine Augen. „Ja, lass es uns so machen."

Er hielt ihren Blick fest, küsste ihr die Hand und ließ sie los. „Ich hasse lange Abschiede. Leb wohl!"

Er wartete keine Antwort ab. Stattdessen schien er nicht schnell genug den Raum verlassen zu können.

Sophia sank zurück auf den Stuhl. Was bildete sich Martin ein! Er hasste lange Abschiede. Ja, dann nichts wie weg. Vielleicht hätte sie aber gerne mehr über seine Aufgabe in Nürnberg und München erfahren? Oder auch darüber, wie es hier ohne ihn weiterging? Aber nein, er riet ihr, gesellschaftskritischer zu malen, er musste weg, er hasste ... Ständig ging es um ihn! Sie sprang wieder vom Stuhl auf, ballte die Fäuste, dann sammelten sich Tränen in ihren Augen. Sie würde seine Reaktion auf ihre Entwürfe nicht einmal mitbekommen. Dabei fand sie sie gelungen. Sie trat gegen den Stuhl, dass er kippte. Wenn Mama das sehen könnte! Sie würde die Hände über dem Kopf zusammenschlagen.

Mit einem Mal fühlte sie sich müde. Sie warf einen Blick auf die Porträts. Gesellschaftskritik! Aber eine Familie weckte auch unterschiedliche Gefühle. Wusste Martin das nicht? Dann sollte er die Porträts genauer betrachten. Da war die hübsche Maria auf einem der Bilder, wie sie alleine durch ihr Lächeln jeden um den

Finger wickelte. Die bildhübsche Maria! Oder sie selbst, wie sie trotzig in die Linse des Apparates starrte, weil sie ihr Kleidchen Katharinas hatte anpassen müssen, obwohl sie ein anderes vorgezogen hätte. Aber Mama ließ sich allenfalls von Maria um den Finger wickeln. Ansonsten bestimmte sie, auch wenn sie andere verärgerte, ohne es zu merken. Möglich auch, dass es ihr egal war, solange es nicht ihre zwei Augensterne waren.

Ach, nun verfiel sie wieder in die alte Litanei, nur weil sie sich ärgerte. Im Grunde war ja nichts passiert. Martin verreiste, würde aber auch zurückkehren. Bis dahin mussten das Leben und der Widerstand vorangetrieben werden. Also! Sie sperrte ab und schlug den Weg zum Kaufhaus ein.

Der milde, drückende Abend verhieß Regen. Das Wetter hasste sie. Ihr war, als kämpfte der Wind gegen den Regen an und sie befände sich mitten auf dem Schlachtfeld. Ihre Haut kribbelte am ganzen Körper, selbst auf dem Kopf und das machte sie nervös.

Am Barbarossaplatz traf sie auf Margarethe. „Ich habe mich gerade von Sina verabschiedet."

Sophia dachte kurz daran, sie wegen eines Porträts von Sina zu fragen, verwarf den Einfall aber wieder. Nach dem Schreiben der Texte war noch Zeit dafür.

Margarethe lächelte. „So in Gedanken?"

„Das Wetter ist furchtbar."

„Ja, es ist mild geworden." Sie fixierte Sophias Blick. „Ich muss dir etwas sagen." Sie schien zu zögern. „Diese Parteimitglieder sind so unverschämt. Einer von ihnen hat die Wand des Kaufhauses beschmiert."

„Was?"

„Er hat *Judenbraut* darauf geschrieben, mit roter Farbe. Der Hausmeister hat es zwar weggewischt, aber Katharina hat es noch gelesen. Leider."

„Was? Das ... denen gehört endlich ein Riegel vorgeschoben, diesen ..."

Margarethe stoppte sie. „Nicht so laut!"

„Im Gegenteil! Jetzt müssen wir den Mund aufmachen!"

Margarethe legte die Hand auf ihren Arm. „Ja, aber nicht, indem wir unsere Wut hinausschreien und dafür den Mund verboten bekommen."

„Du hast recht. Ein schreiender Mund nützt nichts."

3

Sophia klopfte an Katharinas Bürotür und trat ein. Kühle schlug ihr entgegen, aber Katharina schloss gerade das Fenster und begrüßte sie. „Ich brauchte frische Luft."

Sie drehte sich lächelnd zu ihr um. Dunkle Ringe unter den Augen hoben sich stark von ihrem blassen Teint ab. Kein Wunder bei dem, was sie momentan durchmachte.

„Schön, dass du vorbeischaust."

Sophia umarmte sie.

Katharina rückte ihr den Stuhl vor dem Schreibtisch zurecht. „Setz dich doch. Sonja hat in ihrem Büro eine Kanne Tee stehen. Bin gleich wieder da."

Auf dem Schreibtisch lag eine aufgeschlagene Mappe, auf der sich Zahlen in Spalten reihten. Schon bei deren Anblick wurde es Sophia schwindelig. Durch solche Tabellen kämpfte sich Katharina also durch. Die Arme!

Katharina trug ein Tablett herein, auf dem sie eine Thermoskanne und zwei Tassen balancierte. Sie stellte es auf dem Schreibtisch ab und füllte die Tassen.

Sophia sog den Duft ein. „Hagebuttentee?"

„Ja, es ist Sonjas liebste Sorte."

Sophia nippte am Tee, doch er war noch zu heiß. „Ich werde die Tasse mit hinübernehmen."

Katharina schaute sie fragend an.

„Du hast es vergessen." Sophia kramte ihre Skizzenmappe aus der riesigen Umhängetasche. „Ich will doch
Texte auf Sonjas Schreibmaschine tippen."

„Ach, stimmt ja. Entschuldige, da habe ich nicht mehr
dran gedacht." Sie stand auf. „Komm, ich zeige dir, wie
du die Maschine bedienst."

„Warte!" Wie sollte sie das Thema ansprechen?
„Stimmt es, dass du wegen Joseph Weiß belästigt
wirst?"

Katharina setzte sich wieder. „Hat der Hausmeister
geplappert?"

„Nein."

„Es spielt ja auch keine Rolle, woher du es erfahren
hast. Sag Mutter nichts davon, sie sorgt sich sonst nur."

„Ich sorge mich auch."

Katharina winkte ab. „Nichts als dumme Sprüche."

„Da versucht jemand, dir Angst einzujagen, so wie es
die Partei halt gerne macht. Dabei ist es keine Schande,
die Braut eines Juden zu sein."

„Deswegen gebe ich nichts darauf."

„Trotzdem schikaniert dich die Partei."

„Einer von ihnen, nicht alle. Denk an Vater!"

Als könnte sie ihn vergessen!

Katharina lachte. „Du solltest dich jetzt sehen. Als ob
du gleich jemandem an die Gurgel willst." Sie stand
wieder auf. „Komm mit in Sonjas Büro."

Als sie die Tür öffnete, stand ein blonder Mann davor.
Er ließ die zur Faust geformte Hand fallen. „Nun geht
Ihre Tür schon automatisch auf, Fräulein Wagner, so-
bald ich zu Ihnen möchte."

Katharina lachte. „Ihr starker Wille öffnet Ihnen eben
alle Türen."

Er reichte ihr Unterlagen. „Das sind die Zahlen des letzten halben Jahres."

Katharina nahm sie ihm ab. „Herr Schmidt, die hätten doch Zeit bis morgen gehabt. Was tun Sie denn noch hier?"

Er rieb sich die Augen. „Ich wollte Ihnen einen raschen Überblick verschaffen. Auf dem obersten Blatt finden Sie …"

„Lieben Dank. Ich werde mich schon zurechtfinden."

Katharina ging zurück zum Schreibtisch, legte die Mappe ab und drehte sich zu ihrem Mitarbeiter um. „So, und nun ab nach Hause mit Ihnen!"

In dem Augenblick strahlte sie etwas aus, das Sophia nicht gleich zu fassen bekam. Katharina wirkte mit einem Mal, als füllte sie den Raum aus, wie Mama, wenn sie der Köchin ihre Wünsche kundtat.

Schmidt hob die Hand zum Gruß. „Einen schönen Abend, die Damen." Er ging wenige Schritte, drehte sich noch einmal um und lächelte, dann verschwand er hinter einer Tür.

Katharina fasste nach Sophias Hand. „Komm, sonst wird es heute wirklich sehr spät."

Sonja Hochrheins Büro ähnelte Katharinas, es war nur etwas kleiner und hatte keinen Besucherstuhl vor dem Schreibtisch. Auf dem thronte in der Mitte die Schreibmaschine, daneben lagen Unterlagen in einem Korb. Ansonsten war er leer.

Katharina legte ein Blatt Papier in die schwarze Maschine, die es aufrollte. Dann tippte sie auf die Tasten und auf dem Papier erschien der Text: „Sophias Katalog."

Sie lächelte. „Wirst du zurechtkommen?"

„Ja, natürlich."

„Gut, dann lasse ich dich alleine." Sie schaute auf die Uhr. „Ich werde noch eine Stunde brauchen, so lange kannst du hier arbeiten. Dann gehen wir zusammen heim, ja?"

„Ja, danke."

Sophia klappte die Mappe auf und nahm den ersten Liedtext heraus. Sie legte sich noch einen handgeschriebenen Zettel mit den Titeln ihrer Gemälde griffbereit. Dann zog sie das beschriebene Blatt aus der Maschine und legte mit dem Text los. Sie tippte die Strophen ab und ließ am rechten Rand genügend Platz für ihre geplanten Zeichnungen. Als sie beinahe mit allen drei Seiten fertig war, steckte Katharina den Kopf zum Türspalt herein.

Sophia zuckte zusammen. „Hast du mich erschreckt!"

Ihr Herz schlug bis zum Hals. Zöge sie jetzt das Blatt heraus, dann wäre das zu auffällig. Wenn aber Katharina eintrat und darauf schaute, dann würde sie Fragen stellen. Was sollte sie tun?

„Entschuldige bitte." Katharina nickte. „Ich kenne das. Wenn man konzentriert arbeitet und vertieft in die Sache ist, dann erschrickt man beim leisesten Geräusch. Brauchst du noch lange?"

„Nein, ich bin so gut wie fertig."

Hoffentlich ging sie zurück in ihr Büro. Sophia schob den handgeschriebenen Liedtext unter das Blatt mit den Titeln. Doch sein Zwilling in der Maschine ließ sich nicht verdecken.

Katharina nickte. „Prima. Es ist zwar erst eine halbe Stunde um, aber ich mag nicht mehr. Schreib du in Ruhe alles fertig, ich räume drüben rasch auf.“

„Ja, das mache ich. Ich bringe dann hier alles in Ordnung.“

Katharina war schon hinausgegangen, steckte aber den Kopf wieder herein.

Sie schien den Raum zu mustern. „Was willst du in Ordnung bringen?“

„Oh, nur meine Sachen.“

„Ja, natürlich wirst du die mitnehmen.“ Sie zog eine Braue hoch.

Sophia schluckte. Sie redete Unsinn, wie immer, wenn sie sich aufregte. „Ich tippe das schnell fertig.“

„Prima. Bis gleich.“ Katharina schloss die Tür.

Sophia atmete auf. Ihre Hände aber zitterten. Wie sollte sie so das Lied zu Ende schreiben? Sie schloss die Augen, atmete ruhig ein und aus. Dann schaute sie auf den Text, tippte die letzten Wörter und zog das Blatt heraus. Endlich fertig.

Im Rennweg waren sie so in ein Gespräch über Sophias ersten Ausstellungstag vertieft, dass sie nicht auf ihren Weg achteten. So übersah Sophia einen alten Mann, der aus dem Park trat, und stieß mit ihm zusammen. Sie entschuldigte sich und fasste in die Tasche. Die Mappe war weg!

Derweil stellte Katharina sie einander vor. Der Mann hieß Jakob und war ein Freund von Joseph Weiß. Die beiden unterhielten sich, aber Sophia schaute sich hektisch um.

Die Mappe war beim Zusammenstoß herausgerutscht und lag am Boden. Himmel! Zum Glück hatte sie die Deckel zusammengebunden, sodass die Blätter kaum verrutscht waren. Sophia bückte sich, da fasste eine Männerhand danach. Als sie aufsah, grinste ihr ein Uniformierter zu, neben ihm stand mit herausgereckter Brust Kreisleiter Müller.

Sophias Magen krampfte. Jetzt bloß keine Angst zeigen!

Sie streckte die Hand nach der Mappe aus. „Danke.“

Der Uniformierte behielt sie in der Hand. „Wichtige Unterlagen bewahrt man so auf, dass sie nicht auf der Straße herumliegen.“ Er schaute zu Müller und grinste.

Sophia nickte. „Wie recht Sie doch haben. Aber auch die Kochrezepte einer jungen Frau haben auf der Straße nichts zu suchen.“

Der Uniformierte starrte die Mappe an, als enthielte sie eine ansteckende Krankheit. Er reichte sie Sophia, die sie sofort zurück in die Tasche steckte.

Müller schien das alles nicht zu interessieren. Er starrte den alten Mann aus schmalen Augen an. Dann wandte er sich an Sophia. „Sie sind mit dem Mann hier zusammengestoßen, nicht? Mit solchen Typen rempeln wir auch oft aneinander.“

Müllers Begleiter lachte übertrieben laut.

Katharina schob die Brauen zusammen. „Sie rempeln alte Männer an, Herr Kreisleiter? Finden Sie nichts Ebenbürtiges?“

Müller fuhr zu ihr herum, als hätte sie ihn geohrfeigt. „Ihr Heimweg, Fräulein Wagner, zieht sich wohl, wenn Sie sich mit jedem unterhalten.“

Katharina grinste. „Sind Sie auch auf dem Heimweg? Dann wollen wir Sie nicht aufhalten.“

Sophia riss die Augen auf. Katharina nahm kein Blatt vor den Mund. So musste sie künftig auch auftreten. Noch aber war ihr Magen verknotet.

Müller schnaubte. „Ja, aber ich unterhalte mich halt nicht mit jedem dabei.“

In Sophia kochte es hoch. Sie machte schon den Mund zum Sprechen auf, da zischte Katharina: „Meine Gesprächspartner suche ich mir schon selbst aus, Herr Kreisleiter.“

Er musterte sie von oben bis unten. „Sie sollten in Ihrer Wahl vorsichtiger sein. Nicht jeder ist der richtige Umgang für Sie.“

„Da haben Sie vollkommen recht!“ Katharina gab Jakob die Hand. „Kommen Sie gut nach Hause.“

Sie schaute ihm kurz nach, wie er den Rennweg hinunterging. Dann hakte sie Sophia unter. „Komm, lass uns heimgehen, bevor die Parteimitglieder sich um uns sorgen.“ Sie kehrten Müller den Rücken zu. Ohne sich noch einmal umzudrehen, rief sie: „Auf Wiedersehen, Herr Kreisleiter.“

Müller brüllte den üblichen Gruß.

Sophia rannte beinahe den Weg hinauf. Schweiß rann ihr den Rücken hinab. Ihr war, als trüge sie Diebesgut bei sich und sei gerade so der Kontrolle entkommen. Nach wenigen Schritten hielt Katharina sie an. „Du keuchst ja schon. Es gibt keinen Grund, so zu hetzen.“

Also versuchte Sophia ruhig zu atmen und langsamer zu gehen. „Müller hat mich aufgeregt.“

„Er ist ein Ekel und ein hochnäsiges dazu, aber wir brauchen wirklich nicht vor ihm davonzurennen. Warum auch?"

„Ja gut." Sophia drückte die Tasche an sich, zog aber gleich die Hand wieder weg. Wenn Katharina wüsste, was sie mit sich trug und dass sie sie angelogen hatte. Die Entwürfe lagen ja auch in der Mappe! Mit denen brachte sie nicht nur sich in Gefahr, sondern auch die ganze Familie. In ihrem Hals wurde es eng. Sie war nicht einmal in der Lage zu schlucken. War es das alles wert?

Katharina legte den Arm um sie. „Na komm! Beruhige dich."

Nach wenigen Schritten hielt Katharina sie plötzlich zurück. „Welche Kochrezepte trägst du bei dir?"

Sophia winkte ab. „Ach, ich wollte denen nichts über meine Bilder sagen."

Damit schien sich Katharina zufriedenzugeben. Dennoch hatte sie sie eben angelogen. War der Widerstand das wert? Sie wollte ihre Familie nicht gefährden. Aber wie schaute die Alternative aus? Nichts tun und sich vor der NSDAP ducken? Nein, dann könnte sie nicht mehr in den Spiegel schauen.

„Immer noch zornig?" Katharina lächelte sie an.

„Auf Müller schon." Sie blieb stehen. „Wer ist Jakob?"

„Sagte ich dir doch. Ein Freund von Joseph."

„Ein Jude?"

Katharina ließ den Arm von ihren Schultern fallen. „Spielt das eine Rolle?"

„Hast du keine Angst, dass Müller ihn dein Verhalten spüren lassen wird?"

„Aber ..."

„David bekam einen Stein an den Kopf, nur weil er Jude ist."

Katharina drehte sich auf dem Absatz um. „Ich werde gleich nach ihm schauen."

Sophia hielt sie zurück. „Nur um Müller in die Arme zu laufen? Geh besser morgen früh zu ihm, natürlich unauffällig."

„Gut, wenn du meinst." Sie strich sich über die Stirn. „Und keine Sorge, ich bin mittlerweile gut im Anschleichen."

Sophia nickte, hakte Katharina unter und ging weiter. In welchen Zeiten lebten sie nur! Sie schwitzte aus Angst vor einer Entdeckung von kirchlichen Liedtexten und natürlich der Entwürfe. Katharina hingegen war gezwungen, auf Umwegen zu einem Freund zu schleichen. Das war ein derartiger Irrsinn! Und alles nur aus Furcht vor einer Strafe, die sich eine Partei ausdachte, bestehend aus Menschen, die andere unter Druck setzten und quälten, einzig um ihre Macht zu beweisen und ihren Willen durchzusetzen. Warum war das möglich? Weil die Mitglieder grausam waren und ihre Macht auf diese Weise demonstrieren wollten.

Nein, Vati gehörte auch zu ihnen und der war nicht so. Warum dann? Weil die anderen es sich gefallen ließen! Also war es an der Zeit, sich zu wehren. Und das musste in alle Köpfe hinein. Sie fasste an ihre Tasche. Zusammen mit Margarethe, Moltke und den anderen würde sie allen die Augen öffnen. Es war richtig, was sie vorhatte, absolut richtig.

„Gesprächig bist du heute nicht." Katharina blieb stehen. Sie waren am Gartentor der Villa angekommen.

Sophia hielt das Tor auf. „Du auch nicht."

„Ich sorge mich um Jakob."

David öffnete die Haustür. „Guten Abend, gnädige Fräulein." Er nahm ihnen die Mäntel ab. Sophia dankte ihm, dann wandte sie sich an Katharina. „Du möchtest lieber jetzt noch zu Jakob, stimmt`s?"

„Ich mache mir halt Sorgen."

David räusperte sich. „Jakob Schneider?"

Katharina nickte. „Wir wissen nicht, ob Kreisleiter Müller ihn im Visier hat."

David zog die Brauen zusammen. „Er ist auch ein Freund von mir. Wenn Sie erlauben, werde ich noch einen Abendspaziergang machen und nach ihm sehen."

Katharina legte ihm die Hand auf den Arm. „Aber nicht alleine. Ich gehe mit."

Er schüttelte den Kopf. „Das ist kein guter Einfall. Armin wird mich begleiten."

Sophia klemmte sich die Tasche unter den Arm. „Dann fahrt doch gleich mit dem Automobil."

David schüttelte den Kopf. „Das steht mir nicht zu."

„Unsinn!" Katharina fackelte nicht lange. Sie rief Armin herbei, bat ihn, David zu Jakob zu fahren und bedankte sich für seine Mühe.

Sophia verstaute die Mappe in ihrem Zimmer. Hoffentlich ging es Jakob gut.

Sie setzte sich auf das Bett. Am besten war es, das Abendessen abzuwarten und danach mit den Zeichnungen loszulegen. Schade nur, dass Moltke sie nicht zu sehen bekam. Sie warf einen Blick auf die Staffelei. Auf dem Gemälde hatte sie ihn inmitten einer öden Landschaft gezeichnet, so wie sie seine Grundstimmung empfunden hatte.

Ob er sie mochte? Er war zu ihrer Ausstellung gekommen, hatte ihr Talent erkannt, ihr empfohlen, Gesellschaftskritik in ihren Bildern zum Ausdruck zu bringen. Ob ihm die Trostlosigkeit auf dem aktuellen Bild gefiele? In jedem Fall würde sie seine Meinung zu ihren Zeichnungen auf den Textblättern erfahren. Fragte sich nur wann.

Noch vor dem Abendessen kehrten David und Armin zurück. Katharina platzte in Sophias Zimmer herein.

„Es geht Jakob gut. Morgen früh will ich noch mal nach ihm schauen."

Sophia fiel ein ganzer Fels vom Herzen. Nun würde sie die nötige Ruhe für die Zeichnungen finden.

Den restlichen Abend übertrug sie ihre Entwürfe auf die Liedblätter.

Sie fand in der Nacht kaum Schlaf und nickte am nächsten Tag in der Ausstellung beinahe ein. Als es fünf Uhr schlug, machte sie sich mit den fertigen Liedtexten auf den Weg zum Wollgeschäft in der Hofstraße.

„Das ist großartig." Margarethe gab die Texte mitsamt den Bildern an Karl weiter.

Der wiegte den Kopf hin und her. „Meint ihr nicht, dass die zu provokant sind?"

Sophia nahm ihm die Blätter ab. Natürlich provozierten die Zeichnungen, aber das war ja auch der Plan. Sie las den Titel des Liedes erneut: *Auf, auf, ihr Reichsgenossen, euer König kommt heran.* Daneben ritt Jesus auf einem Esel und reichte David die Hand. Die Szene spielte vor Würzburgs Ortsschild, hinter dem Bauern und Kaufleute, mit Stöcken bewaffnet, Goliath aus der

Stadt jagten. Der wiederum trug auf den Schultern Totenköpfe.

Sie schaute Karl in die Augen. „Das möchte ich gerne so lassen."

Margarethe nahm es ihr ab. „Mir gefällt das auch sehr gut. Ich bin sicher, dass es auch Martin zusagen wird."

„Ja, hoffentlich." Sophia betrachtete das nächste Bild.

„Und das zweite finde ich auch gut." Sie grinste über das Wesen im langen Mantel mit Kapuze, das in der Hand eine Sichel trug. Sie reichte es Margarethe.

„Ähnelt der Sensenmann hier nur zufällig dem Kreisleiter?"

Sophia lachte. „Natürlich."

„Ist das die Anspielung?"

Sophia schüttelte den Kopf. „Schau genau hin."

Margarethe starrte auf die Zeichnung, dann hellte sich ihr Gesicht auf. „Jetzt seh ich den Ohrring. Es ist ein Hakenkreuz." Sie nickte anerkennend. „Und das Gute daran ist, dass es Karikaturen sind. So kommt keiner auf dich als Schöpferin."

„Hoffentlich."

Karl rieb sich das Kinn. „Ich weiß nicht recht. Bis jetzt haben wir nichts Verbotenes getan."

Nun reichte es ihr mit dem Bedenkenträger. „Wie sollen wir uns sonst wehren? Die Partei tut doch auch, was sie will!"

Karl seufzte. „Ja, aber wenn sie uns die Gruppe verbieten, dann haben wir auch nichts davon."

„Dazu müssen sie uns erst einmal auf die Schliche kommen." Margarethe grinste.

Karl wandte sich an Sophia. „Und wenn sie dich in deinen Zeichnungen erkennen?"

Margarethe schüttelte den Kopf. „Wir leben in einer Universitätsstadt, in der es vor Künstlern wimmelt."

Sophia fixierte Karls Blick. „Wenn wir die Menschen jetzt nicht aufwecken und ihnen klarmachen, was die Partei ihnen antut, dann ist es bald zu spät dafür."

Karl schüttelte den Kopf. „Ich trage Verantwortung für die Kinder in meiner Pfadfindergruppe. Ich kann und will sie nicht in Gefahr bringen." Er zeigte auf die Blätter. „Das tue ich aber damit."

Margarethe starrte ihn an. „Warum? Was haben unsere Texte mit den Kindern zu tun?"

Karls Gesicht färbte sich rot. „Ich halte das halt für zu gefährlich." Er schaute auf seine Schuhspitzen.

„Na gut." Margarethe wandte sich an ihn. „Lasst es uns so machen: Wir stimmen erst bei der Versammlung übermorgen über die Zeichnungen ab. Ich werde in der Zwischenzeit versuchen, Martin zu erreichen und ihm verschlüsselt eine Beschreibung der Zeichnungen zukommen zu lassen." Sie legte eine Hand auf Karls Arm. „Einverstanden?"

Er zuckte mit den Schultern. „Meinetwegen."

In Sophia kochte es hoch. Sie hatte sich zu den Liedern Gedanken gemacht, sich Mühe mit den Karikaturen gegeben, die so gar nicht ihr Stil waren, und nun kam wieder ein Zauderer daher und meldete Bedenken an. Sie schaute zu Margarethe.

Die ließ die Schultern hängen. „Tut mir leid, aber hier dürfen alle ihre Meinung sagen."

Sophia nickte. „Gut, dann gehe ich jetzt."

„Warte." Margarethe legte die Blätter auf den Tisch. Sie wandte sich an die Besitzerin des Ladens. „Kümmerst du dich darum?" Dann hakte sie sich bei Sophia unter. „Ich komme mit."

Margarethe begleitete sie bis zum Residenztor. Sie erzählte ihr, dass sich übermorgen alle Mitwirkenden der Gruppe im Wollgeschäft träfen. „Du kommst doch auch?"

„Ja, natürlich."

„Ärgere dich nicht, noch ist nichts entschieden."

Sophia blieb stehen. „Es genügt doch nicht, nur zu singen und zu beten. Die Menschen müssen aufwachen und erkennen, was mit ihnen geschieht, solange noch Zeit ist."

„Sei so gut und schreib deine Gedanken auf."

„Was?"

„Und halte so was wie eine Rede beim nächsten Treffen."

„Ich? Das kann ich nicht."

Margarethe lächelte. „Warum nicht?"

Sophia seufzte. „Sobald ich vor mehreren Leuten sprechen muss, fange ich an zu zittern."

Margarethe schaute nach oben, dann legte sie den Kopf schief. „Natürlich könnte ich deine Rede vortragen, aber das ist nicht dasselbe. Bei dir spüre ich das Feuer."

Sophia schwitzte. Offenbar reichte es, wenn sie sich nur vorstellte, vor anderen ihre Gedanken zu äußern. Sie hatte sich auf dem richtigen Weg geglaubt und nun zerrann ihr Einfall zwischen den Fingern, es sei denn, sie würde die anderen überzeugen. Sie seufzte. Wenn es aber der Sache diente, würde sie sich überwinden.

„Gut, ich mache es."
„Das freut mich."

Sophia schaute gerade ihrer Freundin nach, als Katharina aus einer Seitengasse herankam. Sie beugte sich zu ihr und flüsterte ihr ins Ohr: „Ich war noch einmal bei Jakob. Es geht ihm gut, aber ich fürchte, dass er hier in der Stadt nicht mehr sicher ist."

„Er braucht Schutz vor diesen …"

„Psst!" Katharina deutete mit dem Kinn zur Residenz. Wie immer standen die Besatzer dort Posten.

Es brodelte in Sophia. „Wir dürfen unsere Meinung nicht mehr laut sagen. Menschen werden gegängelt und gezwungen, das Land zu verlassen. Und alle anderen ducken sich."

„Sei still!" Katharina zog sie mit sich den Rennweg hinauf. „Es nützt keinem etwas, wenn …"

„Ich habe leise mit dir gesprochen."

„Na gut, aber reg dich bitte zu Hause über alles auf und nicht hier auf der Straße."

Es war sinnlos. Keiner verstand sie. Dabei dachte Katharina doch wie sie, nur hemmte sie ihr gesellschaftliches Ansehen, oder hatte sie tatsächlich Angst vor der Partei? Wohl eher nicht, sonst wäre sie mit Müller nicht so umgesprungen.

Sie gelangten in die Ludendorffstraße. Katharina stieß sie leicht an. „Bist du beleidigt?"

„Nein."

„Du denkst, ich wäre feige?"

„Auch das nicht."

„Es hilft nichts, gegen einen Schwarm Wespen um sich zu schlagen. Besser ist es, sie mit einem Köder abzulenken.“

„Dazu muss man erst einmal erkennen, dass die Wespen Gefahr bedeuten.“

Katharina nickte. „Das ja.“

„Aber genau das ist eben Vielen unklar, sonst würden sie dagegen ankämpfen.“

Katharina gähnte herzhaft. „Entschuldige. Es war ein langer Tag. Vielleicht mag sich nicht jeder einmischen oder er handelt nach dem Motto: Augen zu und durch.“

So wie alle hingenommen hatten, dass Blumenthal vertrieben, David mit einem Stein beworfen und eine Betende angepöbelt wurde. Josephs Familie war gezwungen zu flüchten. Die wichtigen Gebäude der Stadt wurden besetzt und die Macht von den Rüpeln an sich gerissen. Was musste noch geschehen?

David öffnete ihnen die Tür. „Guten Abend, gnädige Fräulein.“ Er wirkte niedergeschlagen. Katharina schien es nicht zu bemerken, Sophia aber schon.

„Was ist passiert?“

David schüttelte den Kopf. „Nichts. Es ist alles wie immer.“

Sophia musterte ihn, doch er rückte nicht mit der Sprache heraus.

„Ist Vati im kleinen Zimmer?“

„Er ist noch bei der gnädigen Frau.“

Dann würde sie ihn später dazu befragen.

In ihrem Zimmer legte Sophia sich aufs Bett und starrte an die Decke. Eine Rede sollte sie also halten.

Vermutlich würde die so viel Sinn haben wie ihre Zeichnungen, nämlich keine! Wozu gab sie sich Mühe, wenn alles von Bedenkenträgern weggewischt wurde?

Sie drehte sich zur Seite. War sie ehrlich, hatte sie Angst, vor mehreren Menschen etwas vorzutragen. Denn es erschien ihr doch nicht alles sinnlos. Gut, es musste über ihre Zeichnungen abgestimmt werden, aber sie waren noch nicht vom Tisch. Vielleicht konnte sie mit einer Rede auch etwas bewirken und die anderen von einem stärkeren Handeln überzeugen. Margarethe hatte in ihren Worten Feuer gespürt. Hoffentlich behauptete sie das nicht nur zum Trost wegen Karls Ablehnung. Gleichwie, sie musste es versuchen.

Sie stand auf und ging im Zimmer auf und ab. Es half ihr stets, wenn sie sich beim Denken bewegte. Die Rede musste kurz ausfallen, ansonsten geriete sie ins Stammeln. Wo sollte sie anfangen? Auf keinen Fall bei den Schikanen der Partei. Schließlich kannte die jeder von ihnen und alle lehnten sie wohl auch ab. Also?

David klopfte an. Vati bat sie um ein Gespräch.

Die Tür des kleinen Zimmers stand offen und Sophia trat ein. „Was gibt es so Dringendes?"

Vati setzte sich an den Tisch und deutete auf den Platz gegenüber. Er fasste nach seinem Cognacschwenker und drehte ihn in der Hand. In der kupferfarbenen Flüssigkeit blitzten im Schein der Lampe goldene Sprenkel auf. Die Farben mochte Sophia auf eine Leinwand streichen. Sie lachte innerlich. Ob sie wohl mit Cognac malen konnte?

„Was erheitert dich?" Vati trank einen Schluck.

Sie winkte ab. „Nichts Wichtiges."

Er schaute ihr direkt in die Augen. „Dein Name fiel heute bei einer Besprechung."

„Wirklich? Interessiert sich das Bauamt für mich?"

„Red keinen Unsinn! Ich meine eine Besprechung der Partei."

„Was habe ich mit diesen ..."

„Stopp! Ich will keinen Vortrag hören. Es hieß, dass du zu später Stunde unterwegs warst." Er seufzte. „Das ist ja nicht weiter tragisch."

Sie stand auf. „Ich lasse mir von deiner Partei nicht vorschreiben, wann ich spazieren gehen darf und wann nicht. Als Nächstes bekomme ich noch vorgeschrieben, wann es mir erlaubt ist zu malen und zu essen."

Vati schaute auf den Boden.

An der Tür drehte sie sich noch einmal um. „Wenn du es genau wissen willst: Ich war in der Galerie. Du hattest ja keine Zeit für mich, nur für deine Parteimitglieder."

„Ich bin doch zur Ausstellung gekommen."

„Ja, aber nicht an dem Abend." Sie machte einen Schmollmund. „Mich hat einer deiner neuen Freunde auf dem Heimweg nach meinem Namen gefragt. Einer, der gerade von dir weggegangen war. Ist das nicht verrückt?"

Vati stand auf. Er wich ihrem Blick aus. Beinahe schon tat er ihr leid, aber sie wollte ihm zeigen, dass er sich die falschen Freunde ausgesucht hatte.

„Es tut mir leid, mein Kind. Dennoch wäre ich froh, wenn nicht ständig eine meiner Töchter den Parteimitgliedern in die Arme laufen würde."

„Oh, keine Sorge. Ich werde mich nicht in die Arme von einem dieser Rüpel werfen." Sie verließ das Zimmer.

Auch am nächsten Tag fand Sophia keinen Einstieg in die Rede. Zu viele Einfälle drängten sich ihr auf. Der Hass gegen die jüdische Bevölkerung, die Schikanen, die Besetzung aller wichtigen Gebäude ... am besten, sie nahm den Hass als Aufhänger. Oder?

Sie setzte sich auf den einzigen Stuhl in der Galerie, als Sina Mainberger hereinkam. Sie trug ihr Haar in der Mitte gescheitelt und im Nacken zu einem Knoten gebunden. Im Herankommen knöpfte sie ihren schlichten beigen Mantel auf. Darunter kam ein braunes Kleid zum Vorschein. Vermutlich wirkte sie selbst in Sack und Leinen wie eine Tänzerin.

„Sie werden es nicht glauben, aber mich hat es wieder hierhergezogen."

Sie reichte Sophia die Hand.

Sophia stand vom Stuhl auf. „Ich freue mich über Ihren Besuch."

Sina strahlte. „Ich muss mir einfach die Bilder noch einmal anschauen."

Sie ging von einem zum anderen. „Besonders die Kinderporträts mag ich so." Mit Schwung drehte sie sich zu Sophia um. „Irgendwann möchte ich selbst Kinder haben. Am liebsten zwei Mädchen."

Die würden vermutlich genau solche Schönheiten werden wie ihre Mutter.

Sina schaute sie fragend an. „Wünschen Sie sich auch Kinder?"

„Ich weiß nicht. Momentan auf keinen Fall."

Sina riss die Augen auf. „Warum nicht?"

„Nicht in diesen Zeiten."

„Verstehe." Sinas Gesicht verdüsterte sich, dann aber lächelte sie wieder. „Wann machen Sie hier Schluss?"

Sophia warf einen Blick auf ihre Armbanduhr, doch Sina hielt plötzlich ihre Hand darüber. „Nicht nach der Uhrzeit. Machen Sie dann Schluss, wenn Sie es für richtig halten." Sie nahm ihre Hand wieder weg. „Sobald Sie hier schließen, werden wir zwei irgendwo einen Kaffee trinken gehen. Wie hört sich das an?"

Sophia zog ihren Mantel an, griff sich die Handtasche und verließ zusammen mit Sina die Oberrealschule.

Sie landeten in einem Café in der Münzstraße. Süßer Kuchenduft, verwoben mit dem nach Kaffee und Zigarettenrauch, schlug ihnen entgegen. Wenige Leuchten warfen ihren Schein auf hochlehnige schwarzgestrichene Stühle und Tische. Eine Gruppe junger Leute lungerte in einer der Ecken herum, sie rauchten und lachten gerade laut.

„Studenten aus der Universität", flüsterte Sina.

Sie steuerte einen Tisch in der gegenüberliegenden Ecke der Gruppe an.

Sophia hatte sich kaum gesetzt, als eine rundliche junge Frau herankam und nach ihren Wünschen fragte.

Sina bestellte sogleich. „Bringen Sie uns zwei Tassen Kaffee und von dem köstlichen Marmorkuchen." Sie zwinkerte Sophia zu. „Einverstanden?"

Sophia lachte. Da bestellte Sina und erkundigte sich erst danach, ob es ihr recht war. „Ja, das klingt gut."

„Heute habe ich frei, keine Vorstellung am Abend, und nun sitze ich hier gemütlich mit einer Künstlerin." Sie beugte sich vor. „Und heute wird nicht mein Bruder plötzlich neben mir stehen und mich nach Hause holen. Er ist nämlich verreist."

„WAS tut er?"

„Oh, er meint immer, auf mich aufpassen zu müssen." Sie rollte mit den Augen.

„Wohnen Sie mit ihm zusammen?"

„Ja, und mit meinen Eltern, mit ...", sie zählte an den Fingern ab, „... meiner Tante, meinen Cousinen, dem Onkel, der Oma und einer alten Frau, die nicht mit uns verwandt ist."

„Das muss wundervoll sein, mit so vielen vertrauten Menschen zusammenzuleben."

Sina zuckte mit den Schultern. „Ich kenne es nicht anders, aber an Ruhe ist da nicht zu denken."

Kaffee und Kuchen wurden gebracht. Der Kuchen schmeckte nicht zu süß und auch nicht zu herb nach Kakao.

„Schön saftig." Sina sammelte mit der Gabel die letzten Krümel vom Teller, dann trank sie einen Schluck. „Es tut gut, einmal nicht gefragt zu werden: Und was machen Sie sonst noch außer Singen? Geht es Ihnen auch so? Sagen die Leute: Ach, Sie malen – und sonst?"

Sophia schüttelte den Kopf. „Nein. Bis jetzt wusste keiner außer meiner Familie, dass ich male."

Sina riss die Augen auf. „Was? Das müssen wir aber schnell ändern! Na, alleine schon meine große Familie kennt jetzt ein Bild von Ihnen. Ach, wissen Sie was? Ich werde im Schaukasten des Theaters einen Hinweis auf die Ausstellung aushängen."

„Oh, danke dafür."

Dann erzählte Sina von ihrer Kindheit. „Damals zogen wir noch im Wohnwagen umher. Ich habe viele Städte kennengelernt, sagen meine Eltern. Erinnern kann ich mich nicht, denn ich war ja damals noch so klein." Sie hielt den Arm etwa einen halben Meter über dem Boden. „Was ich aber weiß, ist, dass ich schon immer schallend gesungen habe. Lieder in unserem Dialekt. Den kann ich leider kaum noch. Nur einzelne Bröckchen."

Bevor sie das Café verließen, bot Sina ihr das Du an. Am Paradeplatz trennten sie sich, versprachen sich aber zuvor, bald wieder zusammen einen Kaffee zu trinken.

Sophia ging weiter in die Hofstraße. Welche Farbe ordnete sie Sina zu? Grün! Sina war in Grün getaucht. Wie leicht die Stunden mit ihr vergangen waren. Sie liebte die Menschen wie die Musik und hoffte auf Kinder, auf Leben also. Da glich sie Maria. Die umgab sich auch am liebsten mit Menschen. Vermutlich spürte sie sich da am meisten. Sina aber suchte wohl eher den Austausch. Sophia hielt kurz inne. Vielleicht täuschte sie sich auch in Sina.

Vor der Residenz stand keiner der Uniformierten. Was war denn da passiert? War ihnen der Abend zu kalt? Mit einem Mal trat Vati heraus. Sophias Magen krampfte. Gerade da mochte sie ihn niemals sehen. Er schlug den Weg in ihre Richtung ein. Nein, jetzt wollte sie ihm nicht begegnen. Sie beeilte sich und war vor ihm zu Hause.

Sie wartete aber in der Diele auf ihn. Er grüßte kurz und bat David ins kleine Zimmer. Sophia hielt die beiden aber auf. „Was ist passiert?"

Vati schüttelte den Kopf. „Nichts. Kommen Sie, David."

Er log. Sie sah ihm doch an, dass sich etwas Entscheidendes verändert hatte. Am liebsten würde sie an der Tür horchen, aber das gehörte sich nicht.

Maria kam von oben herunter. „Liebste Sophia, hast du Lust, heute Abend mit mir auszugehen?" Sie hakte sich unter. „Mama ist versorgt, Katharina anscheinend noch auf der Arbeit, aber du hast Zeit, oder? Margarethe geht auch mit."

Sie verspürte nicht die geringste Lust dazu, wusste aber auch nicht, wie sie sich rausreden konnte. Doch da kam ihr Hilda zu Hilfe. „Mädchen, ich bräuchte wenigstens eine von euch zur Hilfe."

„Ich kann nicht", stieß Maria gleich hervor.

„Du, Sophia?" Hilda schaute sie fragend an. „Morgen kommen wieder diese Parteikerle zum Essen. Emmi hat heute und morgen frei. Alleine schaffe ich die Vorbereitungen nicht."

Sophia löste sich von Maria. „Tut mir leid."

Am nächsten Abend hatte Sophia noch immer keinen Einstieg für ihre Rede gefunden. Mit einem mulmigen Gefühl im Bauch machte sie sich auf den Weg zur Hofstraße. Heute verkniff sie sich, einen Blick auf den Vorplatz der Residenz zu werfen. Lieber rasch daran vorbeigehen und die Uniformierten nicht beachten!

An der Kreuzung zur Hofstraße begegnete sie Sina.

„Ich habe gerade Margarethe verabschiedet." Sie schaute sie aus knallroten Augen an.

„Geht es dir nicht gut?"

Sina nickte, ihre Unterlippe zitterte. „Meine Eltern haben ein Schreiben bekommen. Mein Bruder wurde festgenommen."

„Was?"

Sina räusperte sich in ihre Faust. „Wir wissen nicht warum, er weiß es auch nicht. Sie befragen ihn dauernd zu unserer Rasse."

„Ich verstehe nicht."

„Ja, ich auch nicht." Tränen sammelten sich in ihren Augen.

„Zu welcher Rasse denn?"

„Wir sind Sinti."

„Ihr seid Würzburger, so wie ich auch und wie alle anderen hier in der Stadt." Sophia schnaubte. Wie sie diese Demütigungen der Partei aufregten!

Ohne Vorwarnung drückte Sina sie an die Brust. „Schön, dass du das sagst."

Sie gab sie aus der Umarmung wieder frei. Dann sog sie die Luft ein und stieß sie in einem Schwall wieder aus, als wollte sie sich von einer Last befreien. „Mir ist jetzt nicht nach Singen zumute, aber die Vorstellung muss weitergehen, hat man uns eingebläut. Das Theater ruft."

Sophia verabschiedete sich. Ihr wurde übel. Wer um alles in der Welt passte in die Welt dieser elenden Partei? Nur ausgesuchte Mitglieder? Wurden alle anderen vergrault?

Sie schlug gegen die Tür des Wollgeschäftes, als wäre sie die Brust des Gauleiters. Die Besitzerin ließ sie kopfschüttelnd ein. Der Raum war so voll mit Menschen, dass Sophia gerade so einen Stehplatz an der Tür ergatterte. Himmel! Vor so vielen Leuten brachte sie gewiss keinen Ton heraus.

Margarethe schob sich durch die Menge. „Gut, dass du da bist. Ich habe die anderen schon etwas vorbereitet. Sag, wenn du soweit bist.“

Niemals! Sie würde nur Unsinn reden. Sie warf Margarethe einen flehenden Blick zu. Die lächelte ihr aufmunternd zu. Das half ihr aber nichts.

„Leute“, rief Margarethe. „Sophia ist jetzt da und hat euch etwas zu sagen. Lasst uns danach abstimmen. In Ordnung?“

Die Gespräche verstummten, die Männer und Frauen rückten rechts und links an die Wände und gaben den Blick auf sie frei.

Margarethe beugte sich zu ihr. „Siehst du, so viele Leute sind es gar nicht.“

Es waren zu viele. Alle starrten sie an. Ihr Gesicht glühte, sie schwitzte, dafür war ihr Hals trocken wie abgelagertes Holz. Sie verknotete ihre Finger, dann löste sie sie wieder. Es waren viele Leute hier, aber die ließen sich vielleicht überzeugen. Sie alle könnten sich dagegen wehren, dass Menschen wie Sinas Bruder und all die anderen so ein Elend erlitten.

Sie schaute in die Augen einer jungen Frau und in die eines Mannes im Alter ihres Vaters. Ihr Blick wanderte weiter. Margarethe stieß sie an, dann endlich räusperte sie sich und fand einen Anfang.

„Du darfst nicht stehlen, heißt es. Tut man das, wird man bestraft. Ist das richtig?“

Manche bejahten. Also fuhr sie fort. „Aber genau das geschieht im Augenblick in unserer Stadt und im ganzen Land.“

Einige nickten, andere schauten sie fragend an.

„Da hat sich eine Gruppe Rüpel zusammengetan, sie stiehlt anderen die Häuser, jagt sie fort. Sie stiehlt ihnen ihre Geschäfte, jagt sie fort. Sie stiehlt ihnen ihre Würde, belästigt sie. Sie stiehlt ihnen ihre Freiheit, nimmt sie gefangen.“ Ihre Stimme brach, Tränen traten in ihre Augen, rannen die Wangen herab. Sie ließ sie fließen.

Die Männer schauten weg, die Frauen nickten.

„Wir können bei den furchtbaren Taten mitmachen. Wir können wegschauen. Wir können uns aber auch wehren.“

„Das tun wir ja.“

„Wie denn?“

„Dann machen die mit uns dasselbe.“

„Zu gefährlich.“

Sophia ließ sich nicht beirren. „Wir können ihnen aber auch unsere Häuser, Geschäfte und unsere Kinder überlassen.“

Nun verstummten alle. Sie schauten sie verwundert an.

Sophia machte eine kurze Pause, bevor sie fortfuhr.

„Können wir dann noch in den Spiegel schauen?“

Erst schwiegen alle, dann redeten sie durcheinander. Margarethe schaute sie mit offenem Mund an, dann drückte sie ihr die Hand. „Das machst du gut.“

Manche schauten betreten zu Boden. Natürlich, sie hatten Angst.

„Mir ist klar, dass die Partei gefährlich ist. Auch ich fürchte mich. Die Nationalsozialisten reißen die Macht an sich, sie entscheiden, wer hier arbeiten und leben darf. Glaubt ihr, dass sie damit von alleine aufhören? Wenn wir nichts tun, wird es nur schlimmer werden."

„Was schlägst du vor?", rief ein junger Mann.

Sie fixierte ihn. „Zunächst alle Menschen über die Taten der Partei informieren."

Eine ältere Frau schnaubte. „Das werden ja alle mitbekommen haben."

Margarethe übernahm. „Wir müssen die erreichen, die wegschauen."

Sophia zitterte innerlich. Hoffentlich sah ihr das keiner an. Ihre Arme und Beine schienen kraftlos zu sein. Sie versuchte ruhig ein- und auszuatmen. Jetzt sollte ihr keiner mehr Fragen stellen. Sie musste kurz Kraft sammeln. Unglaublich! Sie hatte vor so vielen Menschen gesprochen und ihre Gedanken vorgetragen.

Margarethe drückte sie auf einen Stuhl. „Ihr habt die Meinung Sophias gehört und ihr kennt alle die Zeichnungen. Geht in euch und lasst uns dann abstimmen."

Die Besitzerin des Ladens zog Margarethe auf die Seite und redete auf sie ein. Andere traten hinzu und beteiligten sich am Gespräch. Sophia verstand nicht, was sie sagten. Es bildeten sich noch zwei Gruppen, die murmelnd diskutierten. Karl war unter ihnen, warf ihr einen Blick zu, wandte sich dann wieder ab. Sie saß als Einzige abseits, als ob sie nachsäße.

Margarethe reichte ihr ein Glas Wasser. „Du schaust aus wie ein Leichentuch."

Sophia klammerte sich an dem Glas fest und schaute in die Runde.

Ein älterer Mann stellte sich vor sie. „Jesus Christus zahlte für sein aufrührerisches Tun mit dem Leben."

Sie stand vom Stuhl auf. „Er zahlte mit dem Leben, weil er verraten wurde und weil er anderen im Weg war, nicht weil er seine Überzeugung lebte."

Der Mann wiegte mit dem Kopf hin und her. „Das kann man sehen, wie man will." Dann fixierte er ihren Blick. „Wärst du bereit, ins Gefängnis zu gehen oder zu noch Schlimmerem, nur der Zeichnungen wegen?"

War sie das? Es sagte sich so leicht, dass sie alles für ihre Sicht auf die politische Lage täte, aber war es auch so? Von ihrer Warte aus, also der in ihrem Zimmer in der Villa oder hier im Laden, ließ sich die Meinung locker in die Welt hinausschreien. Wie aber schaute es aus, wenn sie in einer Zelle schmorte?

Dann erschien aber das Bild Davids mit verletzter Stirn vor ihrem geistigen Auge. „Bin ich nicht gegen die Partei, dann bin ich auf deren Seite. Und das wird niemals passieren. Also: Ja, ich bin bereit."

Er nickte anerkennend. „Das wollte ich hören." Dann ging er zu der Gruppe auf der linken Seite, schaute zu Boden, hob den Kopf und sagte etwas zu den anderen.

In Sophia ließ die Unruhe nach. Hoffentlich hatte sie die anderen überzeugt, obwohl sie die Rede nicht vorbereitet hatte. Hoffentlich hatte sie nicht nur Unsinn geredet!

Karl trat in die Mitte des Raumes.

„Ich denke, dass jetzt alle zu einer Meinung gekommen sind. Lasst uns abstimmen." Er schaute zu Margarethe. „Wir teilen Zettel aus, auf denen ein *Ja* oder *Nein* für die Zeichnungen steht. Kreuzt an, wofür ihr stimmt.“

Margarethe ging mit einem Körbchen herum. Auch Sophia durfte einen Zettel herausfischen und machte ihr Kreuz beim *Ja.*

Es mochte gerecht sein, dass die Gruppe abstimmte, aber sollte ihr Vorhaben wirklich von Kreuzchen auf Zetteln abhängen? War es nicht enorm wichtig, sich endlich zu wehren? Sie trommelte mit den Fingern auf ihren Schenkel. Warum dauerte das alles so lange?

Margarethe faltete die Zettel auseinander und rief Ja oder Nein, Karl führte die Strichliste. Dann war es soweit.

Karl ergriff das Wort. „Das Ergebnis der Abstimmung lautet: unentschieden.“

Manche schnaubten, andere grinsten oder schüttelten den Kopf. Sophia las an ihren Gesichtern ab, dass keiner mit dem Ergebnis zufrieden war.

„Und jetzt?“, rief eine junge Frau.

Margarethe schaute zu Karl. „Eine erneute Abstimmung wird nichts bringen.“ Sie rieb sich die Stirn. „Ich habe Martin ein Schreiben geschickt, in dem ich ihm von den Zeichnungen erzählte. Wenn seine Antwort bis übermorgen nicht ankommt, dann müssen wir wohl noch einmal abstimmen. Möglich, dass einer von euch sich umentscheidet. Wenn Martins Schreiben uns aber bis dahin vorliegt, dann soll er das Zünglein an der Waage sein.“

Alle schienen damit einverstanden zu sein.

Margarethe begleitete Sophia wieder ein Stück auf ihrem Nachhauseweg. „Unentschieden bedeutet kein Nein.“

Sophia blieb stehen. „Wenn wir Gegner der Partei uns schon nicht trauen, dann laden wir sie doch geradezu ein, sich zu nehmen, was sie wollen.“

„Warte auf Martins Schreiben.“

Es gab keine Antwort von Moltke. Also stimmten sie erneut ab und das Ergebnis war ernüchternd. Zwei hatten sich auf die Seite der Bedenkenträger geschlagen.

Dann sollten sie ihren Kram doch alleine machen! Sophia stand auf, knallte die Tür des Ladens zu und ging nach Hause. Feiglinge, allesamt!

Dann malte sie eben wieder, das hatte sie ohnehin vernachlässigt. Sie zeichnete einen riesigen Stiefel, um den Männer und Frauen in geduckter Haltung standen. Na bitte! Wenn das Bild nicht Gesellschaftskritik enthielt.

Noch am Abend kam Margarethe vorbei, plauderte eine Weile mit Maria. Beide schauten dann so plötzlich bei Sophia herein, dass sie das Gemälde nicht mehr abdecken konnte.

„Brr, das ist ja schaurig.“ Maria wandte sich ab.

Margarethe lächelte. „Mir gefällt das sehr gut. Aber der Hintergrund fehlt.“

Sophia lächelte. „Da grüble ich noch drüber nach. Wie wäre es mit einer Lagerhalle? Jedenfalls darf der Hintergrund nicht vom Rest ablenken.“

Maria ging zur Tür. „Sophia und ihre gruseligen Gedanken. Die verstehe, wer will.“

Margarethe folgte ihr, drehte sich noch einmal zu Sophia um, zwinkerte ihr zu und stellte eine Stofftasche neben der Tür ab, bevor sie sie schloss.

Sogleich stürzte sich Sophia auf die Tasche. Sie enthielt einen Stapel der Liedtexte. Was sollte das? Sie brauchte die nicht. Die würde sie ihr wieder zurückbringen. Doch halt! In der Tasche lag noch ein Umschlag und darin steckte eine Nachricht von Margarethe. Sie schrieb, Sophia möge bitte die Texte in der Stadt verteilen. Was sie freute: Die Zeichnungen waren mitgedruckt worden, aber die Symbole der Partei fehlten.

Sie warf noch einmal einen Blick auf die Zeilen Margarethes. Da stand noch ein Postskriptum! „Ergänze doch die Zeichnungen entsprechend.“

Sollte das ein Scherz sein? Zum einen hatten sie abgestimmt und ihre Zeichnungen waren abgelehnt worden. Andererseits war es kein Hexenwerk, Ohrringe und Totenköpfe zu zeichnen.

Zunächst aber brauchte sie ein Versteck für die Blätter. Sie sperrte ihren Sekretär auf, schob sie in eine Schublade und drehte den Schlüssel im Schloss um.

Was, wenn sie die Zeichnungen ergänzte und die Blätter verteilte? An wen überhaupt? Im Grunde an alle, die nicht der Partei angehörten. Woher aber wusste sie, wer Mitglied war und wer nicht? Möglicherweise teilte ihr Margarethe das noch mit. Gerieten die Texte an die richtigen Leute, dann erfüllten sie hoffentlich ihren Zweck.

Was, wenn sie aber in die falschen Hände gelangten? Gewiss kam ihr keiner auf die Schliche, aber es läge auf der Hand, dass es Texte der katholischen Gruppe waren. Und dann würde es für die gefährlich. Es sei denn, sie wiesen darauf hin, dass eben nicht alle Blätter mit den Symbolen gekennzeichnet waren, sondern diese im Nachhinein und nur auf einen Teil gemalt worden waren. Ob das genügte?

Gut, Margarethe hatte sie dazu angehalten, die Verantwortung aber übernahm sie alleine. Wenn ihr aber jemand auf die Schliche kam? Dann bekäme sie Ärger, würde bestraft werden. Vati könnte ihr da auch nicht aus der Patsche helfen.

Sie legte sich aufs Bett. Auch wenn sie alles auf ihre Kappe nahm, die Partei hätte Katharina mitsamt dem Kaufhaus auf dem Kieker und Vati verlöre womöglich seine Stellung innerhalb der Partei, was das kleinste Übel war. Wie würde Mama mit ihrem kranken Herzen das verkraften? Und Maria? Verlöre sie ihre Lebensfreude?

Sollte sie also alles so belassen, wie es war? Nein. Jetzt bot sich ihr die Gelegenheit, der Partei die Stirn zu bieten. Die durfte sie nicht verstreichen lassen.

Genau zwei Stunden zeichnete sie, dann verschloss sie die Blätter erneut im Sekretär und ging zu Bett.

Am nächsten Morgen klopfte David an, trat ein und schloss die Tür hinter sich. „Gnädiges Fräulein, ich habe eine Nachricht für Sie.“

Sophia ärgerte sich gerade, weil sie ihre Weste falsch zugeknöpft hatte, schaute aber zu ihm auf. „Von wem denn?“

„Von Fräulein Margarethe", wisperte David.

Sie streckte die Hand nach dem Schreiben aus. „Danke, David."

„Das Frühstück ist serviert." Er verließ das Zimmer.

Sogleich riss sie den Umschlag auf. Auf dem Schreiben reihte sich Adresse an Adresse. Der Zettel durfte niemals in die falschen Hände geraten, also würde sie ihn hier im Zimmer verstecken. Wie aber sollte sie dann vorgehen? Die Adressen auswendig lernen? Das machte keinen Sinn, denn es kamen nie mehr als zwei Familien je Straße vor. Im Grunde war das gut so. Würde sie an jedem Haus stehen und etwas einwerfen, fiele das auf. Also würde sie die Texte am besten im Dunkeln an wenige verteilen, deren Namen sie sich einprägte. Natürlich würde es auf diese Weise dauern, bis sie alle eingeworfen hatte.

Zufrieden mit ihrem Plan setzte sie sich an den gedeckten Frühstückstisch. Katharina stand bereits auf und wollte sich auf den Weg zur Arbeit machen. „Du hast deine Weste falsch geknöpft."

Sophia schaute an sich herab. „Ja, danke."

„Kommst du heute wieder zum Tippen?"

„Nein, ich bin erst mal fertig."

Katharina verabschiedete sich.

Vati trank einen Schluck Tee. „Was macht die Ausstellung?"

„Unverändert. Vielleicht tut sich heute was."

„Das gewiss. Gauleiter Carsten will vorbeischauen."

Sie zuckte zusammen, obwohl sie es nicht wollte. „Was?"

„Sag nicht immer *was,* es heißt *wie bitte.*" Er tupfte sich den Mund mit der Serviette ab. „Und warum erschrickst du so? Nur weil es der Gauleiter ist?"

Er war ihr größter Feind in der Stadt – deswegen.

„Warum interessiert er sich für meine Werke?"

„Er liebt Kunst. Er spielt mit dem Gedanken, eine Galerie zu eröffnen, die dauernd etwas ausstellt."

„Aha."

„Kind!" Er lächelte. „Du musst dich mit ihm gutstellen!"

Sie starrte Vati mit offenem Mund an. Der stand auf, wünschte ihr einen schönen Tag und verließ das Zimmer. Das meinte er nicht ernst! Sie hasste Carsten!

Ihr war der Appetit vergangen, daher ging sie zum Schlafzimmer von Mama, um nach ihr zu schauen.

Die saß an zwei Kissen gelehnt und rührte in einer Tasse Tee. „Sophia! Komm, setz dich zu mir."

Emmi zupfte an der Bettdecke herum. „Nicht einmal eine einzige Scheibe Brot will die gnädige Frau essen."

Mama warf ihr einen zornigen Blick zu. „Ich weiß selbst, wann ich satt bin."

„Ja, aber Sie müssen die Tabletten nehmen!"

„Das werde ich." Dann wedelte sie mit der Hand. „Danke, Emmi. Lass uns jetzt alleine."

Ihre Mutter wartete, bis Emmi die Tür zugezogen hatte. Dann rollte sie mit den Augen. „Ich hasse es, wenn Emmi von mir in der dritten Person spricht, als wäre ich nicht da."

Sophia lachte. „Sie hat wohl auf Verstärkung gehofft."

„Pah! Nur weil ich im Bett liege, lasse ich mich nicht wie ein Kind behandeln."

Nein, das ließ Mama nicht zu und darüber freute sich Sophia. Bloß keinen Rollentausch!

Mamas Hand zitterte, als sie die Tasse zum Mund führte. Sie trank kleine Schlucke und reichte Sophia die Tasse. „Stell sie bitte auf dem Nachtschrank ab. Der Tee ist noch zu heiß.“

Die Tasse fühlte sich heiß an. „Ja, lass ihn besser abkühlen.“

Mama reckte das Kinn. „Am Abend wird Katharina mir vom Umbau erzählen und mit mir die Bestellzahlen durchgehen. Bis dahin will ich mich ausruhen.“ Sie schaute nach hinten. „Kannst du eines der Kissen weglegen?“

„Ja, natürlich.“ Sophia legte es auf Vatis Bettseite. „Ich werde später noch einmal nach dir schauen.“

„Gerne, mein Kind.“

Auf dem Weg zur Oberrealschule sagte sie sich die ersten fünf Namen und die Adressen von der Liste wieder und wieder auf. Aber das Bild von Mama mit hochgerecktem Kinn schob sich vor ihr inneres Auge. Wie gut, dass sie trotz ihrer Krankheit den Stolz und das Sagen beibehielt. Nur so hielt Mama nach wie vor die Hand über die Familie, nur so fühlte sich Sophia zu Hause wie in einem Nest.

Eine Adresse lag auf dem Weg zur Realschule. Sophia zog einen der Texte heraus. Sie hatte sie klein gefaltet, dadurch ließ sich jeder gut in der Hand verbergen. Wenige Schritte vor dem Haus drehte sie sich um. Keiner war zu sehen. Eine Frau mit Kinderwagen kam ihr entgegen. Das Kleine schrie sein Leid heraus. Als die Frau an ihr vorbeiging, lächelte sie entschuldigend.

Sophia fand den Briefkasten nicht gleich. Er steckte in einer Säule neben dem Hoftor. Sie warf den Zettel ein, trat zwei Schritte weg vom Tor, ging rasch weiter. Ihr Herz schien in den Hals gewandert, drückte die Luft ab. Sie atmete tief ein und wieder aus. Weiter!

Es gab eine zweite Adresse, ein Stückchen von der Realschule entfernt. Besser, sie erledigte das sofort.

Gerade als sie den Zettel in den Briefkasten steckte, stand mit einem Mal Sina neben ihr. „Verteilst du Reklamebriefe von deiner Ausstellung?"

Sophia ging nicht darauf ein. „Geht es dir besser?"

Sina nickte. „Sie haben meinen Bruder freigelassen. Zum Glück!"

Sophia schlug den Weg zur Ausstellung ein. „Begleitest du mich ein Stück?"

„Ich bin sogar auf dem Weg zu dir." Sina grinste geheimnisvoll.

Nachdem sie in der Galerie die Mäntel abgelegt hatten, zog Sina ein Blatt Papier aus ihrer Tasche. „Ich habe da etwas entworfen." Sie reichte es Sophia.

Auf dem Entwurf pries sie die Ausstellung in Großbuchstaben an. Beim Lesen der Zeilen hätte Sophia gleichzeitig weinen und lachen können. Warum fiel ihr so was nicht von selbst ein?

Sina zuckte mit den Schultern. „Wir vom Theater werfen immer Reklamezettel in die Postkästen der Einwohner. Da dachte ich, das machen wir bei dir genauso."

„Das ist ein sehr guter Einfall." Sophia umarmte Sina zum Dank. Da machte sie sich Gedanken darum, wie sie

sie unterstützen könnte. Was für eine wundervolle Freundin!

Sina stemmte die Hände in die Hüften. „Was ist jetzt? Hast du schon selbst Zettel entworfen?"

„Nein."

„Ach, war das dann vorhin was anderes?"

„Ja."

Sina starrte auf Sophias Tasche. „Hast du noch mehr zum Verteilen? Ich kann dir helfen."

Was sollte sie ihr antworten? Am besten ein klares *Nein.* Auf der anderen Seite würde sie eine Ewigkeit für das Einwerfen der Texte brauchen, wenn sie nicht mehr als fünf am Tag loswurde. Und Sina hasste die Partei ebenso wie sie. Dennoch – sie gehörte nicht zur Gruppe. Moltke würde Sophia den Kopf abreißen, wenn sie sie einweihte.

„Danke, du brauchst mir nicht zu helfen." Ihr Gesicht glühte.

Sina zuckte mit den Schultern.

Sie plauderten über Kunst am Theater und das Malen, bis es Zeit zum Mittagessen war. Sophia mochte sich nicht von Sina trennen. „Magst du mit zu mir zum Essen kommen?"

Sina schaute ernst drein. „Wollen wir nicht lieber in ein Café gehen?"

Sina schlug einen Weg ein, der an der dritten Adresse vorbeiführte. Sophia fischte einen der Texte heraus und schob ihn zum Briefkastenschlitz hinein.

„Na, teilen die Damen nun die Post aus?" Kreisleiter Müller schob sich seine Brille zurecht.

Sophias Herz raste. War der aus dem Straßenpflaster herausgewachsen? Warum hatte sie ihn nicht kommen sehen? Himmel! Ihr Hals schien zugeschnürt. Sie brachte keinen Ton heraus.

Sina griff in ihre Tasche und drückte ihm einen Zettel in die Hand. „Fräulein Wagner macht Reklame für ihre Ausstellung. Wenn es Sie interessiert, dann ...“

Er winkte ab. „Ist mir bekannt. Heil Hitler!“

Erst im Café fanden sie beide die Sprache wieder. Sina bestellte das Gleiche wie beim letzten Mal. Die Bedienung brachte zuerst einer Gruppe junger Leute Kaffee und Wasser und ging dann in einen Raum hinter der Theke. Die Gruppe redete und lachte, einer von ihnen legte einem Mädchen den Arm um die Schulter. Sie schob ihn wieder weg.

So ausgelassen und fröhlich hatte sich Sophia nie gefühlt. Warum eigentlich nicht?

„Also?“ Sina schaute ihr direkt in die Augen. „Du musst mir nichts sagen, kannst es aber gerne.“

Sie hatte ihr aus der Patsche geholfen. Natürlich ging es Müller nichts an, was Sophia in Briefkästen steckte, nur war ihr auf die Schnelle nichts eingefallen und ein Schweigen hätte seine Neugier geweckt.

Die Bedienung brachte duftenden Kaffee und Kuchen. Sophia trank einen Schluck und wärmte ihre Hände an der Tasse. Dann fasste sie in ihre Tasche, holte einen der Texte heraus und schob ihn rüber zu Sina.

Die faltete ihn auseinander, warf einen Blick darauf, faltete ihn rasch zusammen und steckte ihn ein. „Wo muss der hin?“

Sophia flüsterte Namen und Adresse.

„Hast du noch mehr davon?“

„Jede Menge.“

Sina nickte, schaute zur Decke. „In Ordnung. Ich werde mir einen Stapel mitnehmen. Wenn ich die einwerfe, fällt das keinem auf. Wie ich nämlich sagte: Ich verteile ständig irgendwas.“

Stimmte das? Wenn sie aber Sina nicht vertrauen konnte, wem dann? Und auf diese Weise wäre sie gleich einen Stapel los.

Sie aßen den Kuchen. Sina schob die letzten Krümel auf die Gabel. „Warst du schon einmal richtig verliebt?“

„Nein, bis jetzt nicht.“

Sina zog die Brauen hoch. „Nicht? Noch nie?“ Sie lächelte. „Ich bin es dauernd. Meistens in einen Kollegen. Momentan aber in den Freund meines Bruders.“ Sie seufzte. „Er hat so schöne Hände.“

Sinas Augen leuchteten bei der Schwärmerei. Dann zwinkerte sie Sophia zu. „Wie müsste dein Traummann aussehen?“

Darüber hatte sie noch nie nachgedacht. „Hm. Er sollte sich für das, was er tut, mit ganzem Herzen einsetzen. Und es müsste etwas Sinnvolles sein.“

„Na gut, aber wie sollte er aussehen?“

„Sorgenvoll.“ Als sie Sinas erstaunten Blick sah, fügte sie hinzu: „Na, seine Stimmung sollte eher grau als sonnengelb sein.“

Nun nickte Sina. „Ich verstehe. Uns sonst? Dunkelhaarig? Blond? Blauäugig oder braune Augen?“

„Das ist mir gleich. Hauptsache, er ist kein verwöhnter, alberner Junge.“

„So einen finde ich auch furchtbar.“ Sina trank einen Schluck. „Du magst aber nicht die jammernden Problempfleger, eher die Kämpfer, oder?“

„Ja, natürlich. Die, die sich für etwas einsetzen und eben nicht nur zum Tanzen gehen.“

„Hoffentlich besuchen die aber das Theater.“ Sina lachte.

Ob Moltke das tat? Sophias Gesicht glühte. Hatte sie etwa ihn beschrieben?

Sina schien ihre Verlegenheit zu bemerken, überging sie aber. Sie schaute auf ihre Armbanduhr. „Wollen wir die Blätter holen?“

Das kam jetzt doch überraschend. In Sophias Magen breitete sich ein mulmiges Gefühl aus. Sie schaute Sina direkt in die Augen. Die hielt ihrem Blick stand und lächelte. „Na, was ist?“ Dann schlüpfte sie in ihren Mantel.

Erst vor der Residenz ergriff Sina das Wort. „Wenn du die Zettel lieber alleine verteilen möchtest, dann mach das.“ Sie hob abwehrend die Hände. „Ich will mich nicht aufdrängen.“

Sophia hatte gehofft, dass Sina genau die Sätze nicht sagen würde. Allzu oft hatte sie die von Mama gehört. „Wenn es dir nicht passt, wie ich dich kämme ..., also ich will mich nicht aufdrängen.“

Dabei wollte derjenige, der das behauptete, ein Lob und einen Dank für sein Tun hören und gewiss keine Ablehnung. Sophia hatte Mama deswegen stets geantwortet, dass sie lieber von Emmi frisiert wurde. Natürlich hatte Mama daraufhin mit verkniffenem Gesicht den Kamm zur Seite gelegt und war zur Einsicht gekommen, dass sie ein kreuzehrliches Kind hatte.

Sie gingen durch das Residenztor. Ihre Freundschaft stand gerade auf der Kippe und das nur, weil sie ihren Mund nicht gehalten hatte. Aber wenn sie Sina nicht vertraute, wem dann?

Dennoch! Warum gehörte Sina nicht der Gruppe an? Margarethe war doch ihre Freundin! Ob sie auch einen Teil der Texte an Sina weitergereicht hatte? Die Frage konnte sie ihr unmöglich stellen, ohne Margarethe zu verraten. Es reichte auch so, was sie ausgeplappert hatte.

„Ist es dir nicht recht, wenn ich die Zettel mit austeile?" Sina blieb stehen. „Dich beschäftigt doch was. Denk nicht mehr an die Texte. Wir bleiben deswegen trotzdem Freundinnen." Sie zeigte nach links. „Ich werde jetzt nach Hause gehen."

Sophia hielt sie zurück. „Unsinn. Natürlich finde ich es gut, wenn du mir beim Verteilen hilfst. Ich gebe dir gerne die Hälfte der Blätter."

Sina ging mit ihr ins Zimmer hoch. Sie packte die Blätter und eine Abschrift der Adressen in ihre große Tasche, dann stiegen sie zusammen die Treppe hinab, als Vati in seiner Uniform zur Haustür hereinkam. Er reichte David den Mantel.

Sina schien zuerst wie versteinert, dann drehte sie sich zu Sophia um und starrte sie mit offenem Mund an. Sophia nahm einfach ihre Hand und hielt sie fest.

„Sina, das ist mein Vater, Heinrich Wagner." Sie lächelte Vati an. „Das ist Sina Mainberger."

Vati kam heran, reichte Sina die Hand. „Es freut mich, Sie persönlich kennenzulernen. Auf der Bühne habe ich Ihren Gesang bereits genossen."

Sina räusperte sich. „Ganz meinerseits."

„Vati, Sina wollte gerade gehen."

Nachdem Sophia die Haustür hinter Sina geschlossen hatte, versuchte sie sich an Vati vorbei zu stehlen, doch der hielt sie zurück. „Woher kennt ihr euch?"

„Sina kam zufällig zu meiner Ausstellung und da haben wir uns angefreundet."

„Aha." Er schaute an ihr vorbei. „Und da lädst du sie gleich zu uns nach Hause ein?"

„Ja und?"

„Sie ist eine Sängerin."

„Ja, ich weiß das. Und ich eine Malerin."

„Sophia!" Er holte tief Luft. „Sie gehört zu den Sinti."

„Besser als zur NSDAP."

Vati ballte die Fäuste, da ergriff David das Wort. „Möchten die Herrschaften einen Tee?"

„Nein, wir möchten jetzt keinen Tee!", stieß Vati hervor. Er presste die Lippen zusammen. „Ich möchte nicht, dass du mit Frau Mainberger weiterhin befreundet bist und das hat nichts mit der Partei zu tun."

Nun reichte es Sophia. „Ich möchte auch nicht, dass du mit den Rüpeln aus der Partei befreundet bist und trotzdem lädst du sie in unser Haus ein."

Sie ließ ihn stehen, nahm zwei Stufen auf einmal, ging in ihr Zimmer und knallte die Tür zu. Dort warf sie sich aufs Bett. Jetzt würde Mama wieder sagen, dass sie sich wie ein trotziger Backfisch benahm. Sollte sie doch. Das war ja wohl der Gipfel! Ihr verbot Vati eine Freundschaft mit einer Sängerin, die lediglich Lieder auf einer Bühne vortrug und die er selbst anhörte. Aber er verköstigte hier im Hause Rüpel, die David beleidigten und tolerierte das sogar. Wie widersinnig war das?

Natürlich traf sie sich am letzten Tag der Ausstellung wieder mit Sina in der Oberrealschule. Sie kam zusammen mit Margarethe, die sich gleich mit Maria über einen Abend im Tanzcafé unterhielt. Sina zog Sophia auf die Seite. „Ich bin alle Blätter losgeworden, und du?"

„Fast alle. Ich muss vorsichtig sein, weil die Ausstellung jetzt zu Ende geht."

„Verstehe." Dann warf sie einen Blick zu Maria und Margarethe hinüber. „Das mit deinem Vater wusste ich nicht. Du riskierst viel."

„Das ist es mir wert."

„Natürlich." Dann grinste sie. „Du widersetzt dich ihm und magst Widerstandskämpfer. Nun versteh ich auch die Beschreibung deines Traummannes."

Da drehte sich Sophia weg. „Ein Traummann ist ein Traummann."

„Das schon, aber manchmal gibt es ja ein lebendes Bild dazu."

„In meinem Fall nicht."

Aber stimmte das auch?

Zusammen mit Margarethe blieb sie bis zum Abend. Sie hängten mit Maria und ihr die verbliebenen Bilder ab. Sophia hatte in erster Linie Landschaftsgemälde verkauft. Das verstand Sina nicht. Sie schwärmte noch immer für die Kinderporträts. Deswegen schenkte ihr Sophia das, auf dem sie den Betrachter trotzig anschaute.

„Tausend Dank!" Sina umarmte sie. „Ich werde es neben das andere hängen."

Sie packten alle Bilder sorgfältig in Papier ein und stapelten sie aufeinander. Armin würde sie morgen abholen. Sophia strich über das letzte Bild, eines, auf dem der Main im November gemalt war, an dem der Mond selbst mittags blass am Himmel stand und die Szene beinahe wirkte, als herrschte Dämmerung. Die Ausstellung war für sie wie ein Schulterklopfen gewesen. Nun musste sie erst wieder Werke sammeln und auf eine neue hinarbeiten. Im Grunde war das auch spannend, zumal ihre Arbeit jetzt wohl von ihrer Familie, auch von Mama, ernster genommen wurde. Dennoch hätte sie ihre Bilder gerne noch einige Tage hier in der Galerie aufgehängt, an den Wänden betrachtet und zugeschaut, wie sie auf die Besucher wirkten. Manche der Gäste traten vor einigen einen Schritt zurück, manche einen näher und kniffen die Augen zusammen. Andere drehten nach der ersten Runde noch eine und entschieden dann, welches ihnen am besten gefiel. Ihr war da zumute, als lernten sie und die Gäste sich über die Werke kennen. Nun würde sie wieder einsam an neuen arbeiten.

Zu viert traten sie den Heimweg an. Es war ein so milder Abend, dass sie die Mäntel aufgeknöpft ließen. Der Himmel war bewölkt, ab und an lugte die Mondsichel zwischen den Wolken hervor. Nach wenigen Schritten ließ sich Margarethe zurückfallen und winkte Sophia heran. „Martin hat sich gemeldet. Schon bald wird er zurückkommen."

Hauptsache, er kam zurück! Sophia schnaubte. Was ging ihr da nur durch den Kopf? „Ja, das ist gut."

Margarethe kicherte. „Das hörte sich gerade nicht so an, aber es ist natürlich gut. Was aber auch wichtig ist: Er findet deine Zeichnungen großartig. Das werden wir den anderen bei der nächsten Aktion sagen!"

Das ahnte sie bereits! Moltke würde sie unterstützen. Sie lächelte. „Das ist wirklich großartig. Aber sag mal, hast du schon eine Reaktion von jemandem mitbekommen, bei dem ich die Zeichnungen eingeworfen habe?"

Margarethe schüttelte den Kopf. „Da müsste ich Karl oder jemanden von der Kirche fragen. Es weiß doch sonst keiner, dass ich da mitmache. So wenig wie bei dir."

Sina und Margarethe verabschiedeten sich vor der Residenz.

Maria hakte sich bei Sophia ein. „Sina ist wirklich nett, aber sie hört wohl lieber zu, als dass sie was sagt."

Ihr hatte sie sogar von ihrem Bruder erzählt. Vielleicht war sie einfach vorsichtig wegen Vati.

„Gute Zuhörer sind rar gesät."

Maria stupste sie an. „Du bist ein guter Zuhörer." Dann zeigte sie zum Vorplatz der Residenz. „Da winkt uns Vati."

Er kam heran, hatte eine Zornesfalte zwischen den Brauen. „Wisst ihr, ob Katharina schon zu Hause ist?"

„Nein, wir waren bis jetzt in der Oberrealschule." Sophia musterte ihn. Er schaute nicht nur zornig, sondern auch müde aus.

„Was ist denn passiert?"

„Nichts, ich möchte euch nur alle daheim wissen."

Sie nahmen ihn in die Mitte. Maria erzählte ihm, wie sie die Ausstellung aufgeräumt hatten, dann schaute sie zu ihm auf. „Warum willst du uns um dich haben? Sag schon.“

Er räusperte sich. „Müller ist verärgert, weil ihm zu Ohren gekommen ist, dass jemand in der Stadt gegen ihn wettert.“

Sophias Herz schien zu stolpern. Sie nahm sich zusammen. „Was für ein Wunder!“

Vati fuhr zu ihr herum. „Mädel! Spotte in unseren vier Wänden, wenn du es dir schon nicht verkneifen kannst, aber nicht auf offener Straße.“

Maria schüttelte den Kopf. „Nur weil ihn jemand nicht mag, macht er ein Getue darum?“

„Es geht nicht nur um ihn, sondern auch um die Partei und somit um die Regierung.“

Vatis Beistand zu Müller nervte Sophia. „Die NSDAP wurde ja in der Stadt auch nicht gewählt.“

Vati machte eine wegwerfende Handbewegung. „Das spielt doch keine Rolle.“

„Doch, das tut es.“ Sophia fasste nicht, wie er den Umstand wegwischte. „Hier hat man euch nicht ins Herz geschlossen und nun merken das die Menschen endlich.“

Sie hatte keine Wahl, als gegenzureden, so wie immer. Es tat nur weh, dass das beim eigenen Vater nötig war. Ein Irrsinn! Zudem krampfte ihr Magen. Denn eines stand fest: Jemand hatte Müller die Zeichnung gezeigt. Weiter wusste er, dass sie malte und noch schlimmer: Er hatte sie beim Verteilen erwischt. Nahm er das zusammen, dann stand sie vermutlich auf der Liste der Verdächtigen ganz oben.

Vati schwieg. Maria lenkte Sophias Blick auf sich und schüttelte den Kopf. Natürlich lag auch ihr nicht daran, weiter auf dem Thema herumzureiten. Ihr war eher nach Heulen zumute.

4

Die Tage vergingen und es geschah nichts. Weder meldete sich Vati oder sonst einer von der Partei bei ihr, noch erfuhr sie von Margarethe, ob jemand auf ihre Zeichnungen reagiert hatte. Auch von Moltke hörte sie nichts.

Am ersten April bummelte Sophia zum Geschäft Katharinas. Es öffnete um neun Uhr, also in wenigen Minuten. Bereits in der Theaterstraße, die jetzt nach dem Führer umbenannt worden war, deren Namen Sophia aber niemals übernehmen würde, fielen ihr ungemein viele Uniformierte auf und vom Bahnhof schritten noch mehr in die Kaiserstraße. Sie trugen irgendwelche Papierrollen in der Hand. Als es neun Uhr schlug, brüllte einer von denen: „Jetzt!"

Schon eilten je zwei Mann zu bestimmten Läden und machten sich an deren Ladentüren zu schaffen.

Als sie sich vom Ledergeschäft von Frau Schwarzhaupt abwandten, ging Sophia hin, um die Ladentür zu betrachten. Es war unfassbar, was die Kerle dort angebracht hatten. Frau Schwarzhaupt war Jüdin und das reichte wohl dazu aus, dass nun ein schwarzes Plakat mit gelben Flecken an der Ladentüre hing. Die Uniformierten hatten das Geschäft markiert wie streunende Hunde.

Sophia schaute durch die Schaufensterscheibe hinein. Frau Schwarzhaupt stützte sich mit einer Hand auf der Theke ab, dann schlurfte sie langsam zur Tür.

Sophia schmeckte Galle auf der Zunge. Sie beugte sich zum Plakat, fasste es an einer Ecke, um es abzureißen, da schaute sie sich aber noch einmal um. Es waren zu viele Uniformierte unterwegs. Riss sie es ab, riskierte sie, bestraft zu werden, womöglich sogar geschlagen zu werden, denn hier waren keine kleinen Jungs zugange. Und wer andere erniedrigte, der schreckte auch nicht davor zurück, eine Frau zu schlagen. Zudem würden die Kerle sowieso wieder ein Plakat aufkleben. Sie ballte die Fäuste.

Frau Schwarzhaupt stand nun an der Tür, öffnete sie aber nicht. Stattdessen schüttelte sie den Kopf.

Sophia presste die Lippen aufeinander, öffnete die Fäuste und schloss sie wieder. Sie drehte sich um und ging die Straße weiter entlang. Auch an allen anderen Geschäften mit jüdischen Eigentümern hingen die Plakate wie hässliche Brandmale an den Türen. Passanten gingen vorbei, manche schauten betreten weg, manche starrten kopfschüttelnd darauf, andere feuerten die Uniformierten noch an. Wie konnten sie nur! Einen Tag zuvor hatten sie gewiss noch in den Geschäften eingekauft, sich davon erzählt und den Einkauf als eine Selbstverständlichkeit angesehen. Und nun bedeutete ihnen das nichts mehr? Wie konnten sie jetzt jemanden wegen seiner Religion ausgrenzen oder wegschauen, wenn derjenige ausgeschlossen wurde? Wieso diese Gleichgültigkeit?

Zorn loderte in ihr. Sie hetzte ins Kaufhaus hinein. Schwarze, graue und rote Farbe brauchte sie. Diese Empörung würde sie malen, Menschen mit aufgerissenen Mündern und schreckgeweiteten Augen und Menschen, die wegschauten. So sollte die künftige Ausstellung ausschauen und dann konnte Carsten mit seiner ganzen Armee vorbeikommen und die Bilder betrachten.

Zuhause drückte sie David ihren Mantel in die Hand. „Ist Vati da?"

„Tut mir leid, aber er ist noch in der Firma."

David wirkte wieder traurig auf sie. „Was ist los? War Vati wieder unmöglich zu dir?"

Er schüttelte den Kopf. „Aber nein." Dann räusperte er sich. „Fräulein Sophia, versprechen Sie mir, immer gut auf sich aufzupassen und weiterhin zu malen?"

Sie lachte. „Aber ja, genau das habe ich gerade vor."

Sie malte eine Gruppe Menschen, die in einer Ruine im Kreis standen. Die zerstörten Mauern verdeckten den Blick auf Beine und Füße der Gruppe. Manche von ihnen hielten sich an den Händen, manche legten die Hände auf das Gesicht, aber alle hatten den Mund zum Schreien geöffnet und schauten den Betrachter erschrocken an. Außerhalb der Ruine lagen Steinbrocken und ein umgestürzter Kirchturm, dessen Kreuz heil geblieben war.

Auch hier zeichnete sie Menschen, die sich betreten abwandten.

Noch hatte sie das Werk nur mit Kohle vorgezeichnet und es enthielt womöglich nicht die ganze Empörung, aber einen Teil der Wut hatte sie mit einfließen lassen. Erst als die Dämmerung einsetzte und ihr das Licht zum Weiterarbeiten fehlte, legte sie den Stift auf die Seite, wusch sich die Hände und deckte das Werk mit einem Tuch ab.

Katharina war wohl gerade heimgekommen und redete in der Diele. Sie sprach in kurzen Sätzen und ließ keine Pause aufkommen. Worüber regte sie sich auf?

Vati schien noch immer nicht daheim zu sein. Oder doch?

Auf der Treppe traf sie auf Katharina, der Tränen die Wangen hinabliefen.

Sophia umarmte sie. „Himmel, was ist denn jetzt wieder passiert?"

„Ich habe Jakob in höchste Gefahr gebracht. Vati will ihm helfen." Sie tupfte sich mit einem Taschentuch die Augen.

„Warum?"

„Weil er mir damit helfen will. Bete, dass alles gut wird."

Sophia verkniff es sich, ihr zu sagen, dass der Schrecken erst vorbei wäre, wenn die Partei nicht mehr regierte. „Das werde ich. Aber will Vati wirklich einem Juden helfen?"

„Ja, natürlich."

„Ist er da?"

„Nein, er ist zu Jakob oder vielmehr zur Residenz."

Katharina löste sich aus der Umarmung. „Ich leg mich etwas hin."

David stand unten am Treppenabsatz und stützte sich auf das Geländer. Normalerweise hielt er sich aufrecht wie ein Besenstiel.

Sophia hastete zu ihm hinab. „Vati wird Jakob helfen."

„Selbstverständlich wird er das. Aber Jakob wird das Land verlassen müssen, wenn er am Leben bleiben will. Hoffentlich ist ihm das bewusst."

Sophia ballte die Fäuste. Wie würde die Stadt wohl bald aussehen, wenn die liebenswerten Menschen sie verließen und die Ekelpakete blieben? Und was dann? Würden sich alle, die gerade aus Angst wegschauten, in gehorsame Marionetten wandeln, die jeden verrieten, der ein Widerwort wagte? Von da an würden die Stadt und das Land das Tor zur Hölle werden, in dem nur noch grausame Teufel hausten. Ihr drehte sich der Magen um. Sie nahm Davids Hand in ihre, doch irgendeinen Trost brachte sie nicht über die Lippen. Gab es denn einen?

Mitten in der Nacht, Sophia starrte noch ihre Zimmerdecke an, öffnete Katharina die Tür. Sie stand im Türrahmen und im Flurlicht, das ein Dreieck auf den Boden warf. „Jakob ist in Sicherheit."
Sophia setzte sich auf. „Wo ist er jetzt?"
„Er musste natürlich das Land verlassen."
„Natürlich." Sie sank in ihre Kissen zurück.
Natürlich hallte es in ihr wieder. Das sollte natürlich sein? Unbescholtene Bürger zu hassen und aus dem Land zu verjagen? Wenn das die einzige Möglichkeit war, dem Hass zu entkommen, weil man sonst verhaftet und womöglich noch Schlimmeres erleiden musste,

dann gab es nichts Natürliches daran, nichts, was von Natur aus so sein musste. Oh nein! Hier forderten Teufel die Seele der Menschen ein und die erklärten sich damit einverstanden.

Katharina wünschte eine gute Nacht und zog die Tür zu. Jakob war weg, wie Joseph und wie einige andere aus der Stadt, die aus Angst um ihr Leben flüchteten. Wie praktisch! Da konnte sich die Partei all die Häuser unter den Nagel reißen, die Geschäfte und Läden. Sophia drehte sich auf die Seite. Heute Abend fror sie unter der Decke, nicht von außen, aber von innen. Sie stellte sich den alten Jakob auf seiner Reise vor, wie er in einem Zugabteil saß, klein, mager, kraftlos. In einem fremden Land suchte er sich eine neue Behausung, aus dem eigenen verscheucht wie ein lästiges Insekt. Wenigstens war er am Leben. Schon dafür musste man inzwischen dankbar sein! Und das sollte natürlich sein?

Wie aber war es Vati gelungen, ihm zu helfen?

Auf die Frage erhielt Sophia keine Antwort. Vati winkte ab. Zwei Tage später faltete er die Zeitung während des Frühstücks zusammen und wischte sich über das Gesicht. Dann stand er auf und verließ grußlos das Esszimmer. Natürlich schnappte Sophia sie sich und fand, worüber er zu verzweifeln schien. Ein Artikel listete jüdische Geschäfte auf, die die Partei als unbedenklich einstufte. Die durften ihre Besitzer öffnen, doch die Plakate blieben an den Türen hängen und derjenige, der dort einkaufte, hatte mit Strafe zu rechnen. Das war doch der reinste Hohn und die Demütigung schlechthin! Sophia schüttelte sich. Gänsehaut überzog ihren Körper. Diese niederträchtige Partei! Vermutlich gefiel sie Vati auch nicht mehr. Doch das half nun den jüdischen Kaufleuten auch nicht weiter.

Sie warf die Zeitung auf den Boden. Am liebsten würde sie sofort einen jüdischen Laden nach dem anderen betreten und dort etwas einkaufen. Wie wollte die Partei das auch kontrollieren? Indem sie vor jedem Geschäft einen Posten aufstellte? Bestimmt nicht.

Es nieselte, aber es war ein milder Morgen. Sophia spannte den Regenschirm auf. Voller Zorn stapfte sie die Ludendorffstraße hinab. In Höhe der Residenz hätte sie den Posten vor dem Eingang am liebsten zugerufen, ihr doch zu folgen, um sie für das Einkaufen zu bestrafen. Wäre das Ganze nicht so bitter, könnte sie darüber lachen.

Auf dem Marktplatz schaute sie sich um. Heute würde sie ihr Geld ausgeben, als gäbe es kein Morgen. Sie trat in einen Laden auf der Seite der Marienkapelle und kaufte Äpfel ein. Danach erstand sie Ansichtskarten der Stadt. Katharina konnte die an Joseph verschicken. So nahm sie sich ein Geschäft nach dem anderen vor. Die Verkäufer bedienten sie überaus freundlich, wirkten auch nicht eingeschüchtert, bis auf wenige unsichere Blicke, die sie zur Ladentür warfen.

Als sie das Lederwarengeschäft betrat, zog Frau Schwarzhaupt die Stirn in Falten.

„Guten Morgen, wie kann ich helfen?"

Sophia lächelte. „Ich suche eine Geldbörse."

„Sie sind doch eine Tochter von Heinrich Wagner. Sind Sie sicher, dass Sie bei mir einkaufen wollen?"

Was sollte das? Glaubte die Frau, dass sie nicht für sich selber entscheiden konnte? Sie würde das tun, was jeder tun sollte.

Sophia straffte sich. „Absolut sicher. Warum fragen Sie?“

Frau Schwarzhaupt leckte sich über die Lippen. „Nun, weil ...“ Sie winkte ab. „Ach, nicht so wichtig.“

Doch das war es! Sophia schaute ihr in die Augen. „Ich weiß, was ich tue. Das, was jeder tun sollte.“

Frau Schwarzhaupt ging zur Ladentür, öffnete sie, schaute zu beiden Seiten der Straße hinunter, dann kehrte sie zurück. „Gut, dann zeige ich Ihnen unsere Kollektion.“

„Und? Stehen Uniformierte draußen oder glauben Sie, mein Vater begleitet mich?“

Die Frau senkte die Lider.

„Verzeihen Sie. Ich weiß, Sie wollen mich schützen, aber ich brauche keinen Schutz für etwas, was wir alle tun sollten, weil es normal ist, weil es natürlich ist.“

Frau Schwarzhaupt lächelte. „Sie brauchen sich nicht zu entschuldigen. Mir tun Ihre Worte so gut. Kommen Sie! Ich mache Ihnen einen guten Preis.“

Sophia entschied sich für eine rote Geldbörse mit Schnappverschluss. Sie bezahlte sie und wandte sich schon zum Gehen, da hielt Frau Schwarzhaupt sie zurück. „Mich wird hier keiner aus dem Laden vertreiben. Notfalls werde ich Schuhe oder besser Stiefel anbieten. Die tragen diese Kerle ja. Das können Sie gerne Ihrem Herrn Vater ausrichten.“

„Ich nehme Sie beim Wort.“

Wenigstens eine, die kämpfte.

Auf dem Heimweg ging ihr Frau Schwarzhaupt nicht aus dem Kopf. Warum wehrten sich nicht alle so wie sie? Es war auch höchste Zeit, dass die Gruppe wieder ein Treffen einberief. Sophia brannte es auf der Seele, erneut eine Aktion mit Bildern zum Text zu starten. Wo blieb überhaupt Moltke?

An der Ecke zur Eichhornstraße stritten zwei junge Uniformierte mit einer Frau im Alter von Sophias Mutter.

Der Kleinere der beiden wippte auf den Fußballen. „Gute Frau, es ist verboten, bei denen da einzukaufen. Das wissen Sie schon, gell?"

Die Frau trat einen Schritt auf ihn zu. „Was geht das dich an?"

„Gesetz von oben", meinte der Größere.

„Was soll das für ein Gesetz sein? Mach dich doch nicht lächerlich!"

Sie wandte sich zum Gehen, da hielt sie der Größere zurück. „Keiner isst mehr das Zeug von denen da."

Da holte die Frau aus und verpasste ihm eine Ohrfeige. „Schäm dich! Habe ich dich so erzogen? Such dir eine sinnvolle Arbeit und belästige nicht Mütter, die für ihre Söhne das Essen kochen!" Sie drehte sich um und stapfte kopfschüttelnd davon.

Der Größere hielt die Hand auf der Wange und senkte den Kopf.

Nun entzweite die Partei nicht nur Familien, sie trugen ihren Kampf sogar auf offener Straße aus. Söhne rannten irgendwelchen Trugbildern hinterher, Mütter verstanden ihre Kinder nicht mehr. Wie auch? Für deren Handlungen gab es nur ein Wort: unmenschlich!

Die zwei Uniformierten standen noch am selben Fleck, als Sophia sie erreichte. Sie griff in den Korb und schenkte ihnen zwei Äpfel. Die beiden schauten sie fragend an, dankten ihr aber und bissen kräftig hinein. Sophia konnte sich ein Grinsen nicht verbeißen. Offenbar schmeckten die Äpfel der jüdischen Verkäufer doch ...

Nach wenigen Schritten rief Vati ihren Namen. Er kam aus der Richtung des Paradeplatzes, sie ging ihm entgegen.

Er zog eine Braue hoch. „Habe ich richtig gesehen? Du schenkst Parteimitgliedern Obst?"

Sie kicherte. „Ja, und es scheint ihnen zu schmecken."

„Und darüber freust du dich?"

„In dem Fall schon."

„Hast du die Äpfel vorher vergiftet?"

Nun lachte sie laut. „Wenn ich die Gelegenheit dazu gehabt hätte, vielleicht."

Sie gingen weiter. Vati ließ nicht locker. „Also, was amüsiert dich dann so?"

„Kennst du die beiden?"

„Einen von ihnen ja."

Sophia bat ihren Vater, ihre Tasche zu tragen. „Dann richte ihm doch bitte aus, dass es Äpfel aus einem jüdischen Laden waren. Er behauptete, dass man Sachen, die Juden verkaufen, nicht essen könne."

Vati schwieg, aber er schien sich ein Grinsen zu verkneifen.

Als sie an der Villa ankamen, erkundigte Sophia sich, wo er gewesen war.

Er öffnete das Tor für sie. „Lass uns hineingehen, dann erzähle ich es dir."

Sie trugen die Lebensmittel in die Küche zu Hilda. Die freute sich. „Das wird einen schönen Apfelkuchen geben. Süßes tröstet."

Sophia lachte. „Wozu brauchen wir denn Trost?"

Da zog Vati sie mit in das kleine Zimmer, bot ihr Platz an und schenkte sich einen Cognac ein. Er holte Papiere aus seiner Jackentasche und legte sie vor sich auf den Tisch. Dann deutete er darauf. „Die sind für David."

Sophia konnte sich noch immer keinen Reim darauf machen. „Ich verstehe nicht."

Vati traute sich anscheinend nicht, sie anzuschauen. Er warf einen Blick auf seine Armbanduhr, obwohl an der Wand ihm gegenüber die Uhr zwölf schlug. „In vier Stunden wird David uns verlassen."

„Was?"

„Nun ja ..." Vati rutschte auf dem Stuhl herum, stand schließlich auf, kam zu ihr und legte ihr eine Hand auf die Schulter. „Kind, er ist hier doch nicht mehr sicher. Es ist besser, wenn er das Land verlässt."

„Jetzt wollt ihr mir David nehmen?" Sie stand auf und stieß ihren Vater von sich weg. „Er soll gehen? Warum geht deine verfluchte Partei nicht weg? Am besten dorthin, wo sie hingehört!" Sie zeigte nach unten. „Bist du so verblendet, dass du nicht merkst, was um dich herum geschieht? Sie vergraulen alles Liebenswerte! Sie färben alles schwarz! Sie bringen die Hölle ins Land! Menschen werden vergrault, ihnen wird alles genommen, sie müssen fliehen vor einer Regierung, die für sie sorgen sollte. Das ist irrsinnig! Oder nicht?" Nun schrie sie ihn an. „Findest du das gut?"

Die Tür flog auf, David trat herein. Mit wenigen Sätzen stand er vor ihr, legte den Arm um sie, wie er es das

letzte Mal getan hatte, als sie ein kleines Mädchen gewesen war, und strich ihr über das Haar. „Gnädiger
Herr, ich bitte nun um etwas. Lassen Sie uns alleine,
wenn es Ihnen nichts ausmacht.“

Vati verließ fluchtartig das Zimmer. Natürlich! Sobald es unbequem wurde, verzog er sich. Vermutlich
gehörte er deshalb der Partei an, weil es der einfache
Weg war, dazuzugehören. Sie schluchzte in Davids Armen. „Dein Jackett wird nass.“

„Es wird auch wieder trocknen.“

Sie weinte eine Weile, dann kochte es wieder in ihr
hoch. „Das werde ich nicht zulassen!“ Sie löste sich aus
seinen Armen und ging vor dem Tischchen auf und ab.
„Jetzt reicht es!“

David nickte. „Ich verstehe nur allzu gut. So kann es
nicht weitergehen. Doch ich bin in einer Lage, die mich
ins Gefängnis bringen könnte oder noch Schlimmeres.“

„Warum? Was hast du denn getan?“

Er zuckte mit den Schultern. „Nichts. Aber man kann
mir dennoch jederzeit etwas unterschieben.“

Sie öffnete den Mund zum Sprechen, doch er stoppte
sie. „Fräulein Sophia, die politische Lage wird sich ändern und dann kehre ich sofort zurück. Im Augenblick
ist es aber das Sinnvollste, mich in Sicherheit zu bringen und das ist in diesem Land nicht möglich. Sie wollen doch nicht, dass mir etwas passiert.“

„Natürlich nicht. Aber ...“

„Na also.“

Sie ließ sich auf den Stuhl fallen. „David? Warum
macht Vati bei dem Irrsinn mit?“

David schaute auf den Boden und dann in ihre Augen.
„Verurteilen Sie ihn bitte nicht. Ihr Herr Vater verhilft

mir zur Flucht, wie er es auch bei Jakob tat. Das wäre vielleicht nicht möglich, wenn er der Partei nicht angehörte."

„Woher willst du das wissen?"

„Ich vermute es."

Sie schluckte. David würde gehen, ihr zweiter Vater. Der, der immer an sie geglaubt hatte, ach was, an sie glaubte, sie bestärkte, der sie als kleines Mädchen mit sich herumgeschleppt, ihr die Nase geputzt, ihr Geschichten vorgelesen und an ihrem Krankenbettchen gesessen hatte. Ach, die Aufzählung würde endlos werden. Das Wichtigste aber war: Sie liebte David wie eben einen zweiten Vater und er sie wie seine Tochter, das wusste sie.

„Gut, du musst fliehen. Aber dann brauchst du Geld und alles Mögliche." Sie stand wieder auf. „Eine Flucht muss vorbereitet werden."

„Das haben der gnädige Herr und ich bereits getan. Keine Sorge. Ich habe alles, was ich brauche."

„Was? Dann wisst ihr das schon länger?"

Er zuckte mit den Schultern. „Aber das muss doch gerade Ihnen längst klar gewesen sein, oder nicht?"

Er hatte recht. Wie blind war sie eigentlich gewesen? Da versuchte sie, die Einwohner der Stadt aufzurütteln und die Machenschaften der Partei offenzulegen, dass aber David sich in Gefahr befand, das hatte sie nicht bemerkt. Wie peinlich. „Du bist ein Familienmitglied, deswegen war ich wohl blind dafür."

„Danke, Fräulein Sophia – für alles."

Wieder liefen ihr die Tränen die Wange herab. „Für nichts. Du hast mir so viel gegeben."

„Wir sind quitt, meine ich." Er grinste.

Er sollte dennoch etwas von ihr bei sich haben. Sie nahm das Kettchen mit dem blauen Stein sowie das Armband mit den blauen Fischen ab und drückte ihm beides in die Hand.

„Verkaufe die ruhig, wenn du Geld brauchst. Es soll dir an nichts fehlen."

„Ich werde sie in Erinnerung behalten und wieder mitbringen, das verspreche ich."

Der Kloß in Sophias Hals wuchs trotz des Weinens.

David räusperte sich. „Darf ich auch um ein Versprechen bitten?"

Sie nickte.

„Nachher, wenn ich das Haus verlassen werde, würden Sie bitte oben bleiben? Wir wollen es uns nicht schwerer machen als es ohnehin schon ist."

Sie schluckte an dem Kloß, doch er blieb stecken. „Ja, das werde ich", krächzte sie. „Lieber David, leb wohl. Bitte pass auf dich auf und komm gesund zu uns zurück."

Mehr brachte sie nicht heraus. Sie schluchzte in ein Taschentuch, wischte sich die Tränen ab, putzte die Nase und schaute sich nach David um. Er war leise zur Tür hinausgegangen, leise, wie er es immer tat.

Sophia schleppte sich in ihr Zimmer. Normalerweise schaute sie nach Mama, sobald sie von irgendwoher zurückkehrte, heute aber nicht. So verheult wie sie war, konnte sie Mama schlecht aufmuntern. Sie schloss die Zimmertür und lehnte sich dagegen.

Eine Stunde später klopfte Maria an. Sie wischte sich mit einem Taschentuch die Augen. „David verlässt uns." Ihre Stimme brach. „Ist das nicht schrecklich?"

Sophia brachte keinen Ton heraus. Sie mochte sich ihr Leben ohne ihn nicht vorstellen.

Maria schluchzte, dann holte sie tief Luft und stieß sie wieder aus. „Na ja. Hauptsache, es geschieht ihm nichts Schlimmes." Sie schaute aus nassen Augen zu Sophia. „Ist doch so, nicht wahr?"

Sophia nickte und kämpfte gegen die Tränen an. Ihre Augen brannten. Wie sollte die Familie nur ohne David zurechtkommen? Er war es doch, der alles zusammengehalten hatte.

Maria kuschelte sich zu ihr. „Eigentlich wollte ich dich trösten und jetzt heule ich hier rum."

„Ist schon gut. Weine ruhig, wenn es dir hilft."

„Dich tröstet es aber doch nicht."

„Macht nichts."

Brauchte sie Trost? Nein, und auch kein Mitleid. Wenn das einer verdiente, dann war es David. Er zog in ein fremdes Land, um dort alleine zu leben.

Als Maria ging, wusste Sophia nichts mit sich anzufangen. Sie saß vor ihrer Staffelei und fühlte sich nicht imstande, auch nur einen Pinselstrich zu zeichnen. Zorn hatte sie schon angetrieben, Freude beflügelt, aber unter Trauer hatte sie noch nie gemalt.

Dann war es soweit. Sie vernahm Vatis Stimme, der Armin Anweisungen gab. David schien sich von Hilda zu verabschieden, die offensichtlich weinte. Die Haustür fiel ins Schloss, der Motor des Wagens heulte auf, die Autotüren fielen zu, der Wagen fuhr los und brachte David fort.

Sophias Inneres schien leergeweint. David ging und sie schaute zu. Hilflos.

Dämmerlicht kroch zum Fenster herein, verdunkelte die Wände und Möbel, alles erschien grau, passend zu ihrer Stimmung. Wenn Schwarz schon keine Farbe war, was war dann Grau? Unentschlossen wie es war. Es zeichnete weich, verhüllte, erzeugte Unklares, hüllte ein, milderte ab. Es war die falsche Farbe! Sophia brauchte Rot, Orange, Gelb, wie das Feuer. Denn in ihr loderte es gerade. Sie stellte sich an ihr Werk mit den aufgerissenen Mündern und tauchte den Hintergrund in Feuerfarben. So, nun hatten die Figuren auf dem Bild einen Grund zum Schreien.

Es wurde aber zu schnell dunkel, also legte sie den Pinsel weg. Sie stellte sich ans Fenster, als sie Vati heim-kommen hörte. Keiner, der ihm den Mantel abnahm und die Weste reichte. Das war die neuste Marotte von ihm: in eine Weste zu schlüpfen, sobald er nach Hause kam.

Dann fiel die Tür noch einmal ins Schloss. Armin? Nein, Katharina! Sie würde bestimmt auch ins kleine Zimmer gebeten.

Es dauerte auch nicht lange, da schneite sie auch schon zu Sophias Tür herein. „Darf ich das Licht anma-chen?"

„Ja."

Sogleich umarmte Katharina sie und gab ihr einen Kuss auf die Wange. „Wie geht es dir? Dich trifft es doch am meisten."

Als ob es wichtig war, wer am stärksten litt. Sophia zuckte mit den Schultern.

Katharina setzte sich auf das Bett. „Was für ein schrecklicher Tag." Sie wartete einen Augenblick, dann fuhr sie fort: „Heute habe ich meinen letzten Brief an

Joseph geschrieben. Es ist einfach zu riskant. Bestimmt werden sämtliche Briefe geöffnet."

„Zu gefährlich? Wenn ihr euch Liebesbriefe schreibt?"

Katharina nickte. „Ich bringe nicht nur mich damit in Gefahr, sondern die ganze Familie."

„Verstehe. Liebesbriefe sind es nicht wert, das Leben aufs Spiel zu setzen."

„Werde nicht zynisch!"

„Das bin ich nicht. Ich meine es so wie ich es sage."

Katharina nickte, schaute zu Boden und seufzte.

Also ging Sophia zu ihr und legte den Arm um sie. „Es tut mir leid wegen Joseph. Wenn du ihm nicht einmal mehr schreibst, habt ihr gar keine Verbindung mehr."

„Ja, und das tut weh." Tränen flossen ihr die Wangen herab.

„Er wird zurückkehren." So schätzte sie ihn auch ein, als jemanden, der sein Wort hielt.

Katharina nickte. „Ja, ich weiß. Uns kann nichts trennen, weil wir uns lieben."

Sophia streichelte ihr über den Arm. „Irgendwann wird diese Partei verschwinden. Wir müssen uns halt wehren und das tust du ja."

Katharina schaute sie mit hochgezogenen Brauen an. „So schätzt du mich ein? Ich dachte, du verachtest mein Tun."

„Nein, ich hatte dich nicht verstanden. Aber im Grunde leistest du Widerstand."

Katharina stand auf. „Danke."

An der Tür drehte sie sich noch einmal um. „Kann ich noch etwas für dich tun?"

Sophia schüttelte den Kopf. Es tat so weh in ihrer Brust, doch darüber war sie froh. Jeden Tag wollte sie an David denken!

Gleich nach dem Frühstück verließ sie die Villa. Die Sonne schien von einem wolkenlosen Himmel, was nicht passte, denn in ihrem Innern tobte es. Sie hatte sich dicke Wolkenballen gewünscht, doch es war ein milder Frühlingstag. Sie ging in den Ringpark. Dort waren die Wiesen mit Krokussen übersät. Bunt leuchteten sie zwischen dem grünen Gras. Mütter schoben Kinderwagen, ältere Kinder spielten mit Holzreifen oder versteckten sich hinter den Büschen und kauten auf den Fingern vor Aufregung. Alle vergnügten sich und bemerkten den Schatten nicht, der sich über das Land legte.

Die Nacht über hatte Sophia keinen Schlaf gefunden und jetzt brannten ihre Augen vor Müdigkeit. Sie setzte sich auf eine freie Bank und hielt ihr Gesicht in die Sonne. Die Wärme kitzelte ihre Haut. Hoffentlich fand sie einen Weg in ihr Inneres. Als Kind hatte Sophia versucht, Farben hinter den geschlossenen Lidern zu erkennen, wenn sie das Gesicht lange genug der Sonne zuwandte. Auch jetzt freute sie sich über die goldenen Punkte, die sie ausmachte.

Könnte sie sich nur ausschließlich auf das Malen konzentrieren, wie noch vor kurzem, sorglos wie ein Kind. Sie seufzte. Da verdunkelte ihr jemand das Sonnenlicht. Sie öffnete die Augen.

Moltke stand vor ihr, den Kopf schräg gelegt, und grinste. „Pass auf, dass die Sonne deine helle Haut nicht verbrennt."

„Du schützt mich gerade davor.“

Er ließ sich neben ihr nieder. „Ein Tag, der träge macht.“

Sie gähnte und entschuldigte sich dafür.

Er winkte ab. „Zu wenig geschlafen?“

„Sieht so aus.“

„Warum?“

„Mein bester Freund hat das Land verlassen.“ Zum ersten Mal hatte sie David so genannt! Dann erzählte sie Moltke alles über ihn und auch sonst, was passiert war.

„Ich sorge mich, weil ich nach unserer Aktion nichts mehr hörte.“

„Mir ist zu Ohren gekommen, dass die Zeichnungen gut ankamen, gerade bei den Jüngeren. Das Problem ist: Auch innerhalb der christlichen Familien gibt es Mitglieder der Partei. An sich verraten sie aber die eigene Familie nicht. Einer unter ihnen hat es aber doch getan.“

„Und jetzt?“

Er schob die Unterlippe vor. „Es ist nichts passiert. Müller scheinen die Zeichnungen peinlich zu sein. Also machen wir weiter.“ Er grinste.

Wie gut, dass er wieder zurückgekehrt war.

„Nicht, dass ich Angst hätte, aber ist es für die Gruppe nicht gefährlich, wenn wir Müller so lange reizen, bis er doch etwas unternimmt? Die Treffen womöglich verbietet?“

„Das ist der Punkt. Wir können das nicht mehr über die Gruppe machen.“ Er schaute sich um. „Genaues besprechen wir besser woanders.“

„Gut, ich verstehe.“

Plötzlich nahm er ihre Hand. „Davids Flucht tut dir weh, hm?"

Sie nickte, schluckte die aufsteigenden Tränen hinunter. „Er war mir sehr wichtig. Hoffentlich ist er in Sicherheit."

„Dein Schmerz wird nachlassen, wenn du dich wehrst. Kommst du morgen Abend in die Schreinerei?"

„Natürlich."

Es tat gut, dass er ihre Hand hielt. In die neuen Zeichnungen würde sie ihren Schmerz und ihre Wut hineinlegen. Deswegen ginge es ihr nicht besser, denn David fehlte, aber sie stünde nicht hilflos dabei und schaute zu, wie die Partei ihre Freunde vergraulte.

„Wie sieht es mit deinen Bildern aus?" Moltke schaute sie direkt an.

Sie schnaubte. „Ich nehme mir Kritik zu Herzen. Das, was ich zeige, ist zeitgemäß. Nur wird Vati mir damit keine Ausstellung erlauben, der Gauleiter gewiss auch nicht."

Er grinste. „Ach, die Werke möchte ich unbedingt sehen."

„Momentan habe ich noch zu wenig, aber sie werden dir gefallen."

Er rieb sich das Kinn. „Vielleicht können wir ja eines jeweils abdrucken?"

„Dann muss ich die Originale aber verstecken."

„Da wäre es schade drum. Die solltest du ausstellen, spätestens wenn der Wahnsinn vorbei ist."

Sie schauten sich in die Augen, als plötzlich Sina sie begrüßte. „Sophia, wie schön dich zu sehen. Ich wollte gerade zu dir."

Nach wie vor hielt Moltke ihre Hand.

Sie hob ihr glühendes Gesicht zu Sina. „Grüß dich. Warum wolltest du zu mir?"

Sina schaute von ihr zu Moltke und zurück. „Um einen Kaffee mit dir zu trinken. Ich will euch aber nicht stören."

Sie wandte sich zum Gehen, da hielt Moltke sie zurück. „Warte, ein Kaffee ist ein prima Einfall." Er stand auf und zog Sophia mit sich. „Komm mit!" Dann ließ er sie los und reichte Sina die Hand. „Ich bin Martin."

„Sina."

„Ich weiß."

Sie schlugen den Weg zum üblichen Café ein. Martin unterhielt sich über ein Theaterstück mit Sina, das Sophia nicht kannte. Sie trottete wie ein Hündchen hinter den beiden her. Er erzählte wohl Witziges, denn Sina lachte mit zurückgelegtem Kopf darüber.

Es gab Sophia einen Stich, dass sie nie charmant und witzig war, so wie Maria. Das Verhalten mochten Männer, grummelige Gegenreden wohl eher nicht. Dann grinste sie. Worüber machte sie sich nur Gedanken? Wieso wollte sie auf einmal, dass Männer sie schätzten? Sie brauchte keinen Mann. Malen konnte sie gut alleine.

Am Paradeplatz trafen sie ein Ehepaar, das Martin grüßte und sich gleich mit ihm unterhielt. Derweil hakte Sina sich bei ihr unter. „Das ist aber ein netter Mann."

Ob „nett" wirklich zu den hervorstechendsten Eigenschaften Martins zählte?

Das Ehepaar verabschiedete sich. Martin schaute ihnen nach. „Ein jüdisches Paar, das sich nicht vertreiben lässt."

Sophia zog eine Braue hoch. „Noch nicht."

Im Café steuerte Martin den Tisch an, an dem sonst die Studenten gesessen hatten. Er wählte einen Platz aus, von dem aus er auf die Tür schaute. Sophia setzte sich ihm gegenüber, Sina neben ihn. Dann bestellten sie das Übliche.

Martin fragte nach Sinas Familie und nach ihrer Kindheit. Sie zählte ihm ihre Verwandtschaft auf und erzählte von ihren Fahrten mit dem Wohnwagen.

„Mama gefiel Bamberg gut, aber Würzburg ist natürlich auch eine schöne Stadt."

Martin grinste. „Mit einem Theater, in dem berühmte Künstler auftreten."

„Ganz genau." Sina lachte. „Nur momentan haben es die Schauspieler und Sänger nicht immer leicht."

Martin nickte. „Nicht nur die, aber dann muss man halt aufbegehren."

„Na ja, man will ja die Zuschauer nicht verprellen und weiterhin auftreten."

„Hm. Eben, das meine ich ja."

Sina strich sich durch das Haar und lächelte Martin an.

Sophia wartete darauf, dass er Sina anbot, bei ihnen mitzumachen. Doch das tat er nicht. Er erzählte von seinen Reisen.

„Zuletzt war ich am Bodensee."

„War bestimmt schön." Sina schaute ihn erwartungsvoll an.

„Und interessant." Martin schwieg sich aus, was da so spannend gewesen war.

Sophia versuchte, ab und an eine Bemerkung einzuwerfen, doch es entstand keine Pause. Die beiden schwatzten, als kannten sie sich ewig.

Nachdem sie aber aufgegessen hatten, schaute Sina auf die Uhr. „Ach wie schade. Ich muss zur Probe." Sie wandte sich an Sophia. „Jetzt sind wir gar nicht zum Reden gekommen. Das holen wir aber nach."

Sie verabschiedete sich und verließ das Café.

Martin rieb sich das Kinn. „Eine schöne Frau."

Wieder spürte Sophia einen Stich. „Wäre sie nichts für unsere Gruppe?"

Er schüttelte den Kopf. „Auf keinen Fall."

Er lehnte Sina ab? Sophia aber hatte ihr die Liedtexte einst anvertraut. Hatte sie da einen Fehler begangen?

„Warum nicht?"

Er stand auf, bezahlte bei der Bedienung an der Theke, dann winkte er ihr. „Komm, lass uns gehen."

Bis zum Mainufer redeten sie kein Wort miteinander. Martin ging so schnell, dass sie Mühe hatte, ihm zu folgen. Am Ufer aber blieb er stehen, streckte die Arme aus und atmete tief ein und aus. „Endlich wird es Frühling, meine liebste Jahreszeit. Sie regt mich an, etwas zu unternehmen. Geht es dir auch so?"

„Ja, ich mag den Frühling auch am liebsten. Aber sagtest du vorhin nicht, dass der Tag dich träge macht?"

Er lachte. „Mal so, mal so."

Er hatte ihre Frage vorhin nicht beantwortet. Sollte sie sie ihm noch einmal stellen?

Mit einem Mal drehte er sich mit Schwung zu ihr um. „Sina hat keinen starken Willen."

„Wie kommst du darauf?"

„Na, ich habe mich doch mit ihr unterhalten."

Sie hatten doch nur Späße gemacht.

Er nahm wieder ihre Hand. „Sina neigt zum Jammern, aber nicht dazu, sich durchzubeißen."

Woraus er das auch immer schloss. Sophia zuckte mit den Schultern. „Ich mag sie sehr."

Er schob die Unterlippe vor. „Ich mag Frauen, die gerne kämpfen." Dabei schaute er ihr tief in die Augen.

Ihr kribbelte es im Bauch. Gerade fand sie keine Worte.

„Heute habe ich mir freigenommen", fuhr er fort. „Die nächsten Tage muss ich aber einige Aufträge erledigen. Die sind halt liegengeblieben, als ich verreist war."

„Du warst lange weg."

„Ja, aber die Kunden warten."

Die Kunden interessierten Sophia gerade nicht. Sie blieb stehen und schaute ihm in die Augen. „Ich habe auch gewartet."

Er lächelte und fuhr ihr mit einem Finger über die Wange. „Hat dir Margarethe nicht meine Meinung zu deinen Zeichnungen gesagt?"

Sophia drehte sich weg und ging weiter. Männer schienen manchmal nur schwer zu begreifen.

Zum Abschied gaben sie sich die Hände, hielten sie aber einen Augenblick zu lange.

Die Sonne verschwand hinter dem Horizont und malte rote Streifen auf den Himmel. Sophia lächelte.

Ihr war, als hätte sie jeden einzelnen Sonnenstrahl gespeichert. Ein kitschiger Gedanke, aber was spielte das für eine Rolle? Ihr stand ja wohl auch ein unbeschwerter Tag zu und den hatte sie heute erlebt.

Nach dem Spaziergang hatte sie sich gleich in ihrem Zimmer verkrochen. Nun nahm sie das Gemälde, in dem sie Entsetzen ausdrückte, von der Staffelei. Heute kamen die Farben Gelb, Grün, Rot und vor allem Blau zum Einsatz, vielleicht auch Violett, dann aber ein kräftiges, keines, das dämmerig schien.

Sie entwarf ein Fenster, in dem sich ein männlicher Schemen spiegelte, aber so zart, dass er kaum auszumachen war. Vor dem braunen Rahmen blühten rote, gelbe und violette Blumen in einem Kasten. Kitschig, gewiss. Möglich, dass es noch einen ernsteren Hintergrund bekam, doch der stand noch nicht fest.

Als nicht einmal die Lampe genug Licht spendete, wusch Sophia die Pinsel aus, ließ das Gemälde unbedeckt und ging hinunter.

Mama schlief mit leicht geöffnetem Mund. Sophia schloss leise die Tür hinter sich und stellte sich ans Bettende. Blass schaute Mama aus und zart, aber dennoch schön. Mit der schmalen Nase und dem runden Kinn wirkte sie so jung, richtig niedlich, wie auch Maria. Die hohen Wangenknochen hatte sie an Katharina vererbt.

Sophia setzte sich vorsichtig auf den Stuhl neben dem Bett. Worin ähnelten sie sich eigentlich? Sie fasste nach Mamas Händen. Das war es! Sie hatten die gleichen schmalen Hände mit den langen Fingern. Mamas fühlten sich eiskalt an. Sie stand leise auf und schloss das Fenster, aber nicht einmal davon wachte ihre Mutter auf. Sophia spreizte die Finger. Wenigstens diese Ähnlichkeit bestand zwischen ihnen. Sollte sie Mamas Hände malen? Doch dann erinnerte sie sich an ein Bild: Mama hielt an einer Hand Maria, an der anderen Katharina. Sophia schickte sie zu Vati. „Kind, ich habe nun einmal nur zwei Hände.“

Sophia stand auf, verließ das Zimmer und ging zu Hilda in die warme Küche. Bestimmt hatte sie eine Suppe für sie, eine, die Sonnenstrahlen in ihr weckte.

Am nächsten Abend schaute es zunächst so aus, als sollte es Sophia nicht gelingen, die Villa zu verlassen. Sie trug bereits ihr dunkelblaues Kleid, hatte sich den schwarzen Mantel und braunen Schal zurechtgelegt, da klopfte Emmi an die Tür.

„Gnädiges Fräulein, der gnädige Herr möchte Sie sprechen.“

Sie stieg in die Diele hinab, da kam ihr Maria entgegen. „Warum trägst du das uralte Kleid, anstatt etwas Hübsches anzuziehen? Es ist doch Frühling.“

„Mir ist heute kalt.“

„Aber ... egal. Magst du mit ins Café? Dort spielen sie heute die neuen Tänze. Margarethe kommt auch mit.“

„Ich denke nicht. Vati will mich sprechen und hat bestimmt eine Aufgabe für mich.“ Sophia setzte eine zerknirschte Miene auf.

„Ach schade. Dann eben beim nächsten Mal. Jedenfalls werde ich dir später alles erzählen.“ Maria eilte die Treppe hinauf.

Vati saß am Tisch mit einer Zigarre in der Hand und deutete auf den Stuhl gegenüber. Sie hatte kaum Platz genommen, da schob er die Brauen zusammen. „Man hat dich mit Martin Moltke gesehen.“

Sogleich glühte ihr Gesicht, dennoch hob sie das Kinn. „Ja und?“

Vati klopfte die Asche ab. „Was willst du von ihm?“

Immerhin hatte er „ihm“, nicht „dem“ gesagt.

Sie lächelte. „Ich habe ihn im Tanzcafé kennengelernt.“

„Na schön. Und weiter?“

Sophia verschränkte die Arme vor der Brust, löste sie aber gleich wieder. „Nichts weiter. Heute bin ich ihm begegnet und wir haben uns unterhalten. Ist das verboten?“

„Nein, das nicht.“ Er räusperte sich. „Ich bitte dich, ihn nicht wiederzusehen.“

Vermutlich sah ihn die NSDAP nicht gerne und Vati sorgte sich um sein Ansehen bei denen.

„Warum nicht? Wegen der Partei?“

„Nein. Einfach, weil ich dich darum bitte.“

Nie im Leben würde sie seinem Wunsch nachkommen. Sie stand auf.

„Offenbar beobachten mich deine Parteifreunde. Oder wie erkläre ich mir, dass sie dir ständig etwas über mich berichten?“ Sie lachte. „Weißt du was? Es ist mir eine Freude, wenn ich denen nicht gefalle.“

Sie stieg hinauf in ihr Zimmer. Vati würde gewiss nicht mehr nach ihr schauen. Maria ging aus, Katharina würde wie immer müde ins Bett fallen, also stand einem Besuch bei Martin nichts mehr im Wege. Sie stieg die Treppe hinab und lief Maria in die Arme. Auch das noch!

„Nanu, musst du doch nichts helfen?“ Maria schlüpfte in ihren Mantel. „Dann kannst du doch mitgehen. Ich warte gerne auf dich.“

Sophia räusperte sich. „Ich habe mit Vati gestritten und wirklich keine Lust mehr zum Tanzen. Ich will nur etwas rumlaufen und mich abregen.“

Maria legte ihr die Arme auf die Schultern. „Du schaffst dir immer Ärger an. Genieße doch das Leben. Wir sind jung und da macht das Ausgehen Freude.“

„Nein, heute nicht.“

Maria zog einen Schmollmund und schaute dadurch niedlich wie ein kleines Mädchen aus. „Schade.“

Sie erschien Sophia wie eine Blume, die sich der Sonne zuwendete und den Schatten nicht beachtete. Sophia gab ihr einen Kuss auf die Wange. „Margarethe begleitet dich doch.“

„Na gut. Aber dann gehen wir ein Stück zusammen, ja?“

„Gerne.“

Nun würde sie eindeutig zu spät kommen, aber das ließ sich nicht mehr ändern.

Maria duftete angenehm nach Rosen und trug auch etwas Schminke, dabei hatte sie die wirklich nicht nötig. Sie schwatzte über ein Kleid, das sie in Katharinas Kaufhaus anprobiert hatte. „Es ist aus Seide, schmal geschnitten, aber der Clou ist, dass das Oberteil einfarbig, der Rock aber geblümt ist. Weißt du, so ein Oberteil lässt mich zierlich wirken.“

„Ja, du siehst ja sonst aus wie eine Matrone.“ Sophia prustete los.

Maria lachte. „Allerdings kann ich mich nicht zwischen einem grünen oder roten entscheiden." Sie drehte sich zu ihr um. „Kannst du mal mitgehen?"

„Gerne. Morgen?"

Maria klatschte in die Hände. „Oh ja. Dann suchen wir für dich auch etwas Hübsches aus. In dem alten Ding da will ich dich nicht mehr sehen."

„Einverstanden." Sophia grinste. Wenn Maria wüsste, warum sie das trug!

Sie gelangten in die Innenstadt und blieben am Marktplatz stehen. Sophia umarmte Maria. „Ich werde mich jetzt auf den Heimweg machen."

Dann wandte sie sich von ihrer Schwester ab. Warum verstrickte sie sich in Lügen, obwohl sie Gutes plante?

Maria verabschiedete sich.

Da kam ihnen ein junger Mann mit blondem Haar entgegengerannt, gefolgt von einem in Vatis Alter, der seinen Hut in der Hand hielt und brüllte. „Haltet den Dieb!"

Sophia starrte den Ersten an, dann rief sie: „Haltet ihn!" Sie zeigte auf den Älteren. „Er hat den Mann da bestohlen."

Der Junge spurtete weiter, lief aber zwei Uniformierten direkt in die Arme. Sie packten ihn, drehten seine Arme auf den Rücken und hielten ihn fest.

Der ältere Mann eilte etwas atemlos auf die Gruppe zu. Sophia zog Maria mit sich und gesellte sich zu ihnen.

Plötzlich erkannten sie Carsten, der hinter den Uniformierten stand. Die stießen den blonden Mann vor ihn. „Der Mann hier ist angeblich ein Dieb."

Der ältere Mann wischte sich mit dem Handrücken über die Stirn. „Was heißt hier angeblich? Er hat mein Portemonnaie gestohlen.“

Carsten hob beschwichtigend die Hände. „Langsam.“ Dann drehte er sich zu Sophia und Maria um. „Guten Abend, die Damen.“

Maria murmelte als einzige einen Gruß.

Er drehte sich noch einmal zu ihnen um. „Ach, sind Sie nicht die Töchter von Herrn Wagner? Ist Katharina auch hier?“

Ohne ihn anzuschauen, sagte Maria: „Nein, unsere Schwester ist zu Hause.“

Dann wandte er sich an den jungen Mann. „Was ist passiert?“

Der versuchte sich aus der Umklammerung der Uniformierten zu befreien, es gelang ihm aber nicht.

„Nichts. Ich habe ein Portemonnaie auf der Straße gefunden und dachte, es gehört jemandem, der schon weitergegangen war. Da bin ich losgerannt, damit ich es ihm wiedergebe.“

„So ein Lügner!“ Der ältere Mann war außer sich. „Er hat es mir aus der Hosentasche gezogen!“

Carsten schaute den Jungen an, sprach aber offensichtlich mit dem Älteren. „Ach, und das haben Sie nicht bemerkt?“

„Doch! Aber da ist der Kerl schon losgefetzt.“

Carsten wiegte den Kopf. „Wem soll ich jetzt glauben?“

Sophia starrte ihn an. Was spielte sich hier ab?

Sie wandte sich an Carsten. „Der Junge lügt wie gedruckt. Wir stehen schon eine Weile da und da ist keiner vorbeigekommen, dem der Geldbeutel gehören könnte."

Carsten musterte sie aus schmalen Augen. „Was Sie nicht sagen."

„So war es. Stimmt's, Maria?"

Maria nickte. „Ja, da ist keiner an uns vorbeigelaufen."

Der Junge stammelte: „Es war wie ich es sage."

„Na also." Carsten deutete an, den jungen Mann loszulassen.

Sophia glaubte zu träumen. „Dann schauen Sie doch in dem Portemonnaie nach, da wird es etwas geben, was auf den Besitzer hinweist."

Carsten schnellte zu ihr herum. „Sagen Sie mir nicht, wie ich für Recht und Ordnung zu sorgen habe, Fräulein Wagner."

Sophia presste die Lippen zusammen. Am liebsten hätte sie laut gelacht. Recht war doch ein Fremdwort für den Gauleiter.

Der Ältere mischte sich ein. „Mein Ausweis steckt da drin."

Carsten gab einem der Uniformierten ein Zeichen. Der ließ sich das Portemonnaie aushändigen und zog einen Ausweis heraus. „Samuel Isaak Thaler", las er vor und schnaubte.

Der Ältere zeigte auf sich. „Das bin ich."

Der Uniformierte verzog angewidert das Gesicht. Er warf dem älteren Mann den Ausweis und das Portemonnaie vor die Füße.

Sophia bückte sich sofort und hob alles auf. Sie reichte es dem Besitzer, der sich bedankte. Dann wandte sie sich an Carsten. „Gehen Ihre Leute so mit Bestohlenen um?“

Der drehte sich langsam zu ihr um. „Haben sie etwas falsch gemacht?“

Am liebsten hätte sie ihm eine Ohrfeige verpasst. „Bekommt jeder das Diebesgut vor die Füße geworfen?“

Er spreizte seine Finger und betrachtete sie. „Nicht jeder.“

Ekel stieg in ihr hoch. Sie schaute zu Maria, die schüttelte den Kopf.

Carsten seufzte. „Was machen wir jetzt mit dir, Junge? Bist du ein Parteimitglied?“

Der schüttelte den Kopf. „Nein. Ich hab aber die Wahrheit gesagt. Der Geldbeutel lag auf der Straße.“

„Und du hast ihn halt aufgehoben, stimmt’s?“ Carsten stand jetzt so nah vor dem Kerl, dass sie sich beinahe berührten. Der Junge nickte.

Carsten legte ihm die Hand auf die Schulter. „Dir tut es leid, dass du den Mann nicht gleich gefragt hast, ob er der Eigentümer ist. Richtig?“

„Ähm, ja.“

„Willst du in die Partei eintreten?“

Der Junge sah sich gehetzt um. „Warum nicht?“

Carsten grinste. „Na also. Dann ist doch nichts weiter passiert.“ Er wandte sich an den älteren Mann und wedelte mit der Hand. „Hau ab mit deinem Portemonnaie und pass das nächste Mal besser auf deine Sachen auf.“

Der Mann bekam zunächst den Mund nicht zu, wandte sich zum Gehen, drehte sich noch einmal um, schüttelte den Kopf und verschwand.

Carsten packte den Jungen am Arm. „Ich will dich morgen bei uns vorstellig sehen, verstanden?"

„Selbstverständlich."

„Wie heißt du?"

„Hans Meier."

„Gut. Geh jetzt!"

Sophia verschlug es zunächst die Sprache, dann fasste sie sich wieder. „Wenn Diebe in die Partei aufgenommen werden, dann ..."

Maria stupste sie an. „Sophia!"

Carsten machte einen spitzen Mund. „Wo sehen Sie hier einen Dieb?"

Lachen stieg in ihr auf. Sie prustete los, hielt sich den Bauch und konnte nicht mehr aufhören.

Maria räusperte sich. „Meine Schwester meint das nicht so."

„Tatsächlich?"

Sophia beruhigte sich wieder. „Ich fasse nicht, was hier gerade passierte."

Carsten legte den Kopf schief. „Es ist ja nichts geschehen."

Sie hätte ihm gerne ins Gesicht geschleudert, aus welchem Milieu er seine Leute rekrutierte, doch Maria hatte sie mit sich gezogen. „Sophia, bitte! Halt den Mund."

„Aber ja. Wir nicken alles ab, was der Herr Gauleiter befiehlt, weil wir Angst vor ihm haben."

„Still jetzt!"

Sophia stellte sich vor Maria und zischte. „Du hast erkannt, dass hier ein Jude bestohlen wurde und wie sie mit ihm umsprangen, ja?"

„Es ist wie es ist." Maria fuhr sich über das Haar. „Mit deinem Geschimpfe änderst du nichts."

Sophia war müde, andere zu überzeugen. Wie auch, wenn die eigene Schwester die Augen vor allem verschloss. „Viel Freude im Tanzcafé."

„Sophia!"

Sie hob die Hände. „Lass es gut sein."

Zunächst hetzte Sophia bis zum oberen Markt und schaute dann zurück. Maria war verschwunden, also brauchte sie nicht vorzugeben, nach Hause zu gehen. Sie eilte zum Dom, schaute sich um. Von Carsten und seinem Gefolge war nichts zu sehen, auch sonst keiner, den sie kannte. Also stürmte sie die Domstraße hinab bis zur Alten Mainbrücke. Es war schon nach acht Uhr. Ob Martin das Treffen überhaupt noch abhielt? Egal. Jetzt würde sie vorbeischauen und fertig.

Auf der Alten Mainbrücke verkniff sie sich, sich umzusehen. Das war doch verdächtiger, als zügig darüber zu gehen. Am Ende der Brücke ließ sie sich Zeit. Sie prüfte die Umgebung. Nichts Auffälliges. Sie eilte zu Martins Haus, schaute sich dort noch einmal um, dann klopfte sie an.

Er öffnete sofort und ließ sie ein. „Ich dachte, du kämst nicht mehr."

Diesmal führte er sie über einen Flur, in dem es nach Gebratenem roch, in eine Stube, deren Möbel aus den unterschiedlichsten Hölzern gefertigt waren. Martin schien ihre Gedanken zu erraten. „Alles Teile, die nicht abgeholt worden sind."

Inmitten einer Gruppe unterschiedlicher Stühle stand ein runder Tisch, auf dem ein schwarzes Notizbuch lag. Sophia nahm Platz.

„Magst du was trinken?" Martin ging zu einem Schrank.

„Wo sind die anderen? Schon gegangen?"

Er schüttelte den Kopf. „Bis jetzt machen du, Margarethe und Michael mit. Der ist mit der Pfadfindergruppe beschäftigt und Margarethe ..."

„Im Tanzcafé." Sie schaute zu ihm hoch. „Sind wir nicht zu Wenige, um Widerstand zu leisten? Ich meine, richtig zu kämpfen?"

Er stellte ein Glas Wasser vor ihr ab, setzte sich ihr gegenüber. „Wir machen den Anfang. Es werden schon noch welche folgen."

Sie nahm einen Schluck. „Wir müssen endlich handeln, es spitzt sich alles zu." Dann erzählte sie ihm, was gerade vorgefallen war. „Carsten erpresst Diebe, nur damit die in die Partei eintreten."

Martin schnaubte. „Die passen doch gut zu dem Gesindel."

Endlich verstand sie jemand. „Ja, deswegen ist Eile geboten."

„Kopfloses Handeln macht keinen Sinn. Wir müssen planvoll vorgehen."

„Ja, das hört sich immer prima an, aber da passiert meist nichts."

Er nahm ihre Hand. „Was soll das? Ich habe mir Gedanken gemacht und wir werden auch etwas unternehmen."

Sie wich seinem Blick aus. Verflixt! Warum reagierte sie nur wie ein trotziges Kind? „Entschuldige bitte."

„Schon gut. Du bist halt verärgert.“

„Ja, aber das ist nicht deine Schuld.“

Er strich mit einem Finger über ihre Hand, dann schaute er ihr in die Augen. In ihrem Magen kribbelte es, ihr Herz pochte. Möge er niemals ihre Hand loslassen. Nun spielte er mit ihren Fingern, umschloss wieder ihre Hand. Die versank beinahe in seiner. Schön war das. Als wäre sie unter einen Flügel geschlüpft, unter dem es sich warm und behaglich anfühlte.

Dann schaute er in ihre Augen. „Bist du bereit für eine lange Erklärung?“

Sie nickte, aber wie sollte sie sich konzentrieren, wenn er weiterhin ihren Blick festhielt? Sie blinzelte und lächelte. Das schaute wohl dümmlich aus, aber sie konnte gerade nicht anders.

Er erzählte ihr, warum er nach Nürnberg und München gereist war. Überall im Land versuchte die NSDAP, die Juden zu vertreiben. Es gab aber Menschen, die sich dagegen auflehnten. Die katholische Gruppe vor allem, die weit im Land verzweigt war, und auch noch andere. Einzelne von ihnen, wie Martin, hatten diese Entwicklung bereits geahnt. Schließlich hatte die Partei schon länger bestanden, bevor sie an die Regierung gelangte, und sie hatte schon immer die Juden abgelehnt. Nun galt es zum einen eben, so viele Menschen wie möglich im gesamten Land auf die Machenschaften der NSDAP aufmerksam zu machen, daneben aber auch den Juden zu helfen.

Soweit konnte sie ihm gedanklich folgen. „Aber eines bedingt doch das andere.“

„Das stimmt. Trotz der Ungerechtigkeit bezüglich der Vertreibung der Juden dürfen wir nicht vergessen, dass sie bei der Flucht Hilfe brauchen, verstehst du?"

Sophia gab ihm recht, wenn auch widerwillig. Was nutzte die Wut auf die Partei? Die half bei einer Flucht herzlich wenig. Schließlich hatte auch sie David Schmuck in die Hand gedrückt und sich mit seinem Weggang abgefunden. „Die Flüchtenden brauchen also Geld."

„Manchmal." Martin ließ ihre Hand los und lehnte sich zurück. „Vor allem sind die Fluchtwege wichtig."

Sie verstand nicht. „Aber sie dürfen doch ausreisen."

Er nickte. „Noch. Aber sie müssen über die Grenze und dort stehen ihnen zunächst die Leute des Führers gegenüber."

„Und?"

Er winkte ab. „Um die Wege musst du dich nicht kümmern. Es kann aber sein, dass ich dich irgendwann brauche, um den Leuten zu helfen." Er faltete die Hände. „Zunächst wirst du daran arbeiten, die Bewohner der Stadt, eventuell auch des Landes, mithilfe deiner Zeichnungen zu informieren."

„Was? Die werden landesweit verteilt?"

„Warum nicht? Gerade in München gibt es eine starke Gruppe von Widerstandskämpfern."

Auf einmal überkam sie das Gefühl, dass es nun ernst wurde. Gemecker und das Verteilen der Blätter in der Stadt reichten nicht aus. Nun nahm er sie beim Wort und sie würde ernsthaft mitkämpfen. Ihre Karikaturen würden nicht nur Texte in Würzburg zieren, sondern sogar in der Großstadt München verteilt werden. Sie schluckte. Nun gut, jetzt gab es kein Zurück mehr.

„Angst vor der eigenen Courage?" Martin nahm wieder ihre Hand. „Noch kannst du abspringen."

Sie straffte sich, reckte das Kinn. „Niemals."

„Ich habe auch nichts anderes erwartet." Er stand auf. „Ich habe Würstchen gebraten und noch zwei übrig. Hunger?"

„Nein danke."

Martin ging zum Kachelofen und legte Holz nach. Dann winkte er sie auf die Bank vor dem Ofen. „Setz dich hierher. Du hast eiskalte Hände."

Das ließ Sophia sich nicht zweimal sagen. Sie kauerte sich auf der Bank zusammen. Wie gut die Wärme im Rücken tat.

Martin setzte sich neben sie, legte den Arm um ihre Schultern. „Wärm dich auf, bevor du wieder gehst." Er fuhr mit der anderen Hand ihre Gesichtsform nach und spielte dann mit einer ihrer Locken, die sich anscheinend gelöst hatte.

„Haare hell wie Buchenholz."

Sie hatte sich immer das dunkle Haar Marias gewünscht, gerade aber fand sie ihres schön. Die Wärme des Ofens kroch über ihren Rücken in ihr Inneres und erzeugte dort eine unglaubliche Hitze. Sie rückte näher an Martin heran. Auch er sollte etwas von der Wärme abbekommen oder erging es ihm wie ihr? Glühte er auch innerlich? Sie legte den Kopf auf seine Schulter. Er würde sich um sie kümmern, auf alles achten. Worum sorgte sie sich also? Ab jetzt beschützte er sie. Ihre Lider waren auf einmal so schwer. Sie schloss sie, aber nur für einen Augenblick. Nur kurz.

Jemand rüttelte an ihr. Sie öffnete die Augen und schaute in Martins lächelndes Gesicht. „Du hast eine Stunde geschlafen.“

„Was?“ Sophia setzte sich mit einem Ruck auf und schaute auf die Uhr. „So spät schon? Ich muss heim.“

„Ich bring dich nach Hause. Vorher muss ich dir noch etwas sagen: Die Leitung unserer kleinen Gruppe wirst du übernehmen.“

Sie schlüpfte in ihren Mantel. „Was? Wieso?“

Er zog seine Jacke an. „Weil ich dir vertraue.“

„Schön. Was ist mit dir?“

„Ich muss wieder weg.“

„Aber ...“

„Traust du dir das nicht zu?“

„Doch.“

Sie hatte angenommen, dass er sich nun um alles kümmerte. In seinen Armen war sie sogar eingeschlafen! Und nun würde er wieder verreisen.

„Du wirst Texte selbst verfassen, sie mit Karikaturen versehen und zusammen mit Margarethe und Michael verteilen. Im Wollgeschäft lasst ihr sie zuvor vervielfältigen. In Ordnung?“

Sie nickte. Aber es war nichts in Ordnung. Sie wollte an seiner Seite und nicht an seiner Stelle kämpfen.

Er trat zu ihr, hob ihr Kinn. „Das schafft ihr schon! Du hast das Zeug dazu.“ Dann ließ er von ihr ab und machte eine ausholende Bewegung. „Ich habe jüdische Freunde im ganzen Land und kümmere mich halt um sie. Verstehst du?“

„Ja, mach das.“

Sie trat durch die Haustür. Männer hatten anscheinend keine Antenne für Gefühle.

Auf dem Heimweg waren sie beide wortkarg. Es regnete und sie teilten sich einen Schirm. Als sie die Ludendorffstraße erreichten, blieb Martin stehen. „Das letzte Stück schaffst du ohne mich."

Dann hob er erneut ihr Kinn und küsste sie auf den Mund. Sie war so erstaunt, dass sie zunächst zurückwich, doch er zog sie wieder an sich. Nun überließ sie sich seinem Mund, strich über seinen Nacken, fuhr über seine Brust. Sie erwiderte seinen Kuss, da ließ er sie los. Wie schade.

„Ich werde so bald wie möglich wiederkommen. Pass bitte bis dahin auf dich auf."

Er wandte sich ab, da hielt sie ihn zurück. „Warum gehst du nicht bis zu meiner Haustür mit. Wegen Vater?"

Er schüttelte den Kopf. „Manchmal ist alles anders als es scheint." Dann hob er die Hand zum Gruß. „Mach´s gut, Sophia."

Sie schaute ihm nach, bis er um die Residenz bog, doch leider drehte er sich nicht mehr um. Wie gerne hätte sie ihn noch bei sich gehabt. Sie strich über ihre Lippen. Da küsste er sie einfach so! Bliebe er in der Stadt, hätte sie das jeden Tag haben können, das Gefühl, das sich vom Magen über den ganzen Körper erstreckte und das Herz hüpfen ließ. Was für schwülstige Gedanken! Sie würde sich das Gefühl merken und es später in einem Bild ausdrücken.

Sie stieß das Gartentor auf. Anscheinend war sie in Martin verliebt und er wohl auch ein wenig in sie.

Maria öffnete die Haustür. „Wo warst du bloß? Wir haben uns gesorgt. Wieso grinst du so merkwürdig?"

„Weil ihr ein Theater macht, als ob ich erst neun wäre."

Sie mochte jetzt mit keinem ihre Gefühle teilen, auch nicht mit Maria.

Die stemmte ihre Hände in die Hüften. „Na du bist gut! Sag das mal Papa."

Gar nichts wollte sie ihm sagen. Sie gab Maria einen Kuss auf die Wange und stieg die Treppe hoch. „Bitte sag Vati, dass ich gesund und munter heimgekehrt bin." Dann drehte sie sich noch einmal um. „Was machst du eigentlich schon daheim?"

Maria winkte ab. „Ach, es war langweilig im Café."

Sophia schloss die Tür hinter sich. Wohin mit dem Gefühl? Am besten, sie malte, ansonsten würde sie wohl platzen vor Freude, die Wehmut mochte sie nicht zulassen, nicht jetzt. Sie zog eine neue Leinwand auf und stellte eine Lampe davor. Das Licht genügte zunächst.

Orange, Gelb, Violett, vor allem aber Blau strich sie auf die Leinwand und verband sie zu einem Kreis. Ja, so hatte sie sich in Martins Armen gefühlt, aufgehoben und abgerundet.

Katharina klopfte an und trat ein. Sie warf einen Blick auf die Leinwand. „Was für ein farbenfroher Ring."

Ja natürlich! Kein Kreis, ein Ring war es – ein Ring verband.

Bereits vier Wochen war Martin weg und Sophia hatte nichts von ihm gehört. Wie gerne hätte sie ihn bei sich gehabt, hätte mit ihm händchenhaltend auf der Parkbank gesessen oder auf der Bank vor seinem Ofen, wo sie sich küssten. Abends vor dem Einschlafen stellte sie sich gerne vor, wie er sie streichelte.

Sie trat an ihre Zeichenmappe, holte die fertigen Drucke heraus und betrachtete sie. Diesmal rief schon die Überschrift deutlich auf, sich gegen die Regierung zu wehren. Sie hatten sich auf folgende geeinigt: „Wollt ihr eure Kinder zu Marionetten erziehen?"

Sophia hatte darunter einen Jungen gemalt, der an Fäden hing, die ein Soldat der Partei in der Hand hielt. Der folgende Text handelte davon, dass die Partei den Kindern das eigene Denken nahm und ihnen ihr Gedankengut einpflanzte.

Michael war der Text so wichtig. Sophia lag die Demütigung der Juden am Herzen, aber die würden sie im nächsten Flugblatt ansprechen.

Sie öffnete das Fenster. Verflixt! Der zehnte Mai und es war noch am Abend warm wie im Sommer. Wohin also mit den Blättern? Wie immer würde sie sie unter ihre Bluse stecken. Doch diesmal trüge sie keinen Mantel darüber. Also nahm sie nur wenige mit.

Sie prüfte ihr Spiegelbild. Die Blätter zeichneten sich deutlich ab. Also zerrte sie sie wieder unter der Bluse hervor und packte sie in ihre Handtasche. Das war riskant, aber sie hatte keine Wahl.

Mittlerweile kannte sie die Familien, denen sie die Flugblätter bedenkenlos in den Postkasten stecken konnte und die in ihrer Nähe wohnten. Die übrigen Texte verteilten Michael und Margarethe.

Nach einer Stunde war sie mit den wenigen Zetteln fertig. Sollte sie die restlichen heute noch einwerfen? Sie wischte sich mit einem Taschentuch den Schweiß von der Stirn. Jedes Mal beim Verteilen schwitzte sie so stark, aus Angst, erwischt zu werden. Die übrigen Blätter konnten bis morgen warten.

Sie könnte zum Kaufhaus spazieren und Katharina abholen. Unsinn! Es war ja bereits Viertel vor neun. Eine Gruppe junger Menschen, offenbar Studenten, ging vorüber und redete durcheinander. Sie trugen Bücher mit sich.

Sophia wandte sich an eine Frau unter ihnen. „Was ist hier los?"

Die schaute sie an, als rede sie in einer fremden Sprache. „Schon einmal was von der Liste der verbotenen Bücher gehört?"

Sophia nickte. „Ja, die stand in der Zeitung."

„Na also. Und heute vernichten wir alles, was von undeutschem Geist stammt."

„Von wem?"

Die Studentin schüttelte den Kopf und rannte ihren Freunden nach. Die gingen zum Residenzplatz.

Sophia folgte ihnen, als ein Buch vor ihren Füßen landete, das die Studentin verloren hatte. Sie hob es auf. Es hieß *Berlin Alexanderplatz* und war von Alfred Döblin. Sophia wollte es der Studentin zurückgeben, konnte sie aber in der Menge, die sich auf dem Platz versammelt hatte, nicht ausmachen.

Die Menschentraube stand in einem Kreis und mitten unter ihnen, starr wie eine Salzsäule, Katharina. Sie hielt die Hand vor den Mund.

Sophia rannte zu ihr. „Katharina! Was passiert hier?"

Langsam drehte sie sich zu Sophia. „Die verbrennen hier Bücher."

Sophia hatte in den Zeitungen von unerwünschten Schriftstellern gelesen, dachte aber nicht, dass die Partei so weit gehen würde. Ihr war, als drücke ihr jemand die Luft ab. Sie wollte etwas sagen, aber es kam kein Ton aus ihrem Hals.

„Studenten sammelten Bücher von Schriftstellern, die der Partei nicht passen", flüsterte ihr Katharina ins Ohr, „und haben sie hier aufgetürmt."

Außer den Studenten waren auch Soldaten der SA zugegen. Sie brüllten Parolen, dass nun die Büchereien gesäubert seien und sie den undeutschen Geist vernichteten.

Studenten zündeten den Bücherberg an. Sie verbrannten tatsächlich Bücher, die Autoren mit Herzblut geschrieben hatten.

Sophia hielt das Buch in der Hand. Sie zitterte wie ein Blatt im Wind, steckte es aber in ihre Handtasche. Diese Nazis vernichteten Kunstwerke! Tränen sammelten sich in ihren Augen. Sie schluchzte auf. „Sie verbrennen die Seelen der Schriftsteller."

Katharina legte den Arm um sie. „Pst! Nicht so laut!"

Einige Menschen wandten sich ab und verließen mit gesenkten Köpfen den Platz. Sophia schaute ihnen durch den Tränenschleier nach. Was half es, sich zu schämen? Und was tat sie? Weinen!

Sie wollte nach vorne stürmen, retten, was zu retten war, doch sie stand da wie angewurzelt und heulte wie ein wundes Tier.

Katharina nahm sie an der Hand. „Komm, lass uns nach Hause gehen."

„Und uns in den Zimmern verkriechen?" Sophia schüttelte den Kopf. „Ich bleibe, bis sie alles vernichtet haben."

5

Würzburg, 1935

Über ein Jahr kämpfte Sophia im Widerstand und leitete die kleine Gruppe, die mit Brigitte aus dem Wollgeschäft und einem Cousin Michaels um zwei Köpfe gewachsen war. Zum Verteilen der Flugblätter brauchten sie auch nicht mehr Leute. Während Margarethe meist mit Brigitte oder dem Cousin die Blätter einwarf, begleitete sie Michael, obwohl er sie anfangs abgelehnt hatte. Er wollte von keiner Frau angeführt werden, lieber hätte er sich als Leiter gesehen. Doch sie behielt ihre Position. Sie legte den jeweiligen Zeitpunkt für jedes Flugblatt fest, zeichnete die Karikaturen und verteilte die Blätter zusammen mit den anderen. Auf jede Aktion der Partei reagierten sie mit einem Flugblatt als Antwort. Eines der letzten ging heraus, als Hindenburg starb und Hitler die Führung der Wehrmacht im letzten Jahr übernahm.

Bis jetzt hatten sie alles nach Sophias Vorschlägen durchgezogen. Doch das Austeilen gestaltete sich nach und nach schwieriger. Die Uniformierten schienen überall aufzutauchen, obwohl ihre Gruppe die Blätter nur noch in der Nacht verteilte. Auch heute, da würden sie zu fünft Flugblätter in die Briefkästen stecken. Sie waren die Antwort auf die Inhaftierung eines Juristen, der in der Stadt eine Weinhandlung betrieben hatte. Vor einer Woche, genau am zwölften Januar, hatten sie ihn in eines der Lager gebracht, bloß weil er Jude und angeblich homosexuell war. Die Partei traute sich mehr und mehr.

Sophia nahm den Stapel Flugblätter aus dem Sekretär. Michael hatte den Text verfasst. Er richtete sich an das Rechtsempfinden der Menschen, fragte danach, ob es sich mit dem der Partei deckte, ob sie sich darin wiederfanden. Wer unter ihnen bereit sei, seinem Nachbarn das Hab und Gut zu nehmen, ihn unter Arrest zu stellen oder des Landes zu verweisen, weil er einem anderen Glauben angehörte. Er fügte noch etwas hinzu, was Margarethe zu gewagt fand, worauf Sophia aber bestanden hatte: Wie lange dauerte es wohl, bis irgendwann jemand den Finger auf einen selbst richtete, weil ihm der eigene Glaube oder die Art zu leben, missfiel?

Sophia betrachtete ihre Karikatur dazu. Sie zeigte drei Häuser nebeneinander. Der Hausherr des ersten warf einen Stein auf das des zweiten, der wiederum mit einem auf das des dritten.

Damit wollte Sophia diejenigen ansprechen, die hinter der Regierung standen, an deren Gewissen appellieren. Natürlich gefiel es denen, dass die Arbeitslosigkeit sank. Wie sollte sie auch nicht, wenn sogar Diebe als Soldaten aufgenommen wurden? Solche bestärkte die Partei und ließ sie sich wichtig fühlen. An die richtete sie ihre Parolen.

Dennoch gab es auch diejenigen, die auf Gerechtigkeit hofften, aber aus Angst wegschauten. Beispielsweise die Frau, die ihren uniformierten Sohn geohrfeigt hatte oder die alte Frau, die von Uniformierten belästigt worden war.

Bei den Taugenichtsen würde sie auf Granit beißen,
aber vielleicht die erreichen, die noch hofften. Einen
Versuch war es wert.

Sie steckte die Blätter unter ihre Bluse, zog eine
Strickweste und ihren schwarzen Mantel über, band
sich ein braunes Kopftuch um und eilte die Treppe
hinab.

In der Diele kam ihr die neue Hausdame Rosa entgegen, die Teegeschirr auf einem Tablett vor sich hertrug.
„Gehen Sie noch aus?“

„Ja. Vermutlich übernachte ich bei Margarethe. Richten Sie das bitte meinem Vater aus, damit er sich keine
Sorgen macht.“

Das hatte sie so eingeführt, seit es eines Abends beim
Vervielfältigen der Blätter derart spät geworden war,
dass sie alle bei Brigitte im Wollgeschäft übernachtet
hatten. Als Sophias Ausrede musste damals Margarethe herhalten, wie heute auch.

Vor dem Gartentor zog Sophia ihre Handschuhe an.
Es pfiff ein bitterkalter Wind und schon nach wenigen
Schritten bitzelte ihre Nase und die Augen tränten.
Hoffentlich hielt die Kälte die Uniformierten davon ab,
ihnen nachzuspüren.

An der Ecke zum Rennweg wartete sie auf Michael.
Heute würden sie sich die Straßen in der Sanderau vornehmen. Sophia trat auf der Stelle, um die Füße warmzuhalten.

Von unten kam eine schwarz gekleidete Gestalt den
Weg herauf. Das würde er sein. Doch aus dem Ringpark

traten zwei Uniformierte und schienen ihn zu grüßen. Daraufhin überquerte er die Straße und ging in den Park gegenüber. Entweder war er es nicht oder er wollte den Verdacht nicht auf Sophia lenken.

Die Uniformierten näherten sich ihr, also setzte sie sich in Bewegung und ging weiter. Als sie auf einer Höhe waren, schrien die zwei den üblichen Gruß.

Der würde niemals über ihre Lippen kommen. Sie neigte den Kopf. „Guten Abend, meine Herren." Dann setzte sie ihren Weg fort.

„Warten Sie, schöne Frau", rief einer von ihnen. „Wo gehen wir denn hin?"

Sie drehte sich um. „Wo Sie hingehen, das weiß ich nicht."

Die beiden lachten. Der Dünnere von ihnen reckte die Brust heraus. „Es ist kalt und dunkel. Wie wäre es mit einer Begleitung?"

In dem anderen erkannte sie einen Nachbarsjungen. „Guten Abend, Franz. Grüß deine Mutter schön von mir und richte ihr doch bitte aus, dass Hilda ihr morgen früh die Eier für den Geburtstagskuchen vorbeibringen wird. Du wirst doch achtzehn, nicht?"

„Stimmt, freut mich, dich zu sehen. Komm doch morgen zum Gratulieren vorbei."

„Danke." Sie lächelte. Da konnte er warten, bis der Main aufwärts floss. Dann hob sie die Hand zum Gruß. „Ja, dann halte ich euch nicht länger auf. Einen schönen Abend noch."

„Moment!", rief der Dünne. „Warten Sie! Wir begleiten Sie gerne, bevor Ihnen noch etwas zustößt."

Das fehlte ihr gerade noch! Parteimitglieder als Beschützer. Einmal hatte sie sich beschützt gewusst, doch das Gefühl hatte den Tag nicht überdauert. Pah! Sie kam gut alleine zurecht.

„Danke, aber das ist nicht nötig. Ich vertrete mir nur kurz die Beine und betrachte gerade den Sternenhimmel, als Inspiration für ein Gemälde." Sie zwinkerte Franz zu. „Du weißt doch, wie wichtig das für mich ist."

Franz lachte. „Ja, das weiß ich. Aber ..."

„Als ob ich kilometerweit von zu Hause weg wäre, hm?"

Franz grinste und wandte sich an den Dünnen. „Komm, lass sie." Etwas leiser sagte er zu ihm: „Sie ist die Tochter von Heinrich Wagner."

Der Dünne musterte sie, zögerte, zuckte dann mit den Schultern und folgte Franz über die Straße.

Am Residenztor drehte Sophia sich um. Keiner zu sehen, Michael leider auch nicht. Sie eilte den Rennweg wieder hinauf, als er endlich aus dem Park trat und auf sie zukam. „Sind sie weg?"

Sophia nickte. „Los, komm! Es ist schon spät."

Sie wählten den Weg durch den Park, parallel zum Friedrich-Ebert-Ring, und folgten ihm bis zum Main hinunter. Wieder und wieder schauten sie sich um.

„Da ist keiner, nicht bei der Kälte", sagte Michael.

„In der Mainfränkischen steht, dass es eine Weile so kalt bleiben wird."

Michael grinste. „Hat der Winter so an sich."

Sophia rollte mit den Augen.

Nach wenigen Schritten schlichen sie vom Main zurück zu den ersten Häusern. Erneut schauten sie sich um. Nichts. Dann legten sie los. Sophia fischte einen

Teil der Blätter aus ihrer Bluse und drückte sie Michael in die Hand.

Sie arbeiteten sich stetig voran in Richtung Innenstadt, als Michael plötzlich zu ihr stürmte. Er packte sie am Arm. „Lauf!"

„Was ist los?"

Doch er zog sie wortlos mit. Sie rannten zunächst in Richtung Main hinunter. Was hatte er vor? Im Gestrüpp konnten sie sich bei der Kälte unmöglich verstecken.

„Mir nach!", rief sie.

An der letzten Häuserreihe vor dem Ufer, nahe der Alten Mainbrücke, flitzte Sophia in ein Seitengässchen und zog Michael mit sich. Vor einem zweistöckigen Haus hielt sie an. Sie hörte Schritte, nicht weit von ihnen entfernt, aber noch nicht im Seitengässchen.

Ihr Herz hämmerte.

„Was ist?", rief Michael.

Sie drückte gegen die Tür des Hauses. „Hilf mit!"

Er lehnte sich dagegen. Die Schritte näherten sich.

„Was machen wir hier?", flüsterte Michael.

Endlich! Die Tür sprang auf. Sie huschte hinein. Er folgte ihr, nahm sich aber die Zeit, die Tür wieder zu schließen.

„Mach kein Licht!" Sie fasste nach dem Treppengeländer. „Nach unten!"

Sie tastete sich am Geländer hinab, Michael im Rücken.

Im Keller suchte sie mit der Hand nach der Tür des ersten Verschlages. Da war sie. Leider quietschte sie beim Öffnen so, dass Sophia zusammenzuckte. Sie holte tief Luft und ging hinein. Michael folgte ihr so dicht, dass sie seinen Atem im Nacken spürte.

„Auf den Boden!", flüsterte sie. „Da liegen Decken von mir."

„Hab eine."

Er hantierte noch herum, dann war es still.

Sophias Atem ging stoßweise. Sie legte die Hand auf den Mund. Zudem schwitzte sie, gleichzeitig zitterte sie. Mein Gott! Wenn die Verfolger hier herunterkämen, würde sie vermutlich das Zittern verraten. Sie spannte alle Muskeln an, es half aber nichts. Dann sog sie langsam die Luft ein und stieß sie wieder aus, immer wieder. Zumindest atmete sie jetzt ruhiger.

Sie lauschte nach oben. Nichts. Doch draußen! Da rannten zwei Personen. Vor dem Kellerfenster. Wie gut, dass sie das Versteck kannte.

Vor einiger Zeit war sie von einem Spaziergang am Main zurückgekehrt und hatte beobachtet, wie ein Mann die Tür hier einfach aufgezogen hatte und hineingegangen war. Sie war ihm gefolgt, mit der Absicht, ein Versteck für den Notfall zu finden. Dabei hatte sie den Keller entdeckt und war Tage später mit Decken zurückgekehrt. Und wirklich! Die Tür war wieder unverschlossen gewesen.

Im Haus der alten Frau, die einst von den Uniformierten belästigt worden war, hatte sie ein weiteres Versteck eingerichtet und noch eines in der Nähe der Adalberokirche. Die anderen hatte sie darüber informiert, also müsste Michael das hier kennen. Sobald sie wieder draußen wären, würde sie ihn danach fragen.

Wäre es nur schon soweit! Wenigstens fror sie nicht.

Es verging eine Ewigkeit. Dann erst traute sich Michael zu wispern. „Denkst du, wir können es riskieren?"

„Auf keinen Fall! Lass uns warten." Vor ihrem inneren Auge standen die Uniformierten vor dem Haus und lauerten nur darauf, dass sie herausträten. Nur das nicht! Lieber kauerte sie hier die ganze Nacht.

Doch mit der Zeit drückte der Schlaf ihr auf die Augen. Sie riss sie auf, lauschte auf Michaels Atem. Schwer zu sagen, ob er schlief. Aber genau deshalb musste sie wach bleiben!

Sie war dann wohl doch eingenickt, als sie ihren Kopf nach oben riss. Wie lange sie wohl schon hier kauerten? Es war noch immer stockdunkel.

Dann passierte es. Zunächst vernahm sie leise Schritte, die rasch lauter wurden. Jemand kam die Treppe herab. Die Polizei? Jetzt nur nicht wieder anfangen zu zittern. Sie holte tief Luft und hielt sie an.

Ein Mann hustete und räusperte sich. Dann ging das Licht an. Gütiger Himmel! Die Schritte waren jetzt vermutlich nur eine Armlänge von ihnen entfernt.

„Elende Kälte!", brummte der Mann.

Dann quietschte etwas an ihnen vorbei. Er polterte die Treppe hinauf. Die Haustür fiel ins Schloss. Ruhe. Ausatmen.

„Jessas, war das knapp!", flüsterte Michael. „Lass uns von hier verschwinden!"

Sophia brachte zunächst keinen Ton heraus. Dann befreite sie sich aus der Decke. Sie räusperte sich. „Gut, gehen wir!"

Michael schien sich sofort aufzurappeln, jedenfalls hörte sie ihn neben sich atmen. Er tastete nach ihrem Arm, packte ihn. „Komm!"

„Warte!" Sie kramte nach den Flugblättern. Wohin damit? Sie bei sich zu tragen, war zu riskant. Was, wenn sie doch kontrolliert würden? Aber sie hierzulassen, das war für die Bewohner des Hauses gefährlich und es wäre auch jammerschade um die Blätter.

„Die Blätter!", flüsterte Michael.

„Ja?"

„Wo lassen wir die?"

Sophia tastete sich an der Wand entlang. „Sag mal, da hat doch was gequietscht, vorhin bei dem Mann. War das ein Fahrrad?"

„Möglich. Warte!"

Michael setzte sich in Bewegung, trat ihr auf den Fuß. Sie sog den Atem ein, verkniff es sich aber, einen Laut von sich zu geben. Er ging weiter, als ob es taghell wäre. Wie konnte er etwas im Dunkeln erkennen?

Schließlich vernahm sie wieder ein Quietschen. Michael fasste nach ihrer Hand. „Ich habe hier ein Fahrrad. Wollen wir damit verschwinden?"

Ihr erster Plan war, getrennt das Haus zu verlassen. Doch dann war Sophia der Einfall mit dem Rad gekommen. Damit wären sie schneller als die Uniformierten zu Fuß, könnten die Blätter also für eine Weile bei sich haben. Lediglich einem Automobil entkämen sie damit nicht. Doch einen Versuch war es wert.

„Ja, lass es uns mit einem Rad versuchen." Sophia tastete nach Michaels Arm. „Wie machst du das? Wie siehst du was im Dunkeln?"

„So dunkel ist es doch gar nicht."

„Doch." Sie hielt sich an ihm fest.

Zusammen schoben sie das Rad hinauf, dann durch die Tür, und schauten sich vorsichtig um. Unweit von ihnen spendeten zum Glück Laternen Licht. Michael schwang sich aufs Rad und deutete auf den Gepäckträger. „Steig auf!"

Sophia warf einen Blick auf die Armbanduhr. Es war kurz vor halb fünf. Nach Hause konnte sie um die Uhrzeit nicht. „Lass uns zu Brigitte fahren."

Michael grinste. „Die wird sich freuen."

„Egal. Sie muss uns einfach helfen!"

Sophia setzte sich auf den Gepäckträger und los ging's. Michael trat in die Pedale.

Als sie die Domstraße erreichten, bat sie ihn, langsamer zu fahren. Eine Körperlänge von ihnen entfernt stand ein Zeitungsständer. „Halt mal an."

Sie schaute sich um. Zwei Frauen, in Mäntel gehüllt, eilten zum Hinterausgang eines Kleidergeschäftes, ansonsten war niemand unterwegs. Sophia flitzte zu dem Ständer, öffnete ihn und steckte die Flugblätter hinein. Dann stieg sie auf den Gepäckträger. „Fahr los!"

Michael murmelte. „Warum machst du das? So gelangen die Blätter in die falschen Hände."

„Oder halt mal in andere. Was nützen sie denn denen, die eh auf unserer Seite sind?"

Er schwieg und trat wieder in die Pedale.

Sophia grinste innerlich. Heute würde die *Mainfränkische Zeitung* ihre Blätter verteilen, die Zeitung der Partei.

Auf dem Paradeplatz hielten sie zwei Posten auf. Was sie wohl bewachten?

Obwohl sie keines der Flugblätter mehr bei sich hatte, krampfte Sophias Magen. Immerhin trugen sie noch die gleiche Kleidung wie beim Verteilen am Abend, als die Uniformierten sie gejagt hatten.

Einer strich sich über seinen Schnauzbart. „Wo kommen wir denn her?"

Sophia stieg ab und küsste Michael auf den Mund. Dann drehte sie sich zu den beiden um, legte den Kopf schräg und lächelte. „Sie werden mich doch nicht verraten?"

Der Schnauzer grinste. „Aha, haben das Fräulein auswärts übernachtet?"

Sie zwinkerte und hasste sich dafür. „Wir zwei verstehen uns, gell?"

Da sagte der mit dem Schnurrbart zu seinem Kollegen. „Lass die heimfahren, bevor es die Eltern merken."

Sophia stieg auf den Gepäckträger, die beiden winkten sie durch und in wenigen Augenblicken erreichten sie das Wollgeschäft. Dort hämmerte Sophia gegen die Tür.

Erst nach dem dritten Klopfen öffnete Brigitte. „Wisst ihr, wie spät es ist?" Sie trat zur Seite, um sie einzulassen.

Sophia stahl sich hinein, Michael folgte mit dem Rad. Er legte Sophia die Hand auf die Schulter. „Du hast Nerven!"

Sie nickte. „Die brauche ich auch."

Sie blieben drei Stunden bei Brigitte, der sie alles Erlebte haarklein erzählten. Meist redete Michael. Er schilderte alles so, als hätte er zugeschaut und dem Geschehen nicht beigewohnt. Sophia gab sich ihren Gedanken hin. Zum ersten Mal hatte sie dafür gesorgt, dass die Flugblätter nicht nur bei bestimmten Adressaten ankamen, sondern sie auch in die Hände der Feinde gespielt. Was würde geschehen? Der, der sie als Erster entdeckte, würde sie bestimmt an sich nehmen und sie Carsten vorlegen. Und dann? Natürlich würde der Gauleiter Nachforschungen anstellen. Aber anhand der Karikatur käme er niemals auf sie als Malerin. Hoffentlich nicht!

Möglich war aber auch, dass erst einige Flugblätter durch die Hände der Passanten gingen, bevor einer sie an Carsten weitergab.

Sie rieb sich die Hände. Ob sie dieses Mal von einer Reaktion erfahren würde? Sie fand ihre Zeichnung gelungen und zum Thema passend. Es war ein verdammtes Unrecht, einen unbescholtenen Weinhändler in ein Lager zu sperren, nur weil er Jude war. Arbeitslager nannten sie es. Wer wusste schon, was die mit den Gefangenen dort anstellten?

Hoffentlich weckte sie manche, die blind für alles waren, das um sie herum geschah. Nun gut, sie würde sehen. Jedenfalls war es gut, dass sie die Blätter auf die Zeitungen gelegt hatte und sie auch einmal bei denen landeten, die sich aus allem raushielten. Vielleicht brachte das Flugblatt einige zum Nachdenken und sie sahen ihre Mitbürger mit den Augen, mit denen sie sie vor dieser Regierung betrachtet hatten, nämlich als das, was sie waren: ihre Mitmenschen, ihre Nächsten. Hoffentlich beschämte es die, die bei dem Ganzen mithalfen.

Michael und Brigitte schauten sie fragend an. Sie hatte halt nicht zugehört.

„Was?"

Brigitte schob die Brauen zusammen. „Warum hast du das mit den Flugblättern gemacht?"

„Was nützt es denn, wenn wir denen, die sowieso zu uns gehören, wiederholt bestätigen, dass sie für die richtige Seite kämpfen? Natürlich ist das wichtig, aber ist es nicht auch entscheidend, ein Zeichen zu setzen?"

Brigitte nickte. „Das tun wir doch! Die Blätter gelangen immer auch in die Hände der Feinde."

„Na also! Dann habe ich ihnen jetzt mehr als eines zugespielt."

Brigitte wiegte den Kopf hin und her. „Ich weiß nicht, ob das gut war."

Sie schaute auf die Uhr. Viertel vor acht. „Ich gehe jetzt heim."

Michael öffnete die Tür. „Und ich werde das Fahrrad zurückbringen."

„Lass es vor dem Haus des Besitzers stehen und riskiere nicht, drinnen gesehen zu werden." Sophia umarmte ihn. „Pass auf dich auf und danke für deine Hilfe."

Den Heimweg über gingen ihr Brigittes Worte nicht aus dem Kopf. War es ein Fehler gewesen, die Blätter in die falschen Hände zu spielen? Vielleicht hatte sie auch nur die üblichen Aktionen satt. Dann hätte sie aber besser aussteigen sollen, anstatt den Zerfall der Gruppe zu riskieren. Tat sie das eigentlich? Wer sagte denn, dass es zu einer Auflösung derselben käme? Möglich war doch auch, dass sie auf dem Wege mehr bewirkte als sonst: nämlich an den Stützbalken der Partei zu sägen.

Endlich war sie daheim und zum Umfallen müde.
Rosa fasste ihren Mantel mit spitzen Fingern an. „Den reinigen wir wohl besser."

„Danke."

Sie wollte schon nach oben, als ihr Rosa einen Brief in die Hand drückte. Als Absender stand *Martina Stern* darauf. Was sagte der Name ihr?

Sie stieg die Treppe nach oben, schloss die Zimmertür und starrte auf den Umschlag. *Martina Stern, Martina!* Aber ja! Der Brief war von Martin Moltke.

Mit zitternden Fingern riss sie ihn auf, las ihn und warf ihn zu Boden. War das alles, was er ihr nach so langer Zeit zu sagen hatte? Sie hob den Brief wieder auf, legte ihn auf den Sekretär und strich das Papier glatt. Gleich würde sie ihn ins Feuer werfen, aber zuvor noch einmal lesen. Immerhin schickte Martin ihr ein Lebenszeichen.

Liebe Sophia,
du ahnst nicht, wie sehr ich die Stadt und noch viel mehr dich vermisse. Unseren letzten Abschied rufe ich mir täglich ins Gedächtnis. Überhaupt dringt mir über dich nur Gutes zu Ohren. Du treibst die Aktionen stetig voran. Auch mir ergeht es so und ich regele, was wir besprochen hatten.
Den Brief werfe ich unterwegs ein, werde aber, sobald du ihn liest, bereits in einer anderen Stadt helfen.
Bald schon werde ich andere Aktionen von dir erwarten. Sei gespannt!
Es grüßt dich M.

Sie schnaubte. Er vermisste sie und mehr nicht? Das klang, als habe er seinen Schal verloren und fröre nun am Hals. Sich zu sehnen war anders. Das kam dem

Drang zu Malen gleich. Der Duft der Farben, ihr Streichen auf die Leinwand, ihr Strahlen darauf, das Wecken eines Gefühls beim Betrachter, wie eine Farbe sich an die andere schmiegte, sie ergänzte und das Werk abrundete – das war Sehnen. Sie zerknüllte den Brief und pfefferte ihn ins Feuer.

Dann trat sie ans Fenster. Die Büsche und der Nussbaum reckten ihre gefrorenen Äste zum Himmel hinauf, die der Frost mit seiner weißen Schicht überzogen hatte, wie auch gerade Sophias Inneres. Sie rieb ihre Hände aneinander. Neue Aktionen kämen also auf sie zu. Welche sie startete, das entschied noch immer sie und nicht Martin, der meinte, er könne ihr aus der Ferne irgendwelche Aufgaben erteilen, ohne sie in irgendeiner Weise zu unterstützen.

Sie ballte die Fäuste. Von ihm würde sie sich nichts sagen lassen. Wo war er denn heute Nacht gewesen, als Michael und sie beim Verteilen der Flugblätter vor den Uniformierten davongerannt waren und sich in einem Kellerverschlag unter staubigen Decken versteckt hatten? Laut Michael hatten die Nazis sie mit Gummiknüppeln gejagt.

Die Nacht steckte Sophia in den Knochen. Also legte sie sich ins Bett und zog die Bettdecke bis zum Hals hoch. Zugegeben, sie wünschte sich neue Aufgaben. Nun gut, Martin Moltke, sie war bereit für Neues. Dann schloss sie die Augen. Sie schlief bis zum Abend.

Während des Abendessens sprach Vati kaum ein Wort. Sophia war das nur recht. Für heute hatte sie genug Aufregung gehabt. Sie tupfte sich schließlich den Mund ab. „Ich schau nach Mama."

Vati hob die Hand. „Bleibt noch da, alle drei. Ich muss euch was sagen." Er räusperte sich. „Carsten hat sich heute wieder einmal über Flugblätter aufgeregt."

Sophia wurde es eng auf der Brust, doch sie rang sich ein Lächeln ab. „Das ist mal eine wunderbare Nachricht."

Vati fuhr zu ihr herum. „Kennst du die Verfasser der Blätter?"

„Du vielleicht?"

Vati seufzte. „Die Inhalte regen den Gauleiter auf, aber schlimmer noch sind die Zeichnungen."

Katharina starrte Vati an, Maria spielte mit ihren Fingern. Wusste sie was?

„Zeichnungen?" Sophia grinste innerlich. „Ist da ein Künstler zugange?"

„Allerdings." Vati schaute ihr direkt in die Augen. „Wenn du den kennst, dann warne ihn. Carsten wird den Spott nicht mehr hinnehmen."

Sophia lachte. „Hast du eines der Blätter hier? Das würde ich mir gerne anschauen."

Vati schüttelte den Kopf. „Nein. Und witzig ist das nicht. Es ist falsch, sich mit der Partei anzulegen."

Das hätte er nicht sagen sollen. Sie stand auf. „Ach. Lieber duckt man sich und kneift ..."

Katharina fasste sie am Arm. „Sophia! Bitte."

Vati presste die Lippen zusammen. Sie gab auf, ging zur Tür und knallte sie so zu, dass der Schlüssel herausfiel.

Wie sie es hasste, sich zu ducken! Warum tat Vati das?

Die Partei reagierte wie erwartet, nämlich gar nicht. Hätte Carsten die Texte oder Zeichnungen veröffentlicht, hätte er sich selbst den Spiegel vorgehalten. Doch es geschah nichts, außer dass nun überall Uniformierte auftauchten und alles und jeden zu beobachten schienen.

Sophia rief noch einmal ihre kleine Gruppe zusammen, um ihnen mitzuteilen, dass Martin sie zu anderen Aufgaben auserkoren hatte. Doch die ließen auf sich warten.

Mittlerweile waren Winter und Frühling vorüber, der Sommer neigte sich auch schon dem Ende zu und sie hatte nichts mehr von Martin gehört. Es gab keine Aufgaben für sie und die Sehnsucht nach ihm ließ etwas nach. Rief sie sich sein Gesicht ins Gedächtnis, die dunklen Augen, das energische Kinn, das zynische Lächeln, dann verblassten seine Züge beinahe. Sie seufzte. Warum meldete er sich denn nicht? Hoffentlich war ihm nichts Schlimmes passiert!

Stattdessen kam Michael bei ihr vorbei und schlug vor, mit den Flugblättern weiterzumachen. Warum auch nicht? Besser, als die Hände in den Schoss zu legen und zu warten. Also zeichnete Sophia Entwürfe für einen Text, der Margarethe am Herzen lag. Sie rief darin auf, keine Sinti und Roma aus dem Land zu ekeln. Bestimmt hatte sie da besonders ihre Freundin Sina im Auge. Sophia zeichnete eine lange Tafel, an der die unterschiedlichsten Menschen aßen. Jesus in der Mitte brach das Brot, neben ihm eine Frau, die Sina auffallend ähnelte, dazu platzierte sie Männer und Frauen, die ihr gerade in den Sinn kamen.

Sie hielt den Entwurf hoch. Schade, dass ihr nichts anderes einfiel, aber im Grunde drückte das Bild alles aus, was es zu sagen gab.

Das Verteilen der Blätter übernahmen dieses Mal die anderen vier und es ging reibungslos vonstatten.

Eines Tages, Anfang August, schneite Maria in ihr Zimmer. „Katharina hat bald Geburtstag. Was wollen wir ihr schenken?"

Sophia zuckte mit den Schultern. „Etwas, das es nicht in ihrem Kaufhaus gibt."

„Genau." Maria faltete die Hände. „Ich dachte an einen Kalender."

„Was? Wir haben August!"

Maria lachte. „Ja, ich weiß. Ich hab mir überlegt, dass wir einen basteln könnten, der immer gilt. Also einen ohne Wochentage."

„Was macht der für einen Sinn?"

„Hör halt zu!" Sie schaute an die Decke und dann zu ihr. „Wir nehmen festes Papier, zwölf Blätter natürlich. Du zeichnest auf die obere Hälfte etwas und ich schreibe unten die Anzahl der Tage im Monat hin. Was hältst du davon?"

„Und der soll pünktlich fertig werden?"

Maria winkte ab. „Du musst ja keine Gemälde zeichnen. Irgendetwas Kleines. Zum Beispiel für den Februar könntest du oben eine Maske malen. So was halt."

„Gut. Dann brauchen wir die Papierbögen sofort."

„Ich habe schon welche." Sie ging hinaus und kam mit einem Stapel Papier zurück. „Ich habe einige mehr gekauft, falls bei einer von uns etwas schiefgeht. Sobald du eine Zeichnung fertig hast, gibst du sie mir. Dann mache ich damit weiter, einverstanden?"

Sophia nickte.

Maria blieb an der Tür stehen. „Du hast dich verändert und das fällt der ganzen Stadt auf."

Sophia zuckte zusammen. Verdächtigte sie jemand? Sie schaute Maria in die Augen.

„Schau nicht wie ein verschrecktes Kätzchen." Maria lachte. „Du hast abgenommen, aber viel wichtiger ist: Du machst irgendwas mit deiner Kleidung. Jedenfalls sieht seit Wochen alles so unglaublich lässig aus an dir und trotzdem elegant, dass mich andere fragen, wo du einkaufst."

Sophia fiel ein Stein vom Herzen. Es ging um ihr Äußeres.

„Bei Katharina, wo sonst?"

„Aber der Rock zum Beispiel hat doch ganz anders ausgesehen, als du ihn gekauft hast, oder nicht?"

Sophia schaute an sich herab. „Ja. Ich habe hier an der Seite eine Falte hineinnähen lassen. Das macht die Schneiderin im Kaufhaus."

Maria schob die Brauen zusammen. „Siehst du. Davon weiß ich nichts, weil du ständig unterwegs bist."

„Na ja. Ich bin oft im Park und zeichne Entwürfe."

„Lass uns mal wieder zusammen einkaufen und dann ändern wir meine Sachen auch so schick."

Nachdem Maria das Zimmer verlassen hatte, nahm Sophia ihre Zeichenmappe und schlug sie auf. Darin lagen die Entwürfe, die sie im Park gezeichnet hatte. Sie betrachtete dort meist die Kleidung der Spaziergänger und änderte sie dann in den Zeichnungen ab. Einige

Kleider und vor allem Blusen hatte sie auch selbst entworfen. Sie legte die Mappe zur Seite, nahm den Stapel leerer Seiten und skizzierte eine Maske, Blumen, eine Krähe auf einem schneebedeckten Hügel. Dann übertrug sie die Motive auf die ersten Blätter, die Maria ihr in die Hand gedrückt hatte.

Am Abend des siebten Augustes betrachteten sie zusammen den gesamten Kalender.

Maria klatschte in die Hände. „Sie sind wunderhübsch geworden. Jetzt binden wir die Blätter zusammen und dann verpacken wir den Kalender. Katharina wird sich freuen."

Katharina strahlte sie am nächsten Morgen an, als sie Blatt für Blatt bewunderte. Sie bedankte sich mit einem Kuss bei ihnen beiden und versprach, den Kalender in ihrem Büro aufzuhängen. „Dort halte ich mich am Tag am längsten auf."

Vati streckte die Hand nach ihm aus und betrachtete mit gerunzelter Stirn ein Blatt nach dem anderen. Er gab Katharina den Kalender zurück, drehte sich zu Sophia und zog eine Braue hoch. Brachte er etwa ihre Bildchen auf dem Kalender mit den Karikaturen auf den Flugblättern zusammen? In der Eile hatte sie manches nur skizziert.

Sie schaute ihn aus großen Augen an. „Was ist?"

Er schüttelte den Kopf. „Nichts."

Zum Abendessen saßen sie am Tisch im Gasthaus und warteten auf Katharina, um deren Geburtstag zu feiern. Unterschiedliche Gerüche mischten sich, es duftete nach Braten, nach Zwiebeln und nach Wein. Als die

Tür aufschwang, schauten alle auf, doch nicht das Geburtstagskind spazierte herein, sondern Carsten, mit einem riesigen Strauß roter Rosen in der Hand. Sophia traute ihren Augen kaum.

Er schaute sich um. „Ist Katharina noch nicht da?"

Vati sprang auf. „Sie wird gleich kommen."

Er reichte dem Gauleiter die Hand, besorgte eine Blumenvase für die Rosen und bot Carsten einen Platz neben sich an. Auch das noch! Nun saß Carsten ihr genau gegenüber. Zwar hatte Sophia Maria an ihrer Seite, doch die unterhielt sich mit einem Angestellten des Kaufhauses. Edgar Schmidt und sie schienen sich prächtig zu verstehen, jedenfalls entstand zwischen ihnen keine Gesprächspause. Mama, die an Carstens anderer Seite saß, starrte Löcher in die Luft. Sie schien alle Kraft aufzuwenden, um überhaupt am Tisch sitzen zu können. Also würde Sophia gezwungen sein, dem Gespräch zwischen Vati und dem Gauleiter zuzuhören.

Ihr Vater goss Carsten Wein ein. „Das Hallenschwimmbad in der Sanderau wird großartig."

„Ja, die Partei stellt einiges auf die Beine."

Vati grinste. „Und macht auch manchem welche."

Der Gauleiter nickte lächelnd. Er fixierte Sophia. Sie drehte das Gesicht zur Seite. Vati hatte natürlich darauf angespielt, dass Carsten Kreisleiter Müller abgesetzt hatte. Dem trauerte keiner nach. Doch warum warf der Gauleiter ihr einen strengen Blick zu? Sie schaute wieder zu ihm, da aber schneite Katharina in Begleitung von Sonja Hochrhein herein.

Carsten sprang vom Stuhl auf und schaute in die Runde. „Gibt es jemanden, der noch nicht gratuliert hat?"

Alle verneinten, dann trat er zu Katharina, schüttelte ihr die Hand und beglückwünschte sie zum Dreiundzwanzigsten. Die Rosen aber ließ er in der Vase und erwähnte sie mit keinem Wort.

Katharina schien die Anwesenheit des Gauleiters peinlich zu sein, aber daran war sie auch selbst schuld. Warum ging sie mit ihm spazieren oder suchte ihn in der Residenz auf?

An einem Sonntag war Carsten bei ihnen zu Hause aufgetaucht und Mama hatte Katharina dazu gedrängt, mit dem Gauleiter einen Spaziergang zu machen. Statt dass ihre Schwester sich geweigert hätte, war sie mit ihm durch Würzburgs Straßen geschlendert, wo sie jeder hatte sehen können. Ebenso besuchte sie ihn wie selbstverständlich in der Residenz, wenn ihr eine Frage auf den Nägeln brannte. Unfassbar! Sophia wäre eher im Nachthemd durch die Stadt gerannt als zusammen mit dem Gauleiter und sie würde ihn niemals freiwillig besuchen!

Während des Essens plauderte Carsten mit Katharina und Vati über das Kaufhaus, über den heißen Sommer und über geplante neue Bauten. Sobald es aber um die Politik ging, lenkte er ab, musterte Sophia aber jedes Mal. Sonja schien das zu bemerken und verwickelte sie schließlich in ein Gespräch über Mode.

Als Armin Leonore und Heinrich heimfuhr, beendete Katharina die Feier. Sophia atmete auf. Zum Glück! Carsten würde endlich verschwinden. Doch weit gefehlt. Der Gauleiter schlug vor, Katharina bis zur Haustür zu bringen, packte die Rosen und hielt allen die Tür auf.

Die anderen Gäste verabschiedeten sich von Katharina. Sophia hakte sich bei Maria unter und eilte mit ihr voraus, um wenigstens etwas Abstand zu Carsten zu bringen. Es war noch immer warm. Sophia lief der Schweiß den Rücken hinab. Maria plapperte unentwegt über den netten Herrn Schmidt. Sophia hörte nur mit halbem Ohr zu. Mit dem Gauleiter im Rücken war ihr, als kröche ihr eine Geisterhand über den Nacken und drückte ihr die Luft am Hals ab.

Endlich erreichten sie die Villa. Sophia legte die Hand auf die Klinke des Gartentores und wollte nur noch ins Haus.

Carsten verabschiedete sich zuerst von Katharina und reichte ihr den Strauß, dann gab er Maria die Hand. Als Sophia an der Reihe war, beugte er sich zu ihr und flüsterte: „Nutzen Sie Ihr Talent für eine weitere Ausstellung. Andernfalls wäre es vergeudet."

Mit einem Schlag gaben ihre Knie nach, sie griff wieder nach dem Tor und hielt sich daran fest. Dann aber reckte sie ihr Kinn in die Höhe. „Genau das tue ich. Es sind interessante Bilder entstanden. Sobald ich genug beisammen habe, werde ich über eine Ausstellung nachdenken. Möchten Sie dann kommen?"

Carsten grinste. „Selbstverständlich." Dann steckte er die Hände in die Hosentaschen und ging pfeifend davon.

Sophia atmete tief ein und aus. Was bezweckte er mit seiner Andeutung? Ahnte er, wer die Zeichnungen auf die Flugblätter malte? Oder wollte er ihre Werke wirklich in einer Ausstellung sehen, weil er angeblich an Kunst interessiert war? Sie stand als Letzte draußen, als Maria sie ins Haus zog.

Dort bat Katharina gerade Rosa um eine Vase, dann tauchte sie ihre Nase in die Blüten. „Ach, wie gut die duften."

In Sophia loderte es. „Nach Feuer und Schwefel?"

Mit einem Ruck wandte sich Katharina ihr zu. „Was?"

Sophia schnaubte, Maria knetete die Finger. „Die sind von Carsten."

Da ließ Katharina die Rosen fallen.

Sophia ging in ihr Zimmer, lehnte sich an die geschlossene Tür und zitterte am ganzen Leib. Ahnte Carsten etwas? Wenn dem so war, warum hatte er bis jetzt nichts unternommen? Bestimmt nicht, weil sie Heinrich Wagners Tochter war.

Also? Er wusste nichts, wollte sich nur wichtigmachen.

Am nächsten Morgen spazierte Sophia mit ihrer Zeichenmappe in den Park. Wie schnell man in seine Gewohnheiten verfiel. Sie fand sogar Platz auf der üblichen Bank, vor der sich sämtliche Wege kreuzten.

Ihr Plan war es, die Kühle am Morgen auszunutzen. Später würde es so heiß werden, dass sie sich lieber im Haus aufhielte. Sie holte ihre letzten Entwürfe aus der Mappe. Mit zweien war sie nicht zufrieden. Der eine zeigte ein Abendkleid, zu dem sie das Sommerkleid eines Mädchens inspiriert hatte. Die Kleine trug eine Schleife am Rücken, deren Farbe sich von dem Kleid absetzte. Sophia hatte daraus ein fließendes schmales Abendkleid mit einer Schleife in der Taille gemacht, aber die befand sich auf der Vorderseite. Ob die offen oder gebunden schöner aussah?

Der zweite Entwurf zeigte eine Herrenjacke, bei der das Revers so schmal war, dass es den Blick auf den Saum lenkte, der in einer dunkleren Farbe gehalten war. War das geschickt? Das schmale Revers war prima, aber der Saum?

Zum Vergleich würde sie die gleiche Jacke entwerfen, aber den Bund gleichfarbig halten. Doch ihr fehlte Papier. Warum war ihr das nicht zu Hause aufgefallen? Also hieß es ins Kaufhaus zu gehen und welches zu besorgen. Dann könnte sie gleich Katharina besuchen und hören, ob Carsten sich noch einmal gemeldet hatte. Traurig, dass ihre Schwester so eng mit ihm war, peinlich war das auch. Aber es bot natürlich auch eine gute Deckung für Sophia und ihre Gruppe. So ehrlich musste sie schon sein. Sie räumte ihre Sachen zusammen und ging Richtung Kaufhaus.

In der Kaiserstraße hingen beinahe an jedem zweiten Haus Fahnen mit dem Hakenkreuz. Sie flatterten im Wind und machten ein Geräusch, als fahre jemand mit dem Daumen über die Blätter eines Buches. Zu harmlos. Als feierten sie nicht eine grausame Partei.

Sie schaute zu den Fahnen hoch. Wenn die nicht eine Karikatur auf einem Flugblatt wert waren! Wie wäre es, wenn sie sich noch einmal an die Ehre und die Scham der Bevölkerung richtete? Dazu fiel ihr bestimmt noch etwas ein.

Passanten betrachteten die Mode für den Herbst in Katharinas Schaufenster. Es waren eindeutig gedeckte Farben angesagt und auffällige Ärmel und Gürtel. Also lag Sophia mit der betonten Schleife in der Taille richtig. Sie griff nur bei den schmalen Revers daneben. Offenbar konnte das den Auslagen nach nicht breit genug sein. Die Linie ging von betonten Schultern zu einem schmalen Becken über, die Röcke der Damen rutschten hinab zu den Knöcheln. Die Figur entsprach also ganz der von Greta Garbo. Leider war nicht jede Frau groß und schlank.

Sophia trat in das Kaufhaus. Obwohl dort die Ladentür offen stand, schien die Sommerwärme darin zu stehen. Dennoch schlenderten Damen, die Gesichter mit Schweiß bedeckt, mit ihren Kindern an den Händen durch die Abteilungen und ließen sich von den Verkäuferinnen beraten.

Sophia stieg die Treppen hinauf zu Katharinas Büro. Dort verabschiedete ihre Schwester gerade einen Mann in einem braunen Anzug, dann wandte sie sich an Sophia.

„Komm rein!“ Sie deutete zur Tür zurück. „Bin ich froh, dass der weg ist. Ein unsympathischer Mann.“

Sophia zog einen Stuhl zurück und wollte sich setzen, da flog die Zeichenmappe aus der Tasche und ihre Entwürfe verteilten sich auf dem Boden. „Verflixt.“

Sie bückte sich zu ihnen herab, als Katharina nach den Zeichnungen griff. „Warte, ich helfe dir.“ Dann nahm sie eine nach der anderen in die Hand und betrachtete sie. „Die sind großartig!“

Sophia lächelte. „Danke. Das sind nur so Spinnereien von mir.“

Katharina erhob sich aus der Hocke. „Aber richtig gute. Genau so was brauche ich im Kaufhaus und nicht die hässliche, praktische Mode, wie der Kerl sie mir gerade vorgeschlagen hat." Sie streckte den Arm aus. „Zeig mir alle deine Entwürfe!"

Sophia reichte ihr den Stapel. Bis jetzt hatte sie die Zeichnungen ausschließlich für sich gemalt. Wie würde sie sich nach einem Urteil Katharinas fühlen? Zufrieden?

Katharina betrachtete lächelnd ein Blatt nach dem anderen. Dann legte sie alles ordentlich auf einen Stapel, leckte sich über die Lippen und fixierte Sophia.

„Und?", fragte sie. „Gefallen sie dir?"

„Wie ich sagte: Sie sind großartig." Katharina schaute an die Decke, dann wieder zu Sophia. „Magst du einen Kaffee mit mir trinken?"

„Gerne."

Katharina ging hinaus und kehrte mit einem Tablett mit Kaffee und Keksen zurück. Sie schenkte ihnen beiden ein, setzte sich auf ihren Platz und trank einen Schluck.

„Magst du für mich arbeiten? Also für das Kaufhaus Mode entwerfen? Wäre das nicht schön für uns beide?"

„Was meinst du damit?"

„Du entwirfst Mode und ich lasse sie nähen. Wir könnten eine eigene exklusive Kollektion herausbringen. Ich bin ganz sicher, dass die sich gut verkauft." Katharina lächelte. „Natürlich werde ich dich dementsprechend bezahlen."

„Was? Aber ..."

Katharina deutete zu dem Stapel Blätter mit den Entwürfen. „Das ist zu schade für die Schublade."

Sophias Einfälle sollten umgesetzt und sie würde auch noch dafür bezahlt werden? Das wäre wunderbar!

Sie stand auf, ging zu Katharina und umarmte sie. „Was fragst du noch? Natürlich mache ich das."

Katharina drückte ihr einen Kuss auf die Wange. „Danke dir! Ich werde Sonja gleich sagen, dass sie einen Vertrag aufsetzt. Ach, und später werde ich mit der Schneiderin reden. Da hole ich dich dann dazu."

Sophia stand auf. „Bis dahin werde ich mich im Kaufhaus umschauen und überlegen, wie ich die Moderichtung mit meinen Einfällen zusammenbringen kann."

Katharina lachte. „Das musst du wirklich nicht sofort machen."

„Ich bin aber neugierig." Sie war schon zur Tür hinaus, als sie wieder zurückkehrte. „Ich brauche Papier und Stifte, deswegen bin ich ja gekommen."

„Nimm dir so viel du brauchst."

„Wo werde ich arbeiten?"

„Hier im Kaufhaus. Ich lasse dir ein Büro herrichten."

Sophia hätte Luftsprünge machen können. Sie deutete zu der Tür neben Katharinas Büro. „Kann ich dort arbeiten?"

Katharinas schaute auf das Zimmer, dann nickte sie lächelnd. „Ja, gerne. Du wirst vor allem einen großen Tisch benötigen."

„Genau."

Dann setzte sie sich wieder Katharina gegenüber. Wenn sie den Tag über hier zeichnen würde, wie viel Zeit hätte sie noch für ihre Arbeit im Widerstand übrig? Sie mochte Katharina helfen, aber ihre Gruppe lag ihr mindestens genauso am Herzen.

„Wie viele Stunden am Tag muss ich zeichnen?"

Katharina lehnte sich zurück. „Na ja, die Einfälle lassen sich nicht herbeizaubern. Teil du dir deine Zeit ein,

wie du magst. Nur werden wir eben zu jeder Saison
eine Kollektion brauchen."

„So gefällt mir das gut."

Sophia ging hinaus. Also blieb ihr noch Zeit für den
Widerstand.

Sie stieg die Treppe hinab. Es war unglaublich! Ab
morgen würde sie einen Beruf haben und was für einen
schönen. Zeichnen, sich mit außergewöhnlichen Stoffen befassen, ihre eigenen Kleider nähen lassen und
Frauen und Männer würden die Sachen tragen. Allein
die Vorstellung war verrückt. Sie stürmte die Treppe
hinab, dann bremste sie sich. Sie war Katharinas
Schwester, die rannte nicht wie ein Backfisch herum,
der gerade eine Zuckerwatte geschenkt bekommen
hatte.

In der Abteilung für Damenbekleidung fing Sophia
an, die Sachen zu durchforsten. Eines stand fest: Die Be-
tonung lag auf den Schultern und auf weit ausgestell-
ten Ärmeln – wie zur Kaiserzeit. Sie notierte sich dazu,
die Ärmel aufzuschlitzen, um das Augenmerk in jedem
Fall auf sie zu lenken. Dazu brauchten sie nicht unbedingt aus zartem Gewebe zu sein, auch welche aus weißem, festem Leinen hatten ihren Reiz.

Zu den angesagten Farben dieser Saison gehörten Alt-
rosa, Dunkelblau, Rostrot und ein fahles Gelb. Na
schön, aber warum nicht ein Gelb mit einem Rostrot
kombinieren?

Wieder ging sie zu den Blusen hinüber. Nur langwei-
lige Verschlüsse. Allein ein Verschluss gab jedem Teil
den nötigen Pfiff. Sie schaute an sich herab. Wie oft
hatte sie Knöpfe versetzt, diese mit Kordeln verziert
oder sie auf eine andere Weise verschnürt? Dann

tauchte vor ihrem geistigen Auge ein Bild aus einem Magazin von Marlene Dietrich auf. Die trug darauf eine Hose, die am Oberschenkel endete, am Bund zierten sie zwei Reihen Knöpfe. Warum nicht die Reihen nutzen und sie durch eine Schnur verbinden? Sofort skizzierte sie die Schnürtechnik.

Auf einmal räusperte sich eine Verkäuferin hinter ihr. „Entschuldigen Sie, aber darf ich fragen, was Sie hier tun?"

„Ich schaue die Sachen durch und mache mir Notizen dazu."

„Aha. Arbeiten Sie für ein anderes Geschäft?" Die Frau zog eine Braue hoch.

Sophia grinste. „Im Gegenteil. Ich bin die Schwester von Katharina Wagner." Sie nahm ihre Sachen in eine Hand und streckte der Frau ihren Arm entgegen. „Sophia Wagner. Ab morgen werde ich hier im Kaufhaus arbeiten."

Die Wangen der Verkäuferin erröteten. „Oh, verzeihen Sie. Freut mich, Sie kennenzulernen. Ich bin Frau Zeitler und die Abteilungsleiterin hier in der Damenbekleidung."

Sophia nickte. „Dann werden wir öfter miteinander zu tun haben."

Frau Zeitler zog sich wortlos zurück.

Sophia setzte ihre Arbeit fort. Die Jacken waren dreiviertellang, eine wie die andere schauten gleich aus. Hier würde doch ein Schößchen Wunder wirken. Oder wie wäre es mit Capes? An den Mänteln fanden sich keine Gürtel. Nun gut, die böten so blank auch einen schönen Kontrast zu den Gürteln und Schleifen auf den Kleidern.

In der Herrenabteilung sprach sie ein Verkäufer mit dicken Brillengläsern an. Er stellte sich als Heinz Beck vor und schaute aus wie einem Modemagazin entsprungen. Er hieß sie willkommen und schenkte ihr ein strahlendes Lächeln. Nun hatte sie bereits zwei Mitarbeiter des Kaufhauses kennengelernt.

Später trug sie Katharina ihre gesamten Einfälle vor. Die hob irgendwann die Hände. „Ich kann mir das nicht alles merken, freue mich aber auf deine Kollektion. Mit der Schneiderin habe ich mich auch besprochen. Sie wird morgen mit zwei Helferinnen kommen. Da hätte ich dich gerne dabei."

„Ja, natürlich will ich da mitreden."

Katharina rieb sich die Hände. „Ach, und die Schneiderwerkstatt ist im Keller. Unser Hausmeister wird die herrichten." Dann ging sie zur Nebentür und öffnete sie. „Schau."

Sophia traute sich kaum hinein. Sie hielt die Luft an. Ihr war wie beim Betreten einer Kirche.

„Geh nur. Das ist dein Büro."

Sophia lächelte Katharina an, drehte sich um und ging dann hinein. Zwei riesige Tische standen aneinandergeschoben mitten im Raum, daneben zwei gepolsterte Holzstühle. An der Wand lehnten ein offenes Regal, in dem Stifte und Papier lagen, und ein Schrank mit zwei Holztüren. Alle Möbel waren aus Eichenholz. An der Decke baumelte eine Leuchte aus milchigem Glas, eine aus grünem stand auf einem der Tische, daneben ein leerer Papierkorb.

Sophia fuhr mit dem Finger über die Tischplatte. „Mein Büro."

Katharina legte den Arm auf ihre Schulter. „Ja, dein Büro. Wenn etwas fehlt, melde dich. Ansonsten wirst du hier die nötige Ruhe zum Arbeiten haben."

Während Katharina sich in ihr Zimmer zurückzog, setzte sich Sophia auf einen der Stühle. Was tat sie da? Ab morgen würde sie einem Beruf nachgehen. Da blieb ihr kaum mehr Zeit für ihre Gemälde. Ach was. Sie konnte ja an den Wochenenden malen. Und da sie sich die Zeit frei einteilen konnte, blieb ihr welche für ihre Gruppe übrig. Da war sie ja meistens abends unterwegs. Gut, die Karikaturen hatte sie natürlich am Tag gezeichnet. Aber auch das würde sie in den Griff bekommen. Zudem wartete sie ja auf die neuen Aufgaben von Martin.

Sie sprang auf, ging zu Katharina und strahlte. „Ab morgen werde ich mit dir zur Arbeit gehen. Aber jetzt muss ich das erst mal verdauen."

Katharina stand auf und umarmte sie. „Ab morgen arbeiten wir zusammen."

Sophia winkte ihr zum Abschied. „Ich freue mich so. Danke, Katharina."

Sie schloss leise die Tür und rannte die Treppen hinab. Nun war sie eine berufstätige Frau. Das Leben war schön.

Den Heimweg über schien sie zu schweben, jedenfalls kam sie zu Hause an, ohne sich an diesen zu erinnern. Dort packte sie Rosa an den Schultern, drehte sie im Kreis und ließ sie mit einem verwunderten Ausdruck auf dem Gesicht zurück. Dann flitzte sie nach oben zu Maria.

Die saß über ein Schreibheft gebeugt, hatte eine Locke hinter ein Ohr gestrichen und kaute auf einem Stift. So wollte Sophia sie zeichnen, so entzückend und mädchenhaft.

Maria hob den Kopf. „Du hast nicht angeklopft."

„Keine Zeit dafür." Sophia zog sie vom Stuhl hoch und umarmte sie. „Stell dir vor! Katharina hat mich eingestellt."

Maria löste sich ein wenig aus der Umarmung. „Eingestellt?"

„Ja. Ab morgen werde ich im Kaufhaus arbeiten." Sie ließ Maria los und setzte sich auf deren Bett. „Ich freue mich so sehr."

Maria lächelte. „Das ist schön. Aber was wirst du dort machen? Verkaufen?"

„Nein. Ich werde Mode entwerfen und die wird dann genäht und verkauft. Ist das nicht wunderbar?" Sie zog ihre Entwürfe aus der Mappe. „Schau!" Dann erzählte sie Maria, wie sich alles zugetragen hatte.

Am Ende des Gespräches faltete Maria die Hände. „Oh wie traumhaft schön das alles ist. Jetzt wirst du für dein Können belohnt." Sie lehnte ihren Kopf an Sophias Schulter. „Du hast das aber auch verdient."

Später erzählte Sophia Mama von ihrem künftigen Beruf. Leonore lächelte. „Ist Katharina nicht wunderbar?"

„Ja, das ist sie."

Kein weiteres Wort kam über Mamas Lippen, keines, das Sophias Kunst beschrieb. Sie schloss leise die Tür hinter sich. Heute würde sie sich die Freude nicht verderben lassen.

Während des Abendessens gab es zunächst nur das eine Gesprächsthema. Vati drückte Sophia die Hand. „Ich bin stolz auf dich, mein Mädel. Du wirst deine Sache gut machen, das weiß ich." Sie liebte Vati und gab ihm einen Kuss auf die Wange.

Dann wandte er sich an Katharina. „Ich finde es großherzig, dass du Sophia eingestellt hast."

Katharina zuckte mit den Schultern. „Da ist nichts großherzig daran. Sophias Entwürfe sind prima. Die Kollektion wird sich gut verkaufen."

Wie gut ihr Katharinas Worte taten. Alle freuten sich, nur Maria auf einmal nicht mehr. Sie zog einen Schmollmund. „Und was ist mit mir?"

Sophia schaute zu Vati. Vielleicht konnte er sie in seiner Baufirma beschäftigen?

Doch da redete bereits Katharina mit ihr und fand auch einen Einsatz für sie. „Du kannst es doch gut mit Zahlen. Edgar Schmidt braucht dringend Hilfe in der Buchhaltung. Du kennst ihn doch. Er ist ein Netter."

Marias Wangen färbten sich rot, dann schlug sie die Hände zusammen. „Oh wie schön! Dann habe ich jetzt auch einen Beruf. Und mit Herrn Schmidt werde ich schon gut auskommen."

Vati ließ sich von Rosa einen Sekt aus dem Keller holen und sie stießen gemeinsam auf die Zukunft an.

Später saß Sophia auf dem Bett in ihrem Zimmer. Sie freute sich auf den Beruf, auch weil sie in den Stunden nicht an die Partei denken würde. Aber wollte sie die Ablenkung überhaupt? War es richtig, sich mit Mode zu beschäftigen, während die Partei das Land in ihrer

Hand hielt und es knetete und formte wie es ihr beliebte?

Was aber war die Alternative zu ihrem Beruf? Zu Hause zu malen oder über den Widerstand nachzudenken? Das konnte sie auch im Kaufhaus.

Das Anklopfen Rosas riss sie aus ihren Überlegungen. „Gnädiges Fräulein, unten steht Fräulein Margarethe und möchte Sie dringend sprechen."

Sophia stand vom Bett auf. „Und warum kommt sie nicht herauf?"

Rosa zuckte mit den Schultern. „Verzeihen Sie bitte, aber sie wartet vor der Haustür auf Sie."

„Danke. Ich schaue gleich nach ihr."

Sophia stieg die Treppe hinab. Merkwürdig. Margarethe kam doch sonst immer herein, jetzt stand sie in der Haustür und winkte sie heran.

„Komm raus!", flüsterte sie, rief aber laut in die Diele: „Magst du noch ein wenig mit mir spazieren gehen?"

Nachdem Sophia die Tür hinter sich geschlossen hatte, führte Margarethe sie in den Garten. Der volle Mond schien vom Himmel und machte es ihnen leichter, den Weg zu finden.

„Was machen wir hier?", flüsterte Sophia.

Kurz vor dem Nussbaum blieben sie stehen. Margarethe beugte sich zu ihr. „Bitte erschrick nicht."

„Was?"

„Martin hat sich gemeldet."

„Warum bei dir?" Im gleichen Augenblick erschrak sie über ihre Frage. Wie peinlich! „Äh, ich meine, was gibt es?"

Margarethe stieß die Luft aus. „Ich weiß, dass du die Gruppe anführst, aber er hat mir über einen Bekannten ausrichten lassen, dass jemand dringend Hilfe braucht.“

„Ja und?“

Sie deutete zum Nussbaum. „Der Mann hier braucht Hilfe.“

Sophia ging um den Baum herum und erkannte zunächst nichts. Verflixt! Warum sah sie im Dunkeln so schlecht? Dann bewegte sich ein Schemen unter den Ästen. Der Mann hustete.

„Keine Angst“, flüsterte sie. „Ich tue Ihnen nichts.“

Margarethe trat zu ihr. „Er muss weg und zwar sofort! Die Partei jagt ihn.“

„Verstehe.“ Sophias Augen schienen sich nicht an die Dunkelheit zu gewöhnen. „Und was machen wir jetzt?“

Margarethe seufzte. „Das ist es ja. Er muss nach Heidingsfeld, darf aber nicht gesehen werden. Er trifft jemanden am Ende der Eisenbahnbrücke. Und zwar ...“ Sie schaute auf ihre Armbanduhr, drehte sich dazu zum Mondlicht. „... in weniger als einer Stunde.“

Wie um alles in der Welt las sie die Uhrzeit ab?

„Sophia? Hörst du mich?“

„Ja.“ Sie versuchte sich zu konzentrieren. „Ich überlege gerade, wie wir vorgehen sollen.“

Der Mann räusperte sich. „Ich kann es zu Fuß schaffen.“

Margarethe schnaubte. „Das ist viel zu riskant.“

Ob sie und der Mann vorgeben sollten, als Liebespaar auf dem Fahrrad durch die Stadt zu fahren? So wie sie es mit Michael getan hatte? Ach, das war blanker Unsinn, schließlich wurde der Mann gesucht. Blieben also die Kutsche oder das Automobil.

„Wir könnten ihn als Frau verkleiden", schlug Margarethe vor. „Er ist ja schlank und klein."

Wenn sie das sagte. Sophia erkannte nichts außer einem Schemen.

„Nein." In ihr formte sich ein Plan. „Das machen wir anders. Du gehst mit mir ins Haus." Sie wandte sich an den Mann. „Und Sie warten direkt hinter dem Haus."

Sie zog Margarethe in die Diele. „Rosa, wo ist Vati?"

„Entweder im kleinen Zimmer", rief sie aus der Küche, „oder bei der gnädigen Frau."

Vati schien ihr Rufen gehört zu haben. Er trat aus dem kleinen Zimmer in die Diele und begrüßte Margarethe.

Sophia räusperte sich. „Vati, Margarethe hat ein Problem."

Er schaute sie fragend an. Sophia hakte sich bei ihm unter. „Sie hat bei jemandem eine Antiquität für ihren Vater bestellt. Der hat ja demnächst Geburtstag."

„Ja und?"

„Du weißt schon. Die Frau will etwas heimlich verkaufen, weil sie halt Geld braucht. Und deswegen will sie sich heute Abend im Dunkeln mit Margarethe treffen. In einer guten halben Stunde."

„Oh, soll ich euch begleiten?"

„Das brauchst du nicht." Sophia lächelte ihn an. „Es wäre aber schön, wenn Armin uns fahren könnte und eben auf Margarethe achtete. Darf er?"

„Euch? Warum nicht Maria?"

Sophia zuckte mit den Schultern. „Sie ist nicht da."

„Aha. Ja, natürlich soll euch Armin fahren. Wo soll es denn hingehen?"

„Gar nicht weit. Nach Heidingsfeld."

„Ja, dann macht euch auf den Weg. Ich sag Armin Bescheid."

Armin fuhr den Wagen vor, stieg aus und öffnete für beide die Türen. Margarethe stieg ein, da wandte sich Sophia an ihn. „Bist du so lieb und lässt dir von Rosa oder Emmi noch meine blaue Handtasche geben?"
„Selbstverständlich, gnädiges Fräulein."
Kaum war er im Haus verschwunden, rannte sie zu dem Mann. „Schnell! Rein ins Auto und leg dich im Fond auf den Boden."
Sie schnappte sich eine Wolldecke von der Gartenbank und rannte zurück, stieg in den Wagen und warf die Decke über den Mann. Zum Glück war es dunkel! Armin kehrte mit der Tasche zurück, reichte sie ihr, dann fuhr er los.
Margarethe kramte in ihrer Tasche, holte ein Taschentuch heraus und tupfte sich die Stirn ab. Danach knüllte sie das Tuch zusammen, behielt es aber in der Hand. Ihr schienen die Nerven blank zu liegen, doch das durfte Armin nicht bemerken.
Sophia versuchte ihn abzulenken. „Armin, das ist so nett von dir, dass du Margarethe begleiten willst."
„Begleiten?" Er zögerte. „Ich verstehe nicht, gnädiges Fräulein."
„Ich werde es dir erklären. Erst mal fährst du uns bitte in die Sanderau."
Armin bremste auf dem Friederich-Ebert-Ring ab. „Ich dachte, die Herrschaften möchten nach Heidingsfeld."
„Nicht nötig. Bieg ruhig hier ab."
„Wie Sie wünschen."

„Genau. Du fährst uns bis zur Eisenbahnbrücke und dort hältst du bitte an."

„Sehr wohl."

Margarethe wischte sich in einem fort den Schweiß ab. Ging das weiter so, würde sie sie noch verraten. Am Brückenanfang hielt Armin an und drehte sich zu ihnen um.

„Danke, Armin." Sophia wandte sich an Margarethe. „Soll ich mit Armin zum Treffpunkt gehen?"

„Wie bitte?"

„Armin kann mich hinbringen. Dann treffen wir uns mit der Frau, kaufen das Stück und du wartest hier im Wagen auf uns."

„Das ist sehr nett von dir."

„Ja, dann machen wir es so." Sophia klopfte auf ihre Handtasche. „Ich habe das Geld eingesteckt." Sie stieg aus. „Armin, wir nehmen den Fußweg." Sie beugte sich noch einmal hinab und stieß den Mann an. Der hatte hoffentlich verstanden. Dann schlug sie die Tür zu.

Zusammen mit Armin ging sie den Fußweg an den Schienen entlang und dankte im Stillen für jede Laterne, die etwas Licht spendete. Der Wind pfiff kühl über die Brücke. Keiner begegnete ihnen. Was um alles in der Welt tat sie hier? Ihre Nackenhärchen stellten sich auf. Nur die Ruhe. Was sollte passieren? Armin war groß und breit wie ein Kleiderschrank. In seiner Begleitung brauchte sich keiner zu fürchten. Sie atmete tief ein und aus.

Aber Margarethe würde gleich alleine im Wagen sitzen. Sie sollten sich nicht ewig Zeit lassen, doch überhasten durfte sie das Ganze auch nicht, ohne aufzufallen.

Am Ende des Weges tat sie, als schaue sie sich um. „Hoffentlich kommt die Frau, sonst war der Weg umsonst.“

In wenigen Worten erzählte sie Armin die Geschichte mit der Antiquität. Der nickte, doch seine Mimik verriet nicht, ob er ihr glaubte oder nicht. Er kramte eine Packung Zigaretten heraus, zündete sich eine an und blies Rauchkringel in die Luft. Schön, dass sie die erkannte. Dann war es wohl doch nicht so schlimm um ihre Augen bestellt. Nach der zweiten Zigarette schlug er vor, das gnädige Fräulein Margarethe nicht länger im Wagen warten zu lassen.

Sophia tat, als gäbe sie zerknirscht auf. „Na gut.“ Sie zuckte mit den Schultern. „Da hat es sich die Gute wohl anders überlegt. Margarethe wird enttäuscht sein.“

Also traten sie den Rückweg an. In der Mitte der Brücke ging ein Mann mit gebeugtem Kopf an ihnen vorüber und murmelte einen Gruß. Armin schaute ihm nach, dann setzte er seinen Weg fort.

Als er ihr die Wagentür öffnete, starrte Sophia auf die Decke im Fußraum. Der Mann war verschwunden. Erleichtert atmete sie auf. Sie erklärte Margarethe, dass die Frau nicht erschienen war, versprach aber, mit ihr morgen in der Stadt etwas Passendes zu suchen.

Margarethe dankte ihr noch, dann atmete sie ruhig ein und aus. Nach wenigen Augenblicken kämpfte sie offenbar damit, ihre Augen offen zu halten. Sophia nahm ihre Hand und drückte sie, um sie am Einschlafen zu hindern.

Dann bat sie Armin, Margarethe heimzufahren, verabschiedete sich nach der Ankunft von ihr und erinnerte sie an den morgigen Tag. „Da kann ich aber nur um die Mittagszeit, weil ich ansonsten arbeite."

Margarethe strich sich über das Gesicht. „Wo denn?"

„Im Kaufhaus."

„Dann komme ich dort vorbei. Erzähl mir morgen davon."

Vati wartete im Morgenmantel in der Diele auf sie. Sie erzählte in wenigen Worten, dass die Fahrt umsonst gewesen war und ging dann auf ihr Zimmer. Dort stellte sie sich ans Fenster, zog die Vorhänge zu, betrachtete das Bild auf der Staffelei mit der Ruine, das schon so lange auf die Fortsetzung wartete. Sie setzte sich auf das Bett, erhob sich wieder. Unglaublich. Sie hatte jemandem zur Flucht verholfen! Ihm hoffentlich so das Leben gerettet. Und die Hilfe war so einfach gewesen. Würde jeder so handeln, hätten sie bald Ruhe vor der Partei. Warum nicht dazu aufrufen?

Nein, halt! Das wäre falsch. Riefe sie öffentlich dazu auf, dann würde die Partei davon erfahren und sofort einschreiten. Besser war es, so viele Menschen wie möglich aus dem Land zu schaffen, bevor es jemandem auffiel. Wenn die Partei dann eingreifen würde, könnte sie noch immer einen Aufruf starten.

Ein Flugblatt mochte sie dennoch herausbringen. Besser als zur Fluchthilfe aufzurufen war es, die Karikatur und den Text umzusetzen, den sie sich vorgenommen hatte. Sie zeichnete eine Straße, in der die Fahnen mit den Hakenkreuzen am Boden lagen und stattdessen Palmwedel aus den Fenstern hingen. Als Überschrift schrieb sie: *die Auferstehung.*

Im Text selbst betonte sie noch einmal die Umkehr von dem Gedankengut, andere anzuschwärzen und auszuliefern. Morgen würde sie den Text an Michael zum Vervielfältigen weitergeben.

Nun aber legte sie sich schlafen. Morgen wartete ein Beruf auf sie. In der Nacht betete sie seit langer Zeit zum ersten Mal wieder und dankte, dass die Hilfe gelungen war. Dann aber dauerte es, bis sie Schlaf fand.

Am Morgen breitete Sophia ihre Entwürfe auf dem riesigen Schreibtisch in ihrem Büro aus. Die Tür stand offen, Katharina unterschrieb Unterlagen. Maria arbeitete einige Zimmer weiter. Sophia hielt inne. Was sie hier tat, diente dem Lebensunterhalt der Familie, mehr auch nicht. Und doch war es nichts Schlechtes, Menschen anders einzukleiden als mit braunen Uniformen. Die trugen diejenigen, die anderen die Hand in den Nacken legten und den Kopf nach unten drückten.

Sie zeichnete und änderte ab, bis die Schneiderin Frau Endres mit Tochter und Nichte in Katharinas Büro trat. Frau Endres versprach, zusammen mit Sophia die Stoffe auszusuchen, alles zuzuschneiden und sich beim Nähen von ihrer Tochter und Nichte helfen zu lassen. Sie zeigte ihnen, welche Garne sich für die einzelnen Materialien eigneten und strahlte später über die künftige Zusammenarbeit.

Nachdem die drei das Büro verlassen hatten, rieb sich Katharina die Hände. „Deine Kollektion werde ich groß ankündigen, sobald du soweit bist."

„Lass mir noch etwas Zeit, bitte." Einfälle flossen nicht wie Flugblätter aus der Druckmaschine.

Katharina legte den Arm um ihre Schultern. „Nur die Ruhe. Sag, wenn du alles entworfen und zusammengestellt hast."

In der Mittagspause schauten sie bei Herrn Schmidt vorbei, doch weder er noch Maria waren da.

„Was nun?", fragte Sophia.

„Ja dann verbringen wir zu zweit die Pause. Gehen wir am Main spazieren?"

Sophia war einverstanden. Es war ein heißer Tag. Katharina störte die Wärme nicht, Sophia mochte es aber lieber kühler. Also setzten sie sich in den Schatten.

Katharina nestelte an ihrem Gürtel herum. „Ich muss dir was sagen."

Sophia drehte sich zu ihr.

„Es geht um Joseph Weiß." Katharina schaute ihr in die Augen. „Er hat wieder geheiratet."

„Was?"

Katharina nickte und senkte den Blick. Sofort umarmte Sophia sie. „Das tut mir wirklich leid."

Katharina ließ die Schultern hängen, den Blick zu Boden gerichtet. Alle Kraft schien aus ihr gewichen. Wie konnte das aber passieren? Bedeutete Joseph ihre Liebe nichts? Sie selbst kannte es, wie es sich anfühlte, getrennt vom Geliebten zu leben und sich nach ihm zu sehnen. Wie sehr schmerzte es da wohl, wenn er die Gefühle mit den Füßen trat? Katharina musste sich wie eine zurückgelassene Katze fühlen. Hinzu kam noch, dass sie sich seit Jahren im Kaufhaus aufrieb, nur um es Joseph zu erhalten. Wie herzlos und gemein von ihm!

Sophia hielt ihre Schwester fest. Wie könnte sie sie trösten? Alles was sie jetzt sagte, klänge falsch. Da fiel ihr ein, wie sie sich als kleine Mädchen getröstet hatten. Erst streichelte sie ihr übers Haar, dann über den Nacken, die Schultern, den Rücken.

Irgendwann lachte Katharina. „Damals war alles so einfach.“

„Das war es auch nicht, nur anders.“

„Stimmt. Gut, dass wir uns haben.“

„Eben. Wir brauchen keine Männer.“

Nach der Mittagspause kam Margarethe vorbei. Zum Glück war Katharina gerade drüben bei Sonja in einer Besprechung.

Sophia führte sie in ihr Büro und bot ihr Platz an. Margarethe aber blieb stehen und starrte auf die Entwürfe. „Du arbeitest ja wirklich.“

„Allerdings. Ich entwerfe eine eigene Kollektion.“ Sie lauschte dem Klang ihrer Worte. Die hörten sich gut an.

Margarethe nickte anerkennend. „Das finde ich großartig. Ich werde nur noch deine Sachen kaufen und tragen.“

„Ich nehme dich beim Wort.“

Dann drehte sie sich zu ihr. „Gestern, da war ich furchtbar aufgeregt. Danke, dass du mir so geholfen hast.“ Sie schluckte. „Ich musste den Mann am Bahnhof abholen, aber da ist Michael noch dabei gewesen und hat den Mann in den Wagen seiner Bäckerei gesetzt und ihn dann lenken lassen. Natürlich hatten wir trotzdem Angst.“

„Warum hat Michael ihn dann nicht weiterfahren lassen?“

„Weil er eben nur bis zur Bäckerei fahren sollte. Alles andere wäre zu auffällig gewesen. Martin hat klar angeordnet, ihn zu dir zu bringen."

Margarethe brach wieder der Schweiß aus. Sie kramte nach einem Taschentuch. „Ich werde mich schon an das Ganze gewöhnen, aber ich brauche wohl meine Zeit dazu." Sie fixierte Sophia. „Dir scheint das nichts auszumachen."

Sophia winkte ab. „Solange ich handeln muss, funktioniere ich. Die Angst überfällt mich hinterher." Sie lächelte. „Aber schau: Wir haben geholfen und es ging alles gut."

In dem Augenblick schneite Katharina herein und begrüßte Margarethe. „Und, was sagst du zu unserem Neuzugang?"

„Die Entwürfe sind himmlisch. Ich freue mich schon auf die Kleider."

Sie redeten noch über Marias Einstellung, dann verabschiedete sich Margarethe.

„Wir sehen uns übermorgen zum Spazierengehen", rief Sophia ihr nach.

Sophia fiel müde ins Bett. Ihre Einfälle waren nur so aus ihr herausgesprudelt. Jedenfalls tat es gut, mit Katharina und Maria einem Beruf nachzugehen. Sie grinste. Maria hatte sich in der Mittagspause zusammen mit Herrn Schmidt das ganze Kaufhaus angeschaut und schien danach verwirrter als zuvor. Sophia würde eine Abteilung nach der anderen besuchen. Schön langsam. Nur so konnte sie die Orientierung behalten.

Sie schloss die Augen, doch der Schlaf schien sich zurückzuziehen. Vor ihrem inneren Auge tauchte der Mann auf, dem sie geholfen hatten. Hoffentlich war ihm die Flucht gelungen. Sie schnaubte. Nun wünschte sie sich schon, dass es Menschen gelang, das Land zu verlassen. Dabei war es auch deren Land, nur stellten manche der Einwohner eben eine Gefahr für sie dar. Das alles war der reinste Irrsinn. Und doch würde sie Menschen in Not stets die Hand reichen.

6

Würzburg, 1937

Das Fenster in Katharinas Büro stand weit offen und ließ die Kühle des Morgens herein. Sophia beneidete sie darum. Anders als in Katharinas Büro gelang es ihr nicht, ihres abzukühlen. Es war fensterlos und die eingeschaltete Lampe an der Decke schien den Raum zusätzlich aufzuheizen. Die Hitze des Sommers staute sich hier und dabei war es erst Ende Juni. Sophia stöhnte. Schweiß stand ihr auf der Stirn, den sie regelmäßig abtupfte. Es fehlte nur noch, dass er ihr auf ihre Entwürfe für die Winterkollektion tropfte und diese verschmierte.

Heute vermochte sie sich kaum auf ihre Arbeit zu konzentrieren. Also ließ sie den Stift fallen, ging in Katharinas Büro und stellte sich ans Fenster. Wie gut die kühle Luft tat.

Auf der Straße unten herrschte ein Treiben wie an den Tagen vor Weihnachten. Passanten schoben sich durch Trauben von Menschen, die von überall in die Stadt gekommen waren, nur um den bevorstehenden Besuch des Führers mitzuerleben und ihn gebührend zu feiern, wie ihn letztes Jahr Österreich gefeiert hatte. Den Einzug des Teufels persönlich. Dementsprechend sah es in Würzburg aus. Mit den üblichen Fahnen hatten die Parteimitglieder und deren Anhänger nicht gespart. Die Stadt schaute herausgeputzt aus wie ein vollbeladener Weihnachtsbaum, einer, der zu ersticken drohte. Zudem schossen die Büsten des Führers, diese Schandmäler, überall aus dem Boden wie lästiges Unkraut, das sich ausbreitete. Sophia grinste. Einer Büste hatte sie im letzten Februar eine Narrenkappe aufgesetzt. Leider war sie am nächsten Morgen verschwunden, doch Sophia hatte gehofft, dass die möglichst viele Menschen bemerkt hatten.

Im März und Dezember letzten Jahres hatten sie einer Frau und einem Ehepaar zur Flucht verholfen. Michael hatte die Frau in einem Mehlsack auf seinem Wagen bis aufs Land hinausgefahren. Die Flucht des Paares war schwieriger verlaufen. Dafür hatte sich Sophia von Karls Pfadfindergruppe ein Boot geliehen. Michaels Cousin hatte es bis Randersacker gerudert, wo Sophia zusammen mit Hilda in einer Kutsche gewartet hatte. Von dort waren sie aufs Land gefahren, hatten das Paar bei einem Mittelsmann gelassen und danach Hildas Verwandte besucht. Hilda war die gesamte Fahrt über die Ruhe selbst gewesen, dafür liebte Sophia sie umso mehr.

Doch bei allen Aktionen hatte Martin Margarethe und nicht sie verständigt. Die Pläne zur Flucht ließ er aber Sophia ausarbeiten. Warum hatte er ihr nie mehr geschrieben?

Von ihm wusste auch Margarethe, dass Sophias Einfall, die Flugblätter mit Belanglosigkeiten zu tarnen, in

München übernommen worden war. Auch dort verfuhr die katholische Gruppe nach dieser Methode. Und dennoch meldete sich Martin nicht einmal bei ihr.

Katharina kam durch die Tür. „Ich denke, heute sollten wir in der Mittagspause im Kaufhaus bleiben. Draußen ist die Hölle los.“

„Kein Wunder, wenn der Teufel persönlich erscheint.“

Katharina lachte. „Bestimmt wird er wieder im *Würzburger Hof* wohnen.“

„Und sich davor im offenen Wagen durch die Straßen fahren lassen. Nur schade, dass ihn keiner mit faulen Eiern bewerfen wird.“

Katharina grinste. „Bei der Knappheit unserer Lebensmittel wird ja kein Ei faul.“

Sie lachten, doch im Grunde war es nicht lustig, sondern grauenvoll. In jedem Fall würde keine aus der Familie diesem Zug beiwohnen. Schon aus Furcht, Vati dort zu sehen.

Katharina deutete mit dem Kinn zu Sophias Büro. „Wenn es dir da drinnen zu heiß ist, kannst du gerne unten in der Schneiderei arbeiten.“

Sophia lachte. „Entweder im fensterlosen Raum oder im Keller wie eine Assel.“ Sie winkte ab. „Nein, ich bleibe hier. Den Platz unten brauchen die Näherinnen.“

Mittlerweile hatten sie noch eine ältere Frau eingestellt, weil sich Sophias Kollektion großartig verkaufte. Noch immer war es für sie ein Gefühl, als teilten die Menschen ihre Einfälle, wenn sie Frauen und Männer in ihrer entworfenen Mode sah. Sie fühlten sich in Sachen wohl, die sie sich ausgedacht hatte. Ein befriedigendes Gefühl, aber auch eines, das sie empfand, als hätten andere ihr die Gedanken aus dem Kopf gesaugt.

Sophia wandte sich ihren Entwürfen zu, ahnte aber, dass heute kaum etwas dabei herauskäme. Mal dachte sie an die Fahrt des Führers, mal an die Aktionen, die gewiss nicht reichten, um allen zu helfen. Und dennoch hatten viele die Stadt verlassen, obwohl ihre Gruppe nicht die Finger im Spiel hatte. Ob Martin noch mehr von ihnen aus der Ferne beauftragte?

Sie aßen ohne Vati zu Abend. Vermutlich feierte er irgendwo den Besuch des Führers zusammen mit dem Gau- und Kreisleiter. Sophia verging der Appetit. Sie legte das Besteck auf den Teller. Was für ein sinnloser, unproduktiver Tag. Zudem hatte sie sich soweit wie möglich von den Straßen ferngehalten.

Jetzt aber könnte sie noch spazieren gehen.

„Mag eine von euch mit mir eine Runde um das Viertel drehen?"

Maria schüttelte den Kopf. „Nein, danke. Da wimmelt es bestimmt vor lauter Uniformierten."

„Die würden dich bestimmt gerne zu Gesicht bekommen." Sie grinste.

Maria hob das Kinn. „Ich sie aber nicht."

Wie selbstverständlich es für Maria war, dass sie jedem Mann gefiel. Hätte Sophia nur ein wenig von ihrem Selbstbewusstsein abbekommen.

Sie schaute zu Katharina, die herzhaft gähnte. „Ich werde heute früh ins Bett gehen, es sei denn, du magst nicht alleine gehen, dann begleite ich dich."

Sophia stand auf. „Nein, lass nur. Leg dich hin."

Endlich hatte sich es etwas abgekühlt. Sie drehte keine Runde um das Viertel, vielmehr ging sie die Ludendorffstraße hinab und dann den Rennweg bis zum Hoftor der Residenz. Wie erwartet schwärmten dort Soldaten um das Schloss wie Bienen um die Wabe. Was tat sie hier? Eigentlich wollte sie denen nicht begegnen und schon gar nicht den Vorplatz sehen, auf dem gewiss eine Parade für den Teufel stattgefunden hatte, auf dem Platz, auf dem sie einst Bücher verbrannt hatten. Gerade als sie umkehrte, rief jemand ihren Namen. Es war Margarethe, die zusammen mit Sina herankam.

„Wir wollten gerade zu dir", stieß Margarethe atemlos hervor.

Sina tupfte sich die Augen. „Sie haben wieder meinen Bruder festgenommen und verhört."

Es kochte gerade in Sophia hoch. Sie schaute zur Residenz, dem Prunkschloss, in dem der Teufel gefeiert wurde, während seine Helfer andere Menschen quälten. Irgendwann würde sich alles umkehren, dann würde er ernten, was er gesät hatte.

Sie nahm Sina an der Hand. „Komm! Erzähl mir zu Hause alles."

Sina schüttelte den Kopf. „Dein Vater ..."

„Er ist nicht da. Du brauchst vor ihm auch keine Angst zu haben."

Sina riss die Augen auf. „Er ist ein Nazi."

Sophia zuckte zusammen wie nach einer Ohrfeige. Zum ersten Mal hatte jemand Vati als Nazi bezeichnet. Sie wollte schon widersprechen oder wenigstens etwas abmildern, aber was sollte sie sagen? Er war es ja. Sie senkte den Kopf.

„Kommt trotzdem mit. Bei mir können wir reden."

Sie gingen die Treppe zu ihrem Zimmer hoch, Sina zögerlich. Sophia öffnete gerade die Tür, als Maria aus ihrem Zimmer trat.

Sie begrüßte alle freudig. „Ach wie schön, dass ihr uns besuchen kommt. Wollen wir ..."

„Es geht um etwas Politisches", murmelte Sophia.

„Damit will ich nichts zu tun haben." Maria rollte die Augen. Dann trat sie nahe an Sophia heran und flüsterte in ihr Ohr: „Papa ist inzwischen nach Hause gekommen."

„Wie das? Ich war doch draußen", sagte Sophia laut.

„Armin hat ihn gefahren."

Wenn Vati mit dem Wagen unterwegs gewesen war, dann hatte er heute die Stadt verlassen. Wie war das möglich? An so einem für die Partei wichtigen Tag?

„Sophia?", fragte Margarethe. „Alles in Ordnung?"

Dazu würde sie Vati später befragen. Sie nickte. „Ja, kommt rein ..."

Maria drehte sich auf dem Absatz rum und verschwand in ihrem Zimmer.

Nachdem sie Platz genommen hatten, erzählte Sina, dass die Polizei ihren Bruder heute Nacht abgeführt hatte. Angeblich hätte er auf der Arbeit unentschuldigt gefehlt. „Aber er ist krank und hat ein Attest abgegeben."

Margarethe räusperte sich. „Er arbeitet als Fahrer für die Reinigung *Kreideweiß* und leidet gerade an einer Bronchitis."

Sophia ging zu Sina und nahm ihre Hand. „Morgen früh werde ich zu seinem Arzt gehen. Wie heißt er?"

„Doktor Schöne."

Margarethe stand auf. „Wollen wir nicht lieber die Leute von der Reinigung nach dem Attest fragen?"

Sophia schüttelte den Kopf. „Nein. Die wurden bestimmt von der Partei gezwungen, es verschwinden zu lassen."

Sina schaute auf. „Aber warum?"

„Damit die Polizei einen Grund hat, ihn festzunehmen. Aber den werden wir zunichtemachen."

Sina stand vom Bett auf und umarmte sie. „Ich danke dir. Hoffentlich geht morgen alles gut, nicht dass du Ärger bekommst."

„Keine Sorge, das werde ich nicht."

Margarethe gab Sophia einen Kuss. „Ich gehe morgen gerne mit."

„Gut, dann treffen wir uns gleich um acht vor der Praxis."

Sina nannte ihnen die Adresse, dann brachte Sophia die beiden zur Haustür. Sie schaute ihnen nach, wie sie untergehakt die Straße hinabgingen, die tapfere Margarethe und die Sängerin Sina, die keinem Menschen etwas zuleide tat. Dennoch wählte die Partei ihre Familie aus, um sie zu schikanieren und das mit konstruierten Tricks, weil sie sonst nichts an ihnen fand, außer dass es Sinti waren.

Es loderte in Sophia, aber das war gut so. Sie ging zum kleinen Zimmer. Vati würde die Wut jetzt abbekommen. Ohne anzuklopfen, riss sie die Tür auf. Und wirklich, er saß da, mit einem Glas Cognac in der Hand, in sich zusammengesunken, als wäre er um zehn Jahre gealtert. Aus müden Augen schaute er sie an. „Liebes, setz dich zu mir."

Er stand auf und rückte ihr den anderen Stuhl zurecht. Wie sollte sie ihm jetzt den Zorn entgegenschreien?

Er goss ihr etwas Cognac ein, stellte das Glas vor ihr ab und setzte sich. „Ein grauenvoller Tag war das. Bei dir wohl auch."

Sie nahm einen Schluck. Die Flüssigkeit brannte sich die Kehle hinab bis in den Magen. Gut so! Das entfachte wieder die Wut. „Für dich war es doch eher ein Feiertag."

Er schnaubte. „Ich habe vom Besuch des Führers nichts mitbekommen."

„Wie schade für dich."

Er zog die Mundwinkel nach unten. „Ich war auf der Beerdigung meines besten Freundes aus Kindertagen."

„Warum weiß ich nichts davon?"

Er zuckte mit den Schultern. „Ich habe erst am Morgen davon erfahren und bin gleich losgefahren."

Sie hatte ganz vergessen, dass das Leben außerhalb der Machenschaften der Partei weiterging, in seinem Auf und Ab. „War dein Freund krank?"

Vati schüttelte den Kopf.

Wenn er nicht reden wollte, dann schilderte sie ihm halt ihren Abend. Als sie von Sinas Unglück erzählt hatte, schaute sie ihm in die Augen. „Ich werde morgen zu Doktor Schöne gehen."

„Ich gehe mit."

„Was?"

„Lass mich mit dem Arzt reden. Immerhin hat der Arzt Schweigepflicht. Aber vielleicht lässt er sich zum Helfen überreden."

„Danke, aber ..."

„Mein verstorbener Freund gehörte den Sinti an."

Am Morgen bat Vati Sophia und Margarethe darum, draußen vor der Praxis von Doktor Schöne zu warten. „Wir können ja schlecht zu dritt da aufkreuzen."

Es dauerte nicht lange, da kehrte er mit einem Umschlag in der Hand zurück, den er Margarethe reichte.

„Danke." Margarethe lächelte. „Ist es das Attest?"

Vati nickte. Sophia umarmte ihn. „Vielen Dank. Das hast du prima gemacht. Wie wäre es, wenn du das der Polizei gibst? Dann lassen sie Sinas Bruder hoffentlich wieder frei."

Vati strich sich übers Haar, dann nickte er. „In Ordnung. Ich kümmere mich darum." Er schaute an sich herunter. „Ich steige dafür besser in die Uniform."

Er hatte *die* Uniform und nicht *seine* gesagt.

Margarethe wollte gleich zu Sina, Sophia machte sich auf den Weg zum Kaufhaus. Hatte Vati nur deshalb geholfen, weil sein verstorbener Freund auch zu den Sinti gehört hatte? Überhaupt wirkte er weich und verletzlich in der letzten Zeit. War es wegen Mamas Krankheit oder erkannte er endlich den grausamen Weg der Partei?

Als sie Katharinas Büro betrat, winkte diese mit einem Schreiben in der Hand. „Hier habe ich es schwarz auf weiß. Wir sind wieder vom Reichsarbeitsdienst befreit."

Sophia schnaubte. „Die können lange darauf warten, bis eine von uns Kartoffelkäfer einsammelt. Wenn doch, dann hätte ich sie in Carstens Büro wieder freigelassen."

Katharina lachte. „Mistkäfer hat er ja genug um sich herum.“

„Das ist ein guter Einfall.“

Katharina schaute sie verwundert an. „Was meinst du?“

„Nichts. Mistkäfer finde ich witzig.“

Da hatte ihr Katharina ungewollt ein prima Bild für die nächste Karikatur geliefert. In ihrem Büro notierte sie sich den Einfall gleich in ihr Büchlein. Sie sah den Mistkäfer mit Carstens Gesichtszügen bereits vor sich und grinste. Das künftige Flugblatt würde er wieder nicht veröffentlichen können, ohne zum Gespött des Gaus zu werden.

In der Mittagspause gingen sie zu dritt am Main spazieren. Heute suchten sie die Sonne, denn am Fluss wehte ein kühler Wind. Maria wirkte niedergeschlagen, gleichzeitig nervös. Sie spielte an ihrer Kette um den Hals, einer Bernsteinkette, einem Stein, den sie sonst ablehnte. Sollte sie Maria darauf ansprechen?

Sophia schaute zu Katharina. Die schien Marias Stimmung nicht zu bemerken, vielmehr strahlte sie, als habe sie ein Geschenk bekommen. „Ich werde morgen nach Frankfurt fahren.“

Maria trat ans Ufer und schaute auf den Fluss. Da sie nichts sagte, fragte Sophia nach.

„Um einen Lieferanten zu treffen?“

Katharina schüttelte den Kopf. „Nein. Ich werde Herrn Schmidt begleiten. Er trifft sich mit einer Cousine auf einer Veranstaltung. Armin fährt uns.“

Maria stand noch immer wie festgefroren da. Sophia drehte sich zu Katharina um. „Was hast du denn mit der Verwandtschaft von Herrn Schmidt zu tun?"

Katharina zuckte mit den Schultern. „Nichts. Es ist so: Herr Schmidt hat mich ja neulich auf das Mozartfest begleitet und da habe ich versprochen, ihn dafür nach Frankfurt zu bringen."

„Aha."

„Jedenfalls wirst du mich morgen vertreten."

„Ich? Aber ..."

Katharina stoppte sie. „Sonja wird das meiste erledigen, aber es kommt einer der Lieferanten. Der will mir eine Kollektion zeigen und die wirst du auswählen. Wer sollte das besser können?"

Was? Sie durfte die Wintermode aussuchen? Unglaublich!

Sie hätte sich noch mehr gefreut, wenn Maria nicht so bedrückt gewirkt hätte. Gerade wollte sie sie fragen, warum sie so traurig war, da wandte sich Katharina an sie.

„Maria, du wirst doch morgen alles ohne Herrn Schmidt geregelt bekommen?"

Maria drehte sich um und schenkte ihnen ein Lächeln, das die Augen nicht erreichte. „Natürlich."

Daraufhin schlug sie den Rückweg ein, Katharina und Sophia folgten.

Im Kaufhaus ließ Sophia Katharina vorangehen und hielt Maria zurück. „Was ist passiert?"

Maria senkte den Blick. „Wir leben in einer Zeit, in der es ungerecht zugeht. Und auch ich kann dem nicht entkommen."

Dann wandte sie sich ab und stieg die Treppe hoch. Sophia folgte langsam. Was waren das für Worte aus dem Mund Marias? Von ihr hatte sie stets Frohes gehört, schließlich hielt sie sich aus allem Unangenehmen heraus. Und nun sprach sie davon, dass sie etwas Ungerechtes erfahren hatte. Aber auch das war typisch für Maria: Bevor sie erzählte, was ihr Schlechtes widerfahren war, redete sie gerne in Rätseln, lieber drum herum, sonst könnte es – ausgesprochen – sie ja ärgern oder am Ende gar wehtun.

Sophia stieg die Treppe hinab, kaufte in der Abteilung für Süßigkeiten eine Schachtel Pralinen, ging zu Maria und drückte sie ihr in die Hand. „Zum Trost."

Maria umarmte sie zum Dank. „Du bist so lieb."

Sophia ließ sich Zeit mit der Auswahl der Kollektion. Der Lieferant ihr gegenüber schien innerlich zu seufzen, doch das war ihr gleich. Schließlich stellte sie zum ersten Mal die Wintersachen zusammen und da musste er halt Geduld mitbringen. Als sie alle Bestellungen notiert hatte, sprang er augenscheinlich erleichtert auf, schüttelte ihr die Hand und floh beinahe aus dem Büro. Sie grinste. Das nächste Mal würde er mehr Zeit mitbringen.

Sie ging in ihr Büro. Ihr Blick fiel auf ihre Mappe. Die Karikaturen warteten auf ihren Text. Gleich am Abend würde sie den tippen.

Also arbeitete sie an ihren Entwürfen, bis Sonja sich verabschiedet hatte. Gerade wollte sie sich in deren Büro stehlen, da kam Maria herein. „Bist du fertig?"

„Leider noch nicht. Ich will mir noch einiges aufschreiben. Magst du schon vorgehen?"

Maria nickte. „Bist du auch nicht böse, wenn ich nicht auf dich warte? Ich bin noch mit Margarethe verabredet."

Maria ließ noch immer die Schultern hängen, hielt den Kopf gesenkt und nuschelte ihre Worte, als wollte sie nicht verstanden werden.

„Nein, ich bin nicht böse, aber dir geht es doch nicht gut. Was ist denn los?"

Maria winkte ab. „Ach, nichts weiter. Erzähle ich dir ein anderes Mal." Sie verließ das Büro.

Sophia seufzte. Warum redete sie nicht mit ihr? Zugegeben, im Trösten zählte sie nicht zu den Besten, aber wenigstens hätte sich Maria den Kummer von der Seele reden können und das half meistens schon etwas. Vielleicht würde sie sie noch dazu bringen.

Sie schlug ihre Mappe auf und fischte ein Blatt Papier heraus. Der Mistkäfer war prima geworden und seine Züge erinnerten stark an Carsten. Zudem ließ sie den Käfer Kugeln vor sich her rollen. Sie grinste. Mit der Zeichnung schlich sie in Sonjas Büro und setzte sich an deren Schreibmaschine. Sie tippte einen Text, in dem sie darauf hinwies, wie die Partei mit den Sinti umsprang.

Der Text unterstrich gut die Zeichnung. Für die Vorderseite des Blattes sollte Michael die passenden Lieder aussuchen, vielleicht fiel ihm auch ein Hirtenbrief dazu ein. Sophia schnaubte. Da bejubelten die Zuschauer im Stadttheater die Operette *Der Zigeunerbaron* und gleichzeitig gängelten und verhafteten sie ihre Nachbarn, nur weil sie Sinti waren.

Sophia sperrte die Hintertür des Kaufhauses ab, obwohl der Hausmeister noch einmal alle Türen überprüfen würde, dann ging sie die Kaiserstraße entlang bis zum Barbarossaplatz und von dort in die Theaterstraße. Überall flatterten die Fahnen an den Häusern. Offenbar traute sich keiner, sie zu entfernen, so er es denn überhaupt wollte.

Es war ein warmer Sommerabend. In den Straßen wimmelte es von Passanten, obwohl die Läden schon geschlossen hatten. An solchen Tagen erzählte Hilda gerne, dass auf dem Land die Menschen abends ihre Stühle vor das Haus trugen und sich dort mit Nachbarn zum Reden zusammensetzten. Hier in der Stadt mussten sie dafür in eine Kneipe gehen oder sich eben gegenseitig besuchen.

Sophia würde heute Abend bei Brigitte vorbeigehen und ihr den Entwurf für das Flugblatt dalassen, aber auch ein wenig mit ihr reden. Das Wollgeschäft war so etwas wie die Zentrale ihrer kleinen Gruppe geworden. Nach wie vor führte Sophia alle an, aber bei Brigitte sammelten sich die Informationen und die Entwürfe.

Als sie in die Hofstraße bog, lag die wie ausgestorben da. Warum nur? Am liebsten wäre sie zum Wollgeschäft gerannt, doch das wäre zu auffällig, also schlenderte sie hin. Dort stand das Tor weit offen, was sonst nie vorkam. Merkwürdig.

Sie trat in den Hof. Alles war still, doch die Tür auf der Rückseite war nur angelehnt. Sophia ging hin und schob sie etwas weiter auf. Da vernahm sie Stimmen. Das konnte aber keiner aus der Gruppe sein, denn dann hätte Brigitte alle Türen geschlossen. Wer dann? Für wen ließ sie wohl alles offen stehen? War das etwa die

Polizei? Kam man ihnen auf die Schliche? Wenn dem so war, dann musste sie Brigitte helfen. Was sollte sie tun? Sie griff in ihre Tasche, in der sie die Magazine für Mama dabei hatte. Die zog sie heraus und trat mit ihnen in der Hand ins Haus. „Brigitte? Bist du da? Ich hab was für dich."

Ein Uniformierter kam ihr entgegen. Er grinste und machte eine einladende Handbewegung wie ein Zirkusdirektor. „Nur hereinspaziert. Die Freundinnen der Ladenbesitzerin interessieren uns auch."

Neben dem zweiten Uniformierten lehnte Brigitte an ihrem Tisch. Sie schüttelte leicht den Kopf.

Sophia reichte ihr die Magazine. „Hier. Die neusten Ausgaben." Natürlich klang das in der Situation zu harmlos. Aber was sollte sie sonst für einen Grund ihres Besuches vorschieben?

Der zweite Uniformierte räusperte sich. Er war klein und dünn wie ein Artist in dieser Zirkusvorstellung.

„Wie kommt es zu der Freundschaft zwischen Ihnen? Frau Köhler könnte glatt Ihre Mutter sein, Fräulein ..."

„Wagner. Ich bin die Tochter von Heinrich Wagner."

Die Uniformierten standen mit einem Mal gerade. Offenbar war sie hier die Dompteuse. Sie grinste innerlich, dann fuhr sie fort. „Frau Köhler und ich kennen uns, weil wir beide Geschäfte besitzen. Das Kaufhaus KAWA gehört meiner Schwester Katharina."

Brigitte schien die Ruhe selbst. Sie stemmte die Hände in die Hüften und wandte sich an den Zirkusdirektor. „Sonst noch Fragen?"

Der drehte sich zu Sophia. „Nein, aber wir werden jetzt die Räume durchsuchen."

Noch bevor sie nachdachte, rutschte es Sophia heraus. „Warum?"

„Das wüsste ich auch gerne", sagte Brigitte.

Der Artist trat auf den Küchenschrank zu und öffnete die Türen. „Wir haben Hinweise erhalten, dass es hier nicht mit rechten Dingen zugeht."

Da fuhr der Direktor ihn an. „Hat dir irgendwer erlaubt, Internes weiterzugeben?" Dann wandte er sich an Brigitte. „Wir durchsuchen hier alles, weil wir den Befehl dazu erhalten haben."

Brigitte lachte. „Sie werden eine Menge Wolle finden."

Wie konnte sie so gelassen bleiben? Im Keller stand die Druckmaschine. Sämtliche Flugblätter vernichtete Brigitte jedes Mal. Hoffentlich hatte sie das zuverlässig gemacht. Trotzdem! Die Maschine blieb.

Sophia fasste nach Brigittes Hand, die drückte ihre.

Das schien der Direktor zu bemerken. „Wollen Sie nicht nach Hause, Fräulein Wagner?"

„Nein. Oder ist es verboten, eine Freundin zu besuchen?"

Er grinste. „Das nicht. Aber Sie haben merkwürdige Freundschaften für eine Wagner."

„Tatsächlich? Warum? Weil sie kein Mitglied der Partei ist?"

Der Direktor schüttelte den Kopf und forderte sie beide auf, ihm ins Schlafzimmer zu folgen. „Wenn Sie uns auch hier Gesellschaft leisten würden, meine Damen."

Brigittes Haus war klein. Außer der Wohnküche und dem Schlafzimmer gab es nur noch einen kleinen

Raum, in dem sich das Badezimmer befand. Damit waren die Uniformierten rasch durch und fanden natürlich nichts Verdächtiges. Dann nahmen sie sich den Laden vor. Sophia war sich dessen bewusst, dass sie auch hier nichts Auffälliges entdecken würden. Und so war es auch.

Aber der Keller! Ihr Magen krampfte, sie begann zu zittern und lehnte sich an eine Wand im Laden. Ein- und Ausatmen! Das Schlottern ließ nach. Aber jetzt wurde es in ihrem Hals eng. Hoffentlich fragten die beiden sie nichts.

Der Direktor schaute sich noch einmal im Laden um. Wolle, Rollen mit Bändern, Fäden und Handwerkzeug türmten sich in Regalen, auf Tischen und Stühlen. Ein Farbenmeer wie auf der Palette eines Malers. Wie gerne wäre sie jetzt daheim und müsste nicht um ihre Freundin und sich oder um ihre Familie fürchten. Doch genau deren Leben hatte sie aufs Spiel gesetzt, um gegen das Unrecht zu kämpfen. Sie ballte die Fäuste, löste sie wieder. Gelassen bleiben!

Der Artist wandte sich an Brigitte. „Schön, schön. Und wo geht es in den Keller?"

Brigitte deutete zu einer Treppe zwischen zwei Regalen. „Da."

Die hatten sie aber nie genommen, wenn sie zu ihren Treffen zusammenkamen. Da waren sie jedes Mal von der Diele aus hinabgestiegen. Aber auf die Treppe hatte sie vorhin beim Hereinkommen nicht geachtet. Ob die Uniformierten sie nicht gesehen hatten? Vielleicht doch und sie würden noch dorthin wollen.

Brigitte folgte den beiden in den Keller, Sophia gab sich einen Ruck. Hier zu warten, nutzte auch keinem was.

Die Uniformierten wühlten in Regalen und Körben, die mit Wolle überladen waren. An der Wand stand ein altes Spinnrad neben einer Webmaschine, genau am Platz der Druckmaschine. Oder war es nicht so? Zwar glich der Raum dem anderen wie ein Zwilling, aber der hier hatte ein Kellerfenster.

„Genug in den Knäueln gewühlt?", fragte Brigitte.

Woher nahm sie die Lässigkeit nur?

Der Artist schnellte zu ihr herum. „Wann wir fertig sind, bestimmen nicht Sie."

Brigitte zuckte mit den Schultern, dann trat der Direktor nahe an sie heran und schien ihr in die Augen zu starren. „Gibt es hier noch mehr Räumlichkeiten?"

Brigitte schob die Unterlippe vor. „Keine. Außer dem alten Lokus auf dem Hof."

Der Direktor legte dem Artisten die Hand auf den Arm. „Schau dir den an."

Der zögerte kurz, setzte sich aber dann in Bewegung. Sophia ging auch nach oben, die anderen folgten. In der Wohnküche schaute sich der Direktor noch einmal um, schlenderte in die Diele und dort erkannte Sophia es. Vor dem Eingang zum Keller stand ein Kleiderschrank. Sie drehte den Kopf rasch zur Seite und schaute zum Direktor.

Er hatte ihren Blick wohl nicht bemerkt. „Frau Köhler, ab jetzt werden wir Sie im Auge behalten, das ist Ihnen hoffentlich klar. Sobald wir einen Hinweis erhalten ..."

„Wer hat mich angeschwärzt? Einer von den Neidhammeln gegenüber? Die wollen die ganze Zeit schon ihre Bäckerei vergrößern und hätten dafür gerne meine Ladenfläche. Ist es so?"

„Das tut alles nichts zur Sache. Wir gehen jedem Hinweis nach, der auf irgendwelche Machenschaften gegen die Regierung deutet."

„Tun Sie das. Ich habe nichts zu verbergen."

„Dann ist es gut."

Derweil stieß der Artist dazu, etwas blass um die Nase. Die beiden zogen ab.

Sophia war nassgeschwitzt und zitterte von Neuem. Es schüttelte sie so, dass ihre Zähne aufeinanderschlugen. Hoffentlich ließ das nach, bis Brigitte zurückkam. Die schloss gerade ihr Hoftor und schaute dann nach der Tür des alten Klohäuschens.

Als sie zurückkam, klapperte Sophia noch immer. Sie konnte nicht einmal etwas sagen, so sehr schlugen die Zähne aufeinander. Brigitte packte sie am Arm, zog sie in die Küche und drückte sie auf einen Stuhl. Dann kochte sie ihr einen Tee, der nach irgendwelchen Kräutern duftete.

„Melisse", klärte Brigitte sie auf. „Der wird dich beruhigen."

Sophia trank einen Schluck und verbrannte sich. Sie sog Luft ein, stellte die Tasse wieder hin, fasste aber abwechselnd mal mit der linken, mal der rechten Hand an die Tasse, um sie zu wärmen. Nachdem Brigitte ihr auch noch eine Wolldecke umgelegt hatte, ließ das Zittern nach. Zum Glück!

„Na also", stellte Brigitte fest. „Jetzt geht's wieder."

Sophia senkte den Blick. „Wie peinlich."

„Nein, ist es nicht. Du wusstest das mit den zwei Kellerräumen halt nicht."

Das stimmte. Trotzdem!

Brigitte schenkte sich auch einen Tee ein und setzte sich ihr gegenüber. „Jedenfalls müssen wir unseren Treffpunkt woanders einrichten und die Maschine muss auch weg. Fragt sich nur, wie wir die fortschaffen sollen."

„Stimmt. Wenn die dein Haus ab sofort beobachten, dann ist ein Treffen hier zu riskant. Aber wo sollen wir hin?"

„In Martins Werkstatt. Margarethe hat dafür ja einen Schlüssel."

So eng war sie also mit Martin. Kein Wunder, dass er ihr die Aufgaben mitteilte. Warum hatte sie ihr nie etwas davon gesagt?

Brigitte grinste. „Man munkelt, Martin sei der Halbbruder von Margarethe. Ich weiß aber nicht, ob das stimmt. Jedenfalls kennen sich die beiden von klein auf."

Sophia schaute zur Decke. Der Halbbruder? Nie und nimmer! Margarethe lebte im Wohlstand, Martin war Handwerker. Das war Unsinn. Sie schaute wieder zu Brigitte. „Beobachten die Martins Haus nicht?"

Brigitte wiegte den Kopf hin und her. „Ich weiß nicht. Aber er ist ja schon Ewigkeiten weg, also werden die aufgegeben haben, wenn sie jemals davor Posten bezogen haben. Oder was denkst du?"

Ja, was dachte sie? Brigitte hatte recht mit ihrer Vermutung. Was aber, wenn ein Nachbar ein Auge auf das Haus haben sollte? „Ich muss mir da Gedanken zu machen. Vielleicht können wir ja in Michaels Bäckerei."

Brigitte fixierte sie. Sophia hoffte, dass sie nicht das Kaufhaus vorschlug, denn da gingen einfach zu viele ein und aus.

Das tat Brigitte glücklicherweise nicht. „Bleibt die Maschine. Wie bekommen wir die ungesehen aus dem Laden?“

Sophia kaute auf ihrer Unterlippe. Am besten ähnlich wie die Flüchtlinge aus der Stadt. Aber auch das musste durchdacht werden. „Mir wird auch da etwas einfallen. Wir dürfen uns nur nicht zu viel Zeit mit einem Plan lassen.“

„Allerdings nicht.“

Sophia trank den Tee und kämpfte danach mit der Müdigkeit. Deswegen stand sie auf und verabschiedete sich.

Brigitte brachte sie zur Tür. „Warum bist du eigentlich gekommen?“

Sophia griff in ihre Tasche und reichte ihr das Flugblatt. „Deswegen.“

Brigitte schlug sich die Hand vor den Mund. „Himmel! Das hattest du die ganze Zeit bei dir!“

„Und es vor lauter Schreck wieder vergessen.“

Brigitte schüttelte den Kopf, dann grinste sie aber. „Es ist gut geworden.“ Sie gab es zurück an Sophia. „Bring es Michael, falls wir bei ihm die Maschine unterstellen.“

„Lass mich noch nachdenken, dann entscheiden wir alle zusammen.“

Katharina kehrte mit einer Überraschung aus Frankfurt zurück. Sie plante einen Versandhandel. Die Familie saß am Tisch, während sie ihre Einfälle verkündete.

Sie benötigte eine große Halle und Herr Schmidt hatte eine in Heidingsfeld vorgeschlagen. Und einen Wagen brauchte sie auch, der die Pakete zur Post bringen würde.

Maria unterbrach sie. „Was willst du denn versenden?"

Katharina grinste. „Alles, was bestellt wird." Sie wandte sich an Sophia. „Besonders deine Kollektion möchte ich im ganzen Land verschicken."

„Das freut mich. Aber wie soll das funktionieren?"

Katharina nickte. „Ich weiß, was du meinst. Natürlich müssen wir noch Näherinnen einstellen. Aber ich bin sicher, dass die Menschen sich um deine Sachen reißen werden, wie es jetzt in der Stadt auch der Fall ist."

„Puh", sagte Maria. „Das bedeutet noch mehr Arbeit für die Buchhaltung."

„Auch da werden wir eine Lösung finden." Katharina nahm Marias Hand. „Wie kommst du denn dort zurecht?"

„Gut, ich kenne mich inzwischen mit allem aus."

„Na also. Es fügt sich alles gut zusammen." Katharina lächelte. „Morgen werde ich mir die Halle anschauen und dann machen wir Nägel mit Köpfen."

Sophia schluckte. Ihre Mode sollte im ganzen Land verteilt werden? Überall würden Menschen ihre Kleider tragen? Unglaublich.

Schaute sie sich Katharina an, schien die schon feste Pläne gefasst zu haben. Überhaupt setzte sie sich überall durch und auch alles um, was sie sich vornahm. Kurzum: Sie war erwachsen.

Sophia zog sich in ihr Zimmer zurück. War sie auch erwachsen geworden? Volljährig, das ja. Aber eine Erwachsene? Konnte sie das selbst beurteilen? Wohl kaum. Aber sie sollte sich an Katharina ein Beispiel nehmen und einen Plan für den Transport der Maschine schmieden. Nägel mit Köpfen machen, wie Katharina gesagt hatte. Sie ging das Ganze rückwärts an. Die Maschine sollte künftig in Michaels Bäckerei stehen. Ob er das überhaupt wollte, das stand auf einem anderen Blatt. Wie kam sie da ungesehen hin? Auf seinem Wagen zwischen Mehlsäcken zum Beispiel. Aber warum sollte er überhaupt den Wagen vor Brigittes Laden abstellen? Weil die Besitzerin des Ladens zum Arzt gefahren werden musste, ruhig zwischen den Mehlsäcken, und zwar wegen schlimmer Bauchschmerzen. Ein Automobil besaß sie ja nicht. Soweit der Plan. Sophia würde Brigitte begleiten. Die Polizisten wussten ja nun, dass sie befreundet waren. Von Michael als Freund wussten sie nichts, würden es aber eventuell erfahren. War es das wert? Sollten sie die Maschine überhaupt verlegen oder war es besser, sie zu zerlegen und zu vernichten?

Das würde natürlich bedeuten, dass es künftig keine Flugblätter mehr gab, somit bis auf die Fluchthilfe auch keinen Widerstand mehr. Folglich zählte sie dann zu den Hinnehmern und Wegschauern. Sie stellte sich ans Fenster, in dem sie sich spiegelte. Nein, zu denen gehörte sie nicht. Niemals!

Doch es gab auch noch ein anderes Problem. Erschienen keine Flugblätter mehr, dann fiele das der Partei auf und die würde dann erst recht Brigitte verdächtigen, etwas damit zu tun zu haben. Also weitermachen und einen Plan ausarbeiten?

Doch heute hatte sie die Angst so gut kennengelernt wie nie zuvor und ihre Freiheit riskiert. Und nicht nur die, vermutlich auch die Vatis, Marias, Mamas und Katharinas. War das richtig? Was würde die erwachsene Katharina tun? Die, die sich stets mit geradem Rücken durchsetzte?

Auf keinen Fall gäbe sie klein bei. Also! Sophia hob das Kinn. Morgen gleich würde sie mit Michael reden. Doch zuerst war sie auf Katharinas Meinung zur Auswahl der neuen Kollektion gespannt.

Am Morgen lobte Katharina Sophia für die Auswahl der Kollektion. „Das hast du schlau gemacht. Auf die Weise hebt sich die Kleidung deutlich von deinen Entwürfen ab. So treffen wir hoffentlich jeden Geschmack.“

Also hatte sie wirklich ein Händchen für Mode. Endlich einmal etwas Schönes. Sophia ging lächelnd in ihr Büro, schnappte sich die Entwürfe und verbrachte den restlichen Tag in der Schneiderei, wo sie den Näherinnen zeigte, wie sie die Kleider zuschneiden und umsetzen sollten. Doch die Sorge um Brigitte schob sich wieder und wieder in ihre Gedanken.

Am Abend gab sie vor, bei Margarethe vorbeizuschauen und ging auf direktem Wege zu Michael. Die Bäckerei in der Semmelstraße kannte sie, doch sie war noch nie bei ihm daheim gewesen. Sie schaute durch das Schaufenster. Es brannte noch Licht im Laden, aber sie konnte keine Menschenseele entdecken. In dem Augenblick schwang das Tor neben der Bäckerei auf und Michael trat heraus, eine weiße Schürze umgebunden. Er hatte einen Besen in der Hand.

„Grüß dich, Sophia." Er hob den Besen. „Der Lehrling ist krank."

„Das tut mir leid für dich." Sie holte tief Luft. „Wir müssen reden."

Er nickte. „Komm rein."

Michael führte sie über den Hof zu einer Tür, die sperrangelweit offen stand. Hitze schlug ihr entgegen.

„Die Backstube", sagte Michael. „Leider kühlt es im Sommer da nie ab. Deswegen kommt hier auch keiner freiwillig rein."

Sophia erzählte ihm in wenigen Worten, was vorgefallen war. „Wir müssen die Maschine also rasch aus dem Wollgeschäft schaffen."

Michael rieb sich das Kinn. „Hier in der Bäckerei können wir sie nicht unterstellen. Vater arbeitet noch mit und betritt jeden Raum."

Sophia seufzte. „Was schlägst du vor?"

„Wir bringen sie im Haus meiner Großmutter unter. Oma lebt nicht mehr und ich habe das Haus geerbt. Immer wenn ich Zeit habe, renoviere ich dort. Momentan streiche ich. Dort ist ein guter Platz für die Maschine."

„Das ist großartig." Sie erläuterte ihm den Plan.

„Gut, so machen wir es. Ich muss nur meinen Cousin fragen, weil ich die Maschine nicht alleine heben kann." Er schaute zur Decke. „Wahrscheinlich brauchen wir sogar eine Sackkarre."

Sophia fiel ein ganzer Felsbrocken vom Herzen. „Dann bleibt es dabei, dass ihr zu zweit kommt und mich und Brigitte bei einem Arzt absetzt. Danach fahrt ihr eben weiter.“

„Wann?“

„Morgen um acht.“

„Ein perfekter Plan“, sagte Brigitte. Auch sie schien erleichtert, dass die Maschine fortkam.

Aber war es ein guter Plan? Hatte sie an alles gedacht? Was, wenn sie angehalten und der Wagen kontrolliert würde? Aber aus welchem Grund sollte das passieren? Weil die Partei Brigitte auf dem Kieker hatte. Dann flögen sie auf. Einen besseren Einfall hatte sie aber auf die Schnelle nicht.

Sophia schritt am Tor der Residenz vorbei und den Rennweg hinauf. Sie wollte umkehren und den Plan verwerfen, da kam Maria ihr aus dem Hofgarten entgegen. Sie schien sich ein Lächeln abzuringen. Daher fragte Sophia rasch: „Wo kommst du denn her?“

Maria zuckte mit den Schultern. „Ich habe noch etwas Wichtiges mit Herrn Schmidt besprochen und bin dann ein paar Schritte gelaufen.“ Ihre Augen waren knallrot.

„Du siehst müde aus.“

„Ja, das bin ich auch. Ich werde mich daheim gleich hinlegen.“

Maria schwieg den restlichen Weg über, sie hing wohl eigenen Gedanken nach. Das war Sophia nur recht. So brauchte sie sich keiner Lüge zu bedienen, was ihre späte Heimkehr anging.

Nun konnte sie aber auch den morgigen Plan nicht mehr stoppen. Hoffentlich ging alles gut.

Als Erstes fiel ihr beim Frühstück auf, dass Maria die Bernsteinkette nicht mehr trug. Womöglich hatte sie keine Unterredung mit Schmidt gehabt, sondern hatte die Kette einem ihrer Verehrer zurückgegeben. Das würde auch ihre gedrückte Stimmung erklären.

Noch mehr wunderten sich alle, wo Katharina abblieb.

Vati wandte sich an Rosa: „Seien Sie so gut und schauen Sie nach, ob Katharina verschlafen hat."

Doch Rosa meldete, dass sie nicht in ihrem Zimmer sei.

„Bei Mama ist sie auch nicht", sagte Maria. „Da komme ich gerade her."

Vati bekam seine Sorgenfalte zwischen den Brauen. „Um Himmels willen. Ihr wird doch nichts zugestoßen sein?"

In dem Augenblick trat Katharina an den Frühstückstisch. Sie grinste und entschuldigte sich für die Aufregung. „Mit mir ist alles in Ordnung. Aber ich werde heute etwas später ins Kaufhaus kommen."

Das war schlecht, denn Sophia brauchte heute früh auch etwas Zeit für ihr Vorhaben. „Ist es schlimm, wenn ich auch etwas später zur Arbeit komme? Ich möchte eine Freundin bei ihrer Garderobe beraten."

Katharina musterte sie mit hochgezogenen Brauen. „Das kannst du doch am besten im Geschäft."

„Nein, ich will mit ihr zuerst ihre Kleider anschauen und dann überlegen, wie sie sie ergänzen kann."

Katharina nickte. „Ach so. Ja, dann mach das."

Zum Glück war ihr die Ausrede spontan eingefallen. Wieder hatte sie nicht alle Kleinigkeiten durchdacht, aber auf die kam es an, wenn man log.

Sie beeilte sich mit dem Frühstück und verließ als
Erste das Haus. Wieso waren heute aber auch alle so
früh auf den Beinen?

Sie hetzte die Straßen hinab, prüfte, ob ein Uniformierter irgendwo lauerte. Nichts. Dann hastete sie zum
Wollgeschäft. Zum Glück stand Michaels Wagen noch
nicht davor, ansonsten hätte das ganze Schauspiel un-
glaubwürdig gewirkt. Sie klopfte bei Brigitte an, blieb
nur wenige Minuten bei ihr, dann eilte sie los in Richtung Semmelstraße. Bereits vor dem Theater traf sie
auf Michael und seinen Cousin, stieg bei ihnen auf und
fand einen Platz zwischen den vollgestopften Säcken.

„Da sind unten alte Zeitungen drin und nur obenauf
haben wir Mehl reingeschüttet", erklärte der Cousin.
„Aber das wird ja reichen für den Fall, dass wir kontrolliert werden."

Sophia legte den Zeigefinger auf die Lippen. Es war
besser, zu schweigen. Wer wusste schon, wo die Partei
ihre Ohren hatte?

Vor dem Wollgeschäft zügelte Michael das Pferd mit
einem „Brrr". Sie eilten zum Tor hinein und sofort in
den Keller. Dort zeigte sich das handwerkliche Ge-
schick des Cousins. Er hatte die Maschine ruckzuck in
drei Teile zerlegt, die sich bequem in Säcke stopfen ließen. Sie knüllten noch Wollknäuel drauf und trugen
die Säcke rasch nach draußen. Die beiden Männer legten sie zu den anderen und warteten auf den Rest des
Schauspiels.

Sophia brachte nun Brigitte zu ihnen. Sie hatte sie untergehakt und redete zum Schein beruhigend auf sie

ein. Brigitte stöhnte und hatte eine Hand auf den Bauch gelegt. In Trippelschritten ging sie zum Wagen. Michael half ihr hinauf und los ging's. Sophia schaute sich um. Aus den Läden gegenüber traten Frauen und Männer heraus und beobachteten sie. Gut so! Die könnten notfalls von der leidenden Brigitte erzählen.

Vor der Praxis von Brigittes Arzt half Michael ihr wieder herab. Sophia war sofort zur Stelle und begleitete sie ins Wartezimmer.

Sie schaute dort zum Fenster hinaus. Michael fuhr los. Hoffentlich ging alles gut. Sie warf einen Blick auf die Uhr. Heute würde sie Katharinas Geduld auf die Probe stellen.

Brigitte kam mit einer Schachtel Medikamenten heraus und zwinkerte ihr zu. Dann traten sie den Rückweg an, ließen sich Zeit damit und kamen schließlich beim Wollgeschäft an. Prompt sprach sie ein Uniformierter an. Er schaukelte auf den Ballen und reckte das Kinn in die Höhe.

„Uns kam zu Ohren, dass Sie heute mit einem Wagen voller Mehlsäcke abgeholt wurden."

Sophia war zunächst sprachlos. Na, da hatte aber rasch einer der Nachbarn die Polizei verständigt. Dann baute sie sich vor ihm auf. „Ist das verboten? Meine Freundin hat Bauchschmerzen, da darf sie wohl gefahren werden."

Der Mann schien zuerst nicht recht zu wissen, was er erwidern sollte.

Sophia wandte sich an Brigitte. „Das geht ihn zwar nichts an, aber zeig ihm die Medizin."

Brigitte fischte die Schachtel aus ihrer Tasche heraus und hielt sie ihm vor die Nase. „Eine Frauengeschichte. Interessiert?"

Der hob abwehrend die Hände. „Nein. Ist schon gut." Er grüßte mit ausgestrecktem Arm und zog ab.

Grinsend traten sie ins Haus. Brigitte sank auf einen Stuhl. „Wieder so ein Befehlsempfänger. Meinen Bauch wollte er aber wenigstens nicht sehen."

Sophia lachte. Dann fiel ihr Michael ein. „Sobald er zurück ist, wird er Margarethe informieren. Bis dahin will sie sich vor seiner Bäckerei aufhalten. Zuerst wird sie mich verständigen, dann dich." Sie grinste. „Eine muss ja nach dir sehen, du krankes Huhn."

Margarethe klopfte nach einer Stunde in Katharinas Büro an. Sophia lugte gleich heraus, es war zum Glück leer. Sie bat ihre Freundin herein.

Margarethe war atemlos. „Ich geh gleich wieder, habe noch zu tun. Es ging alles gut. Ach, und gib mir den neuen Entwurf mit."

Sophias Herz machte einen Sprung. „Was bin ich froh!" Dann drückte sie Margarethe den Zettel in die Hand. „Wollen wir uns übermorgen bei Michael treffen?"

„Ich sage allen Bescheid."

Sophia nahm ihren Mut zusammen. „Sag mal, warum lässt Martin immer dir die Aufgaben zukommen und nicht mir?"

Margarethe zuckte mit den Schultern. „Wir kennen uns halt schon ewig." Sie musterte Sophia aus schmalen Augen. „Du gibst doch nichts auf irgendwelche Gerüchte?"

Sophia schüttelte den Kopf. „Nein."

„Dann ist es ja gut."

Sophia winkte ihr zum Abschied. Margarethe hatte recht. Gerüchten ging man am besten aus dem Weg. Martin und Margarethe waren befreundet und fertig. Wichtig war, dass alles geklappt hatte. Wie gut, dass sie sich auf alle verlassen konnte und wie gut, dass der Plan aufgegangen war. Bis die Partei auf Michael kam und sein altes Haus durchsuchen würde, war hoffentlich der ganze Wahnsinn vorbei.

Wo das Haus wohl lag? Vielleicht so abseits, dass sie auch einen Flüchtling dort verstecken konnten, wenn es nötig war. Sie rieb sich die Hände. Da würde sich ja eines ins andere fügen.

Kurz vor der Mittagspause trat Katharina ins Büro, gefolgt von Sonja, die ganz aufgeregt tat. Also ging Sophia hinüber und da entdeckte sie den Grund der Aufregung. Sie traute ihren Augen kaum. Katharina trug einen modischen Pagenschnitt. Sie schaute wie eine Schauspielerin aus.

In dem Augenblick sah Sophia sie in kürzeren Röcken und schmalen Blusen vor sich. Dann schaute sie an Katharina hinab. „Du hast etwas anderes an als heute früh."

Katharina lachte. „Das auch."

Dann trat noch Maria ein, die entsetzt über das Abschneiden der Haare war.

Sophia räusperte sich. „Du brauchst ab jetzt neue Kleider."

Sie ging sofort in ihr Büro und wollte sich an die Arbeit machen. Sonja lobte Katharina für ihren Entschluss und nahm sie wegen irgendwelcher Unterschriften gleich mit zu sich. Maria verließ jammernd das Büro. Endlich Ruhe!

Sophia arbeitete den ganzen Tag wie besessen, auch beflügelt vom Gelingen ihres Planes, und betrachtete anschließend zufrieden ihre Entwürfe. Röcke, die in Höhe der Wade endeten, Blusen und Jacken ohne betonte Schultern. Ob sich die Einfälle durchsetzen würden?

Am Abend kam Herr Schmidt zu Besuch. Sie hatten gerade zu Abend gegessen, der Duft vom Hackbraten hing noch in der Luft, und heute saß auch Mama bei ihnen. Sie hatte sich von Emmi frisieren und ankleiden lassen und wirkte in ihren Sachen wie eine hölzerne Marionette. Jetzt erst fiel auf, wie mager sie wirklich war. Alles zog sich in Sophia zusammen.

Vati sprang auf und bot Herrn Schmidt Platz an. „Mögen Sie noch etwas mit uns zusammen essen?“

Herr Schmidt schüttelte den Kopf. Sophia schaute in die Runde. Ob er Marias wegen hier war? Doch die starrte auf ihre Hände im Schoß. Was er wohl wollte?

Katharina räusperte sich. „Vater? Herr Schmidt hat euch etwas zu sagen.“

Dann endlich kam Leben in ihn und er hielt um die Hand ihrer Schwester an. Aber nicht um Marias, sondern um Katharinas! Wie das?

Katharina trat zu ihm und legte die Hand auf seine Schulter, nach der er sofort griff. Vati und Mama gratulierten ihnen, das tat Sophia auch. Dann stand Maria auf, umarmte Katharina, reichte Herrn Schmidt artig die Hand und entschuldigte sich mit Unwohlsein. Rasch verließ sie das Zimmer. Hier stimmte doch etwas nicht!

Katharina hingegen strahlte. „Sophia, du wirst mein Brautkleid entwerfen und auch ein Kleid für Maria und eines für Mutter.“

„Hoffentlich schaffe ich das alles.“

Mama wandte sich an sie. „Bist du so ausgelastet?“

„Ziemlich.“

Sie schmiedeten Hochzeitspläne, doch sobald es Sophia möglich war, stahl sie sich zu Maria hinauf. Die lag im Bett, das Licht war ausgeschaltet.

Sophia trat ins Zimmer. „Was fehlt dir?“

Maria schaltete die Nachttischlampe ein. „Mir ist übel. Setz dich zu mir und halte ein wenig meine Hand.“

Sophia kam ihrem Wunsch nach. „Und was ist wirklich passiert?“

„Nichts. Katharina wird heiraten. Freust du dich nicht?“

„Darüber schon. Aber du scheinst dich nicht zu freuen.“

„Wie kannst du so was sagen. Natürlich freue ich mich für Katharina.“

Das glaubte sie ihr auch. Maria war großherzig, aber momentan schien sie traurig zu sein.

„Was stimmt nicht? Sag schon!“

Maria setzte sich auf. „Was soll sein? Mir ist übel, bestimmt habe ich was Falsches gegessen.“

„Was denn?“

Sie ließ sich zurück in das Kissen fallen. „Weiß ich nicht."

Sophia stand auf. „Gut, ich gehe zu Hilda hinunter. Sie soll dir einen Tee kochen. Bin gleich wieder da."

Erst fehlte die Bernsteinkette, jetzt war ihr übel. Merkwürdig.

Am nächsten Morgen ging es Maria besser. Auf dem Weg zur Arbeit war sie wortkarg, dafür wirkte Katharina aufgekratzt und redete natürlich über das geplante Hochzeitskleid. Sophia grinste und ließ sie Pläne schmieden. Wie das Kleid letztendlich ausschauen würde, das stand noch nicht fest. Vor ihrem inneren Auge aber formte es sich als ein schmales Kleid und dazu ein langer Schleier.

Den Vormittag über zeichnete Sophia unentwegt Entwürfe für das Brautkleid, war aber mit ihnen noch nicht zufrieden. Ja, es sollte aus Seide und figurnah sein, aber gerade mochte sie die betonten Schultern nicht, andererseits hatte Katharina die Figur einer Greta Garbo und könnte ein solches Kleid tragen.

Später kam Edgar, wie sie Herrn Schmidt nun nannte, in Katharinas Büro. Sophia schloss daraufhin die Zwischentür, verstand dennoch jedes Wort. Sie würden in vier Wochen heiraten, hieß es, seine Mutter sei krank und könne der Feier nicht beiwohnen. Ansonsten überließ er die Gestaltung des Festes gerne Katharina.

So hätte das Joseph Weiß niemals gehandhabt, da war sich Sophia sicher. Er war jemand, der alles in der Hand halten wollte, jedenfalls schätzte sie ihn so ein. Edgar schien froh zu sein, wenn er keine Entscheidungen treffen musste. Ihn könnte sie niemals in ihrer Gruppe gebrauchen, einen Joseph Weiß aber schon.

Warum nur hatte sich Katharina für Edgar entschieden? Gestern Abend wirkte er lebensfroh und witzig, aber als ein Mann, der sich gerne führen ließ. Nun fiele es Katharina leicht, das Sagen zu haben. Aber sie fällte den ganzen Tag über Entscheidungen, daher hätte sie sich vielleicht im Privatleben auch gerne einmal fallen lassen. Aber was wusste sie schon?

Katharina öffnete die Zwischentür. „Du Sophia, die Kleider für die Hochzeit müssen in vier Wochen fertig sein."

„Ich weiß." Das war ihr jetzt herausgerutscht. Wie peinlich.

„Hast du etwa gelauscht?"

„Tut mir leid, aber ich verstehe durch die dünne Tür jedes Wort."

Katharina lachte. „Spielt ja keine Rolle. Wirst du das schaffen?"

„Ich gebe mir Mühe und werde ein gutes Wort bei den Näherinnen einlegen."

Sophia legte den Entwurf für das Brautkleid zur Seite. Sie nahm ihren Skizzenblock und zeichnete ihr Kleid für die Hochzeit. Ihr schwebte ein geblümter Chiffon vor, den sie zu einem schmalen, langen Rock arbeiten lassen wollte, aber mit einem breiten Bund in der Taille. Das Oberteil reichte bis zum Hals, wurde dort gerafft und von zwei Trägern gehalten. Wenn schon der Stoff bunt gemustert war, sollte der Schnitt schlicht ausfallen.

Sie legte das Blatt auf die Seite. War es nicht verrückt? Da bereitete sie Kleider für ein schönes Fest vor und gleichzeitig fertigte sie Zeichnungen gegen die Regierung an. Es war, als gäbe es zwei Leben ihrer Person. Vielleicht war das ihr Schicksal? Sie seufzte.

Als Nächstes war Marias Kleid dran. Auch das sollte bis auf den Boden reichen. Ein kräftiges Rosa stünde ihr bestimmt gut. Noch entstand aber kein Bild vor ihrem geistigen Auge. Sie schaute rüber in Katharinas Büro, doch das war leer. Seltsam. Sie hatte nicht bemerkt, dass Katharina hinausgegangen war.

In dem Augenblick kam Maria herein. Sophia bot ihr Platz an, doch Maria schüttelte den Kopf. „Ich bin zu aufgeregt, um still zu sitzen."

„Was ist denn passiert?"

Maria ging vor dem Tisch auf und ab. „Katharina hat sich ja für den Versandhandel entschlossen, hat die Hallen in Heidingsfeld gekauft und will schon bald damit starten."

„Ja und?"

„Edgar soll den Handel leiten und ich das Kontor, zusammen mit dem Lehrling. Katharina wird aber noch eine Hilfskraft einstellen."

Sophia trat zu ihr. „Das ist doch prima, oder?"

Maria zuckte mit den Schultern. „Ich weiß nicht, ob ich mir das alles zutraue, ohne Edgar." Sie seufzte. „Katharina hat vorgeschlagen, dass das Kontor nach Heidingsfeld verlegt werden könnte. Da gibt es zwei Büros und Edgar wäre dann zur Stelle, wenn ich Fragen hätte."

So war das!

Maria zog die Stirn in feine Falten. Sophia drückte sie nun doch auf einen Stuhl. „Du möchtest aber nicht in Edgars Nähe arbeiten. Abstand wäre dir lieber, hab ich recht?"

Maria schüttelte den Kopf. „Warum sollte ich das nicht wollen?"

Lag sie wirklich daneben? Aber gut, dann würde sie Maria einen anderen Grund liefern. „Ja, weil du dann doch nicht dein eigener Chef wärst."

„Vielleicht." Sie senkte den Blick. „Ich weiß nicht, was ich machen soll."

Sophia setzte sich ihr gegenüber. „Wenn du dir die Arbeit alleine zutraust, dann bleib im Kaufhaus. Bei Fragen kannst du Edgar bestimmt irgendwie erreichen."

Maria schaute sie aus großen Augen an.

„Wenn es dir aber nichts ausmacht, deinen ehemaligen Chef in der Nähe zu wissen, dann kannst du nach Heidingsfeld umziehen."

Marias machte einen Schmollmund. „Pah! Mir macht es doch nichts aus, wenn Edgar nebenan arbeitet. Jetzt ist es ja auch nicht anders."

Sophia wartete und dann stand Maria auf, lehnte sich an die Wand und fixierte einen Punkt über Sophias Kopf. Ihr Gesicht war entspannt, die Augen halb geschlossen und sie lächelte mit leicht geöffnetem Mund. An wen sie wohl gerade dachte?

In dem Augenblick schob sich ein Bild vor Sophias Auge: Marias künftiges Kleid. Sie nahm den Block zur Hand und skizzierte es mit wenigen Strichen. Dann winkte sie Maria heran. „Wie gefällt dir das?"

Marias Rock zeichnete sie in Plisseefalten, den in der Taille ein Gürtel aus Perlen hielt. Das Oberteil war schulterfrei, was Marias zarte Figur betonen würde.

Maria strahlte. „Das ist wunderschön. Schlicht, aber doch edel durch die Falten und Perlen. Und wenn mir etwas kühl wird?"

„Du bekommst ein ärmelloses Jäckchen dazu. Auf dessen Bund setzen wir auch Perlen. Was meinst du?"

Maria gab ihr einen Kuss auf die Wange. „Das ist perfekt. Danke dir."

Wie gut, dass Maria wieder lächelte. Nun hatte sie wohl auch ihre Entscheidung getroffen.

„Ach, ich ziehe in den Versand um. Wenn es mir dort nicht gefällt, komme ich wieder zurück."

Nachdem sie das Büro verlassen hatte, widmete sich Sophia wieder dem Brautkleid. Mamas musste sie auch noch entwerfen, hatte aber gerade keine Lust dazu.

Sie skizzierte Katharinas Kleid von neuem. Es würde aus fließender Seide sein, figurnah und schulterfrei. Das Dekolleté und den Saum besetzte sie mit Rosen aus dem gleichen Seidenstoff. Dazu würde Katharina lange Handschuhe tragen. Dann zeichnete sie einen fünf Meter langen Schleier, den am Hinterkopf auch Rosen zierten, nur eben kleinere als die auf dem Kleid. Sophia lehnte sich zurück. Darin würde Katharina großartig ausschauen.

Und ebenso beurteilte Katharina das Kleid. „Es ist großartig." Auch sie bedankte sich mit einem Kuss bei ihr.

Für heute reichte es Sophia. Sie packte ihre Sachen zusammen und ging zu Katharina hinüber. „Ich bringe die Entwürfe in die Schneiderei, dann will ich noch beim Brandstetter vorbei und für Mama eines dieser mürben Küchlein besorgen. Wie sieht es bei dir aus?"

„Ich muss noch ein wenig arbeiten, aber dann wird mich Edgar abholen."

„Dann wünsche ich euch einen schönen Abend."

Die Glocken des Doms läuteten. Es war sechs Uhr, als Sophia die Domstraße hinaufging. Wie könnte Mamas Kleid aussehen? Im Grunde gefielen ihr Pastellfarben für den Anlass, aber Mama war so blass und würde in einem Kleid mit pudrigen Farben noch kränker ausschauen. Wie wäre es mit einem kräftigen Violett?

Auf einmal vernahm sie Rufe und Schritte hinter sich. Sie drehte sich um. Pimpfe marschierten durch die Straße, wie sie es bereits einige Male getan hatten. Sie brüllten im Chor: „Flink wie Windhunde, zäh wie Leder, hart wie Kruppstahl."

Sophia schnaubte. Bereits den Kleinen nahm man das Denken ab, indem man ihnen irgendwelche Parolen vorsagte, die sie nachplapperten wie ein Kinderlied. Bloß hatten diese Sprüche nichts Kindliches an sich, sie bereiteten auf eine Zukunft vor, die sich nach hartem Brot anhörte, nach einem kargen Leben, nach einem ewigen Herbst.

Sophia tippte einem Jungen auf die Schulter und reichte ihm eines der duftenden Küchlein. „Damit das Marschieren wenigstens ein wenig Freude macht."

Er grinste und biss gleich hinein.

Sie schaute der Gruppe nach. Vielleicht fiel ihr etwas zu den Parolen ein. Sie ging am Dom vorbei. In den letzten Tagen hatte sie die bevorstehende Hochzeit von der Politik abgelenkt. Dabei war einiges geschehen. In der

Mainfränkischen stand, dass jüdische Ärzte nicht mehr am Krankenhaus arbeiten durften. Was erlaubte sich diese Partei noch alles? Margarethe und Michael hatten daraufhin ein Flugblatt verteilt, auf das Sophia einen verletzten Uniformierten gezeichnet hatte und einen Arzt, der hilflos die Hände hob. Den Text hatte sie bis jetzt nicht einmal zu lesen bekommen, weil ihr die Zeit dazu gefehlt hatte, sich ein Flugblatt abzuholen.

Wenige Schritte vor ihrem Haus kam ihr der Apotheker entgegen. „Schnell, machen Sie was! Holen Sie Ihren Vater!"

Sophia rannte los und rief zurück: „Was ist passiert?"

Der Apotheker machte einen Trichter vor dem Mund. „Sie holen Rudolph ab."

Sie stürzte ins Haus, rief nach Vati, der mit einem Blatt Papier in der Hand aus dem Esszimmer trat. „Was ist?"

„Schnell, deine Freunde holen Herrn Eck ab."

Vati eilte nach draußen, Sophia folgte ihm.

Der Apotheker lehnte an ihrem Gartenzaun, die Hände vor dem Mund. Auf der gegenüberliegenden Straße führten zwei Polizisten Herrn Eck zu einem Wagen. Vati ging hin und redete mit ihnen. Einer schob den Nachbarn in das Automobil, der andere zuckte mit den Schultern. Dann stiegen sie ein und brachten ihn fort.

Seine Frau stand auf der Treppe wie ein zurückgelassener Hund und wischte sich mit einem Taschentuch über die Augen. Sophia rannte zu ihr, legte die Arme um sie. „Er wird bestimmt gleich wiederkommen, er hat ja nichts verbrochen."

„Als ob das in diesen Zeiten nötig ist." Die Frau
schluchzte. „Aber danke, Sophia." Sie löste sich aus ihren Armen und ging ins Haus.

Sophia überquerte die Straße. Dort redete Vati mit
dem Apotheker. „Die Polizisten wussten nicht, was ihm
vorgeworfen wird."

Der Apotheker schnaubte. „Der Mann hat nichts angestellt. Er gehört nur einer anderen Partei an. Vielleicht ist er nun auch kein Reichsbürger mehr, wie die
Juden oder ... Wie heißt das neue Wort? Ach ja, Mischlinge. Es verschlägt mir dabei die Sprache. Da komme
ich nicht mehr mit. Bin zu alt."

Vati schaute auf seine Schuhspitzen, als der Apotheker ohne zu grüßen in seinem Haus verschwand.

Vati sollte sich ruhig schämen, die Stadt sollte sich
schämen, das ganze Land!

Sie trat in die Diele. Da lag das Schreiben von vorhin
auf der Kommode. Sie nahm es in die Hand. Was war
denn das? Ein Hirtenbrief. Sie blätterte um. Unten
schmückte ihre Karikatur mit dem jüdischen Arzt das
Blatt, der sich von dem verletzten Uniformierten ab-
wandte. Sie grinste, bis sie den Text darüber las. Darin
hieß es, dass die Regierung lieber Menschenleben op-
ferte, als fähige jüdische Ärzte den Kranken helfen zu
lassen. Lieber sollten Kinder verdummen, als von jüdischen Lehrern unterrichtet zu werden.

Sophia schnaubte. Die Parolen der Partei vernebelten
den Kindern das Hirn, da brauchte es keinen Unter-
richt dafür.

Weiter prangerte der Text die entlassenen Kirchenmänner an. Gott schaue sich das alles an, bis die gerechte Strafe folge. Das war der Originalton Michaels.

Die Haustür schlug zu. Sie drehte sich zu Vati um. Der winkte ab. Er schaute aus wie ein alter Greis, als er sich mit schweren Schritten ins Schlafzimmer schleppte.

Sophia nahm das Flugblatt mit. Augenscheinlich gefiel es seinen Parteikollegen nicht, dem Gauleiter wohl auch nicht. Aber Michael schrieb darin die Wahrheit und die war nun einmal bitter. Die Juden durften nicht mehr arbeiten und das befahl die Partei. Sie sortierte den aus, der ihr nicht gefiel. Wie Herrn Eck zum Beispiel, jeden Juden, sie holte sich einen der Sinti ab, wenn ihr danach war. Sinas Bruder hatten sie wieder freigelassen mit der Begründung, er sei reinrassig. Ein Jude wiederum musste dafür büßen. Das war alles der reine Wahnsinn!

Sophia schlug die Zeichenmappe auf und wieder zu. Nein, auf Mamas Kleid vermochte sie sich jetzt nicht zu konzentrieren.

Sie trat an die Staffelei. Hier musste sie sich austoben, bevor sie zu Bett ging. Sie malte ein Feuer, das die gesamte Leinwand einnahm. Schemen stiegen daraus hervor, zunichtegemachte Seelen.

Am nächsten Morgen schaute Sophia zuerst in der Schneiderei vorbei. Sie liebte den Duft von Stoffen und das Rattern der Nähmaschinen. Gerade packte eine der Näherinnen einen rosafarbenen Stoff aus, der zu Marias Kleid passte wie das Salz zum Ei. Sie erläuterte Frau Endres noch einmal ihren Entwurf. Als die alles abgenickt hatte, stieg Sophia in ihr Büro hinauf. Hoffentlich kamen bald die restlichen Stoffe an. Für Mama hatte sie noch keinen ausgesucht, da war ihr aber auch noch nichts Passendes eingefallen. Höchste Zeit, das anzugehen.

Katharina sortierte Unterlagen auf dem Schreibtisch. Sie schaute lächelnd auf. „Ich habe eine Bitte. Schaffst du es, auch Edgar einen eleganten Anzug zur Trauung auf den Leib zu schneidern?"

„Wenn es die Näherinnen bewältigen können, dann schon. Er muss halt zum Abmessen kommen."

„Wir alle, oder nicht?"

Sie schüttelte den Kopf. „Nein, von uns habe ich alle Maße."

Sophia zerbrach sich den Kopf über Mamas Kleid. Aber vor ihrem geistigen Auge erschien Herr Eck, wie er ins Polizeiauto geschoben wurde. Hoffentlich kehrte er rasch zurück!

Mama! Das Kleid! Wie könnte es ausschauen? Dann endlich hatte sie einen Einfall. Es würde ein ärmelloses Oberteil in unterschiedlichen Brauntönen mit breiten Trägern bekommen, dazu ein Jäckchen mit Dreiviertelärmeln aus demselben Stoff. Daran setzte sie einen weich fließenden Rock aus Chiffon in dem hellsten Braunton. In so einem Kleid würde sich Mama gefallen. Sie schnappte sich den Entwurf und brachte ihn den Schneiderinnen.

Als sie wieder die Treppe hinaufstieg, begegnete ihr Edgar. „Gerade will ich zum Vermessen hinunter." Er lachte. „Entwirf mir bloß einen eleganten Anzug, damit ich neben Katharina bestehen kann.“

Sophia nickte. „Das wirst du schon.“

„Das ist neben euch Wagner Frauen nicht einfach. Da ist ja eine hübscher als die andere und ebenso charmant.“

„Charmant bist du ja auch. Das fand auch Maria, als ihr euch an Katharinas Geburtstag so gut unterhalten habt.“

„Ja, da haben wir so nett geplaudert.“

„Ihr versteht euch doch noch immer gut.“

Edgar strich sich durchs Haar. „Ja, das tun wir.“

„Ihr seid doch nicht aneinandergeraten, oder?“

Jetzt musterte er sie prüfend. „Wie kommst du darauf?“

„Maria wirkte die letzte Zeit so niedergeschlagen. Da dachte ich, es hinge womöglich mit der Arbeit zusammen.“

Er schüttelte den Kopf. „Nein, wir arbeiten sehr gut zusammen.“ Dann richtete er sich die Krawatte, trommelte auf das Treppengeländer, schaute an ihr vorbei. „Ja, ich muss dann weiter.“

„Ich auch. Viel Freude beim Abmessen.“

Edgar hatte bei ihren Fragen einen Tick zu nervös gewirkt. Ob er Maria erzählen würde, dass sie ihn gelöchert hatte? Sollte er nur, dann könnte sie deren Antworten dazu hören, schließlich stimmte etwas bei der ganzen Sache nicht und es schien nur ihr aufzufallen. Jedenfalls wünschte sie sich Marias Lebensfreude wieder zurück, die Trauermiene passte nämlich nicht zu ihr.

Erst zu Hause entwarf sie den Anzug für Edgar, mit einer weiten Hose und einem schulterbetonten Jackett. Aber entgegen der aktuellen Mode mit einem schmalen Revers. Sie zeigte den Entwurf Katharina, der er gut gefiel.

„Mach es genauso! Edgar wird er schon gefallen."

Am Abend verließ Sophia das Haus. Sie wollte sich mit Margarethe und den anderen treffen. Sie trat aus dem Gartentor, als sie den Nachbarn Rudolph Eck heimkehren sah. Er schien sich kaum mehr auf den Beinen halten zu können. Sie eilte zu ihm und wollte ihn unterhaken, doch er wehrte sie ab, als sei sie der Leibhaftige.

„Herr Eck, ich bin es, Sophia Wagner."

Er starrte sie aus weit aufgerissenen Augen an.

„Ich will Ihnen nur die Treppe hinaufhelfen."

Er duckte sich und hielt die Arme schützend über den Kopf. Dann schlich er sich Stufe für Stufe hinauf und hämmerte an die Haustür. Frau Eck öffnete, da schob er sie zur Seite und huschte hinein. Seine Frau nickte grüßend und schloss die Tür.

Sophia setzte sich auf die Treppe und weinte, wie sie es als Kind zum letzten Mal getan hatte. Die Tränen wollten kaum mehr versiegen.

Nach einer Ewigkeit hatte sie sich leergeweint, da kam Hilda herübergestapft. „Sophia, was machst du hier?"

Sie zog sie hoch, führte Sophia ins Haus, direkt in die Küche. „Jetzt gibt es einen schönen Kräutertee und feine Kekse."

„Woher hast du denn Kräutertee und Kekse?"

„Die Zutaten vom Land, die Kekse hab ich natürlich gebacken." Sie grinste. „Ich horte Lebensmittel für die Hochzeit. Aber jetzt brauchst du erst mal ein wenig Trost, nicht?"

Hilda war die Beste, das stand fest.

Tage später besuchte Margarethe Sophia in ihrem Büro. „Augenscheinlich hast du keine Zeit mehr für uns." Sie zog eine Braue hoch.

„Es tut mir leid, aber am Abend unseres letzten Treffens ist ein Nachbar von uns aus der Gefangenschaft der Partei zurückgekehrt. Seitdem spricht er kein Wort mehr. Ich konnte da nicht kommen."

„Na gut, aber dann hättest du dich in der Zwischenzeit melden können."

Sophia nickte. „Das stimmt. Aber gerade habe ich so viel mit den Kleidern für die Hochzeit zu tun. Ich muss den Näherinnen unten helfen, die schaffen das alles nicht alleine."

„In Ordnung. Dann lassen wir alles bis nach der Hochzeit liegen. Aber dann zählen wir auf dich, ja?"

Sophia schaute ihr in die Augen. „Du weißt, wie wichtig mir unsere Gruppe ist."

Pünktlich zu Katharinas großem Tag waren die Kleider und Edgars Anzug fertig. Es war ein kühler Morgen, doch die Sonne schien von einem wolkenlosen Himmel und kündigte die Hitze eines Sommertages an.

Katharina stand während des Ankleidens kaum still. Sophia half ihr in ihr Seidenkleid und knöpfte es am Rücken zu, aber ihre Schwester gab keine Ruhe. Mal zupfte sie an den Ärmeln, mal am Rock herum. Als Sophia den letzten Knopf schloss, traute sie ihren Augen nicht. „Du schaust darin aus wie ein Filmstar.“ Sie drehte Katharina zu sich. „Ich wusste, dass es großartig werden würde, aber nicht, dass es wie eine zweite Haut sitzt.“

Katharina lächelte. „Es ist bezaubernd. Danke schön.“

Dann endlich schien sie sich zu entspannen, setzte sich, tupfte ihr nach Rosen duftendes Parfum auf und ließ sich von Emmi frisieren.

Sophia schlüpfte aus dem Zimmer, um sich anzuziehen, als Maria ihr in ihrem zartrosa Kleid entgegenkam. Emmi hatte ihr das schwarze Haar bereits zu einem Dutt hochgesteckt und sie ein wenig geschminkt. Sie wirkte wie eine griechische Göttin.

Sophia musterte sie. „Du könntest als Model für eine Statue stehen.“

„Och nein. Die haben ein Herz aus Stein.“ Maria lachte. Sie deutete zu Katharinas Zimmer. „Wie sieht sie aus?“

„Umwerfend. Emmi hilft ihr gerade.“

Maria hakte sie unter. „Dann helfe ich dir.“

Als Katharina endlich fertig angekleidet aus dem Zimmer trat, verschlug es der gesamten Familie die Sprache. Mama tupfte sich die Augen und murmelte etwas, das Sophia nicht verstand. Sie schauten alle aus wie aus dem Ei gepellt, aber Katharina wirkte im Seidenkleid edel wie eine Königin. Sophia ging um sie herum, fasste nach dem Schleier und achtete auf sie, bis sie das Standesamt erreichten.

Dort warteten die Gäste, unter ihnen Edgar, der nervös seine Fliege am Kragen richtete. Gut sah er aus. Der schwarze Anzug betonte sein blondes Haar und die sonnengebräunte Haut. Er lächelte Katharina an, als Vati sie zu ihm führte. Edgar nahm ihre Hand, da mutete es Sophia an, als handele es sich bei dem Paar um Mutter und Sohn. Katharina war durch ihre Arbeit gereift, traf kluge Entscheidungen, achtete auf ihren Lebensweg. Edgar gehorchte und freute sich, wenn er Aufgaben zugeteilt bekam. Wie passten die beiden zusammen?

Die Gäste hatten ihre Plätze noch nicht eingenommen. Sophia suchte mit den Augen Maria. Die lehnte am Türrahmen und schaute auf das Brautpaar. Sie kaute auf der Unterlippe und wirkte jung wie ein kleines Mädchen. Sie wäre die Richtige für Edgar. Beide bestaunten das Leben aus großen Augen, als ob es sie täglich von neuem überraschte.

Die Zeremonie war im Handumdrehen vorbei. Im Standesamt gratulierten die Familie und die geladenen Gäste dem glücklichen Paar, vorneweg Sonja, Margarethe, sogar der Hausmeister. Vor dem Standesamt wartete eine Ansammlung von Nachbarn, Kunden und Freunden, unter ihnen Kinder, die Reis und Blumen streuten.

Nach den Glückwünschen ging es nach Hause, wo Hilda das Essen vorbereitet hatte. Sophia setzte sich neben Maria, die die Zeremonie von allen Seiten betrachtete.

„Edgar hat die Hand gezittert, als er Katharina den Ring ansteckte. Sie hat dabei nur gelächelt. Sie ist halt großherzig. Und Mama hat endlich aufgehört zu weinen. Findest du nicht, dass sie heute mal nicht so blass ist?"

Sophia ließ sie plappern. Auf diese Weise verfiel sie wenigstens nicht wieder in ihr Trübsalblasen. Zu ihrer anderen Seite saß Margarethe. Sie deutete mit dem Kinn zum Brautpaar, wo Katharina gerade Edgar Kartoffeln auflud. „Hoffentlich schneidet sie ihm nicht noch das Fleisch klein."

Das war böse, aber Sophia kicherte. Offenbar war Edgar auch nicht Margarethes Fall. Wichtig war aber, dass er Katharina gefiel und fertig.

Die Diele hatten Armin und Vati extra freigeräumt. Sie diente als Tanzfläche. Armin spielte auf dem Grammofon Platten von Lilian Harvey und andere Tanzlieder.

Edgar und Katharina eröffneten die erste Tanzrunde und nach und nach schlossen sich die Gäste an, unter ihnen ein Verkäufer mit dicken Brillengläsern, der Maria auf die Tanzfläche führte. Wie hieß er noch gleich? Ach ja, Heinz Beck. Er schien Maria anzuhimmeln, aber auch die anderen männlichen Angestellten des Kaufhauses drehten sich nach ihr um. Sie schaute sich gerade nach allen Seiten um und lächelte. Flackerte da etwa wieder Lebensfreude in ihr auf?

Alle vergnügten sich. Margarethe tanzte mit Edgars kleiner Schwester, die die Tanzschritte erstaunlich gut beherrschte.

Mama stand schließlich auf. Sophia brachte sie auf ihr Zimmer. „Ruh dich etwas aus, dann kannst du vielleicht nachher noch einmal zur Feier kommen."

Mama winkte ab und löste die Nadeln aus dem Haar. „Nein, es reicht mir für heute. Ist Katharina nicht eine schöne Braut?"

„Das ist sie."

Mama seufzte. „Und als Nächste musst du dir einen Mann suchen."

Den hatte sie gefunden, bloß reiste er irgendwo im Land herum.

„Muss ich?"

Mama runzelte die Stirn. „Natürlich. Ich will dich doch in guten Händen wissen."

Wieder ging es um Mama, nicht um sie. „Ja dann ..."

Sie war dieser Debatten überdrüssig – so kraftlos wie Mama gerade war.

Nachdem Vati Katharina auf der Tanzfläche herumgewirbelt hatte, steuerte er auf Sophia zu. Gut, mit ihm würde sie tanzen und sich danach irgendwohin verziehen, am besten zu Hilda in die Küche.

Die wischte sich mit einem Geschirrtuch den Schweiß von der Stirn und klemmte es dann unter den Bund ihrer Schürze. Sie richtete Häppchen für den Abend her. „Ist es nicht eine schöne Hochzeit?"

„Ja, auch dank deines leckeren Essens."

Sophia schaute über die Häppchen. Wie schaffte es Hilda nur, die so appetitlich anzurichten?

Hilda lächelte. „Aber sie sind auch ein schönes Paar, Katharina und Edgar."

„Ja."

„Der Junge ist ein Guter, er wird schon für Katharina sorgen."

Es klang, als müsse sich Hilda selbst gut zureden. Sophia stahl sich ein Stück von Hildas Häppchenplatte. „Bestimmt."

Hilda legte sich ein Küchentuch über die Schulter. „Sophia, auch du wirst einmal heiraten."

„Ganz bestimmt nicht."

„Man spricht nicht mit vollem Mund." Hilda hob den Zeigefinger. „Unsinn! Du bist so hübsch, da wirst du zwischen einigen männlichen Exemplaren auswählen können."

„Das überlasse ich Maria."

„Du brauchst so einen Guten wie Edgar. Der Junge pflegt seine Mutter und sorgt für die kleine Schwester."

„Das mache ich auch."

„Ja, aber du hast noch mich." Hilda grinste.

Sophia umarmte sie. „Sag ich doch. Keiner kann so gut für uns sorgen."

Als sie wieder in die Diele trat, standen alle jungen Damen im Halbkreis um Katharina herum. Die hatte ihnen den Rücken zugekehrt und warf den Brautstrauß nach hinten, den Maria fing. Sie war so überrascht, dass sie erst mal hektisch blinzelte und dann ausgerechnet Edgar anstarrte, bevor sie sich umdrehte und nach draußen rannte.

Sophia folgte ihr und lief Carsten in die Arme.

„Hoppla." Er hielt sie an den Schultern fest. „Verzeihen Sie."

Sie zwang sich zu einem Lächeln. „Mir tut es leid, ich habe Sie nicht kommen sehen."

„An und für sich reagieren Sie doch sonst gerne auf alle Geschehnisse, nicht?"

„Stimmt, auf alle unerfreulichen mit Zorn, auf alle anderen mit einem Lächeln.“

Er grinste. „Ihr Töchter von Heinrich gefallt mir, allesamt charmant.“

Jetzt duzte er sich schon mit Vati. Grauenhaft! Sophia nickte lächelnd und schaute ihm nach, wie er zur Tür hineinstolzierte, als sei er hier daheim. Sie mochte so und so keine Familienfeiern, doch mit dem Gauleiter als Gast wurde die nun zur Höchststrafe.

Sie schaute sich nach Maria um, entdeckte sie aber nicht. Vermutlich war sie in den Garten gerannt. Auf halbem Weg blieb Sophia stehen. Was hatte Carsten vorhin gesagt? Sie reagiere auf alle Geschehnisse? Um Himmels willen! Bezog er den Satz auf die Flugblätter? Aber er hatte nichts von Politik gesagt, lediglich *Geschehnisse* genannt. Welche sollte er aber sonst von ihr kennen? Ihre Bilder! Vermutlich hatte er auf die angespielt. Sie atmete tief ein und aus. Weg mit den Sorgen. Heute fand Katharinas Hochzeit statt.

Maria lehnte am Nussbaum, roch an den Blumen des Brautstraußes und schaute dann zu Sophia auf. „Na, ist dir auch nach frischer Luft?“

„Allerdings. Besonders, seit der Gauleiter die im Haus verpestet.“

„Papa wird ihn eingeladen haben.“

„Hoffentlich geht er gleich wieder.“

„In letzter Zeit magst du keine Feiern mehr. Und ins Tanzcafé gehst du auch nicht mit.“

„Du tanzt aber gerne. Warum stehst du dann alleine im Garten herum?“

„Mir war heiß.“

Wieder wich sie aus, dabei sah ihr Sophia an, dass etwas nicht stimmte. Maria richtete sich auf. „Aber jetzt gehe ich wieder zu den anderen."

„Die Männer werden dich schon vermissen."

Maria lachte, widersprach aber nicht. Sie schien Sophia recht zu geben, als sei es das Selbstverständlichste, dass sich die Männer nach ihr sehnten. Nach wenigen Schritten drehte sie sich zu Sophia um. „Kommst du mit?"

„Aber nur, weil es Katharinas Hochzeit ist. Ansonsten würde ich mich mit dem Gauleiter nicht in einem Raum aufhalten."

Maria nahm ihre Hand. „Ich weiß. Aber heute bleibt die Politik draußen, ja?"

„Heißt das, du jagst Carsten davon?"

Sie lachten noch, als sie in die Diele traten. Dort redete Carsten mit Edgar, das hieß: Carsten redete und Edgar schaute mit zusammengeschobenen Brauen zu Katharina. Ein Hilferuf?

Katharina stand sogleich von ihrem Stuhl auf und ging zu den beiden. Sie sagte etwas, drückte Carsten ein Glas Sekt in die Hand, stieß mit ihm an und nahm Edgar dann mit, um ihn zum Gabentisch zu führen. Carsten stand wie verloren da. Sophia grinste. Leider nahm sich Vati dann seiner an.

Dann kam Margarethe heran. „Ich habe euch vermisst."

„Du auch?", fragte Maria. „Ich dachte, das tun nur die Männer."

Sogleich prusteten sie wieder los.

Endlich verwandelte sich Maria wieder in das witzige Wesen, das mit beiden Händen aus dem Korb des Lebens schöpfte. Margarethe nahm sich ihrer an, da setzte sich Sophia an eine stille Ecke des Tisches. Was waren sie nur für merkwürdige Schwestern? Katharina hatte ihren Joseph nicht heiraten können und würde nun mit Edgar zusammenleben, einem Mann, der zu ihr aufschaute. Maria trauerte um einen Mann, vermutlich den einzigen, der ihr nicht zu Füßen lag. Und sie, Sophia? Sie sehnte sich den herbei, der ihr einen Sinn im Leben gezeigt hatte, der sie begehrte, weil sie kämpfte, für das gleiche Ziel wie er. Schon so lange sehnte sie sich nach ihm, dass sie sich sein Gesicht ständig in Erinnerung rufen musste, um es nicht zu vergessen. Warum hatte sie ihn nicht gemalt? Gut, das hatte sie, aber nur von hinten. War sie ehrlich, dann hatte sie es aus Fürsorge für sich selbst nicht getan. Bei jedem Pinselstrich hätte es ihr das Herz zerrissen. Und nun? Wie gerne hätte sie ihn hier auf Katharinas Fest an ihrer Seite gehabt, sich in seine Arme gekuschelt und wäre dort zur Ruhe gekommen, anstatt überall mitzumischen, um ja keine Zeit für ihr Herz zu haben.

Nach dem Abendessen ging es mit den Tänzen weiter, alle waren ausgelassener, was auch dem Sekt und Wein geschuldet war. Sophia tanzte noch einmal mit Vati, der Mühe hatte, das Gleichgewicht zu halten. Nach einer Drehung beim langsamen Walzer torkelte er nach links. Deswegen wollte sie ihn zu einem der Stühle bringen. Da läutete es an der Tür.
Vati eierte sogleich hin, Sophia folgte ihm. Auch Katharina kam heran, hakte Vati unter, doch da hatte er

bereits die Tür geöffnet. Davor standen zwei Uniformierte. In dem Augenblick eilte Carsten heran und fragte die beiden, was sie hier wollten. Gleichzeitig bedeutete er Katharina, Vati wegzubringen. Der klammerte sich an den Türgriff, schwankte leicht und kicherte über das Erscheinen der Polizisten. „Wollen Sie meiner Tochter zur Hochzeit gratulieren? Dann hereinspaziert."

Katharina brachte Vati ins Esszimmer und kehrte sofort zurück, Maria im Schlepptau.

Die Polizisten wollten das Haus durchsuchen. Das war ja nicht zu fassen! Selbst Carsten erklärte, dass hier eine Hochzeitsfeier stattfand. Aber geschah das wirklich ohne sein Wissen? Sophia musterte ihn. Er aber warf ihr einen Blick zu, so kalt, dass Gänsehaut ihren Körper überzog. Gleichzeitig bereitete er ihr Schuldgefühle. Trug sie die Schuld daran, dass die Polizei hier aufkreuzte? Lag es an den Flugblättern und der Fluchthilfe? Geriet ihre Familie unter Verdacht? Würden sie alle nun festgenommen werden und dann, wie der Nachbar Eck, in der Seele tief verwundet zurückkehren? Wenn überhaupt!

Ihre Kehle wurde eng, sie schwitzte um die Nase. Jetzt nur nicht zittern! Nur das nicht. Bevor aber auch nur einer aus der Familie Ärger bekäme, würde sie sich stellen und am besten Carsten klarmachen, dass sie alleine hier aus der Rolle fiel. Er mochte Katharina und würde hoffentlich sie und den Rest der Familie schützen. Sie holte tief Luft. Bitte lieber Gott, lass den Spuk hier bald vorbei sein!

Margarethe stand plötzlich an ihrer Seite und nahm ihre Hand. Die Polizisten hatten das Erdgeschoss durchkämmt, sogar im kleinen Zimmer hatten sie sich umgesehen, dort erstaunlich lange.

„Irgendwas an Vatis Bücherschrank hat ihnen nicht gefallen", flüsterte Maria ihr zu.

„Was?", fragte Sophia. In dem Augenblick verlangten die beiden, in das erste Stockwerk geführt zu werden.

„Wagen Sie es nicht!", rief Sophia. „Das sind unsere Schlafräume."

Carsten gab ihr nicht nur recht, er verbürgte sich sogar für die Familie. Leider wählte er das Wort *Damen* statt *Familie.*

„Sie verbürgen sich für die Schlafräume der Damen?", wollte einer von ihnen wissen. „Wie können Sie das? Kennen Sie die Räume?"

Da holte Carsten aus und verpasste dem eine Ohrfeige.

Der Polizist legte seine Hand auf die gerötete Stelle im Gesicht und bestand nun darauf, alle Räume zu sehen.

War das Ganze inszeniert? Schauspielerte Carsten? Wieder trafen sich ihre Blicke und da erkannte sie den Feind in ihm. Er würde sie spüren lassen, was es bedeutete, ihn zu durchschauen. Sie erstarrte, innerlich wie äußerlich.

Katharina und Maria führten die beiden hinauf. Sie folgte nicht, war wie festgefroren, unfähig, sich zu bewegen. Die Bilder! Um Gottes willen! Hoffentlich schauten die sie nicht durch, hoffentlich hatte sie das auf der Staffelei mit der Ruine gut abgedeckt und ihre Entwürfe alle im Geheimfach versteckt.

Als sie herunterkamen, flüsterte Maria ihr zu: „Mamas Zimmer haben sie ausgelassen."

Es geschah nichts. Sie gingen hinaus, einfach so. Würde ein Haftbefehl noch folgen? Oder sollte es das gewesen sein?

Margarethe rieb ihr die Arme.

Carsten entschuldigte sich bei Katharina. „Es tut mir so leid."

Die fuhr zu ihm herum. „Als ob Sie nichts davon gewusst hätten!"

Er blickte drein, als habe sie ihn geohrfeigt.

Sophia zuckte bei ihren Worten ebenso zusammen. War Katharina verrückt geworden? Sie konnte Carsten weder die Durchsuchung unterschieben, noch ihn so bloßstellen.

Er drehte sich um, schien Sophia mit den Augen zu durchbohren, als hätte sie Katharina gegen ihn aufgehetzt und genieße nun die Schadenfreude. Zudem war es ihm bestimmt peinlich, dass sie die Szene mitbekommen hatte.

Er verließ wortlos das Haus.

Sie hatte nun ihren persönlichen Feind gefunden. Einen mächtigen Feind.

7

Würzburg, 1939

Zwei Jahre lang war Sophia bei ihrem Kampf im Widerstand noch mehr auf der Hut gewesen als zuvor, gerade so, als schaue ihr Carsten bei all ihrem Tun über die Schulter. Katharina hatte sich ihn während ihrer Hochzeit zum Feind gemacht und Sophia hatte die Szene miterlebt, was dem Gauleiter bestimmt peinlich gewesen war. Seitdem wartete sie nur darauf, dass sie das irgendwann zu spüren bekommen würde. Bis jetzt war sie davongekommen, wenn sie auch unentwegt meinte, von jemandem verfolgt zu werden. Nicht, dass sie bei ihrem Kampf nicht weitergemacht hätte. Im Gegenteil!

Die verdammte Partei hatte Österreich im letzten Jahr an Deutschland angeschlossen und den Juden die Arbeit verboten, hatte auch die katholische Jugendarbeit untersagt. Kein Wunder, die christlichen Gruppen zählten deutlich mehr Mitglieder als die Hitlerjugend. Natürlich trafen sich die Christen nun weiterhin heimlich, in Würzburg in einem Hinterzimmer des Domes. Schließlich ließen sie sich die Hirtenbriefe und Liedtexte nicht verbieten ...

Seit dem letzten Jahr war auch der Ton der Partei rauer geworden und dementsprechend reagierten Michael und sie darauf. Sie rissen Plakate der Partei von Litfaßsäulen, Michael hörte den ausländischen Sender im Radio an und gab die Informationen von dort auf den Flugblättern wieder. Sein Cousin wollte sogar dazu aufrufen, dass jeder den Sender anhören sollte. Doch damit würden sie noch warten. Schließlich verbot das die Partei und wer es tat, riskierte die Freiheit. Margarethe verteilte die Flugblätter, manches Mal zusammen mit Sina, aber beide waren nicht bereit, mehr zu tun. Es reichte ja auch, dass Michael und Sophia die Plakate der NSDAP sabotierten.

Jetzt im Sommer konnten sie nur in der Nacht losziehen, weil sie stets auf die Dunkelheit warteten. Auch jetzt, am Abend, schien die Sonne noch unbarmherzig herab. Sophie stöhnte, als sie das Kaufhaus verließ. Vor der Residenz hielt sie kurz inne. Auf dem Vorplatz redete Carsten mit zwei Uniformierten. Sofort krampfte ihr Magen. Wie sie ihn und die gesamte Partei hasste!

An der Ecke zur Valentin-Becker-Straße stand der Apotheker auf einen Gehstock gestützt. Er zog den Hut und grüßte.

„An solch warmen Sommertagen tue ich mich mit dem Gehen schwer." Er klopfte auf seine Brust. „Da fehlt mir die Puste."

„Haken Sie sich bei mir unter, dann geht es bestimmt leichter." Sophia bot ihm den Arm an.

„Gerne, wenn Sie mir noch einen Moment zum Verschnaufen lassen." Er zeigte mit dem Stock auf ein mehrstöckiges Haus. „Im Erdgeschoss haben einst Anwälte gearbeitet. Sie waren Juden, jetzt sind sie fort, hoffentlich ausgereist.“

„Die Partei hat den jüdischen Einwohnern alles genommen.“

Er nickte verbittert. „Auch die Würde. Spätestens in der Reichskristallnacht, als sie wie Verbrecher über die Geschäfte hergefallen sind, sogar aus den Wohnungen haben sie sie gezerrt, diese Schweine.“

Sophia schaute sich um, doch er winkte ab. „Ich bin alt. Ich sage meine Meinung laut. Wer noch etwas Vernunft besitzt ...“

Sie zog ihn mit sich. „Kommen Sie! Vernunft nutzt bei denen nichts, dazu bräuchten sie Verstand und den hat man ihnen ausgetrieben.“

Sie gingen schweigend weiter. Der Apotheker atmete schwer und machte kleine Schritte. Er hatte natürlich recht. Die Reichskristallnacht steckte jedem in den Knochen.

Sophia und Maria waren zu Hause gewesen, als ein Zug aus SA-, SS- und NSDAP-Mitgliedern von der Residenz losgezogen war und jüdische Geschäfte in der Semmel-, Eichhorn-, Schönborn- und Domstraße zerstört hatte. Edgar war mit Katharina gleich zu ihnen gekommen und hatte ihnen alles erzählt. Sie hatten alle geweint, sogar Edgar.

Später erfuhren sie, dass die Synagoge in der Domerschulstraße und die in Heidingsfeld brannten. Damit nicht genug: Die Uniformierten hatten die Bewohner aus den Wohnungen, vor allem die in der Sanderau gezerrt und ins Gefängnis oder in eines der Lager gebracht. Unschuldige Menschen. Die Partei schien aus

der Hölle zu kommen und wurde vom Teufel angeführt.

Wieder traten Sophia die Tränen in die Augen. Es war
der reinste Irrsinn und keiner gebot ihnen Einhalt. Was
nutzte das Schimpfen des Apothekers? Sie waren zu
wenige, um denen die Stirn zu bieten. Mit der Zeit
musste sie sich das eingestehen, was natürlich nicht bedeutete, dass sie aufgab. Das nicht!

Sie half dem Apotheker noch die Stufen hinauf, dann
verabschiedete sie sich von ihm.

„Vielen Dank für das Geleit“, rief er. „Bleiben Sie so
wie Sie sind.“

Und ob! Keinen Zentimeter würde sie von ihrem Weg
abweichen, ansonsten müsste sie den Spiegel zu Hause
zuhängen.

Maria kam ihr in der Diele entgegen, blass wie ein Ge-
spenst und so huschte sie in der letzten Zeit auch umher. Sie hielt ein zerknülltes Taschentuch in der Hand.

„Ist was mit Mama?“

Maria schüttelte den Kopf. „Es geht ihr nicht besonders, wie die ganzen letzten Tage halt.“

„Was ist mit dir?“

Maria schaute sie aus großen Augen an. „Alle reden
vom Krieg, weil der Führer doch Danzig zurückhaben
will.“

Sophia legte den Arm um Marias Schulter. „Noch ist
es nicht soweit. Beruhige dich.“

„Ja, aber Edgar ist doch beim Wehrdienst.“

„Ja, und viele andere auch. Außerdem ist er in Ham-
melburg stationiert, also bei uns in der Nähe.“

Maria nickte. „Ich sorge mich, weil er ja zur Familie gehört."

„Ich weiß."

Maria stand auf und verließ mit gesenktem Kopf das Zimmer. Sophia seufzte. Edgar war an einem Ort gelandet, wo er auf Befehle gehorchte, deren Sinn ihm gewiss nicht einleuchtete. Sophia wünschte ihm, dass er sich nicht widersetzte und dort zurechtkam. Womöglich lernte er sogar etwas, das er einmal zum eigenen Schutz brauchen würde.

Am ersten September 1939 saßen sie gerade um den Esstisch versammelt, als ihnen der Führer aus dem Volksempfänger das Schlimmste entgegenbrüllte: „Seit fünf Uhr fünfundvierzig wird jetzt zurückgeschossen. Und von jetzt ab wird Bombe mit Bombe vergolten."

Jeder von ihnen reagierte mit für ihn typischem Entsetzen. Vati schaute von einem zum anderen, Maria weinte, Katharina tröstete und heulte mit. Mama schüttelte den Kopf. „Alles nur wegen Danzig."

In Sophia kämpften Wut und Trauer, sie ballte die Fäuste, Tränen rannen ihr die Wangen herab. Etwas in ihr löste sich. All die Jahre hatte sie sich vor der Ankündigung gefürchtet und nun war sie wirklich eingetreten. Verfluchte Regierung!

In der Nacht schlief Sophia bei Maria. Sie hielten sich fest im Arm wie kleine Mädchen, die erst so den Mut zum Einschlafen fanden. Nach einer Weile atmete Maria ruhig, Sophia starrte ins Dunkel. Tief im Inneren war ihr klar gewesen, dass Hitler sie alle zu seinen

Spielfiguren erzog. Die Männer und Jungen zu Soldaten, die Frauen zu deren Muttis, die alles dafür taten, dass sie jeden Kampf bestanden. Aber der Mensch war doch auf die Welt gekommen, um zu leben und nicht, um im Krieg zu fallen. Offensichtlich brauchte aber jemand wie Hitler den ständigen Kampf. Erst gegen die Juden, jetzt griff er nach anderen Ländern. Das war so irrsinnig, dass sie einen Knoten im Hirn bekäme, wenn sie weiter darüber sinnierte.

Am Morgen wusste keiner, was er tun sollte. Einfach weitermachen? Aber sie lebten doch jetzt im Krieg. Vati strich sich über die Augen, unter denen tiefe Ringe lagen. Er hatte wohl keinen Schlaf gefunden.

„Es bringt nichts, wenn wir den ganzen Tag über die Ungeheuerlichkeit brüten. Lasst uns zur Arbeit gehen."

Katharina stand auf. „Das meine ich auch."

Es kochte in Sophia hoch. Einfach weitermachen als sei nichts geschehen? Sie wandte sich an Katharina. „Ja, geh und verkauf der Wehrmacht deine Decken. Hauptsache die Kasse klingelt."

„Von der auch du lebst, meine Liebe."

Das stimmte. Doch Sophia musste ihren Zorn herausschreien. „Ja, ich lebe davon, weil momentan keiner meine Mode braucht. Wozu auch, wenn der Krieg doch alles auslöschen wird?"

Da fing Maria wieder an zu weinen. Sophia nahm sie in die Arme. „Es tut mir leid. Ich bin halt so wütend."

Katharina legte ihr die Hand auf die Schulter. „Das sind wir alle. Aber wenn die Soldaten ohne meine Decken frieren, geht es ihnen auch nicht besser."

Sophia schwieg. Woher Katharina den Rat hatte, die Wehrmacht mit Decken zu beliefern, wusste keiner. Doch sie hatte rechtzeitig auf die Flaute beim Verkauf der Kleider reagiert und es machte sich bezahlt.

Maria wischte die Tränen ab. „Hört auf zu streiten. Wir brauchen nicht auch noch Krieg in der Familie."

Also gingen sie alle zur Arbeit. Maria fuhr zum Versandhandel, Sophia trottete neben Katharina den Rennweg hinunter. In der letzten Zeit half sie ihrer Schwester beim Papierkram, weil sie sonst kaum etwas zu tun hatte. Was das Land brauchte, waren Lebensmittel und die bot das Kaufhaus nicht an. Die Menschen in der Stadt warfen die Blumen aus den Gärten auf den Kompost und bauten Gemüse an, um nicht zu hungern. Das besorgte Hilda für die Familie von ihren Verwandten auf dem Land. Zum Glück! Denn Mama aß nur noch Gemüse im Eintopf oder in einer Suppe.

Die Sonne schien strahlend vom Himmel, als sei nichts geschehen. Vögel zwitscherten im Park, ihnen war der Krieg der Menschen egal. In der Innenstadt standen Frauen und Männer in Gruppen und redeten leise miteinander.

„Als säße ihnen der Feind im Nacken", murmelte Katharina.

„Das tut er seit 1933."

Ein Mann in Vatis Alter zog vor ihnen eine Handkarre, eine alte Frau trippelte o-beinig hinter ihm her. „Kohle, sammle Kohle. Im letzten Krieg hab ich fei genug gefroren."

„So viel kann ich net sammeln, wie wir brauchen werden."

„Ich mach das nimmer jahrelang mit. Dann verabschiede ich mich lieber vorher."

„Net nur du."

Die beiden zogen ihre leere Karre, die auf dem Kopfsteinpflaster nur so holperte, in eine Seitengasse.

Katharina blieb stehen. „Haben die Leute bereits aufgegeben?"

„Woher sollten sie wohl die Lust zu leben nehmen?"

Katharina schaute sie an, als hätte sie sie nach dem Weg zum Kaufhaus gefragt. „Aus sich selbst heraus. So funktioniert es immer."

Das war also Katharinas Weg durchs Leben zu gehen: aufzustehen. Sie selbst hegte und pflegte ihre Wut. War es das, was jeder suchte?

Sophia zog ihre Strickjacke aus. Es war ein warmer Tag, die Sonne scherte sich nicht um den Krieg. Eine Gruppe junger Frauen marschierte in Uniform mitten auf der Straße mit herausgereckter Brust, als ginge sie zu einer Ordensverleihung. Die jungen Männer schienen die Stadt verlassen zu haben, um für eine spinnerte Idee zu kämpfen, die sich ein einzelner ausgedacht hatte.

„Womöglich ist Edgar jetzt schon auf dem Weg nach Polen."

Katharina schluckte. „Beten wir für ihn."

Sophia nahm ihre Hand. „Ja, mehr können wir jetzt nicht mehr tun."

Als sie die Treppen im Kaufhaus hinaufstiegen, kam ihnen aus der Herrenabteilung der Verkäufer mit den dicken Brillengläsern entgegen.

„Herr Beck, was gibt es?", fragte Katharina.

„Verzeihen Sie, Frau Wagner." Er räusperte sich in seine Faust. „Ich wollte Ihnen nur sagen, dass ich Ihrem Mann alles erdenklich Gute in diesen Zeiten wünsche."

Sie bedankte sich, dann gingen sie nach oben. Katharina lächelte. „Herr Beck ist uns als einziger Verkäufer geblieben. Er fühlt sich wohl alleine unter all den Kolleginnen."

„Er nennt dich noch immer Frau Wagner."

Katharina nickte. „Das tun sie alle."

Kein Wunder! Edgar war der blasse Junge.

Den Abend verkroch sich Sophia in ihrem Zimmer. Merkwürdig, anstatt die Nähe des anderen zu suchen, zog sich jede von ihnen zurück. Erst mal im eigenen Inneren aufräumen, wenn die Welt draußen vor dem Chaos stand.

Sie deckte die Leinwand auf und wieder zu. Heute würde sie alles Schwarz übermalen, das wäre doch schade, wenn die Ruine und die Feuerfarben in Nachtschwarz untergingen.

Dann schloss sie die Augen. Wäre Martin hier, könnte sie sich in seine Arme schmiegen und ihn küssen, um ja nicht denken zu müssen. Einfach die Gedanken ausknipsen und nur das Herz fühlen lassen. Warum hatte sie den Brief von ihm nur ins Feuer geworfen? Die einzige Erinnerung. Das Papier, das er angefasst hatte.

Rosa klopfte an die Tür und trat ein. Sonst steckte sie nur den Kopf herein, was so wirkte, als sei sie stets auf dem Sprung. Es war ungerecht, aber Sophia verglich sie immer mit David und da zog Rosa halt den Kürzeren.

Sie schloss vorsichtig die Tür hinter sich. „Gnädiges Fräulein, ein Herr möchte Sie sprechen."

„Mich?"

Rosa nickte. „Ja, er wartet draußen vor dem Haus."

Sophia stand auf und zog ein Jäckchen an. „Warum kommt er nicht herein?"

Rosa zuckte mit den Schultern. „Er sieht jedenfalls sehr mitgenommen aus. Soll ich den gnädigen Herrn zur Vorsicht verständigen?"

„Nein, nicht zur Vorsicht und auch sonst nicht. Danke, Rosa."

Sophia sprang die Stufen herab und trat vor die Haustür. Da war keiner. Sie schaute von links nach rechts und wieder zurück. Nichts. Vielleicht auf dem Bürgersteig? Sie fasste nach dem Gartentor, da legte jemand eine Hand auf ihre Schulter. Sie zuckte zusammen, wollte schreien, da flüsterte ein Mann in ihrem Rücken: „Sht."

Sie brauchte sich nicht umzudrehen, um zu wissen, wer da stand.

„Martin?"

Er zog sie vom Licht der Straßenlaterne weg. „Sophia!"

Er nahm sie in die Arme und drückte sie so fest, dass ihr die Luft wegblieb. „Du hast mir so gefehlt." Dann löste er sich von ihr. Tränen liefen seine Wangen herab. Sie wollte sie ihm wegküssen, doch er kam ihr fremd vor.

„Jahrelang hast du mir nicht einmal ein Lebenszeichen geschickt."

„Ich hatte so viel zu tun. Wir haben Leben gerettet, verstehst du?"

„Ich weiß. Mich hast du dabei vergessen."

Er strich ihr übers Haar. „Nein, das habe ich nicht. Jetzt bin ich da."

„Ja, jetzt bist du hier. Nach vielen Jahren tauchst du bei mir auf. Und nun?"

Er tat ihr ein wenig leid. Vorhin noch hatte sie sich in seine Arme gewünscht, doch jetzt ließ sich das Gefühl nicht herbeirufen. Martin hatte sie so lange warten lassen und plötzlich stand er vor ihr.

Er schob sie etwas von sich. „Sophia, ich brauche dich." Wieder liefen Tränen seine Wangen herab, dann schien er sich wieder zu fassen und schaute sich gehetzt um.

„Komm mit auf mein Zimmer."

Er schüttelte den Kopf. „Auf keinen Fall. Dein Vater!"

„Er wird dich schon nicht fressen."

„Nein, er wird mich ausliefern." Er fasste sie an den Schultern. „Sie suchen nach mir. Ich habe zu vielen geholfen, nun soll ich angeblich eingezogen werden, aber in Wirklichkeit werden sie mich erschießen. Du musst mich verstecken. Hilf mir, bitte!"

„Was?" Jetzt schaute sie sich ebenso um. Am Ende würde Carsten gerade jetzt zuschlagen, denn er hatte seine Augen überall. Bestimmt ließ er sie verfolgen. Sie begann zu zittern.

„Du musst weg von hier."

„Das sagte ich. Sie suchen mich."

Sophia schob ihn noch ein Stück ins Dunkel zurück. Natürlich suchten sie nach ihm. Aber wo um Himmels willen sollte sie ihn verstecken?

„Ich ... hier in der Villa ist es unmöglich, im Kaufhaus auch. Da arbeiten die Näherinnen im Keller."

„Denk nach!"

Mit einem Mal flog die Haustür auf, Maria stand im Lichtschein der Dielenlampe. „Sophia?"

„Sei bloß still!", flüsterte Martin.

„Im Gegenteil!" Ihr war der rettende Gedanke gekommen. Sie legte die Hand auf Martins Arm. „Warte einen Augenblick." Dann huschte sie zu Maria. „Komm mal bitte raus."

Sie führte sie zu Moltke. „Maria, das ist ein Freund von mir, ein sehr guter. Er wird von der Gestapo verfolgt."

Maria trat einen Schritt zurück.

Sophia redete weiter. „Er braucht ein Versteck. Bitte! Du musst uns helfen."

Maria hob abwehrend die Hände. „Wie denn?"

„Gib mir den Lagerschlüssel!"

„Bist du verrückt? Wenn sie ihn da finden, bringst du uns alle in Schwierigkeiten."

Doch Maria blieb stehen, sie rannte nicht ins Haus.

„Sie werden ihn nicht finden, das verspreche ich dir. Oder willst du nicht auch jemandem das Leben retten? Stell dir vor, es wäre Edgar, der versteckt werden müsste."

Sophia schaute sie nicht an. Es war ungerecht, zu solch einem Mittel zu greifen. Aber sie hatte keine Wahl.

Maria nickte. „Gut, du bekommst den Schlüssel, aber ich will nichts damit zu tun haben."

Sophia atmete auf. Das war schon einmal geschafft.

„Wir können dich in unserem Versandlager verstecken. Den Schlüssel habe ich."

Moltke küsste sie auf den Mund. „Gut, aber wie kommen wir da hin?"

„Unser Chauffeur könnte uns fahren." Sophia schaute an Martin vorbei. „Aber ich brauche einen Grund dafür. Und dann ... kann ich erst mal nicht zurück, weil ich dir dein Lager einrichten muss."

Martin schaute sich wieder nervös um. „Überleg bitte, wie wir vorgehen. Ich muss dort länger bleiben."

Sophia nahm seine Hand und küsste ihn. „Warte hier! Ich rede noch einmal mit Maria."

Zunächst weigerte sich Maria vehement, ihr zu helfen. Sophia verstand sie, sie hatte halt Angst. Dann aber überzeugte sie ihre Schwester schließlich doch damit, dass sie Sophias Liebe das Leben rettete.

Endlich stand der Plan. Maria gab vor, dass sie vergessen hatte, einen wichtigen Punkt anzugeben, der aber am nächsten Tag steuerlich relevant sei. Armin war natürlich sofort bereit, sie noch einmal zum Versandhaus zu fahren und dort zu warten, bis sie soweit war.

Derweil packte Sophia sich Kleidung für den nächsten Tag ein und holte etwas Brot und Käse aus der Küche.

Nachdem Armin den Wagen vorgefahren hatte und Sophia aus dem Haus gekommen war, trat Maria auf ihn zu.

„Sophia will heute bei Sabine Väth übernachten. Wir können sie doch bis zum Versandhaus mitnehmen, oder?"

Im Grunde war Sabine eine Freundin Marias, mit der sie sich wieder traf, seit sie in Heidingsfeld arbeitete. Weder mochte Sophia sie, noch wäre sie auf die Ausrede gekommen. Doch Maria hatte den Einfall gehabt und er erschien Sophia großartig.

Armin wandte sich an Sophia. „Natürlich werde ich Sie vor dem Haus der Familie Väth absetzen."

Sophia dankte ihm. Von dort waren es nur wenige Schritte bis zum Versandhaus. Sie ging zum Wagen. Armin folgte ihr und öffnete die Tür, dann sah er sich nach Maria um, die unschlüssig vor der Haustür stand.

Maria hüpfte die Treppe hinunter. „Mir ist gerade etwas eingefallen. Ich habe mir doch einige Kleider zur Anprobe mit nach Hause genommen. Wenn ich jetzt sowieso zum Lager fahre, dann könnten wir die zurückbringen. Würden Sie mir kurz beim Tragen helfen, Armin?"

Er verbeugte sich leicht. „Selbstverständlich, gnädiges Fräulein."

Sophia grinste. Maria war kaltschnäuziger als sie es für möglich gehalten hätte. Sie flitzte zu Moltke, der mit der Decke und seinem Rucksack bereitstand. „Schnell!"

Er legte sich in den hinteren Fußraum, wie es schon einmal ein Mann getan hatte. Sophia warf die Decke über ihn, da kehrte auch Armin zusammen mit Maria zurück. Beide trugen Kleider auf den Armen. Armin öffnete mit einer Hand den Kofferraum, warf alles hinein, dann nahm er hinter dem Lenkrad Platz, Maria neben ihm. Sie erzählte von ihrer Arbeit im Kontor und erklärte Armin, wo der Fehler lag und was für Ärger sie sich einheimste, wenn sie das nicht in Ordnung brächte. Wunderbare Maria.

Mitten auf der Mergentheimerstraße, sie hatten Heidingsfeld schon beinahe erreicht, hielt eine Patrouille sie an. Zwei Männer mit Gewehren in der Hand traten auf den Wagen zu.

Sophia stieg ihr Mageninhalt hoch. Sie schluckte ihn hinunter. Ruhe bewahren. Schweiß rann ihr den Rücken hinab. Gerade eben riskierte sie das Leben von drei Menschen, vor allem das von Maria, dem liebenswertesten unter ihnen.

Armin stieg aus, ließ die Tür offen. „Was gibt es?"

„Wir wollen einen Blick in den Wagen werfen."

„Suchen Sie jemanden?" Armin ging zum Kofferraum und öffnete ihn. „Da sind nur Kleider drin. Die gnädigen Fräulein haben die zur Auswahl mitgenommen, müssen sie aber noch heute Abend zurückbringen. Sie verstehen?"

Maria schaute ängstlich zu Sophia. „Heiliger Mist!"

Sophia brachte keinen Ton heraus. Ihre kleine Maria! Ihr durfte nichts passieren!

Maria drehte den Kopf zur Seite. „Einen von denen kenne ich."

„Dann nichts wie raus. Rede mit ihm, lenke ihn ab. Bitte!"

Sie stiegen aus.

„Hallo, meine Herren." Maria lachte. „Wenn das nicht mein Tänzer Emil ist, dann weiß ich auch nicht."

Derjenige, der bereits die Hand auf dem Griff der hinteren Tür hatte, drehte sich zu ihr um. „Fräulein Maria, ja so was! Wo soll es denn hingehen?"

Maria schaltete ihr kokettes Getue an. „Ach wissen Sie", sie fuhr an ihrem Leib herab, „ich trage halt gerne hübsche Kleider. Und da habe ich mir welche aus dem Versandhandel meiner Schwester mitgenommen. Morgen ist aber Monatsende und wenn ich die nicht heute Nacht noch hinbringe, bekomme ich Ärger."

Sie zog ihren Schmollmund.

Der Mann grinste. „Ich verstehe.“ Er winkte seinem Kollegen, der mit Armin redete. „Die können wir weiterfahren lassen.“ Dann wandte er sich an Maria. „Übermorgen darf ich dann aber mindestens dreimal mit Ihnen tanzen, ja?“

Sie reckte das Kinn. „Mal sehen.“

Sophia stieß die Luft aus. Gut, dass Maria ihre Erleichterung nicht zeigte. Sie blieb aber bei Maria untergehakt.

Armin stieg ein, durch die offene Tür sagte er: „Auf Wiedersehen, die Herren.“

Maria reichte ihrem Tänzer die Hand. „Also dann, bis übermorgen.“ Sie ging um den Wagen herum und stieg hinten ein.

Sophia setzte sich neben Armin. „Fahr los!“

Armin startete den Motor. Nach wenigen Minuten erbrach sich Maria, erst in die Hand, dann auf die Decke.

„Gnädiges Fräulein“, sagte Armin. „So leid es mir tut, jetzt kann ich nicht anhalten.“

„Fahr weiter!“, murmelte Maria.

Sophia reichte ihr ein Taschentuch. Im Wagen roch es stark nach Magensäure. Sophia kämpfte gegen den Würgereiz an.

Maria wischte sich über den Mund und zuckte mit den Schultern. Sie hatte ihre Rolle gut gespielt und sich nicht wie ein Angsthase benommen. Doch jetzt musste die Angst eben raus.

Sophia drehte sich zu ihr. „Geht es wieder?“

„Ja, habe wohl etwas Falsches gegessen.“

Armin räusperte sich. „Angesichts der Lage erscheint es mir besser, wenn ich Sie, Fräulein Sophia, nicht bei der Familie Väth absetze, sondern bei Fräulein Maria lasse.“

„Danke, Armin. Tatsächlich möchte ich zunächst mit Maria ins Versandhaus und ihr helfen.“

„So machen wir das.“ Armin räusperte sich. „Ich werde die Sachen hineintragen und dann draußen warten.“

Sophia schaute wieder zu Maria. Die zuckte mit den Schultern. Ahnte Armin etwas? Er hatte auch den Polizisten gleich zum Kofferraum geführt. Gleichwie. Der restliche Plan musste gelingen.

Sie hielten im Hof des Versandhauses und stiegen aus. Armin öffnete den Kofferraum, trug die Kleider zur Tür, die Maria bereits aufhielt. Sophia schloss den Kofferraum, wartete, bis Armin im Gebäude verschwunden war, und stieß Martin an. Der stürzte aus dem Auto und rannte zur Tür. Sophia folgte ihm auf dem Fuß, lugte durch die Tür, zog ihn hinein und schob ihn in Edgars Büro.

Dann atmete sie einige Male ein und aus und öffnete die Tür von Marias Büro. Armin kam in dem Augenblick aus dem Lager. „Ich habe die Kleider abgelegt, jetzt warte ich im Wagen. Lassen Sie sich nur die Zeit, die Sie brauchen.“

Er kramte ein Päckchen Zigaretten aus der Hosentasche und trat hinaus auf den Hof. Maria eilte aus dem Büro. „Findest du Armin nicht merkwürdig?“

„Doch. Aber das ist jetzt egal.“ Sophia holte Martin heraus. „Schnell. Wir brauchen jetzt einen Unterschlupf.“

Maria grinste. „Den haben wir gleich.“

Sie führte sie durch das Lager. Sophia suchte nach einem Versteck. Wie viele Regale mittlerweile dazugekommen waren, seit sie das letzte Mal hier gewesen war. Doch einige standen leer oder waren mit Stapeln von Wolldecken gefüllt.

Martin schob die Brauen zusammen, schwieg aber. Sie konnte ihm am Gesicht ablesen, was er über die Decken dachte. Möglicherweise rettete ihm aber genau das Lager hier das Leben.

„Beeilt euch!", zischte Maria. Sie führte sie bis zur Rückwand des Warenlagers.

„Und nun?", fragte Sophia. Beim besten Willen war ihr schleierhaft, wo sie Martin verstecken könnten. „Er kann sich schlecht auf ein Regalbrett legen."

Maria grinste. Sie trat zu einem Regal auf der linken Seite, in dem wenige Decken lagen, fasste es an den Stangen und schaute zu ihnen. „Los, helft mal mit!"

Martin packte an und zusammen schoben sie das Regal auf die Seite. Dahinter zeichnete sich eine Tür ab, der der Griff fehlte. Maria drückte dagegen, da fiel der Lichtschein des Lagerraumes in einen winzigen, fensterlosen Raum. Er war so breit, dass Martin sich gerade so hinlegen konnte, rund zwei Schritte tief und so hoch, dass er kniend die Decke erreichte.

Martin strich sich über den Kopf. „Das perfekte Versteck. Aber wie sieht es von draußen aus?"

„Das ist es ja", sagte Maria. „Man sieht es nicht, weil davor eine dichte Hecke gewachsen ist." Sie zuckte mit den Schulter. „Der Erbauer wird sich was dabei gedacht haben."

„Vermutlich wurde da Schmuggelware versteckt." Martin kroch mitsamt dem Rucksack hinein. „Könnte ich eine der Decken haben?"

Sophia brachte ihm drei Stück. „Morgen werde ich dir eine Lampe mitbringen." Sie reichte ihm die Brote und eine Thermoskanne mit Wasser. „Für heute Nacht wird es so gehen."

Martin zog sie in den Raum hinein.

„Ich gehe mal in mein Büro", sagte Maria.

Martin setzte sich und streckte die gespreizten Beine aus. Sophia schüttelte den Kopf. Er war ihr so nah, aber die Zeit schien ihre Gefühle zu ihm zugedeckt zu haben. Erst musste sie die wieder befreien. Sie gab ihm einen Kuss auf die Wange und wollte nach draußen, da drehte er sanft ihr Gesicht zu sich und küsste sie auf den Mund. „Ich liebe dich. Kannst du nicht hierbleiben?"

Er schaute sie so liebevoll an, dann der Kuss. Die Decke in ihrem Inneren bröckelte.

„Nicht heute." Sie strich ihm über die Wange. „Du hast es ja im Wagen gehört."

„Ja, du sollst doch nicht zu deiner Freundin. Pass auf den Chauffeur auf, der scheint etwas zu ahnen."

„Und wenn, dann verrät er uns niemals. Er gehört zur Familie."

„Dein Vater auch."

Sie schaute auf den Boden. „Morgen werde ich dableiben, in Ordnung?"

Martin fuhr ihre Gesichtsform nach, dann hob er ihr Kinn und küsste sie auf den Hals und das Dekolleté. „Bis morgen."

Himmel! Die Decke bekam Löcher, als ob Motten daran fraßen.

Sie löste sich von ihm und kroch hinaus.

Dann zog Martin am Regal und sie schob daran, bis es an seinem Platz war. Er flüsterte ihr „Gute Nacht" zu und schloss die Tür.

Nach wenigen Schritten drehte Sophia sich noch mal um. Tatsächlich. Die Tür war nicht zu erkennen, wenn man nicht danach suchte. Was für ein Glück!

Sie ging zu Maria, umarmte sie und gab ihr einen Kuss auf die Wange. „Ich danke dir vielmals. Danke schön. Was hätte ich ohne dich nur gemacht?"

„Ab jetzt will ich aber nichts mehr damit zu tun haben. Dein Freund muss tagsüber leise sein und du versorgst ihn."

„Du musst dich auf keinen Fall noch um irgendwas kümmern. Wie geht es dir?"

Maria winkte ab. „Meinem Magen gut, aber vom Rest muss ich mich jetzt erholen."

Sie gingen Hand in Hand zum Wagen. Als Armin sie kommen sah, warf er die Zigarette weg, trat sie aus und öffnete ihnen hinten die Türen. Sein Gesicht schien im Schein der Laterne regungslos, doch als Sophia ihm vor dem Einsteigen in die Augen schaute, lächelte er. Sie würde ihn nicht darauf ansprechen, aber sie würde auf ihn zählen können, wenn sie ihn brauchte.

Im Wagen lehnte sich Maria auf Sophias Schulter und schlief sofort ein. Also schwiegen sie die gesamte Fahrt über.

In der Nacht kam Maria zu Sophia ins Bett, steckte ihre eiskalten Füße an ihre und kuschelte sich an sie.

Wieder und wieder wachte Maria von Albträumen geplagt auf und weinte. Kaum schloss sie die Augen, träumte sie anscheinend das Grauen weiter. Was hatte Sophia ihr da nur angetan?

Am Morgen schien Maria zum ersten Mal entspannt zu schlafen. Sie hatte den Mund leicht geöffnet und atmete ruhig und gleichmäßig. Sophia stieg vorsichtig aus dem Bett und machte sich so leise, wie sie es vermochte, zurecht. Maria sollte sich ausschlafen.

Sie ging nach unten. Nun stand ihr bestimmt eine Predigt bevor. Am Frühstückstisch blickten Katharina und Vati sie aus großen Augen an.

Vati schob seinen Teller auf die Seite. „Was war das gestern Abend?"

Sophia setzte sich auf ihren Platz. Merkwürdig, dass jeder denselben Platz am Tisch einhielt. Warum nicht einmal durchwechseln? „Was denn?"

Vati seufzte. „Armin hat dich und Maria gestern noch einmal ins Versandhaus gefahren. Warum?"

Sophia goss sich Tee ein. „Und was hat Armin dir erzählt?"

„Ich will von dir hören, was los war."

Sophia bestrich sich ein Brot mit Marmelade. Sie biss hinein und kaute genüsslich.

Vati klopfte mit den Fingern auf den Tisch. „Armin sagte, dass du zu einer Freundin wolltest, die in Heidingsfeld wohnt und Maria irgendwas vergessen habe."

Wusste sie es doch! Vati fehlte die Geduld, auf eine Antwort zu warten.

„Ja, so war es auch."

„Was soll denn so wichtig gewesen sein, dass Maria noch am Abend in den Betrieb musste?“

„Sie verbesserte einen Fehler in der Buchhaltung. Frag mich nicht, welchen. Sie hat es Armin erklärt, aber für mich war es das reinste Chinesisch. Und nachdem mich Armin zu den Väths fahren wollte, ist sie mit und hat das gleich erledigt.“

„Das ist alles?“

Sie trank einen Schluck. Ob sie ihm von den Uniformierten erzählen sollte? Würde er es denn erfahren?

„Ja. Das heißt: Maria wurde schlecht auf der Fahrt. Sie hat sich wohl den Magen verdorben, deswegen habe ich sie heute früh nicht geweckt.“

Katharina drehte sich zu ihr. „Du hast sie nicht geweckt?“

„Ja, ich bin dann doch nicht zur Freundin und habe das auf heute verschoben, weil ich mich lieber um Maria kümmerte.“

Vati musterte sie aus schmalen Augen, dann schnaubte er. „Geht es ihr jetzt besser?“

Sophia zuckte mit den Schultern. „Ihr war die Nacht über nicht mehr übel, aber sie hat unruhig geschlafen. Wie es heute früh wird, weiß ich nicht.“

Vati stand auf. „Alles merkwürdig.“

„Was?“

„Ja, der seltsame Fehler, der nicht bis heute Zeit hat.“ Er wandte sich an sie. „Und deine Freundin. Wie heißt sie?“

„Sabine Väth.“

„Ihr habt mir doch nicht irgendwelche Männergeschichten?“

Sophia lachte. Daher wehte der Wind. „Geschichten? Gleich mehrere?"

Vati schnaubte. „Macht keinen Unsinn."

„Keine Sorge." Sie aß auf. Das war überstanden.

Vati verabschiedete sich.

„Und was war wirklich?", fragte Katharina. „Du bist doch mit keiner Sabine Väth befreundet."

Sophia schenkte sich Tee nach. „Doch, über Maria und Margarethe."

„Sag nicht, dass diese Sabine sich auch für Politik interessiert."

„Doch, das tut sie. Ich wollte mit ihr über die christlichen Jugendgruppen sprechen."

Katharina stand auf. „Schon gut. Aber ich muss jetzt los."

„Ich komme gleich nach." Sophia wartete ab, bis Katharina das Haus verlassen hatte. Hoffentlich bohrte sie nicht wegen Maria nach. Zum Glück hatte Armin offenbar nichts von den Uniformierten und von den ausgeliehenen Kleidern erzählt.

Sophia ging zu Armins Zimmer, klopfte an und trat ein. Er stand am offenen Fenster und rauchte, drehte sich aber sofort zu ihr um. „Guten Morgen, gnädiges Fräulein."

Sophia grüßte zurück. Dann ging sie zu ihm und legte die Hand auf seinen Arm. „Danke für alles."

„Ich habe gerne geholfen."

Er erinnerte sie oft an David, vermutlich weil er viel von ihm übernommen hatte. Selbst die Worte wählte er so sorgfältig wie dieser. Es zog in ihrer Brust. Wie sehr er ihr fehlte. Sie wandte sich zum Gehen. „Ich wünsche Ihnen einen schönen Tag, Armin."

„Den wünsche ich Ihnen auch, Fräulein Sophia. Und wenn Sie mich wieder einmal brauchen, dann bin ich bereit, zu helfen."

„Danke schön."

Im Norden brauten sich graue Wolken zusammen und verdeckten die Sonne. Ein kühler Wind wirbelte die ersten bunten Blätter auf. Zum Glück ließ die Hitze endlich nach. Auf Regen konnte Sophia verzichten, aber auch auf die heißen Sommertage.

Hoffentlich fing sich Maria wieder. Schließlich brauchte sie starke Nerven, wenn sie in Martins Nähe arbeitete. Er würde ja noch eine Weile dort versteckt bleiben und benötigte unbedingt einige Dinge, die sie ihm verschaffen musste. Aber wie sollte sie dorthin gelangen? Sie konnte schließlich nicht jeden Abend einen Besuch bei Sabine vorschieben. Und im Versandhaus vorbeizuschauen, das gelang auch nur, wenn Maria dort arbeitete. Sie bog in die Theaterstraße ab, dann drehte sie wieder um und ging zu Michaels Bäckerei. Dort traf sie auf einen Mann in Vatis Alter, der vor der Ladentür kehrte.

„Guten Morgen. Ist Michael da?"

Der Mann hörte auf zu kehren, hielt den Besen nah am Körper und musterte sie aus den gleichen Augen wie Michael. „Den haben sie zum Wehrdienst geholt, danach geht es wohl an die Front. Und ich kann nicht mehr tun, als ihm seinen Laden hier zu erhalten."

„Michael ist fort?"

Er nickte. „Sind Sie Sophia?"

„Ja, Sophia Wagner."

Er lehnte den Besen an das Schaufenster, winkte ihr hereinzukommen und ging direkt hinter die Theke. „Warten Sie." Er bückte sich, kramte dort nach etwas und zog einen Umschlag heraus. Den soll ich Ihnen geben und Ihnen ausrichten, dass sein Cousin, der Richard, nicht zum Dienst muss. Der hat es mit der Lunge."

„Aha. Danke schön."

Sie wandte sich zum Gehen, da rief Michaels Vater sie zurück. Er drückte ihr eine Tüte mit frischen Brötchen in die Hand. „Michael mochte Sie gerne, junge Frau."

„Danke, die duften himmlisch."

Was wohl in dem Brief stand? Sophia eilte sich, ins Kaufhaus zu kommen. Im Bürotrakt stieß sie beinahe mit Sonja zusammen und fing gerade so eines der Brötchen auf, das aus der Tüte fiel. „Entschuldigen Sie vielmals."

Sonja machte ein zerknirschtes Gesicht, stierte aber auf die Brötchen. „Nein, das war meine Schuld. Ich war in Eile."

Sophia hielt ihr die Tüte hin. „Wollen Sie eines und uns dafür einen Kaffee kochen?"

„Gerne, aber Kaffee habe ich nicht. Ich kann nur einen Tee anbieten."

„Dann einen Tee bitte."

Sophia drückte ihr die Tüte in die Hand und ging in Katharinas Büro. Ihre Schwester goss den Kaktus auf der Fensterbank. „Wenn du magst, kannst du heute gerne mittags Schluss machen. Die Schneiderinnen warten auf die Lieferung und ich auf zwei Lieferanten, die wohl doch nicht anrücken werden. Einer meldete sich krank, der andere weiß nicht, wie lange er noch arbeiten darf, bevor er eingezogen wird."

„Das heißt: Wir ersticken nicht gerade in Arbeit."

„Nein, wirklich nicht."

Katharina setzte sich, klatschte die Hände auf den Tisch und blinzelte hektisch. „Sag mal, wenn es Maria heute nicht gut geht, kannst du dann nicht im Versand mit anpacken? Du könntest ja beim Verpacken helfen."

„Ja gerne. Ich will doch sowieso zu Sabine. Dann bleibe ich gleich in Heidingsfeld."

„Prima." Sie schaute auf die Uhr. „In einer Stunde kommt der Fahrer vorbei, weil er mir die Akten des letzten Monats bringt, dann kann er dich mitnehmen."

„In Ordnung."

„Vermutlich wollte Maria deshalb noch etwas ausbessern."

„Ja, wahrscheinlich."

Sonja brachte den Tee und die Brötchen, die köstlich schmeckten. Danach ging Sophia in ihr Büro und öffnete Michaels Brief. Er teilte ihr in wenigen Zeilen mit, dass er zum Wehrdienst eingezogen worden war und dass sie sich an Richard wenden sollte, der gleich neben der Bäckerei wohnte. Der habe für alle Fälle ein Moped mit Beiwagen und Michaels Wagen dürfe er auch benutzen.

Heute war das Glück wohl auf ihrer Seite. Fing sich Maria noch, dann lösten sich ihre privaten Probleme auf und sie konnte sich endlich auf ihre Arbeit im Widerstand konzentrieren. Womöglich ergäben sich noch mehr Aufgaben durch Martins Anwesenheit. Das würde sie heute Abend klären. Ihr stand eine ganze

Nacht mit ihm bevor. Oh Himmel! Ihre Wangen glühten. Sie nahm den Brief, riss ihn in kleine Teile und warf ihn in den Papierkorb.

Dann holte sie sich von Katharina Lieferscheine und Bestellungen, die sie verglich und zusammenheftete. Eine der langweiligsten Aufgaben überhaupt, aber momentan hatten die Menschen andere Sorgen als was sie am nächsten Tag anzögen. Dementsprechend sinnlos wäre es, neue Entwürfe zu zeichnen, für deren Herstellung es kaum Stoffe gab. Also machte sie sich nützlich und nahm Katharina ein wenig Arbeit ab. Was für eine stumpfsinnige Arbeit. Da kämpften andere an der Front und setzten ihr Leben aufs Spiel, andere flüchteten aus Angst um ihr Leben und was tat sie? Bestellungen an Lieferscheine heften. Nein, so war es nicht. Sie hatte gestern Martin geholfen, ihn gerettet. Den Mann, der ihrem Leben einen Sinn gegeben hatte. Er liebte sie. Wie schaute es aber bei ihr aus? Sie mochte ihn, sehr, aber sie musste ihn erst wieder kennenlernen.

Endlich meldete Sonja den Fahrer an. Sophia verabschiedete sich von Katharina, ging in den Keller zum Hausmeister und bat ihn um einen Eimer. Danach ließ sie sich vom Fahrer, einem Mann in Vatis Alter, aber breit wie ein Kleiderschrank, nach Hause bringen.

Dort packte sie für sich Kleider für den morgigen Tag. Die Nacht würde sie bei Martin bleiben und ihnen die Möglichkeit geben, sich näherzukommen. Sie stopfte eine Lampe zwischen die Kleidung, dazu Schreibzeug und ein Notizbuch, Lebensmittel und wieder eine Thermoskanne mit Wasser.

Auf der Treppe begegnete sie Rosa, die die Stirn in Falten zog.

Sophia lachte. „Keine Sorge, ich ziehe nicht aus. Morgen bin ich wieder da."

„Sehr wohl, gnädiges Fräulein."

„Ist Maria zu Hause?"

„Nein, das gnädige Fräulein ist nach Heidingsfeld gefahren."

„Danke Rosa."

Der Fahrer brachte sie im Handumdrehen zum Versandhaus, half ihr, die Sachen in Marias Büro zu tragen und ging dann seiner Arbeit nach.

Maria erschien ihr noch blass, lächelte aber wieder. „Willst du hier einziehen?"

Sophia schaute sich um und wisperte. „Nein, nur übernachten, aber Martin braucht ein paar Sachen. Schade, dass ich jetzt nicht zu ihm kann."

„Auf keinen Fall! Dort wird gearbeitet." Maria senkte die Stimme noch mehr. „Aber ich habe ihm heute früh etwas zu essen gebracht, zu trinken natürlich auch."

„Wie geht es ihm?"

Sie zuckte mit den Schultern. „Er ist hier draußen ein paar Schritte gelaufen."

Das Stillsitzen und -liegen warf auch ein Problem auf. Wie lange hielt ein Mensch es wohl aus, sich ganze Tage kaum bewegen zu dürfen? Am besten, er tauschte den Tag gegen die Nacht, in der er sich im Lager die Beine vertreten konnte.

Sophia packte bis zum Abend Ware in Kartons. Danach tat ihr der Rücken weh und sie glaubte, dass ihre Arme bis zum Boden reichten. Stöhnend ließ sie sich auf Marias Stuhl sinken. „Himmel! Noch ein paar solcher Tage und ich schaue aus wie euer Fahrer."

„Ich helfe auch manchmal beim Packen, danach spüre ich jeden Knochen."

Maria nahm ihre Handtasche, legte ihr den Schlüssel des Versandhauses auf den Tisch und verabschiedete sich. „Vergiss nicht, morgen früh um neun die Tür aufzusperren und mir den Schlüssel auf den Tisch zu legen."

„Hast du nur einen?"

„Für die Tür vorne ja. Den hatte immer Edgar, weil er als Erster hier war." Sie senkte den Kopf und ging.

Edgar schien ihr sehr zu fehlen. War Maria überhaupt in Edgar verliebt, wie sie immer vermutete oder mochte sie ihn nur wie einen Schwager?

Sophia sprang auf, schloss die Tür des Versandhauses ab, ging zum einzigen Waschbecken hinten im Lager, wo es auch eine Toilette gab, und wusch sich Gesicht und Hände. Dann packte sie die Sachen und trug sie ins Lager, als sie Schritte vernahm. Sie fuhr zusammen und schrie auf.

„Entschuldigung", sagte eine Frauenstimme. „Ich wollte Sie nicht erschrecken."

Sophia drehte sich um. Eine Frau in ihrem Alter stand mit einem Besen in der Hand vor ihr. Sie machte ein zerknirschtes Gesicht. „Ich bin heute spät dran, aber gleich fertig."

„Putzen Sie hier?"

Die Frau nickte. „Ja, ich habe Fräulein Maria gesagt, dass ich heute eine Stunde später dran bin."

Sophia seufzte. Das hatte Maria wohl vergessen.

Die Frau zeigte auf einen Haufen Schmutz vor sich. „Ich kehre das nur geschwind auf, dann bin ich weg."

Sophia deutete nach hinten. „Ich muss noch etwas einräumen, dann gehe ich auch." Sie kehrte der Frau bewusst den Rücken zu und räumte ihre Kleider in ein Regal, da rief ihr die Frau auch schon zu, dass sie ginge.

„Warten Sie!" Sophia eilte zu ihr. „Es ist schon abgeschlossen, dann kommen Sie nicht mehr raus."

Die Frau deutete zu einer Tür an der Frontseite des Hauses. „Ich gehe immer da raus."

Sophia starrte sie an. Da gab es also auch noch eine Tür. Wo um alles in der Welt denn noch? Die Frau steuerte die Tür an, öffnete sie und verabschiedete sich. Wunderbar! Die stand noch offen. Hoffentlich passte der Schlüssel. Sie schloss ab. Wenigstens das.

Anschließend lief sie das ganze Gebäude auf der Suche nach Türen ab, fand aber keine mehr. Das mulmige Gefühl aber blieb. Also drehte sie noch eine Runde. Nichts. Sie atmete einige Male tief durch, dann klopfte sie an die Tür von Martins Unterschlupf. Er klopfte dreimal zurück, dann öffnete er die Tür und blinzelte ins Licht. „Endlich!"

Er rieb sich die Augen, schob hockend am Regal, während Sophia zog. Dann hatten sie es weit genug verschoben. Er richtete sich auf, trat heraus und nahm Sophia in die Arme. „Endlich."

Er küsste sie innig, dann hielt er sie etwas auf Abstand. „Ich muss rasch ins Bad."

Er rannte nach vorne, kehrte nach einer Weile zurück, kroch in sein Versteck, kam mit einem Handtuch und Seife heraus und verschwand wieder in Richtung Bad.

Sophia räumte derweil die mitgebrachten Sachen in den Unterschlupf, dann wartete sie.

Strahlend kam er heran. „So, nun rieche ich etwas besser. Das hat mir Maria gebracht." Sie bekam noch einen Kuss. „Hast du etwas zu essen für mich?"

Sie brachte es ihm. Natürlich aß er es im Gehen. „Ich muss mich bewegen."

Also setzte sie sich auf eine der Kisten und hörte ihm zu.

Martin erzählte von seiner Arbeit in München. „Wir haben nicht so häufig Flugblätter herausgebracht, eher Flüchtlinge ausgeschleust. Halt besonders in diesem Jahr. Ihr in Würzburg wart aber auch tüchtig."

„Ich habe in dem Jahr nur zweien geholfen."

Er zog eine Braue hoch. „Dann muss es noch eine Gruppe geben, die das macht. Weißt du was davon?"

„Nein. Aber das wäre mir doch zu Ohren gekommen."

Er zuckte mit den Schultern. „Wie denn, wenn die dichthalten?"

Er erzählte, wie schwer es war, die Leute zunächst zu verstecken, ihnen Essen und falsche Papiere zu besorgen und sie dann zum nächsten Helfer zu bringen. „Ich war der, der sie auf dem Weg begleitete."

„So wie ich. Aber wer hat ihnen hier die Papiere besorgt?"

„Ich weiß es nicht. Namen werden nie genannt, nur die Plätze, an denen der Helfer wartet."

„Ja, das verstehe ich."

Im Grunde lag es auf der Hand, dass es noch Helfer in der Stadt gab, aber gleich eine Gruppe? Sie stellte sich stets einzelne Personen vor, die eben die Flüchtenden weiterlotsten. Wie auch immer, sie hätte gerne Kontakt zu der Gruppe aufgenommen.

Martin lief auf und ab, schüttelte die Beine aus und setzte seinen Marsch fort. Wie gut er ausschaute, das kantige Gesicht, die dunklen Augen, die breiten Schultern und die schmalen Hüften. Sophia streckte den Arm aus, er zog sie hoch. Dann küssten sie sich, er strich ihr über das Gesicht, den Hals und über ihre Brust. Ihre Haut kribbelte am ganzen Leib. Sie presste sich an ihn, dann hielt er sie auf Abstand. „Warte, ich bewege mich noch ein wenig.“

Erneut schritt er auf und ab. Er schaute so gut aus. Die Decke im Inneren zerfiel zu Staub, den sie irgendwann wegfegen würde. Heute war sie zu müde dazu. Der Schlaf drückte ihr auf die Augen. Also kroch sie in das Versteck, machte sich aus den Decken ein Bett zurecht, kleidete sich bis auf die Unterwäsche aus und legte sich hin.

Irgendwann in der Nacht fuhr Martin ihr über die Brust und streichelte anschließend ihre Schenkel. Sie blinzelte, doch wieder ließen sich ihre Augen Zeit, bis sie sich ans Dunkel gewöhnten. Aber was machte das schon? Sie küssten sich, streichelten sich und dann, als sie glaubte, es könnte nicht wundervoller werden, wurde sie seine Frau.

Er hielt sie die ganze Nacht in den Armen, so kam es ihr vor, denn sie wachte auch eng mit ihm umschlungen auf.

„Ich denke, du musst dich jetzt anziehen und die Tür aufsperren.“

Sie setzte sich auf. „Wie spät ist es?“

Er schaltete das Licht kurz an. „Halb acht."

„Aber Maria kommt doch erst um neun."

„Manchmal kommt der Fahrer schon früher und räumt draußen auf dem Hof herum. Na ja, und ich müsste mal ins Bad."

„Ja, du hast recht. Wir dürfen kein Risiko eingehen."

Beide machten sie sich zurecht, dann ging Martin im Lager wieder auf und ab und verkroch sich gegen halb neun im Versteck. Sie küssten sich noch einmal, dann sperrte Sophia die Tür auf und wirklich, der Fahrer stapelte draußen bereits leere Kartons aufeinander.

In Marias Büro wartete sie. Ihr Magen knurrte, doch sie überließ natürlich Martin die Brote und trank nur etwas Wasser. Hoffentlich folgten noch viele solcher wunderbaren Nächte, in denen sie sich geliebt und beschützt in Martins Arme schmiegte. Sie seufzte, als Maria hereinkam.

„Guten Morgen. Hattest du eine schöne Nacht?"

Sophia lächelte und nickte. Ihre Arbeit im Widerstand hatte der Krieg beinahe ausgelöscht, die im Kaufhaus auf ein paar Handgriffe reduziert, aber jetzt schenkte ihr Martins Liebe und Hoffnung. Ein kleines grünes Pflänzchen in der Düsternis, ein Fünkchen Licht im Dunkel. Was für schwülstige Vergleiche ihr einfielen, doch genau die könnte sie malen. Oder waren sie doch zu kitschig? Ob wohl jeder zu Kitsch griff, wenn er sich verliebte?

Maria gab ihr einen Kuss auf die Wange. „Du sollst heute ins Kaufhaus. Die Stoffe sind endlich da."

Sophia seufzte. So schnell katapultierte sie ein Satz zurück in den Alltag. Wie käme sie am schnellsten in die Innenstadt? Maria fuhr jeden Morgen mit Armin her, doch der war bestimmt schon auf dem Heimweg.

„Heute fährt wohl euer Fahrer nicht in die Innenstadt?"

„Er muss die Pakete von gestern zur Post bringen, da kann er dich auch bis zur Stadt fahren."

Sophia ließ sich vor Michaels Bäckerei absetzen. Sein Vater stand dort in der offenen Ladentür. Der Duft von frisch gebackenem Brot drang in Sophias Nase.

Als Michaels Vater sie erkannte, lachte er. „Na, Ihnen haben die Brötchen wohl geschmeckt."

„Guten Morgen. Ja, das haben sie. Aber ich wollte zu Richard."

„Der ist drüben." Er zeigte mit dem Daumen nach rechts. „Warten Sie. Ich bringe Ihnen noch einmal Brötchen."

„Diesmal bezahle ich aber."

Er kam mit einer Papiertüte heran. „Kommt nicht infrage."

Sofort biss sie in eines und schlang es hinunter, ehe sie bei Michaels Cousin läutete.

Der kam die Treppe herab, trug ein blau gestreiftes Hemd und eine blaue Hose. Er steckte einen Kamm ein, mit dem er sich wohl gerade durch das Haar gefahren war. Dann lächelte er sie an, wobei sich feine Fältchen um die blauen Augen bildeten. Gäbe es da nicht die dunklen Schatten unter den Augen, hätte er mit seiner schmalen Statur wie ein Sportler gewirkt.

„Guten Morgen, Sophia."

Merkwürdig, dass er sie erkannte, nach der kurzen Begegnung im letzten Jahr. „Guten Morgen. Können wir kurz reden?"

Er gab die Tür frei. „Aber ja. Komm herein."

Er führte sie eine Treppe nach oben, in ein kleines Zimmer mit Tisch, Stühlen und einem Küchenschrank, in dem neben Geschirr ein Volksempfänger stand. Ein schmales Fenster warf Licht in den Raum. „Setz dich. Hier können wir ungestört reden."

Sie nahm Platz, schaute sich aber um.

„Ich wohne hier alleine. Meine Eltern starben, als ich zehn war. Onkel Hans zog mich groß."

Sophia schluckte. „Das tut mir leid."

Er zuckte mit den Schultern. „Das braucht es nicht. Onkel war gut zu mir, er gab mir auch die Wohnung hier. Nur kann ich hier nicht immer leben, weil mir die Luft in der Stadt nicht guttut." Er klopfte sich auf die Brust. „Die Lunge. Deswegen wohne ich die meiste Zeit in Randersacker bei Tante Gisela. Dort habe ich auch mein Atelier."

„Du malst?"

Er nickte. „Du auch, nicht?"

„Ja, wenn ich dazu komme."

„Natürlich. So viel wie du um die Ohren hast."

Offenbar wusste er über ihr Leben Bescheid. Sie fischte den Entwurf für das nächste Flugblatt heraus. Merkwürdig, dass sie es Martin nicht gezeigt hatte. Sein Leben hatte er ausgebreitet, zu ihrem hatte die Zeit nicht gereicht.

Richard langte danach, las den Text und lächelte. „Gut, das ist gut. Ich werde es vervielfältigen. Verteilen wir es dann zusammen?"

Sie nickte. „Ja. Ich werde versuchen, noch jemanden für uns zu finden.“

„Gut. Dann kümmere ich mich darum. Wann und wo treffen wir uns?“

Sie stand auf. „Morgen um sieben unter der Alten Mainbrücke.“

Auf dem Weg zum Kaufhaus bildete sich ein Kloß in Sophias Hals. Während des letzten Verteilens hatte sie sich mit Michael im Keller eines Hauses in der Nähe des Mains versteckt. Wo Michael wohl gerade steckte? Ob er an der Front kämpfte? Und Edgar? Sie schluckte den Kloß hinunter. Diese verdammte Partei, der verfluchte Krieg! Unnütz wie ein Geschwür und ebenso gefährlich.

Im Kaufhaus betrachtete sie zusammen mit Katharina und der Schneiderin die Stoffmuster, meist in Braun und Grau, äußerst praktisch und Sophia zuwider. Dennoch entschieden sie sich für einige, die Katharina bestellte.

Später half sie ihr bei dem üblichen Papierkram, danach durfte sie nach Hause gehen.

8

Die Glocke des Stifts Haug schlug dreimal, als Sophia den Barbarossaplatz überquerte. Es war milder als am Vormittag, die Sonne schien von einem blaugrauen Himmel, der erwartete Regen blieb aus. Schade, dass sie nicht mit Martin durch die Straßen spazierte, händchenhaltend, der Welt zeigend, wie sehr sie sich liebten. Martin saß in seinem dunklen Versteck und dennoch wäre sie jetzt gerne bei ihm, wollte ihn küssen, streicheln und mit ihm in die Liebe eintauchen.

In dem Augenblick stieß sie mit jemandem zusammen. Es war Richard. „Oh, entschuldige bitte, Sophia."

„Es war meine Schuld, ich habe nicht auf den Weg geachtet."

„Gut, dass ich dich treffe", flüsterte er.

„Heute ist wohl unser Tag." Sie lachte.

„Ich habe am Vormittag gearbeitet." Er starrte sie an. „Es ist also alles fertig."

„Prima, dann bleibt es bei unserer Verabredung."

Er wand sich, schaute sich um. „Das schon. Aber dort draußen begegnete ich jemandem und lud ihn zu mir ein. Hast du Zeit auf einen Tee?" Wieder der stechende Blick.

„Ja, warum nicht?"

Richard ließ ihr den Vortritt, folgte ihr die Treppe hinauf, sperrte aber oben eine Tür auf, die am Morgen offen gestanden hatte. Sophia trat ein, da grüßte sie eine junge Frau in schmutziger Kleidung. Sie sprang vom Tisch auf und ging zwei Schritte rückwärts.

Sophia hob die Hand. „Sie brauchen keine Angst zu haben, ich tue Ihnen nichts.“

Die Frau schniefte. „Wirklich?“ Sie schaute zu Richard.

Der schüttelte den Kopf. „Sie wird uns helfen.“

Das schien sie zu beruhigen. Sie nahm am Tisch Platz und aß gierig ein Brot mit Marmelade.

Richard und Sophia setzten sich zu ihr. Dann erfuhren sie, dass sie schon tagelang unterwegs war, übers Land geflohen war und eben versucht hatte, sich in Michaels altem Haus zu verstecken.

„Hinter der Hofmauer habe ich sie gefunden“, sagte Richard. „Sie muss das Land verlassen.“

„Ja, noch heute Nacht. Wir brauchen aber einen Plan.“

„Sie braucht Papiere und Helfer.“

Sophia nickte. Was sollte sie tun? Martin kannte hier keinen, oder doch? Sie war nicht sicher. An wen sollte sie sich wenden? Armin? Er hatte ihr angeboten zu helfen. Ob er Verbindungen zu der Gruppe hatte, die Flüchtlingen half?

Einen Versuch war es wert.

„Bleibt hier, ich komme am Abend wieder.“

Das Automobil stand auf der Straße, Armins Beine lugten darunter hervor. Sophia bückte sich zu ihm herab.

„Nicht erschrecken, ich bin's. Kann ich Sie einen Moment sprechen?"

Armin kroch heraus. Er trug einen blauen Kittel und wischte sich die schmutzigen Hände an einem Taschentuch ab. „Selbstverständlich, gnädiges Fräulein."

„Ist etwas mit dem Wagen?"

„Nein, es ist alles in Ordnung. Ich habe nur etwas überprüft."

Sie gingen hinein, Sophia führte ihn in Vatis kleines Zimmer. Bis jetzt hatte sie das vermieden, hier aber würden sie ungestört reden können. Sie bot Armin Platz an, dann setzte sie sich ihm gegenüber.

„Armin, Sie haben mir angeboten, mich an Sie zu wenden, wenn Not am Mann ist."

Er nickte. „Ja, das habe ich. Wie kann ich helfen?"

Sie schluckte. Was, wenn er damit nur gemeint hatte, sie irgendwohin zu fahren und sie mit ihrer Vermutung danebenlag? Doch sie wollte der armen Frau helfen. Also los!

„Es ist so, da gibt es eine Frau, die das Land verlassen muss."

Armin richtete sich auf. „Ich verstehe."

„Sie braucht Hilfe in jeder Form."

„Nahrung?"

„Nein, die nicht."

„Wo ist sie jetzt?"

Warum wollte er das wissen? Konnte sie ihm wirklich trauen? Er fuhr Vati zu allen Terminen und der gehörte der NSDAP an. Hatte sie die Frau gerade verraten?

Sie räusperte sich. „Die Frau befindet sich augenblicklich in Sicherheit."

„Sehr gut." Armin legte die Hände auf den Tisch. „Sie braucht also Fluchthilfe und Papiere."

„Ja. Zur Flucht verhelfen kann ich ihr …"

Armin hustete in seine Faust. „Dabei werde ich Sie unterstützen."

Sophias Gesicht glühte. Er hatte ja recht. Wie sollte sie das auch alleine bewältigen?

Er musterte sie. „Und wegen der Papiere, das überlassen Sie mir. Ich werde mich bei Ihnen melden."

Sie stand auf. „Armin? Gehörst du einer Gruppe an?"

Er verneigte sich leicht. „Jeder tut, was er kann."

Dann verließ er das Zimmer.

Was hatte sie erwartet? Er war bei Vati angestellt. Käme heraus, dass er Flüchtlingen half, riskierte er sein Leben. Er würde sie daher nie im Leben in eine Gruppe von Fluchthelfern einführen. Aber jetzt musste er ihr helfen.

Doch konnte sie Armin vertrauen? Er würde sie niemals verraten, aber womöglich die Frau. Folglich durfte ihr nachher keiner folgen, wenn sie heute Abend zu Richard ging. Vielleicht war es sogar besser, wenn sie ihn nicht aufsuchte, sondern nur verständigte und zwar über Brigitte.

Danach wollte sie unbedingt zu Martin. Aber wie käme sie hin? Sie hatte gehofft, dass Richard sie führe, doch das war nun zu riskant.

Am Abend packte sie für die Nacht Kleider, stopfte Brote für Martin dazwischen, aber hatte noch keinen Plan, wie sie nach Heidingsfeld käme. Zunächst würde sie aber Brigitte verständigen. Sollte sie schon ihr Gepäck dorthin mitnehmen? Wenn nicht, müsste sie noch mal zurück und würde womöglich Vati in die Arme laufen.

Unschlüssig ging sie zu Mama hinüber. Sie schlief, blass und mit leicht geöffnetem Mund. Den Nachmittag über hatte sie ihr vorgelesen, doch auch das Zuhören wurde ihr zu anstrengend. Manchmal genügte es, einfach dazusitzen und ihre Hand zu halten.

Sophia ging zu ihrem Zimmer, da stand Armin plötzlich hinter ihr. „Haben Sie einen Moment Zeit?"

„Ich bin auf dem Sprung, aber natürlich. Kommen Sie herein."

Er schüttelte den Kopf. „Kann ich Sie vielleicht irgendwohin bringen? Und wir reden im Wagen?"

Sie schaute ihm in die Augen. Was, wenn er nur die Namen ihrer Leute herausfinden wollte? Aber das ließe sich gleich herausfinden. „Ja, gerne. Das können Sie wirklich."

Sie ließ ihn am Paradeplatz halten und ging zu Fuß bis zu Brigittes Haus. Wieder und wieder schaute sie sich um, Armin folgte ihr nicht. Auch sonst fiel ihr keiner auf. Sie klopfte bei Brigitte an, die sie gleich zu sich hereinzog.

„Hör zu! Du musst zu Richard, Michaels Cousin."

Brigitte kaute auf einem Zahnstocher herum. „Ich weiß, wer Richard ist."

„Gut, sag ihm, dass ich mich um alles kümmere."

Brigitte nahm den Zahnstocher aus dem Mund. „Mach ich. Aber sei mal ehrlich, was hat das Ganze für einen Sinn? Wir leben im Krieg. Womöglich ist bald alles vorbei. Also? Wo ist der Sinn?"

Sophia trat nahe an sie heran und packte sie am Oberarm. „Und wenn wir nur ein Menschenleben retten, dann hat es Sinn."

Brigitte hob den Kopf. „Gut, dass du das sagst."

Bevor Sophia sich verabschiedete, drehte sie sich noch einmal um. „Danke dir. Und bitte pass auf dich auf, wenn du losziehst."

„Bis jetzt hab ich alle Verfolger abgeschüttelt."

Im Wagen lehnte Sophia sich zurück. „Fahren Sie mich bitte zum Versandhaus."

„Selbstverständlich. Auf dem Weg können wir alles bereden."

„Legen Sie los." Endlich fuhr sie zu Martin. Sie schaute auf die Uhr. „Es ist ja schon sieben. Müssen Sie nicht Maria abholen?"

„Heute trifft sie sich mit Fräulein Margarethe und sie holt das Fräulein Maria auch ab. Und der gnädige Herr hat heute eine Sitzung."

„Maria trifft sich mit Margarethe?"

Wie um alles in der Welt sollte sie da ins Versandhaus kommen?

„So ist es."

„Wieso hat mir Maria das heute früh nicht gesagt?"

„Fräulein Margarethe war mittags bei uns und hat uns das ausrichten lassen."

Na prima! Was sollte sie jetzt tun?

„Um noch mal auf das Thema von heute Nachmittag zu kommen ..."

„Ja, ich höre." Es klang so zornig, wie sie auch war. Doch Armin traf keine Schuld. „Entschuldigen Sie bitte."

„Morgen werde ich die Papiere für die Frau haben, dann überbringen Sie ihr die bitte. Um fünf Uhr am Abend muss sie jemand nach Randersacker zum Gasthaus *Bären* fahren. Dort wird sie jemanden treffen, der sie weiterbringt."

Woher wusste sie, dass er die Frau nicht in eine Falle lockte?

Er räusperte sich. „Was Sie, gnädiges Fräulein betrifft, da möchte Sie jemand sprechen, der Sie gerne in unsere Gruppe aufnehmen würde. Der oder vielmehr diejenige, wird Sie morgen Mittag im Café am Markt treffen. Sie wird eine weiße Nelke auf dem Tisch liegen haben. Aber nur, wenn Sie mitmachen möchten."

Sie richtete sich im Sitz auf. „Aber ja, natürlich will ich das."

„Davon bin ich ausgegangen. Ihre Aufgabe wird Ihnen dort mitgeteilt."

Sie würde sich mit Martin besprechen, ob das Ganze so üblich war und ob sie Armin vertrauen konnte, falls sie auf irgendeine Weise ins Versandhaus reinkäme.

Auf Maria war Verlass. An der Tür hing ein Zettel mit einem Stern. Als Kinder war der das Zeichen für den Briefkasten gewesen. Den Grund dafür hatte sie vergessen. Sie fasste an den Kasten. Na bitte, der war offen und darin lag der Schlüssel. Sie holte ihre Sachen aus dem Wagen, erklärte Armin, er solle sich nicht sorgen und wieder nach Hause fahren.

Der Wagen fuhr vom Hof. Er würde sie niemals hintergehen.

Martin war außer sich. „Weißt du, wie das ist, wenn du den ganzen Tag da liegen musst? Weißt du das? Und dann vergeht Stunde um Stunde und es kommt keiner."

„Ich konnte ..."

Er trat nahe an sie heran. Ob er sie küsste? Doch er brüllte weiter. „Du konntest, du konntest! Du kannst alles, denn du bist frei. Ich aber sitze wie im Gefängnis da drinnen."

„Ich weiß. Aber ich komme so spät, weil ..."

„Weil du dich nicht früher von jemandem losreißen wolltest? Oder hast du gemalt? Das ist ja auch so wichtig wie nur was!"

Sie stand auf, packte seine Sachen aus und ging zur Tür. „Einen angenehmen Abend wünsche ich dir, aber ohne mich."

„Warte!" Er rieb sich über das Gesicht. „Warte! Es tut mir leid, wirklich. Aber ich drehe da drinnen durch. Das halte ich einfach nicht aus."

Sie kehrte zurück. „Willst du lieber ins Gefängnis und danach in eines der Lager?"

„Nein, natürlich nicht." Er seufzte.

Sie reichte ihm die Brote, dann vertrat er sich wieder die Beine. Dabei erzählte sie ihm die Geschehnisse des Tages.

Am Ende ihres Berichtes starrte er sie schweigend an. „Du sagst, dein Chauffeur kann Papiere besorgen?"

„Ja, das hat er wenigstens behauptet. Denkst du, man kann ihm trauen?"

„Warum nicht? Er würde nicht riskieren, dich zu verraten."

„Hoffentlich nicht. Jedenfalls werde ich die Gruppe nun kennenlernen. Sie wollen mich mithelfen lassen."

Er schnaubte. „Natürlich, du bringst ihnen ja noch mehr Leute."

„Aber das ist doch gut. So können wir helfen."

„Da wir vom Helfen sprechen: Kannst du deinen Chauffeur um Papiere für mich bitten? Wenn nicht, dann gebe ich dir eine andere Adresse, wo du um Hilfe bitten kannst."

„Du willst weg?"

Tränen stiegen ihr in die Augen. Noch nicht einmal einen Kuss hatte sie bekommen, aber seinen Abschied plante er bereits.

„Natürlich will ich weg oder soll ich in dem Verschlag hausen, bis ich darin den Verstand verliere?"

„Ja, ich werde Armin um Papiere für dich bitten."

Endlich lächelte er, kam heran und zog sie in seine Arme. „Na komm mal her. Wir haben uns noch nicht einmal richtig begrüßt."

Sie gab sich seinem Mund hin, dann ganz. Später schlief sie ein und erwachte erst am Morgen, als er sie küsste.

„Ich habe mich in dich verliebt", flüsterte er ihr zum Abschied zu. „Denk bitte an die Papiere."

Der Fahrer des Versandhauses nahm Sophia wieder mit, doch dieses Mal setzte er sie zu Hause ab. Sie machte sich zurecht und klopfte an Armins Zimmertür. Er öffnete. Ein Schwaden Zigarettenrauch strömte ihr entgegen, obwohl das Fenster offen stand. Dadurch zog es. Als Armin zu seinem Sekretär ging, um die Papiere zu holen, fing Sophia die Tür gerade so noch ab.

Er reichte ihr einen Umschlag.

„Die Papiere sind da drin, dort stehen auch der neue Name und das Geburtsdatum der Frau. Sie sollte sich beides gut einprägen. Alles Weitere ist Ihnen bekannt, gnädiges Fräulein."

„Danke Armin."

Michaels Vater stand wieder im Türrahmen des Ladens. „Guten Morgen, Fräulein Sophia. Schön, Sie zu sehen."

„Ich wünsche Ihnen auch einen guten Morgen."

Sie ging direkt zu Richards Tür. Bevor sie läutete, öffnete er.

„Komm rein! Wir dachten, du kämst gestern noch vorbei."

„Das war zu riskant, deswegen habe ich Brigitte geschickt."

Er zog die Brauen hoch. „Sie war nicht da."

„Was? Sie hat mir versprochen, euch zu informieren."

Er zuckte mit den Schultern. „Sie ist nicht gekommen und daher wussten wir nicht, was wir machen sollten."

Die Frau saß auf dem gleichen Platz wie gestern und warf ihr einen mitleidsvollen Blick zu.

„Um Gottes willen! Brigitte wird doch nicht etwas passiert sein?" Sophia bekam plötzlich Angst.

Richard legte den Arm um ihre Schulter. „Denk nicht gleich das Schlimmste. Vielleicht ist ihr jemand gefolgt und sie ist deshalb wieder nach Hause gegangen."

Sophia schaute ihn an. „Ja, hoffentlich. Ich werde nachher bei ihr vorbeischauen." Sie reichte der Frau die Papiere. „Merken Sie sich den neuen Namen und das Geburtsdatum." Dann wandte sie sich an Richard.

„Kannst du sie um fünf Uhr nach Randersacker zum Gasthaus *Bären* bringen? Dort wartet jemand auf sie und wird ihr weiterhelfen."

„Ja, natürlich."

Sollte sie Richard gleich von ihrem bevorstehenden Treffen erzählen? Warum nicht? Sie wandte sich an ihn. „Ich werde am Mittag jemanden aus der Fluchthelfergruppe treffen, dort werden wir künftig mitmachen. Ist das nicht großartig? Ab da können wir so vielen Menschen helfen wie möglich."

Richard nickte, nahm ihre Hand und schaute sie ernst an. „Pass bitte auf dich auf, ja?"

In dem Augenblick kam die Frau heran, nahm ihre andere Hand und küsste sie auf den Handrücken. „Herzlichen Dank für alles! Sie sind ein guter Mensch. Lassen Sie sich niemals kleinreden."

Sophia eilte zum Kaufhaus. Sie war spät dran und wollte sich für heute freinehmen. Ihr kam eine Frau in ihrem Alter entgegen, die den gleichen Rock wie die Flüchtende trug, nur war ihrer sauber. Sie schob einen Kinderwagen vor sich her und richtete dabei die Decke im Wagen. Wie sehr unterschied sich das Leben der beiden. Die eine hatte ihr Leben geteilt, die andere wusste nicht, ob es ihr genommen werden würde. Hoffentlich gelang der Armen die Flucht!

Katharina nickte. „Geh nur, wenn du frei brauchst. Was hier auf dich wartet, kannst du auch morgen erledigen."

Sie war schon beinahe zur Tür hinaus, da rief Katharina ihr hinterher. „Wirst du heute zu Hause schlafen?"

Sophia grinste. „Mal sehen."

„Vati wollte es wissen."
„Er soll sich überraschen lassen."

Als Erstes eilte sie zum Wollgeschäft und hämmerte an die Tür. Es tat sich nichts. Sie versuchte es noch einige Male – vergebens. Ob ein Nachbar etwas wusste? Wen sollte sie fragen?

Sie ging in das Geschäft gegenüber, das Regenschirme anbot, meist schwarze. In den Ecken gab es auch blaue und einen roten, die aufgespannt am Boden standen. Ein hagerer Mann um die fünfzig, der sich krumm hielt, kam ihr entgegen und erkundigte sich nach ihren Wünschen.

Sophia grüßte freundlich. „Ich bin eine Freundin von Brigitte aus dem Wollgeschäft und wollte sie besuchen. Sie scheint aber nicht da zu sein. Wissen Sie, wo sie abgeblieben ist?"

Er zuckte mit den Schultern. „Heute habe ich sie noch nicht gesehen. Ist der Laden denn noch geschlossen?"

„Ja."

„Dann weiß ich auch nicht. Tut mir leid."

Sie verließ das Geschäft, versuchte es noch einmal bei Brigitte, doch die Tür blieb geschlossen. Die Glocken des Doms und die der Marienkapelle schlugen zwölf. Zeit, um in das Café zu gehen. Danach würde sie noch einmal nach Brigitte schauen.

Im Café duftete es nach süßem Kuchen und nach aromatischem Tee. Kaffee war wohl ein exklusives Produkt geworden. Sophia schaute sich um. Am Tisch vor ihr schwatzten zwei ältere Damen, deren Haare bläulich schimmerten. An den Tischen neben ihnen saß keiner, am hintersten in der Ecke ein alter Mann, der Zeitung las. Wie es aussah, gab es noch einen kleinen Raum dahinter.

Dort lächelte sie eine Frau in ihrem Alter an. Sie trug das braune Haar kurz und hatte eine geblümte Bluse an. Als sie die weiße Nelke hochhob, blitzten Schweißflecken in ihrer Achsel auf.

Sophia setzte sich zu ihr. „Ich bin Sophia." Sie deutete auf die Nelke. „Was, wenn es jemand anderes wäre?"

„Marianne." Sie winkte ab. „Wer sollte sich bei der Wärme hierher verirren und heißen Tee in sich schütten?" Sie schnaufte. „Noch eine Tasse und ich koche von innen heraus."

Sophia lachte. „Dann bestell doch ein Wasser."

„Na davon habe ich zu Hause genug."

Marianne schaute auf die Uhr. „Ich habe nicht viel Zeit, deswegen will ich es kurz machen. Ist es dir möglich, Besuch unterzubringen?" Sie dehnte das Wort *Besuch*.

„Ja. Ich habe auch Leute hinter mir, die mich unterstützen."

„Das ist gut. Wie viele?"

„Momentan sind wir zu viert, eventuell wird noch jemand mitmachen."

„Wunderbar. Meist braucht man für einen Besucher fünf Leute. Ja, also das wird deine Aufgabe werden. Besuch zu empfangen. Solltest du nicht genug auftischen können, melde dich. Ansonsten wirst du von mir hören."

„In Ordnung. Das war aber ein schnelles Kennenlernen."

Marianne nickte. „Ja, ich schaue mir die Leute gerne an, mit denen ich arbeiten werde. Bei dir mache ich mir keine Sorgen." Sie schaute sie an. „Willst du noch Tee bestellen?"

Sophia grinste. „Nein danke."

„Dann lass uns gehen, bevor ich wie ein Kessel zu pfeifen anfange."

„Ich warte besser, damit man uns nicht zusammen sieht."

„Mich kennt hier keiner."

Wie das? Wohnte sie nicht in der Stadt?

„Mich aber schon."

Marianne nickte, bezahlte und verließ das Café.

Sophia wartete einige Augenblicke, dann tauchte die Bedienung auf und fragte nach ihren Wünschen. Sie murmelte, sie habe es sich anders überlegt und ging hinaus.

Sophia tigerte in ihrem Zimmer auf und ab. Wo versteckte sich Brigitte nur? Womöglich brauchte sie Hilfe. Doch wie sollte sie sie finden? Was, wenn ihr doch etwas zugestoßen war? Himmel, was konnte sie nur tun?

Sie ging zu Mama, die schlief. Mittlerweile bekam sie starke Medikamente, die sie ermüdeten, aber gegen die Schmerzen halfen. Sophia schloss das Fenster und erspähte dabei Armin vor dem Haus. Sie flitzte die Treppe hinab und zur Tür hinaus.

Armin neigte den Kopf. „Gnädiges Fräulein?"

„Weißt du etwas über Brigitte aus dem Wollgeschäft?"

„Tut mir leid, aber ich kenne die Dame nicht und ob jemand mitgenommen wurde, entzieht sich meinen Kenntnissen."

„Vati ist noch nicht zurück."

„Nein, ich werde ihn und Fräulein Maria in zwei Stunden abholen."

„Gut, ich will mitfahren, muss aber noch einmal weg." Sie flitzte nach oben, nahm wahllos eines ihrer Sommerkleider heraus und packte es in eine Tasche.

Dann ging sie beim Wollgeschäft vorbei und klopfte wieder vergebens an.

Anschließend eilte sie zu Richard, huschte nach oben und zog ihr Kleid aus der Tasche. „Sie muss etwas anderes anziehen. Aber unterwegs fiel mir etwas Besseres ein. Sie sollte sich als Mann verkleiden!"

„Ja, das können wir so machen." Richard eilte durch eine Tür und kehrte mit Hemd und Hose zurück. „Bitte sehr."

Die Frau stand auf und zog alles über ihr Kleid. Richard brachte ihr noch einen Gürtel, mit dem sie die Hose passend zurrte.

„Das Haar!", sagte Sophia.

Richard legte eine Lederkappe auf den Tisch. „Die kannst du während der Fahrt aufsetzen. Ich weiß nur nicht, ob dein Haar darunter passt."

Es reichte ihr bis an die Hüfte. Die Frau zuckte mit den Schultern. „Hast du eine Schere?"

Richard brachte eine. Die Frau deutete zu Sophia. „Schneide du sie ab. Kurz wie bei einem Mann."

Sophia zögerte. „Bist du sicher?"

„Pah! Sie sind sowieso zottelig und verfilzt."

Da setzte sie die Schere in Höhe der Ohren an und schnitt die Mähne ab. Danach versuchte sie den Nacken zu kürzen, doch das gelang ihr nicht.

„Du hast im Nacken einen Treppenschnitt."

„Was spielt das für eine Rolle? Ich will leben, ob mit oder ohne Haarschnitt."

Die Kappe verdeckte den misslungenen Schnitt. Sophia nickte. „So wird es gehen."

Sie umarmte beide und wünschte Glück. Beim Gehen flüsterte sie Richard zu, dass sie Brigitte nicht angetroffen habe.

Er bekam eine Sorgenfalte zwischen den Brauen. „Ich werde später nach ihr sehen."

„Und ich auf dem Heimweg."

„Sagst du mir Bescheid?"

„Ich habe heute Abend noch etwas zu erledigen und werde nicht zu Hause sein." Nun glühte auch noch ihr Gesicht. Wie würde das ausschauen? Peinlich! Sie drehte sich weg.

„Ja, dann verständigen wir uns halt morgen wieder."

Sie eilte die Straße entlang. Hoffentlich traf sie Brigitte an. Was musste Richard von ihr denken? Natürlich sorgte sie sich um Brigitte. Und wie! Aber da gab es noch Martin, dem sie etwas zu essen bringen musste. Himmel! Auch sie konnte sich nicht zweiteilen.

Erneut schlug sie umsonst an die Tür des Wollgeschäftes, sie blieb geschlossen. Verflixt!

Sophia lud nur Essen und Trinken für Martin in den Wagen, Kleidung zum Wechseln besaß er selbst. Dann fuhren sie los.

„Armin, ich brauche noch einmal Papiere für einen Mann mit dunklem Haar, um die Dreißig."

„Das wird etwas dauern. Momentan ist es nicht einfach, an Papiere zu kommen."

Sie schaute zum Fenster hinaus. Die Sonne versteckte sich hinter grauen Wolken, einem weiß-grauen Himmel mit dunklen Tupfen. Wie lange schon hatte sie nicht mehr gemalt?

„Tut mir leid", setzte Armin nach.

„Sie werden mir sagen, sobald es wieder möglich ist, an welche heranzukommen?"

„Selbstverständlich."

Also musste Martin noch etwas Geduld aufbringen und sie konnte sich seiner Liebe länger hingeben. Wie zärtlich er gestern gewesen war, jedenfalls nachdem er sie angebrüllt und über ihr Malen hergezogen hatte. Natürlich gab es Wichtigeres als das Malen, gerade in diesen Zeiten, aber es begleitete sie ihr Leben lang, wie essen und trinken, wie atmen. Verstand er das nicht? Oder litt er so sehr in seinem winzigen Versteck, dass er lediglich Luft abließ?

„Armin, würden Sie mich nach zwei Stunden abholen?"

„Ich komme, sobald ich das Fräulein Maria und den gnädigen Herrn heimgebracht habe."

„Was werden Sie meinem Vater sagen?"

„Dass ich Sie von einer Verabredung abhole."

„Danke."

Maria wünschte ihr eine gute Nacht, drückte ihr den Schlüssel in die Hand und verließ den Versand. Sophia dankte ihr. Vor Maria lag ein ruhiger Abend, keiner, der einen von der Liebe in die Furcht stürzte. War es besser, die Augen zu verschließen und sich treiben zu lassen? Besser wohl nicht, bequemer schon.

Sie stand auf und klopfte an Martins Tür. Offenbar begann heute jeder Aufruhr ihrer Gefühle mit einem Anklopfen.

Wie erwartet begeisterte es Martin nicht, dass es noch eine Zeit dauerte, bis er die Papiere erhielt.

„Hat er gesagt, wie lange?"

Sophia schüttelte den Kopf.

„Gut." Er kroch in sein Versteck und kam mit einem abgerissenen Stück Papier zurück. „Geh so bald wie möglich zu der Adresse und frag dort nach Siegfried. Dann bittest du ihn um Hilfe für mich. In Ordnung?"

„Ja." Sie warf einen Blick auf die Adresse. „Das ist hier in Heidingsfeld. Aber wo?"

Er erklärte ihr den Weg, dann vertrat er sich wieder die Beine. „Ich halte es hier kaum noch aus. Außerdem werde ich draußen gebraucht, das weiß ich."

„Ich auch, deswegen bleibe ich heute Nacht nicht hier."

Er hielt in seinem Laufen inne und fuhr herum. „Was? Du willst weg? Aber ich muss doch mit jemandem reden, schließlich halte ich den ganzen Tag meinen Mund."

Sie trat zu ihm und küsste ihn, dann streichelte sie seinen Nacken. „Eine Freundin ist verschwunden. Ich muss nach ihr sehen. Außerdem fällt es meiner Familie auf, dass ich die Nächte woanders verbringe." Sie lachte. „So viele Freundinnen habe ich nicht, die ich als Ausrede angeben kann."

„Na gut. Bevor das Versteck hier auffliegt, geh lieber nach Hause." Wenigstens zeigte er sich einsichtig.

Sie schmusten eine Weile, küssten sich, dann verließ Sophia ihn.

Es war erst kurz nach acht, als sie in Armins Wagen stieg. Sie bat ihn, sie erneut am Paradeplatz abzusetzen.

„Ich werde hier warten, gnädiges Fräulein."

„Das brauchst du nicht."

„Ich tue es aber gerne."

Sie eilte zum Wollgeschäft, hämmerte gegen die Tür. Mit einem Mal öffnete sie sich einen Spalt. Brigitte lugte heraus. Das Laternenlicht beschien ihr Gesicht. Sophia trat unwillkürlich einen Schritt zurück. Sie zog die Luft ein. Um Gottes willen!

„Geh!", flüsterte Brigitte. „Geh! Und komm nie wieder!"

„Aber ..."

„Ich mag dich gerne. Deswegen verschwinde! Sofort!" Brigitte schlug ihr die Tür vor der Nase zu.

Sophia rannte. Brigittes Gesicht war zerschlagen, Blutergüsse, Schürfwunden, ein geschwollenes Auge. Der rechte Arm steckte in einer Schlinge. Diese Schweine!

Sie warf sich in Armins Arme und weinte an seiner Schulter.

„Sie hat Sie davor gewarnt, das Gleiche zu erleben. Bitte halten Sie sich daran, Fräulein Sophia."

Er reichte ihr ein Taschentuch, mit dem sie sich das Gesicht trocknete, dann bat sie ihn, sie zu Richard zu fahren. Auch dort hielt er eine Straßenecke weiter.

Richard öffnete die Tür und strahlte sie zunächst an. „Mit der Frau ist alles glatt gelaufen."

Sophia nickte. Endlich eine gute Nachricht.

Sie wartete und ließ ihn erzählen, wie er die Frau einer anderen, älteren übergeben hatte. Seine Augen strahlten, doch dann schienen sie Sophia prüfend zu mustern.

„Was ist passiert? Brigitte?"

Sie nickte. Schade, dass die schlimmen Nachrichten seine Freude dämpften. Stockend beschrieb sie Brigittes Verletzungen. „Sogar ihr Arm steckt in einer Schlinge."

Richard kam zu ihr und legte den Arm um ihre Schulter.

„Das ist grauenvoll und es ist eine Warnung an uns alle." Er rieb über ihren Rücken, wie es David bei ihrem Kummer immer getan hatte. „Sie drohen nicht mehr, sie lassen das Grauen wahr werden." Er schaute ihr in die Augen. „Sophia, wir helfen weiterhin, müssen aber vorsichtig sein. Halte dich an das, was Brigitte gesagt hat! Bleib weg von ihr."

Als wüsste sie das nicht selbst. Ein Besuch brächte Brigitte erneut in Gefahr. Doch sie brauchte ja Hilfe.

Richard schien ihre Gedanken zu erraten. Er grinste. „Man kann dir am Gesicht ablesen, was in deinem Kopf vor sich geht. Ich werde Onkel Hans zu ihr schicken. In Ordnung?"

Sie nickte.

Endlich lag sie im Bett. Was war das für ein Tag gewesen! Grauenvoll. Diese Schweine hatten Brigitte gefoltert. Heute Abend brachte sie keine Kraft mehr auf, das

Vati entgegenzuschleudern, aber morgen früh würde sie es ihm auf sein Frühstücksbrot schmieren.

Morgen Abend würden sie die Flugblätter verteilen. Sie und Richard. Möglicherweise half Sina, falls Margarethe sie erreichte. Wenigstens auf diese Weise konnten sie es der verfluchten Partei heimzahlen!

Natürlich mussten sie aufpassen wie die Luchse. Brigitte wurde geschlagen, um sie auszuhorchen. So wie sie ausschaute, hatte sie sie nicht verraten. Für Brigitte legte sie ihre Hand ins Feuer. Das änderte aber nichts daran, dass sie bestimmt jemand beobachtet hatte, wie sie bei ihr aus- und einging. Das Gleiche galt für Margarethe, Michael war ja nicht mehr hier. Möglich auch, dass sie Richard gesehen hatten. Und auch wenn sie sich jetzt fernhielten, hatten die Parteispitzel sie bestimmt auf dem Kieker. Dann war von nun an noch mehr Vorsicht geboten, doch stoppen ließ sie sich nicht.

Sophia trank einen Schluck Tee am Frühstückstisch, bevor sie loslegte.

„Gestern wurde eine Freundin von mir von der Geheimpolizei gefoltert. Sie zerschlugen ihr Gesicht und brachen ihr den Arm.“

Maria und Katharina ließen das Besteck fallen und schauten sie mit offenem Mund an.

Vati räusperte sich. „Woher weißt du, was die Polizei tut?“

„Ich habe meine Freundin nach dem *Verhör* gesehen.“

„Ist sie eine Jüdin?“

„Das spielt zwar keine Rolle, aber nein, sie ist keine
Jüdin."

„Warum wurde sie dann verhört?"

„Was weiß denn ich? Vielleicht weil sie einen Polizisten schräg angeschaut hat oder noch im Dunkeln spazieren gegangen ist."

Vati schlug mit der Faust auf den Tisch. „Sophia! Dafür wird keiner in Haft genommen. Halte dich von
Freundinnen fern, die gegen die Partei arbeiten. Du
siehst ja, was dann passiert."

Sie sprang von ihrem Stuhl auf, dass er nach hinten
kippte. „Verflucht! Das findest du richtig?"

„Es geht nicht darum, was ich finde oder nicht. Momentan ist die Lage so, dass die Partei den abstraft, der
gegen sie ist. Also halte dich daran."

Sie verließ das Esszimmer. Katharina folgte ihr. Sie
nahm sie in den Arm. „Das ist so furchtbar und tut mir
leid. Nimm dir heute frei und ruh dich aus, ja?"

Sophia beobachtete eine Amsel im Garten. Die flog
von Ast zu Ast, je nachdem, welcher ihr gerade zusagte.
Keiner befahl ihr, sich an etwas zu halten oder etwas zu
beachten. Auch sie hatte Feinde, natürliche Feinde, die
sie kannte oder erspürte, aber keine, die auf einmal entschieden, dass ab jetzt Gefahr von ihnen ausging. Verfluchte Regierung! Doch die würde sie nicht kleinkrie-
gen. Es war Zeit, sich auf den Weg nach Heidingsfeld zu
machen.

Maria klopfte an. „Ich wollte nach dir sehen, bevor ich
zur Arbeit gehe." Sie umarmte sie. „Es tut mir sehr leid,
was passiert ist. Was sagt denn dein Freund dazu?"

Sophia zuckte mit den Schultern. „Er weiß es noch nicht.“

Als Maria sie losließ, nahm sie ihre Hand. „Danke für alles.“

Maria gab ihr einen Kuss auf die Wange. „Ich helfe dir doch gerne.“ Dann ging sie zur Tür.

„Warte!“ Sophia schnappte sich ihre Tasche. „Ich fahre mit.“

Armin wendete den Wagen. Am liebsten wäre sie mit nach Hause gefahren und hätte sich ins Bett gelegt. Doch da gab es Martin, den sie liebte und dem sie versprochen hatte zu helfen.

Ihr Weg verlief neben Eisenbahnschienen. Als eine Bahn an ihr vorbeirauschte, fegte der Luftzug durch ihr Haar. Sie zog die Strickweste enger um sich. Überhaupt fröstelte sie heute früh, sie war aber auch müde. In der Nacht hatte sie nur wenige Stunden Schlaf gefunden und in denen hatten Albträume sie geplagt. Weg mit den Gedanken daran!

Nach einer Ewigkeit kreuzte sich der Weg. Sie folgte dem rechten, dann wieder links und nun an der Stadtmauer entlang. Das war ein dunkles, schmales Gässchen. Sie schaute sich um. Keine Menschenseele schien sich hierher zu verirren. Himmel! Was tat sie hier nur?

Endlich gelangte sie an ein Häuschen, das sich an die Mauer presste. Grüne Läden schlossen das einzige Fenster. Das musste das Haus sein. Sie klopfte an. Nichts. Dann hämmerte sie fester gegen die Tür. Eine blonde Frau spitzte zum Türspalt heraus. „Ja?“

„Ich möchte zu Siegfried.“

Die Frau gab die Tür frei. „Komm rein.“

Sophia trat in einen schmalen Gang, dessen Decke so niedrig war, dass sie unwillkürlich den Kopf einzog. Die Frau deutete auf eine offene Tür. „Du kannst in der Küche warten. Siegfried hat gerade Besuch."

Dann stieg die Frau eine Treppe hoch und ließ sie zurück. Sophia stellte sich in den Türrahmen der Küche. Ihr Herz pochte gegen die Brust. Wo war sie hier gelandet? Im Herzen der Gruppe, die den Flüchtenden half? Oder bei irgendwelchen Ganoven? Aber nein, da würde Martin sie niemals hinschicken.

Hinter der geschlossenen Tür rechts von ihr redeten Männer miteinander, doch sie verstand nicht, was sie sagten. Ob sie näher an die Tür rücken sollte? Da schwang sie auf.

Ein Mann befahl: „Noch heute Nacht. Besser, wir bringen ihn sofort außer Landes."

„Gut, dann bleibt es dabei", antwortete eine ihr bekannte Stimme.

Sie trat einen Schritt nach vorne und traute ihren Augen nicht. „Vati?"

Er fuhr herum, riss die Augen auf und wischte sich darüber, als könnte er den Anblick verscheuchen. „Sophia? Was tust du hier? Geh, aber sofort!"

„Was machst du hier?" Sie schaute von ihm zu einem großgewachsenen Mann mit dünnem blondem Haar, der grinste. Er hielt sich leicht gebeugt, um sich bei den niedrigen Zimmerdecken den Kopf nicht zu stoßen.

Vatis Gesicht rötete sich. „Komm, lass uns gehen."

Sophia schüttelte den Kopf. „Ich habe hier zu tun."

Siegfried ging wieder ins Zimmer. „Na dann kommt mal rein, Familie Wagner."

Er setzte sich auf einen Stuhl nahe dem Fenster, legte die Hände auf die Schenkel und schaute sie erwartungsvoll an.

Sophia zog Martins Brief aus der Tasche. „Der ist für Sie."

Vati verschränkte die Arme vor der Brust. „Von wem?"

Siegfried riss den Umschlag auf, zog das Schreiben heraus. „Martin."

„Moltke?" Vati schaute sie verwundert an. „Steckt er schon wieder in Schwierigkeiten?"

Sophia räusperte sich. „Woher kennst du Martin?"

Vati schnaubte. „Das könnte ich dich auch fragen, aber das klären wir zu Hause."

Siegfried nickte. „Er muss das Land verlassen und zwar schnell. Das heißt, eventuell ohne Papiere. Oder wir tauschen die von ... du weißt schon wem."

„Klär das bitte mit ihm."

Siegfried erhob sich. „In Ordnung. Du wirst von mir hören."

Vati nickte. Dann packte er Sophia am Arm. „Komm!"

Er ging so schnell an der Stadtmauer entlang, dass sie nur mit Mühe folgte. Statt wie sie vorher, bog er in die andere Richtung ab und hielt sich nach rechts. Dort stand sein Wagen. Armin ließ sie einsteigen.

Sophia verschränkte die Arme vor der Brust. Nun würde die Standpauke folgen.

Vati seufzte. „Wo ist Moltke?"

„Warum?"

„Wir sollen ihm doch helfen."

„Was hast du mit den Flüchtenden zu tun? Schau dir deine Uniform an.“

Er drehte sich zu ihr und schaute sie so liebevoll an, wie er es immer getan hatte, als sie noch als kleines Mädchen von ihm durch die Luft gewirbelt wurde. „Mein Mädel, was bedeutet eine Verkleidung schon?“ Er klopfte sich aufs Herz. „Wichtig ist, was da drinnen vor sich geht.“

Sophia starrte ihn an. Was meinte er? Wohin gehörte er nun wirklich?

Armin räusperte sich. „Manchmal ist alles ganz anders als es scheint.“

Vati ließ sie nicht aus den Augen. Sie schluckte. „Du hast diesem Siegfried befohlen, sich um Martin zu kümmern.“

„Ja, so ist es.“

„Was soll er tun?“

„Siegfried? Na, Moltke aus der Stadt schaffen. Das ist auch besser für alle.“

Sophia holte tief Luft. Vati und Martin mochten sich augenscheinlich nicht.

Vati drehte sich nach vorne um. „Woher kennst du Moltke?“

„Von Margarethe.“

Er seufzte. „Sophia, bitte mach keinen Unsinn. Du willst helfen und tust es auch, das weiß ich. Aber ich kann nicht immer auf dich aufpassen. Also bitte unternimm dann etwas, wenn man dich darum bittet und lass alles andere sein.“

„Ich verstehe nicht.“

„Doch, das tust du. Und ich brauche dir nicht zu sagen, dass das hier alles unter uns bleibt, um die anderen zu schützen."

Sie rieb sich die Stirn. Was geschah hier gerade? Vati, ein Fluchthelfer? Alles drehte sich vor ihren Augen, dann wurde es schwarz. Aber Schwarz war doch keine Farbe.

Sophia wachte auf, schlief wieder ein. Manches Mal schien jemand an ihrem Bett zu sitzen, vielleicht träumte sie das auch nur. Als sie von neuem erwachte, saß Hilda neben ihr. Sie tätschelte Sophias Hand. „Geht es besser?"

Sophia setzte sich mit einem Ruck auf und fasste sich an die Stirn. „Ich habe etwas Kopfweh und einen Bärenhunger."

Hilda deutete auf ein Tablett auf dem Nachtkästchen. „Dann iss jetzt mal schön, mein Fräulein."

Sophia schlang das Brot hinunter und trank das Kännchen Tee leer. Dann schwang sie die Beine aus dem Bett. „Ich muss los. Wie spät ist es denn?"

Sie tastete nach der Armbanduhr auf dem Nachtschrank.

„Es ist gleich halb acht." Hilda trug das Tablett an die Tür. „Und bereits Morgen."

Sophia grinste. „Natürlich ist es Morgen." Dann erst verstand sie. „Du meinst, ich habe den gestrigen Tag und die ganze Nacht geschlafen?"

Hilda nickte. „Du wirst den Schlaf wohl gebraucht haben."

„Aber ..."

Sie griff sich ihre Kleider. Dann hatte sie das Verteilen der Flugblätter verpasst! Und Martin hatte auch umsonst auf sie gewartet. Himmel! Der litt Hunger.

Hilda ging kopfschüttelnd hinaus, dafür schneite Maria herein. „Hilda sagt, du bist wieder wach."

„Ja. Meine Güte! Martin muss halb verhungert sein." Sie knöpfte ihre Bluse zu.

Maria winkte ab. „Beruhige dich. Ich habe ihm von deiner Ohnmacht erzählt und ihm Essen und Wasser gebracht. Bitte! Hetz dich jetzt nicht so arg, sonst fällst du uns wieder um."

Sophia hielt inne. „Was? Ich war ohnmächtig?"

Maria nickte. „Allerdings. Vati brachte dich nach Hause, holte den Doktor und erzählte uns am Abend von deiner Ohnmacht. Ich bin dann gleich zu Martin gefahren. Dann ist Margarethe vorbeigekommen und hat nach dir gefragt."

Sophia setzte sich aufs Bett. Dann wussten sie und Richard auch Bescheid. Sie atmete tief ein und aus. Das war gut. Sie würde zuerst Richard aufsuchen und besprechen, wann sie die Blätter austeilten, danach ins Kaufhaus zur Arbeit gehen und anschließend zu Martin fahren.

Maria lächelte. „Stell dir vor, Edgar hat geschrieben. Es geht ihm gut. Die Wehrmacht hat Polen besiegt."

Sophia nahm ihre Hand. „Prima, dass es Edgar gutgeht." Sie stand auf. Was sie vom Sieg halten sollte, wusste sie nicht. Immerhin hatten Frankreich und England Hitler den Krieg erklärt.

Zusammen verließen sie das Zimmer, als es an der Haustür läutete. Rosa öffnete. Katharina kam aus dem

Esszimmer und ging an die Tür. Draußen standen wieder zwei Polizisten.

„Wir möchten Katharina Wagner sprechen."

„Das bin ich."

Sophia eilte die Treppe herab, flüsterte dabei Maria zu: „Wo ist Vati?"

„Der ist schon weg."

„Mit Armin?"

„Der ist schon wieder zurück."

Der Polizist räusperte sich. „Wir wollen hier den Keller durchsuchen. Unsere Leute sind bereits dabei, sich im Kaufhaus und Versandhaus umzuschauen."

Sophia krampfte der Magen. Bitte jetzt bloß nicht zittern! Sie schaute zu Maria, die blass wie ein Laken war.

Katharina stemmte die Hände in die Hüften. „Warum das denn?"

„Lassen Sie uns unsere Arbeit machen, dann sind wir auch schnell fertig."

Sie ließ die beiden herein und zeigte ihnen die Kellertreppe.

Sophia stellte sich ihnen in den Weg. „Wenn Sie uns nicht brauchen, dann können wir ja zur Arbeit gehen."

„Tun Sie das."

Sie holten ihre Taschen und stiegen bei Armin ein. Sophia schwitzte wie im Hochsommer. „Schnell, Armin. Zum Versandhaus."

Die Fahrt schien sich zu ziehen. Dauerte das sonst auch so lange?

Als sie endlich dort ankamen, redeten zwei Polizisten vor ihrem Automobil miteinander. Von Martin war nichts zu sehen. Sophia sprang aus dem Wagen, da winkten sie die Polizisten heran. Einer fragte sie, wer sie beide seien.

„Sophia Wagner und das ist meine Schwester Maria."

„Aha. Wir sind mit der Suche hier fertig. Gibt es etwas, das Sie uns sagen möchten?"

Sophia musterte die beiden. Was war das für eine Frage? „Betreibt die Polizei neuerdings Seelsorge?"

Die beiden lachten. „Wir hörten schon, dass die Töchter von Heinrich nicht auf den Mund gefallen sind."

Maria reckte das Kinn. „Das wäre auch langweilig, nicht?"

Einer der beiden betrachtete Maria von Kopf bis Fuß und strich sich über seinen rechteckigen Schnurrbart. „Langweilig scheint es bei Ihnen wirklich nicht zuzugehen."

Sophia lächelte. „Offenbar sind wir so interessant, dass wir sogar von Ihnen besucht werden."

Der andere schaute sie aus eiskalten Augen an. „Jedenfalls sind wir hier fertig." Er nickte ihnen zu. „Bis zum nächsten Mal."

„Leben Sie wohl", sagte Sophia.

Endlich fuhren sie ab. Maria zog sie hinein, dann ließ sie sich auf ihren Stuhl fallen. „Ich kann jetzt nicht mal ein Glas Wasser trinken." Sie hob die Hände, die wie Blätter im Wind flatterten.

Sophia zog ihre Weste aus und legte sie Maria um die Schultern. „Es scheint gut gegangen zu sein. Also beruhige dich, ja?"

Ihre Knie schienen wie Pudding. Doch das würde sich geben. Nur die Ruhe. Atmen.

Maria zitterte jetzt der Kiefer, sie deutete in Richtung Lager. „Willst du nachschauen? Noch ist keiner der Arbeiter da."

„Auf keinen Fall. Womöglich warten die Polizisten nur darauf und kehren gleich wieder zurück."

Sie ließen die Zeit verstreichen, dann schenkte ihnen Sophia Wasser ein, das sie leertranken. Gerade als sie sich wieder gefasst hatten, kam der Fahrer herein. „Da draußen steht ein Polizeiwagen."

Sophia nickte. Hatte sie also recht behalten. Sie wandte sich an den Fahrer. „Beachte sie nicht. Irgendwann wird ihnen langweilig werden."

Der Fahrer lud die Pakete in den Wagen. Sophia half ihm dabei. Sie konnte jetzt beim besten Willen nicht stillsitzen. Sie würde mit ihm in die Stadt fahren und nach Katharina schauen. Andererseits mochte sie Maria nicht alleine lassen.

Die Polizisten schauten ihnen noch eine Weile bei der Arbeit zu, dann fuhren sie ab.

Als sie das letzte Päckchen verlud, hielt Armin auf dem Hof.

Vati stieg aus und kam auf sie zu. „Ist bei euch alles in Ordnung?"

„Ja, sieht so aus. Und bei dir?"

„Natürlich. Ich weiß nicht, was die finden wollten."

Vati führte sie in Marias Büro und schloss die Tür. Maria zuckte zusammen und steckte etwas in eine Mappe. Als sie erkannte, wer eingetreten war, atmete sie auf. „Ihr seid es."

Vati runzelte die Stirn. „Ist was?"

Sie schüttelte den Kopf. „Nein. Es ist nur ...“ Maria schlug die Mappe vor sich auf, zog einen Umschlag heraus und reichte ihn Sophia. „Der ist für dich.“

In geschwungener Schrift stand ihr Name darauf. Der Umschlag war prall gefüllt und hatte sich offenbar gerade so zukleben lassen.

Vati hüstelte. „Von Moltke?“

„Was?“

Vati senkte die Stimme. „Er ist weg. Wir haben ihm heute Nacht geholfen, das Land zu verlassen. Das Versteck ist leergeräumt, aber dir hat er offenbar noch eine Nachricht hinterlassen. Das hätte ich nicht von ihm erwartet.“

„Er ist nicht mehr hier?“ Sophia drehte sich um, ging zur Tür hinaus, auf den Hof und zu Armin. „Fahr mich bitte heim.“

Vati kam ihr hinterher, nahm neben Armin Platz und nickte ihm zu. Gut, dass er die Fahrt über schwieg.

Als sie vor der Villa hielten, stieg er kurz mit aus, umarmte Sophia und hielt sie eine Weile fest. „Im Kaufhaus haben sie auch nichts gefunden. Natürlich nicht.“

Sie nickte, ging hinein und in ihr Zimmer.

Nun lag der Brief schon über eine Stunde auf dem Nachtschrank, doch Sophia fand nicht die Kraft, ihn zu öffnen. Martin war fort, vermutlich nicht mehr im Land. Und sie hatte sich nicht verabschiedet, sondern alles verschlafen. Wer wusste schon, wann sie ihn wiedersehen würde? Womöglich verständigte er sie auch irgendwann in einem Schreiben, dass er verheiratet sei. So wie es Katharina ergangen war. Gab es überhaupt etwas Schlimmeres als zu lieben, aber die Liebe nicht leben zu dürfen? Sie seufzte. Natürlich gab es das. Um sein Leben zu bangen. Hoffentlich gelang Martin die Flucht.

Sie wollte ihn in Sicherheit wissen, aber es tat halt weh, auf seine Liebe zu verzichten.

Sie nahm den Umschlag und riss ihn auf. Er enthielt vier Briefe. Martin erklärte ihr darin seine Liebe, seine Sehnsucht nach ihr in den Tagesstunden, aber auch, wie sehr er in dem engen Versteck litt. Umso mehr hatte er die Nächte genossen, wenn sie sich der Liebe hingaben. Er beschrieb, wie sehr er alles an ihr liebte, wie gut sie ihm tat und das alles in einer Ausführlichkeit.

Sophia legte die Briefe auf ihre Brust. Dass er sie so sehr liebte, hätte sie nicht für möglich gehalten. Sie las sie noch einmal und stand dann auf.

In den Schmerz schlich sich ein ungutes Gefühl, das sie beiseiteschob, das aber wieder anklopfte. Martin hatte in den letzten Tagen, anders als früher, meist von sich geredet. Das hatte sie auf das Eingesperrtsein geschoben. Doch auch in den Briefen ging es stets um ihn. Er dachte darin nicht über sie nach, er hatte auch nie nach ihren Erlebnissen gefragt. Nun gut, die Briefe hatte er in seinem Versteck verfasst, während der Furcht vor Entdeckung. Da war er nicht er selbst gewesen. Sie schloss die Briefe in ihren Sekretär. Die Liebe zu ihm hatte sie in all der Trostlosigkeit hoffen lassen. Ha! Da war das bekannte Gefühl zurückgekehrt. Sie kämpften gegen die Regierung, aber war es nicht ein Rennen gegen Windmühlen? Halt! Jetzt gehörten sie einer Gruppe von Fluchthelfern an. Vielleicht machte das mehr Sinn.

Es war Zeit, Richard aufzusuchen. Die Flugblätter warteten.

9

Würzburg, 1943

Richard setzte Sophia vor dem Studentencafé ab. Er wohnte seit drei Jahren in Randersacker bei seiner Tante, weil ihm die Luft dort besser bekam als in der Stadt. Jetzt, im Juni, ging es ihm ohnehin besser als in den kalten Jahreszeiten, in denen er häufig hustete.

Sophia besuchte ihn regelmäßig in Randersacker. Sie malten zusammen und redeten über die Regierung. Allzu viele Flugblätter hatten sie nicht mehr verteilt, aber einigen Flüchtlingen geholfen. Meist versteckten sie die in dem Haus von Michaels Großeltern oder im Versandhaus, wo Maria dann Ängste ausstand, bis derjenige das Haus wieder verlassen hatte.

Auch heute hatten sie wieder zusammen gemalt und über Maltechniken geredet, über die Richard ganze Referate hielt. Doch jetzt am Nachmittag war Sophia mit Sina verabredet. Sie stieg aus dem Beiwagen und reichte ihm die Hand. „Lieben Dank für die Fahrt.“

Er hielt ihre Hand fest. „Sehen wir uns morgen?“

„Am Tag nicht, da muss ich Katharina etwas helfen.“

„Dann komme ich am Abend mal vorbei, ja?“

Meist sorgte er dafür, dass sie Zeit zusammen verbrachten.

Sie nickte und ging die wenigen Schritte zum Café.

Sina saß an ihrem üblichen Tisch, breitbeinig wie ein Bauarbeiter. Der Duft nach Tee stieg Sophia in die Nase. Sie ging zu Sinas Tisch, bedeutete ihr sitzenzubleiben und küsste sie auf die Wange. „Wie geht es dir?"

Sina legte die Hände auf den Bauch. „Das Kleine tritt, als ob es davonlaufen will. Aber sonst geht es gut."

Sie bestellten Tee und ein Marmeladenbrot, Kuchen gab es keinen. Heute aber verlangte Sina nach Salz, das sie sich in den Tee streute.

„Eine interessante Mischung." Sophia lachte.

Sina zuckte mit den Schultern. „Ich mag es gerade, immer Süßes mit Salzigem zu mischen. Das ist nicht so einfach, man kriegt ja nicht viel mit den Lebensmittelmarken."

Da hatten sie so ein Glück mit Hilda, die ihnen vieles vom Land beschaffte, anderes tauschten sie auf dem Schwarzmarkt um, der von allen genutzt und geduldet wurde. Manches brachte auch Richard mit.

„Es wird sowieso immer schlimmer." Sina winkte ab. „Da erklärt uns Goebbels den totalen Krieg und jetzt stehen sie vor Stalingrad und kommen nicht weiter."

„Hat es nicht schon damit angefangen, als Mussolini vor drei Jahren abgewählt wurde? Da hat Deutschland den Verbündeten verloren."

„Ja, so ist es. Wie geht es euch?"

Sophia zuckte mit den Schultern. „Edgar ist nach seiner Schussverletzung im April wieder eingezogen worden, Maria hilft in den Lazaretten, ich nur manchmal. Katharina führt das Kaufhaus. Vati baut bei *König und Bauer* Handgranaten."

Dass er dort absichtlich für Ausschuss sorgte, wusste nur Sophia und behielt es natürlich für sich.

Sina stützte ihr Kinn auf. „Ich habe gehört, dass Sonja Hochrhein gestorben ist."

„Ja, leider." Sophia schluckte. „Es hat sie in Nürnberg erwischt. Sie hat es nicht mehr in einen Luftschutzkeller geschafft."

Sina nickte. „Das Rennen dahin fällt mir auch schwer. Es wird Zeit, dass das Kleine kommt."

Sie streichelte ihren Bauch. „Aber ich bin so froh um das Würmchen. Weißt du, die meisten von uns mussten die Schwangerschaft abbrechen und wurden dann sterilisiert."

Sophia bekam feuchte Augen. Das war so unglaublich grausam. Sie hatte vom Bischof davon gehört, der auch dagegen vorgegangen war. Auch sie hatte ein Flugblatt dazu verteilt und in München hatten sie das auch getan. Genutzt hatte es nichts. Die Bevölkerung traute sich nicht mehr, gegen die Partei anzugehen, aus Angst, selbst in eines der Lager gesperrt zu werden. Sophia verstand die Furcht. Jetzt ging es nur noch ums Überleben.

Dennoch! Was hatte sich die Partei nicht alles Grausames geleistet! Die Juden sperrte sie in Ghettos, aus denen keiner zurückkehrte. Dann mussten die, die noch im Land lebten, einen Judenstern an ihrer Kleidung tragen, der sie markierte wie einen räudigen Hund. Es war beschämend, wie sehr die Partei die Menschen demütigte. Und nun die Sterilisationen aller Nichtarier!

„Jedenfalls darf ich das Kleine behalten, ich muss es nur oben in der Frauenklinik zur Welt bringen."

Sophia beugte sich vor. „Haben sie gesagt, warum du es behalten darfst?“

„Ja, weil mein Mann und ich reinrassige Sinti sind und keine Mischlinge.“

Wie leicht ihnen das Wort Mischlinge bereits über die Lippen kam. Ein Schandwort.

„Ist es nicht verrückt?“, fuhr Sina fort. „Bei den Juden drücken sie bei den Mischlingen ein Auge zu, bei uns bei den Reinrassigen.“

Sophia seufzte. Mittlerweile wurden auch die jüdischen Mischlinge verfolgt, doch das mochte sie Sina nicht sagen. „Und warum darfst du das Kleine nicht zu Hause zur Welt bringen?“

Sina zuckte mit den Schultern. „Weiß nicht. Ich muss auch jetzt ständig zur Kontrolle in die Klinik.“

Das klang nicht gut. Sophia nahm ihre Hand. „Wenn etwas ist, dann weißt du, wo du mich findest.“

Sie begleitete Sina noch ein Stück durch die Stadt, dann ging sie ins Kaufhaus und stieg die Treppe hinauf. Warum machte die Partei bei Sina eine Ausnahme? Was wollten sie von ihr? Die meisten Sinti hatten das Land verlassen oder wurden vertrieben, auch Sinas Eltern. Merkwürdig.

Im Bürotrakt kam ihr Maria entgegen. „Ich muss dir etwas sagen.“

Sophia blieb stehen. „Ja?“

Maria schaute sie lächelnd an. „Ich werde heiraten, schon bald.“

„Was? Wen? Warum?“

„Was heißt denn: Warum? Jede Frau heiratet.“

„Ich nicht.“

„Ach Sophia. Jedenfalls wollen Heinz und ich heiraten. So bald wie möglich. Er wird bei Mama und Papa um meine Hand anhalten und dann gleich das Aufgebot bestellen.“

„Wer ist Heinz?“

„Der Verkäufer Heinz Beck in der Herrenabteilung.“

Sophia kannte ihn, er hatte an Katharinas Hochzeit einige Male mit Maria getanzt.

Sie umarmte ihre Schwester. „Ich gratuliere. Aber kommt das nicht etwas plötzlich?“

„In diesen Zeiten geschieht alles Schlag auf Schlag.“

„Ich werde dir ein schönes Kleid nähen lassen, wenn ich Spitze dafür bekomme.“

Am gleichen Tag entwarf sie die Kleider für die Familie, doch mit den Stoffen war das so eine Sache. Zwar bediente sie sich an den Restbeständen der Schneiderei, aber es fehlte an Spitze. Sophia zerbrach sich den Kopf darüber, als ihr am nächsten Abend die alte Frau vom Käppele im Park begegnete. Sie erzählten sich ihre Erlebnisse und als die Sprache auf Marias Brautkleid kam, bot die Frau ihr alte Spitzengardinen an.

Froh über die Errungenschaft eilte Sophia nach Hause. Der Mond stand als Sichel am Himmel, als sie über den Marktplatz ging. Zwei Männer unterhielten sich am oberen Markt.

„Niemals wird die Stadt angegriffen werden“, sagte einer mit einer hohen Stimme.

Der andere wiegte den Kopf. „Ich weiß net so recht.“

„Denk doch mal nach. Wir haben den Bischof hier und der kennt den Churchill. Also!“

„Hoffentlich erinnert der Churchill sich dran.“

Das hoffte Sophia auch. Sie ging weiter Richtung Residenz, dort am Hoftor vorbei, als Sina mit ihrem Mann aus dem Park trat. Enis schaute gut aus mit seinen schwarzen Haaren und Augen. Sophia hatte ihn bis jetzt nur einmal gesehen. Sie begrüßte die beiden.

Enis zog sie in den Park. „Schnell, du musst Sina helfen.“

„Aber ... was ist passiert?“

Er senkte die Stimme. „Sie wollen mich einsperren und wer weiß was mit Sina machen. Du musst sie verstecken.“

Sophia nickte. „Also gut. Dann komm!“

Sina klammerte sich an Enis Arm und weigerte sich, ihn gehen zu lassen. „Komm mit uns! Sie werden dich jagen! Bitte Schatz!“

Er winkte ab. „Keine Sorge. Ich weiß, wohin ich fliehen kann.“ Er küsste Sina, dann wandte er sich an Sophia. „Sie schafft in ihrem Zustand die Flucht nicht mehr. Hilf ihr und dem Kind, bitte!“

„Ja, natürlich. Das werde ich.“

Sina weinte, als Enis losrannte. „Hoffentlich schafft er es. Er fehlt mir jetzt schon.“

„Komm! Wir gehen zu mir.“

Sie eilten, so schnell es Sinas Zustand zuließ, in die Villa. Dort legte sich Sina für einige Augenblicke in Sophias Bett.

„Ruh dich etwas aus, bis ich soweit bin.“ Sie rannte zu ihrem Vater, der sofort Armin verständigte. Dann wandte er sich an Sophia. „Himmel! Sie ist schwanger. Da kann sie unmöglich ins Versandhaus. Außerdem braucht sie Proviant.“

Sophia grinste. „Vor allem Salz und Zucker."

Vati zog eine Braue hoch. „Wie bitte?"

Sie winkte ab. „Wir werden sie in Michaels altem Haus einquartieren. Ich habe einen Schlüssel dafür."

Vati nickte. „Gut, aber wir haben nur noch die Kutsche."

„Ich weiß. Aber das ist gut so."

Sophia lieh sich Kleidung von Vati, die sie und Sina anzogen. Das Haar steckten sie unter Hüte. Dann traten sie zur Kutsche.

Sophia hielt inne. „Es wäre mir lieber, mit dem Fahrrad zu fahren."

Sina nickte. „Das ist leiser als ein Pferd."

„Ja, aber das wirst du nicht schaffen, oder?"

„Wir könnten immer ein Stück schieben und eines fahren. Was denkst du?"

„Gut, versuchen wir es." Sophia schulterte den Rucksack, setzte sich aufs Fahrrad, Sina auf den Gepäckträger und los ging's. Sie trat fest in die Pedale, denn Sina wog einiges mit ihrem dicken Bauch.

Bereits in der Sanderau brauchte sie eine Pause. Sie stiegen ab und schoben das Fahrrad neben sich her. Da sahen sie aus der Ferne zwei Scheinwerfer aufleuchten.

„Ein Automobil", sagte Sophia. „Komm! Verstecken wir uns lieber, bis es vorbei ist."

Sie eilten in eine Nebenstraße, duckten sich an eine Hauswand und warteten, bis der Wagen vorbeifuhr. Sina wollte weiter, aber Sophia hielt sie zurück. „Warte noch."

Doch es blieb alles ruhig. Also setzten sie den Weg fort, bis sie die Sanderau verlassen hatten, da tauchte hinter ihnen erneut ein Automobil auf.

„Geh langsam weiter“, flüsterte Sophia. „Wir können nicht querfeldein rennen, das schaffst du nicht. Also lieber unauffällig bleiben.“

Doch dann setzten sie sich aufs Fahrrad. Sophia versuchte, so schnell wie möglich zu fahren, aber der Wagen überholte sie und hielt vor ihnen. Es war kein Polizeiauto, doch was hieß das schon. Zwei Männer stiegen aus. Polizisten in Zivil.

Sie stiegen beide vom Fahrrad und schwiegen.

Die Polizisten kamen heran und musterten sie. Einer war groß und breit wie ein Bär, der andere schmal mit stechenden Augen.

„Hier riecht es nach Sinti“, zischte der Schmale.

Der Bär kratzte sich am Kopf. „Wie kommt es, dass der Kleine in die Pedale tritt, der Dicke aber auf dem Gepäckträger sitzt?“

Sophia räusperte sich und versuchte tief zu sprechen. „Ich habe eine Wette verloren.“

Der Schmale zog die Mundwinkel nach unten. „Ach ja? Warum seid ihr nicht eingezogen worden? Ihr seid doch im entsprechenden Alter.“

Sophia deutete auf ihre Augen. „Ich seh nicht gut und der da ist stumm.“

„Aber Fahrrad fahren kannst du in der Nacht?“ Der Bär zog eine Braue hoch.

„Ich muss ja heim und Paul auch.“

Der Schmale ging um Sina herum. „Paul? Das ist doch einer von den Sinti.“

Sophia schüttelte den Kopf. „Der da heißt Paul wie sein Vater.“

Auf einmal schnippte der Schmale gegen Sinas Hut. Der fiel auf den Boden. Sie griff noch danach, da löste sich ihr Haar. Sie zog erschrocken die Luft ein.

„Schluss mit der Maskerade!", sagte der Schmale. „Wer seid ihr und warum habt ihr euch verkleidet?"

Sophia richtete sich auf. „Wir wollen zu einem Bekannten nach Randersacker." Sie zwinkerte keck. Wie sie so was hasste! „Und da dachten wir, es sei weniger gefährlich, wenn wir uns als Männer verkleiden. Ist doch auch so, oder?"

„Mag sein." Der Bär grinste. „Zu einem Schäferstündchen?"

Sophia legte den Zeigefinger auf die Lippen. „Kein Wort zu niemandem." Sie grinste.

Da packte der Schmale Sinas Arme. „Die hier begleitet uns."

Sina schrie auf.

Sophia stellte sich vor den Kerl. „Lassen Sie meine Freundin los. Was hat sie denn getan?"

Der hielt Sina noch immer fest. „Sie stinkt nach Sinti."

Sophia holte zu einem Schlag aus, doch der Bär hielt ihr die Hand fest. „Vorsicht, sonst kannst du gleich mitkommen."

„Bitte! Gerne!" Es kochte in ihr hoch. „Nehmt mich mit! Ich werde dann meinen Vater holen lassen, Heinrich Wagner, und hören, was der zu eurem Benehmen sagt."

Der Bär gab ihr so einen Stoß, dass sie mitsamt dem Fahrrad umfiel. „Scher dich zum Teufel!"

Dann packten sie Sina und zerrten sie in das Automobil.

Sina schrie, bis die Türen zuschlugen.

Sophia weinte, rappelte sich dennoch auf und setzte sich aufs Fahrrad. Sie würde sofort Vati zu den Kerlen schicken. Er musste helfen! Sie trat wie eine Besessene in die Pedale und war im Nullkommanichts zu Hause. Dort ließ sie vor der Haustür Rad und Rucksack fallen, stürmte hinein und direkt zu Vati. „Schnell! Sie haben Sina!"

Vati schlüpfte in seine Jacke. „Die Polizei?"

„Ja."

Maria kam die Treppe herab. „Oh Sophia, was ist passiert?" Sie schlug die Hände vor den Mund.

Sophia schaute an sich herunter. Die Hose war an den Knien zerrissen und schmutzig. Aber was spielte das für eine Rolle? „Sie haben Sina mitgenommen."

„Um Gottes willen. Sie erwartet doch ein Kind."

„Ja. Vati versucht, ihr zu helfen."

Maria ging mit Sophia hinauf. Die wusch sich und zog sich um, dann warteten sie.

Es war schon mitten in der Nacht. Maria schlief bereits in Sophias Bett, als die Haustür zuschlug. Sophia rannte hinunter.

Vati rieb sich die Augen. „So, mehr konnte ich nicht tun."

In Sophia zog sich alles zusammen. „Was heißt das?"

Er zuckte mit den Schultern. „Sie haben eine ganze Liste von Verfehlungen vorgelesen. Angeblich sei Sina mit einer Brigitte befreundet, der sie vorwerfen, parteifeindlich zu sein."

In ihrer Brust stach es. „Was?"

Er winkte ab. „Das ist alles Unsinn. Sie wollen eben keine Sinti."

„Und was passiert mit ihr?“

Er ging in das kleine Zimmer und goss sich einen Cognac ein. „Sie muss bis zur Geburt ihres Kindes in der Frauenklinik bleiben.“ Er schnaubte. „Damit sie sie im Auge behalten können.“

„Pah!“

Er fuhr herum. „Bitte stell keinen Unsinn an! Hörst du?“

„Ja gut.“ Sie umarmte ihn. „Danke, Vati.“

Am kommenden Abend stand Sophia vor der Villa und ging dort auf und ab. Wie lange brauchte Richard denn heute? Endlich knatterte das Moped die Straße herauf.

Er hielt vor dem Gartentor. „Du hast wohl Sehnsucht nach mir?“

Sie nickte. „Ich muss dir was erzählen, aber lass uns erst losfahren.“

Sie fuhren nach Randersacker.

In seinem Zimmer riss Richard das Fenster auf und ließ die kühle Abendluft herein. „Schau dir mal den Himmel an.“

Sophia trat zu ihm. Rote und lilafarbene Streifen überzogen den dunkelblauen Himmel. „Kindlich bunt, als wäre die Welt in Ordnung.“

Richard drehte sich zu ihr. „Was ist passiert?“

Sie erzählte, was sich gestern Abend zugetragen hatte. An der Stelle, an der es hieß, Sina sei mit Brigitte befreundet, brach die Stimme. Tränen rannen ihr die Wangen herab. „Verstehst du? Die beiden kennen sich nicht, aber sie sind mit mir befreundet. Ich bin schuld an dem Vorwurf!“

Richard nahm sie in den Arm. „Das ist doch Unsinn!“

„Oh nein. Ich habe Sina da mit hineingezogen.“

„Das hast du nicht!“ Er strich ihr über das Haar. „Wie wäre es, wenn wir sie besuchten?“

„Was?“ Sie starrte ihn an. „Gehen wir doch gleich zur Polizei und geben uns als ihre Freunde bekannt. Die zählen dann eins und eins zusammen.“

Er lachte. „Süß, wenn du dich aufregst. Ich meinte natürlich, dass wir uns da hineinschleichen und nach ihr schauen.“

„Ach so.“ Was würde das nützen? Lägen mehrere Frauen im Zimmer, was wahrscheinlich war, dann riefen die sofort die Krankenschwestern und sie müssten verschwinden. Das einzig Gute daran wäre, dass Sina sich nicht alleine fühlte. Aber im Grunde war sie das so und so.

„Es macht nur dann einen Sinn“, sagte sie, „wenn wir sie befreien.“

„Pass auf: Margarethe soll sie besuchen. Sie ist so oft mit Sina durch die Straßen spaziert, dass ohnehin jeder davon weiß.“

„Ich doch auch.“ Sie schaute ihm direkt in die Augen. „Ich gehe sie besuchen.“

„Gut, dann fahre ich dich hin.“

„Wieso darfst du überhaupt dein Moped behalten?“

Sogar Vatis Automobil hatte die Wehrmacht beschlagnahmt.

„Wegen der Lunge.“ Er grinste. „Attest vom Arzt. Nur muss ich mit dem Benzin aufpassen. Da gibt es nicht viel auf Karten.“

Noch immer hielt er sie im Arm, beschützte sie, kümmerte sich. Er gab ihr einen Kuss auf das Haar, auf die

Schläfe, drehte behutsam ihr Gesicht zu sich und küsste sie zart auf den Mund, wie flüchtig, aber auch selbstverständlich. Ja, genauso fühlte es sich an: richtig.

Sie bot ihm ihren Mund erneut an. Diesmal ließ er sich Zeit, küsste sie sanft, aber ausdauernd, spielte mit der Zunge an ihren Lippen, schaute ihr dabei in die Augen. Sein Blick strahlte Wärme aus, eine behagliche. Nicht das Feuer Martins, eher das Kaminfeuer zu Hause.

Als er von ihr abließ, lehnte sie sich an seine Brust. „Fahr mich zu Sina. Gleich morgen früh."

Das Moped quälte sich den Hügel zur Frauenklinik hinauf. Als Richard anhielt, kroch Sophia aus dem Beiwagen, hielt ihn aber zurück, auch abzusteigen. „Ich gehe alleine."

„Auf keinen Fall! Es ist mir doch gleich, ob die mich erkennen."

Sie grinste. „Ich glaube nicht, dass du mit hinein darfst."

Er blinzelte. „Ach, weil ich ein Mann bin. Also gut, ich warte eine halbe Stunde. Wenn du bis dahin nicht zurück bist, dann ..."

„Dann wirst du noch länger warten." Sie winkte und ging zur Tür hinein.

Im Eingang roch es wie im Keller der Festung Marienberg, eben wie in einer alten Burg. Sophia stieg die Treppen hinauf. Eine Ärztin im weißen Kittel kam ihr entgegen, das Kinn hochgereckt. Sie fasste sich an die Schläfe und schien durch sie hindurchzuschauen.

Im ersten Stock lagen die Patientenzimmer rechts und links eines langen Ganges. Der Duft nach Desinfektionsmittel stieg Sophia in die Nase. Eine junge Krankenschwester mit Häubchen eilte den Gang entlang und verschwand hinter einer Tür. Sophia stellte sich davor und wartete. Als die Tür wieder aufflog, trat die Schwester mit irgendwelchen Gerätschaften in der Hand heraus.

Sophia räusperte sich. „Entschuldigen Sie bitte, aber ich möchte zu Frau Mainberger."

„Eigentlich darf sie keinen Besuch empfangen."

„Ich bin eine gute Freundin."

Die Krankenschwester schaute sich um. „Ein paar Minuten. Vielleicht tut es ihr gut. Sie ist immer so traurig." Sie öffnete die Tür.

Sophia huschte hinein. Tatsächlich lag Sina alleine in dem Zimmer, das eindeutig Platz für mehrere Betten bot. Ihres stand am Fenster. Sie lächelte Sophia an und streckte die Hand nach ihr aus. „Wie schön, dass du kommst."

Sophia trat an das Bett, nahm Sinas Hand und streichelte ihr über den Handrücken. „Sie lassen keinen zu dir, ich darf auch nur kurz bleiben. Wie geht es dir?"

Sina zog die Mundwinkel nach unten. „Wie soll es mir schon gehen?"

„Sollen wir dich hier rausholen?"

„Nein, nein. Als die Polizei mich gefasst hat, haben die Wehen eingesetzt. Viel zu früh. Jetzt muss ich liegen, wenn ich das Würmchen retten will. Eine Flucht schaffe ich nicht."

Sophia schluckte den aufsteigenden Kloß im Hals hinunter. „Verstehe. Kann ich sonst was für dich tun?"

Sina schüttelte den Kopf. „Erst wenn ich wieder draußen bin mit meinem Kleinen. Enis ist hoffentlich in Sicherheit."

„Bestimmt."

Die Tür ging langsam auf, die Schwester steckte den Kopf zum Spalt hinein. „Bitte gehen Sie jetzt."

Sophia umarmte Sina und flüsterte. „Ich komme wieder."

Als sie die Klinik verließ, redete Richard mit Margarethe. Vor ihr stand ein Korb, in dem ein Blumenstrauß lag.

Sophia begrüßte sie. „Willst du jemanden besuchen?"

Margarethe nickte. „Sina natürlich."

„Woher weißt du denn von ihr?"

„Von deinem Vater."

Wieso erfuhr Margarethe von allem und jedem? Martin hatte sich stets an sie gewandt, nun auch Vati. Ach, verflixt! Weg mit den peinlichen Gedanken. Die kamen nur hoch, weil sie Sina nicht schützen konnte.

Sie deutete zum Krankenhaus. „Die lassen keinen zu Sina. Ich hatte Glück und durfte ein paar Minuten zu ihr rein."

Margarethe hob den Korb auf. „Das werden wir ja sehen."

Sie verabschiedete sich und ging zum Eingang. Wie stolz sie immer auftrat, als existierten alle in der Stadt nur, um ihre Befehle auszuführen. Gleichzeitig äußerte sie aber ihre Wünsche auf so nette Art, dass jeder sie gerne erfüllte. Diese Bestimmtheit sollte sich Sophia auch aneignen.

„Sollen wir auf dich warten?", rief sie Margarethe nach.

Die winkte ab und schüttelte lächelnd den Kopf.

Sophia erzählte Richard vom Gespräch mit Sina, dann brausten sie auf dem Moped zum Kaufhaus.

Dort eilte sie sogleich in die Schneiderei und half beim Nähen der Kleider für Marias Hochzeit. Sie kamen gut voran, doch alle bis auf Sophia zweifelten daran, dass sie die Kleider bis zur Hochzeit fertig bekämen, also überredete sie die Näherinnen, länger zu bleiben.

Es war bereits nach neun, als Sophia am Abend den Rennweg hinaufeilte. Ihre Augen brannten vor Müdigkeit, innerlich aber ließ ihr die Sorge um Sina keine Ruhe. Die Polizei hatte sie gefangen genommen, weil sie die Sinti hasste, und dann brachte sie sie in der Frauenklinik unter, wo sie gut umsorgt wurde? Wie passte das zusammen? Was hatte die Partei mit ihr oder dem Kind vor?

Plötzlich kamen zwei Gestalten aus dem Park gestürmt. Sie trugen Masken über den Gesichtern. Sophia rannte los. Schon packte eine der beiden sie an der Schulter. Sie riss sich los. Da stülpten sie ihr etwas über den Kopf, hielten ihr gleichzeitig den Mund zu. Sophia sah nichts mehr, versuchte aber zu schreien, doch es kamen nur erstickte Laute aus ihrem Mund. Die beiden zerrten sie mit sich, offenbar in den Park, denn der Boden unter ihren Füßen fühlte sich weicher an. Dort steckten sie ihr etwas in den Mund, indem sie unter das Ding über ihrem Gesicht griffen. Dann ging es wenige

Schritte weiter. Sophia trat um sich, versuchte sich zu befreien – vergebens. Für wenige Augenblicke standen die Männer still. Kam ihr jemand zu Hilfe? Dann landete sie auf dem Sitz eines Automobils. Sie tastete nach der Tür, da schlug ihr einer der beiden auf die Hand. Der Motor wurde gestartet, der Wagen fuhr los.

Himmel, die beiden verschleppten sie! Wohin? Was hatten sie mit ihr vor? Wer waren die? Keinesfalls die Polizei. Die hätten sie einfach mitgenommen, ohne die ganze Aktion. Sie versuchte zu fragen, doch mit dem Knebel im Mund kam kein Wort heraus.

Die entführten sie! Und dann? Würden sie sie schlagen oder noch Schlimmeres? Ihr Herz raste, sie schwitzte um die Nase. Ihr Magen verknotete sich. Der Wagen beschleunigte, warf sie in Kurven hin und her. Dann passierte es. Ihr Mageninhalt stieg hoch. Sie würgte, keuchte. Mein Gott! Gleich erstickte sie! Sie japste nach Luft. Eine Hand griff unter das Ding auf ihrem Kopf, befreite sie vom Knebel, da erbrach sie sich auf ihren Schoß.

„Wenn ich …", stammelte sie, „… beim Fahren nicht rausschauen kann … wird mir schlecht."

Keiner antwortete ihr. Der Wagen fuhr weiter, ihr Magen rebellierte.

Endlich bremste der Fahrer, schaltete den Motor aus. Sophia griff nach der Tür, da zerrte sie auch schon jemand heraus. Sie schleppten sie mit sich. Es roch nach Tannenbäumen, nach Harz, holzig, nach Wald. Sie stießen sie um, Sophia landete auf dem Boden und roch durch das Ding auf ihrem Gesicht Waldboden. Sie rappelte sich auf.

Da traten sie zu, in die Seiten, die Beine, die Hüfte. Sie drehte sich mühsam auf den Bauch, legte die Arme über den Kopf, bekam Tritte in den Rücken. Sie wehrte sich nicht mehr. Alles tat weh, richtig weh, wie noch nie zuvor.

Irgendwann ließen sie von ihr ab. Der Wagen brauste davon.

Sie blieb liegen. Wie sollte sie auch aufstehen? Das würde ihr niemals mehr gelingen. Es war so kalt. Oder zitterte sie vor Schmerzen? Sie bewegte den rechten Arm, dann den linken. Erstaunlich! Die Arme hatten wohl wenig abbekommen. Sie griff an den Kopf, zog das Ding herunter. Schwarz war es. Natürlich. Eine Kapuze, voller Erde und Laub. Weg damit. So, jetzt etwas ausruhen. Sähe Richard sie jetzt. Er hätte sie zu sich heimgebracht, ihren Kopf auf seinen Schoß gelegt, sie gestreichelt. Tränen sammelten sich in ihren Augen. Alles tat so weh. Und sie lag im Wald. Keiner würde sie hier finden. Sie musste weg von hier. Sie musste zu Richard. Auf keinen Fall nach Hause. Dort würde sie Vati bewachen wie die Soldaten den Führer. Dann wäre es aus mit der Fluchthilfe, mit ihrer Arbeit, mit ihrer Freiheit. Richard würde ihr helfen, wie er es immer tat. Bloß wie?

Als Erstes musste sie sich aufstützen. Die Arme hielten das aus, aber Rücken und Seiten schmerzten, eine Stelle links schien in Flammen zu stehen, rechts in der Rippengegend stach es, als hätte sich ein Ast in ihr Fleisch gebohrt. Verflucht! Sie legte sich noch einmal kurz hin. Dann von neuem. Schon besser. Wie schaute es mit den Beinen aus? Die fühlten sich taub an, wie eingeschlafen. Sie bewegte das rechte hin und her. Das funktionierte. Der Oberschenkel hatte was abbekommen, der Knöchel schmerzte. Sie zog das Bein etwas an. Gut.

Anders das linke. Das schien nur aus Schmerz zu bestehen, besonders das Knie brannte höllisch, als sie das Bein bewegte. Aber es ließ sich bewegen.

Vorsichtig streckte sie die Beine wieder aus, drehte sich langsam unter Zuhilfenahme der Hände auf den Rücken und starrte einen Stern zwischen den dunklen Baumkronen an.

Mama hatte ihr erzählt, sie sei mit der Nabelschnur um den Hals auf die Welt gekommen. Das hatte sie überlebt, jetzt würde sie auch wieder aufstehen.

Sie richtete sich zum Sitzen auf, schön langsam. Gut, sie saß, abgestützt, aber immerhin. Ein bisschen durchschnaufen, dann zur Seite drehen. Prima. Jetzt das rechte Bein anziehen und belasten. Das ging. Also war nichts gebrochen. Sie stöhnte auf. Nicht an die Schmerzen denken. Ha! Das war so wie nicht an Schokolade zu denken und dann kreisten die Gedanken nur darum.

Aufstehen. Sie ließ sich etwas nach rechts fallen, stützte sich mit der Hand auf dem Boden auf und versuchte aufzustehen. Schön vorsichtig. Sie stand! Dann legte sie die Hand auf die linke Seite. Ui, tat es da weh. Zähne zusammenbeißen und weiter. Behutsam setzte sie einen Fuß vor den anderen. Na bitte! Das tat nicht mehr weh als aufzustehen. Dann schaute sie sich um. Wenige Schritte von ihr entfernt verlief ein Weg und führte aus dem Wald hinaus. Na, viel Mühe sie zu verstecken, hatten die Gestalten sich nicht gegeben. Offenbar sollten die Prügel sie warnen. Hätten sie sie totschlagen wollen, dann hätten sie ihr Werk an ihr auch vollendet.

Vorsichtig tastete sie sich mit den Füßen zum Weg, darauf achtend, nicht zu stolpern. Wäre sie gestürzt, hätte sie sich nur schwer wieder aufrappeln können. Der Weg führte sie aus dem Wald hinaus und gabelte sich einen Steinwurf von ihr entfernt. Rechts verlief er einen Hang hinab, links schlängelte er sich durch ein Kornfeld, hinter dem wohl die ersten Häuser eines Dorfes standen, jedenfalls deuteten einzelne beleuchtete Fenster darauf hin. An sich lag das Dorf nicht weit entfernt von ihr, aber wie sollte sie die Strecke bewältigen? Sie seufzte. Einen Schritt nach dem anderen.

Den Satz wiederholte sie in einem fort, als sie sich auf den Weg durch das Feld machte, einem Trampelpfad, auf dem sie wieder und wieder an Erdbrocken oder Grasbüscheln mit dem Fuß hängen blieb. Dennoch stapfte sie weiter, bis sie das erste Haus erreichte.

Sie klopfte den gröbsten Schmutz vom Kleid. Nachdem sie sich aber darauf erbrochen hatte, half das nur wenig. Zudem roch sie bestimmt wie ein Iltis. Das ließ sich aber gerade nicht ändern.

Sie schleppte sich zwei Stufen hinauf und hämmerte gegen die Tür. Ein Fenster auf der rechten Seite flog auf und eine Frau mit weißem Haar steckte den Kopf heraus. „Wer ist da?"

„Bitte helfen Sie mir." Sophia stützte sich am Türrahmen ab. Besser als sich zu setzen, dann käme sie womöglich nicht mehr hoch.

Es dauerte keine zwei Wimpernschläge, da öffnete die Frau die Tür. „Jesses Maria." Sie fasste Sophia unter den Achseln, zog sie hinein, rief nach einem Alfons und führte sie in die beleuchtete Küche zu einem Stuhl. „Hock dich da hin! Ich komme gleich wieder."

Sie trug eine Schüssel vor sich, ein Kleid hing ihr über der Schulter. „Jetzt machen wir dich ein wenig sauber und dann ziehst den Fetzen aus und den Kittel von mir an."

Sie half ihr, das schmutzige Kleid auszuziehen, wusch Sophia Gesicht, Hände und Arme. „Wer hat dich so zugerichtet?"

„Ich weiß es nicht. Zwei Gestalten haben mich in den Wald verschleppt." Tränen liefen ihr die Wangen hinunter. Sie klammerte sich an dem Stuhl fest, ansonsten verlöre sie das Gleichgewicht.

„Bist nicht die Erste, die hier landet."

„Was?"

„Schon zweimal sind hier Frauen vorbeigekommen, auch schon Männer. Irgendwer hat die so zugerichtet, bis sie richtig zerdeppert ausgeschaut haben."

Hinter der Frau tauchte ein alter Mann mit grauem Haar auf. Sophia saß in Unterwäsche da, aber gerade fehlte ihr die Kraft, sich zu schämen.

Der Mann hielt sich erstaunlich gerade, warf nur einen Blick auf sie und drehte sich weg. „Ich geh derweil anspannen."

Die Frau half Sophia, vom Stuhl aufzustehen, zog ihr das Kleid an. Dann holte sie aus einer Schublade einen Stoffbeutel und stopfte ihr schmutziges Kleid hinein. Sie reichte Sophia ein Glas Wasser, dann drängelte sie. „Komm. Mein Mann bringt dich weg, bevor irgendwer was merkt."

Sie ging mit Sophia hinaus, half ihr auf den Wagen, legte ihr eine Decke über die Beine und wünschte ihr gute Besserung. „Sag meinem Mann, wo du hin willst."

Zu Richard. Doch der Weg war zu weit. Also nach Hause. Der Mann kletterte auf den Wagen, schnalzte mit der Zunge und sein Gaul setzte sich in Bewegung.

„In die Ludendorffstraße in der Stadt."

Als sie sich der Eisenbahnbrücke näherten, erkannte Sophia, dass sie in Heidingsfeld waren. Vielleicht war das ein Hinweis auf die Täter, falls die jemals gefasst würden.

Der Wagen rollte die Mergentheimerstraße entlang, über die Löwenbrücke und den Friedrich-Ebert-Ring. Bei jeder Unebenheit auf der Straße stöhnte Sophia auf. War sie so empfindlich oder so verletzt?

Als sie vor der Villa hielten, half ihr der Mann vom Wagen, kletterte sofort wieder hinauf und wendete ihn. Sophia rief ihm einen Dank zu, den er bestimmt bei dem Hufgeklapper nicht mehr hörte.

Sie ging zur Haustür, läutete und lehnte sich dagegen. Als Rosa öffnete, flüsterte Sophia noch Marias Namen, dann wurde es wieder schwarz.

Als sie erwachte, waren die Vorhänge vor dem offenen Fenster zugezogen. Der Wind bauschte sie auf, als trügen sie einen dicken Bauch wie Sina. Sophia erstarrte. Natürlich! Wegen ihres Besuchs im Krankenhaus hatte sie Prügel bezogen! Die Polizei wollte nicht, dass sie sich um Sina kümmerte. Also hatten sie Polizisten verschleppt und geschlagen. Diese Mistkerle!

Eine Hand legte sich auf ihre Schulter. Sie drehte den Kopf zur Seite. Maria schaute sie mit hochgezogenen Brauen an. „Geht es dir besser?"

„Ich weiß nicht." Sie streckte ihre Beine durch, zog sie dann an. Die gleichen Stellen wie zuvor schmerzten höllisch. Dann tastete sie an der linken Seite entlang bis unter die Rippen. Da tat es weh.

„Du musst unglaubliche Schmerzen haben, du hast überall rote Flecken, die bestimmt blau werden. Der Doktor sprach von Prellungen." Sie streichelte ihre Hand. „Wer war das?"

„Das weiß ich nicht."

Ihre Vermutung behielt sie besser für sich, sonst würde Maria am Ende weiterbohren und was sollte sie ihr dann sagen? Oder konnte sie ihr das mit Sina erzählen? Warum eigentlich nicht? Dann konnte Maria Margarethe warnen.

Also erzählte sie alles von Sina. Mit einem Mal erhob sich Vati von einem Stuhl neben ihrem Bett. Im fahlen Licht hatte sie ihn nicht gesehen.

Er hatte die Hände zu Fäusten geballt. „Das ist ja wohl das Allerletzte! Ich werde Carsten die Meinung sagen. Wenn er nichts davon wusste, soll er sich schleunigst darum kümmern. Aber wehe ihm, wenn er das angeordnet hat."

„Warte!" Sophia räusperte sich. „Lass uns das erst durchdenken."

Vati brauste auf. „Keiner schlägt meine Tochter halb tot! Keiner!"

Genau die Reaktion hatte sie befürchtet und dass er sie nicht mehr aus den Augen lassen würde. Aber sie hatte keine Wahl gehabt. Wie hätte sie zu Richard gelangen sollen, mitten in der Nacht? Das hatte sie von dem alten Mann nicht verlangen können. Er hatte ihr geholfen, war aber sobald wie möglich geflüchtet. Verdenken konnte sie es ihm nicht.

Vati schaute sie mit zusammengeschobenen Brauen an. „Verstehst du?"

„Wenn du jetzt Carsten informierst und der Befehl stammt von ihm, wird er es keinesfalls zugeben. Hat er das nicht angeordnet, dann wird er uns die Unterstellung spüren lassen." Sophia schluckte. Das Denken und Reden strengte sie an. „Womöglich wird Katharina das mit ausbaden müssen und du vielleicht auch."

Vati ging im Zimmer auf und ab. „Du hast recht. Aber ich kann das doch nicht so hinnehmen."

Sophia schnaubte. „Mir sagte mal jemand, dass blinde Aktionen nichts bringen. Also lass uns in Ruhe darüber nachdenken, ja?"

Er lächelte. „Du bist erwachsen geworden." Dann kam er heran, strich ihr sacht über das Haar. „Ruh dich aus."

Er war schon an der Tür, als Sophia murmelte. „Ihr zwei, sagt bitte keinem etwas davon. Je weniger es wissen, desto weniger ärgern sich und tun womöglich etwas Unüberlegtes."

„Keine Sorge! Ich werde es für mich behalten und du bitte auch, Maria." Er verließ das Zimmer.

Maria streichelte noch immer Sophias Hand. „Schlaf ein wenig und sorge dich nicht so viel."

„Wartet Katharina nicht auf mich?"

„Vati hat ihr heute früh gesagt, es ginge dir nicht gut."

„Wenn du Margarethe siehst, dann warne sie. Sie besucht Sina auch."

Als Sophia wieder aufwachte, saß Richard an ihrem Bett. „Erzähl mir alles."

Sie stützte sich auf die Ellbogen auf, hielt einen Augenblick inne und setzte sich dann auf. Kurz prüfte sie, was sie trug, dann griff sie nach dem Morgenmantel am Fußende, schlüpfte hinein. Sie drehte sich zu Richard, ließ die Beine aus dem Bett hängen und bat ihn, sie zu stützen.

Er fasste sie unter den Armen. „Meinetwegen brauchst du nicht aufzustehen."

„Mir tut der Rücken weh vom Liegen und von den Schlägen."

Richard zog sie an sich und umarmte sie vorsichtig. „Es tut mir so leid. Ab jetzt werde ich dich nicht mehr aus den Augen lassen."

Sie löste sich. „Genau das möchte ich nicht. Ich muss mich frei bewegen können."

Er nickte. „Natürlich. Wie du siehst, nutzen sie deinen Freiheitsdrang aus."

Sophia stiegen die Tränen in die Augen. „Das ist es ja."

Er nahm sie wieder in die Arme. „Sie haben dich auch in der Seele verletzt. Sie haben ihre Macht gezeigt, dir eine Grenze gezogen. Aber tun sie das nicht bei jedem?"

Sophia schluchzte. Warum nur verstand er sie so gut?

„Wir wehren uns, das ist auch gut so. Aber sie sind gewaltbereit, wie du erfahren hast – wir nicht. Also schlagen wir auf unsere Art zurück. Dennoch müssen wir das vorsichtig tun. Wie eine Maus, die sich den Käsebrocken schnappt, ohne in die Falle zu tappen, sondern um sie herumhuscht. Verstehst du? Du darfst nicht mehr hineintappen, nur weil du auf dein Glück vertraust."

Sie warf ihm einen zornigen Blick zu. „Als ob du mit einer Entführung gerechnet hättest."

„Nein, natürlich nicht. Aber nun weißt du, wozu die fähig sind. Also: Sei auf der Hut!"

Sie wand sich aus der Umarmung, trat ans Fenster und zog die Vorhänge auf. Grelles Sonnenlicht blendete sie und schien sich direkt in ihren Kopf zu bohren. Sie wandte sich ab. Die Schmerzen am Körper reichten.

„Denkst du auch, dass die Prügel eine Reaktion auf den Besuch bei Sina waren?"

„Und auf den Fluchtversuch von euch beiden."

„Das werde ich der Partei heimzahlen."

Richard grinste. „Das habe ich auch von dir erwartet."

Sophia kuschelte sich an ihn. „Ich werde ein Flugblatt schreiben und es wird schnell fertig sein. Das werden wir in der ganzen Stadt verteilen."

„In Ordnung. Aber zuerst erholst du dich."

Sie schaute ihm in die Augen. „Es wird dauern, bis die Schmerzen weg sind. So lange werde ich nicht warten. Bestimmt nicht."

Richard fuhr ihr mit dem Finger über die Wange und küsste sie, zuerst sanft, dann innig. Sophia ließ es zu. Er achtete sie, kümmerte sich, nicht nur jetzt, während sie verletzt war. Er fragte stets, wie es ihr ging, half ihr, unterstützte sie. Wo Martin war, wusste sie nicht und auch nicht, ob er je zurückkehrte. Er hatte seinen Platz in ihrem Herzen, aber Richard ebenso.

Sie küsste ihn noch einmal. „Ich glaube, ich lege mich ein wenig hin."

Er half ihr, deckte sie zu, versprach, morgen wieder nach ihr zu sehen und verabschiedete sich.

Als sie alleine war, dachte sie über das Flugblatt nach. In ihr kochte es vor Wut, doch gerade dann durfte sie es nicht übertreiben. Die Partei war mächtiger und stärker, doch für die Wunden an ihr würde sie bezahlen!

Hilda versorgte sie mit Suppe, Maria schaute nach ihr, Vati natürlich auch. Dann schneite Katharina herein. „Wie geht es dir? Was fehlt dir denn?"

Sie hatte den anderen verboten, über das Ganze zu sprechen, dennoch widerstrebte es ihr, Katharina anzulügen.

„Gestern haben mich irgendwelche Kerle überfallen und geschlagen."

Katharina sprang von dem Stuhl auf, auf den sie sich gerade gesetzt hatte. „Was? Das melde ich gleich der Polizei oder hat Vater das schon gemacht?"

„Nein. Ich will das nicht."

„Wie bitte? Natürlich willst du das oder sollen die ungeschoren davonkommen?"

„Sie waren maskiert, werden also nicht gefasst. Bitte! Das regt mich nur auf."

Da beugte Katharina sich zu ihr und streichelte über ihr Haar. „Entschuldige bitte. Ich will dich nicht ärgern. Wie geht es dir?"

„Mir tut alles weh, aber es wird heilen."

„Äußerlich wohl schneller als innerlich, hm?"

„Woher weißt du das?"

„Ich kenne dich schon ein Weilchen."

Katharina richtete sich auf und zog die Vorhänge zu. Dann setzte sie sich wieder zu ihr. „Tu mir den Gefallen und mach einfach keine Dummheiten mehr. Schau: Maria pflegt die verletzten Soldaten in den Lazaretten, weil sie helfen mag. Mach auch so was."

Sophia grinste. „Ich soll eine Krankenpflegerin werden?"

„Lieber nicht." Katharina lachte. „Du würdest jeden Schwerletzten gegen den Krieg aufhetzen, statt ihn zu pflegen."

Jetzt lachte Sophia auch. „Also überlassen wir die Arbeit Maria und ich helfe dort nur ab und an."

„Na gut. Aber du versprichst mir, keinen Unsinn mehr anzustellen."

„Wie kommst du darauf, dass ich so was mache?"

„Ganz einfach. Ich wurde nicht geschlagen, Maria auch nicht. Du aber schon."

„Verstehe."

Katharina blieb bei ihr.

Offenbar schlief Sophia irgendwann ein, denn als sie erwachte, war es stockdunkel. Sie schwang sich aus dem Bett und ging mit ihrer Nachttischlampe zum Sekretär. Ihr Kopf tat noch weh, dennoch konzentrierte sie sich auf das künftige Flugblatt und stellte es noch in der Nacht fertig. Zufrieden legte sie sich wieder ins Bett.

Obwohl ihr Körper am Morgen noch schmerzte, kleidete sie sich an und ging unter Protest der Familie ins Kaufhaus. Dort stieg sie zur Schneiderei hinab und schaute nach, wie die Näherinnen vorankamen. Sie arbeiteten fleißig, aber es gab noch eine Menge zu erledigen. Sophia übernahm das Zusammenheften des Brautkleides, das Maria bald anprobieren würde, schließlich wollte sie in einer guten Woche heiraten.

Sie schaffte es, bis zum Mittag zu nähen, dann tat ihr Rücken so weh, dass Katharina sie nach Hause schickte. Sophia schlenderte durch die Stadt. Die Sonne schien von einem hellblauen Himmel herab, auf dem Schäfchenwolken dahinzogen, harmlos wie aus dem Bilderbuch, als kämpften nicht die Männer an der Front. Überall in der Stadt gab es Mauerdurchbrüche, um schnell in die Luftschutzkeller zu gelangen, von denen sie sicher war, dass sie im Ernstfall nicht viel nützten. Aber auf irgendeine Weise mussten die Würzburger ja beruhigt werden. Das Hetzen in die Keller gehörte schon zum Leben dazu wie die fehlenden Männer in der Stadt oder die fehlende jüdische Bevölkerung. Sie seufzte. Woran sich der Mensch alles gewöhnte.

Sie ging in die Semmelstraße. Möglicherweise half Richard gerade in der Bäckerei mit. Und wirklich, er lehnte vor seiner Haustür und wischte sich über die Augen. Als sie zu ihm trat, schenkte er ihr ein gequältes Lächeln. „Wie schön, dich zu sehen."

Sie legte ihm die Hand auf den Arm. „Was ist passiert?"

„Karl ist gefallen." Richard drehte sein Gesicht zur Seite. „Da kämpft er jahrelang gegen die Regierung an, lässt sich nicht dabei erwischen und nun fällt er im Krieg für diese Regierung." Er presste die Lippen zusammen.

Sophia streichelte seinen Arm. „Komm! Wir gehen rauf. Ich will dir was zeigen."

Richard schloss alle Fenster. Dann schaltete er den Volksempfänger ein und wählte den verbotenen Sender der Alliierten. Wie schon die letzten Tage meldete der, dass für Deutschland der Krieg verloren sei. „Kann natürlich auch Taktik sein."

Sophia zuckte mit den Schultern. „Oder die Wahrheit." Sie legte ihren Entwurf auf den Tisch. „Wie gefällt er dir?"

Richard betrachtete lächelnd ihre Karikatur. In der linken oberen Ecke stand das heile Käppele, das Sophia nie zeichnen wollte. Darunter kauerten Menschen in Kleiderfetzen um einen Berg voller Schutt, umgeben von den Ruinen der Stadt Würzburg. Auf dem Schuttberg prangte auf der Spitze das Hakenkreuz.

Diesmal standen nur zwei Wörter darunter: *Danke NSDAP.*

„Du traust dich was." Richard nickte mit vorgeschobener Unterlippe. „An wen verteilen wir es?"

Sophia rieb sich die Hände. „An die gesamte Stadt."

„Willst du wieder im Wald Prügel beziehen?"

Sie schüttelte den Kopf. „Ich glaube nicht, dass Carsten mich verdächtigt. Als Sinas Freundin schon, aber mit dem Flugblatt bringt er mich nicht in Verbindung."

„Sonst wärst du bereits im Gefängnis."

„Genau."

Richard kümmerte sich um das Vervielfältigen der Blätter und weigerte sich, Sophia zum Verteilen mitzunehmen. „Auf keinen Fall! Du kannst dich doch kaum bewegen."

„Lass mir dennoch Flugblätter da."

„Nein."

Richard wollte los, um sich mit Margarethe zu treffen. Heute Nacht würden sie auf einem Fahrrad durch Würzburg fahren und die Flugblätter auf die Straßen segeln lassen. Mit dem Moped wären sie schneller, aber das war zu riskant. Am Ende käme ihnen die Polizei über das Fahrzeug auf die Schliche.

Sophia küsste ihn. „Danke, dass du so besorgt bist, aber das brauchst du nicht."

„Du bekommst keine Blätter und Schluss!"

Gleich wie sie bettelte, Richard weigerte sich und verschwand aus seiner Wohnung, als es Zeit war, sich mit Margarethe zu treffen. Sophia schaute aus dem Fenster, wie er mit einem geschulterten Rucksack Richtung Theater ging. Der tapfere Richard. Und sie ließ ihn allein gehen, obwohl sie sich die Sache ausgedacht hatte. Was, wenn ihm etwas passierte? Dann träfe sie die Schuld, wie es auch bei Sina der Fall war. Bloß das nicht! Er musste wieder heil nach Hause zurückkehren, ihr Richard, den sie so gerne hatte. Liebte sie ihn? Sie horchte in sich. Ja, das tat sie. Anders als Martin, bei dem sie sich immer auf dem Sprung geglaubt hatte. Aber das Gefühl, jeden Augenblick mit ihm auszukosten, das hatte ihr Beisammensein so aufregend gestaltet.

Bei Richard aber ließ sie sich in seine Arme sinken und es fühlte sich richtig an, so als kuschele sie sich in ihr Bett und legte die schützende Decke über sich. Ihm durfte nichts zustoßen! Bitte, Herr im Himmel, lass alles gutgehen! Natürlich galt das auch für Margarethe. Auch sie sollte heil von der Aktion heimkehren.

Sophia wäre gerne im Zimmer herumgetigert, doch bei jedem Schritt stach es in ihrer Seite. Also setzte sie sich auf Richards Bett und trommelte auf die Bettdecke. Einige Male nickte sie ein, riss aber den Kopf hoch, als er nach vorne kippte. Richard kam und kam nicht. Vor Sorge raste ihr Herz. Wo blieb er nur?

Erst als das erste fahle Licht zum Fenster hereinkroch, fiel die Haustür ins Schloss. Schritte auf der Treppe, die Wohnungstür flog auf. Richard!

Sie streckte die Arme nach ihm aus. Als er sich grinsend auf die Bettkante setzte, bedeckte sie sein Gesicht mit Küssen.

„Das nenne ich mal eine Begrüßung. Warte!" Er stand vom Bett auf, trat hinaus und kam wieder herein.

Sie lachte und küsste ihn erneut ausgiebig. Dann kuschelte sie sich in seine Arme. „Erzähl!"

„Es ging alles gut. Margarethe hat vom Gepäckträger aus die Blätter nur so aus dem Rucksack raus verstreut. War lustig, bis wir Richtung Dom gefahren sind. Da kam plötzlich ein Polizist hinter uns hergerannt. Wir haben das Fahrrad fallen gelassen und sind losgerannt, zum Dom. Dort ging plötzlich eine Tür auf und jemand hat uns reingelassen, in einen kleinen Raum gebracht und dort haben wir gewartet."

„Hätte auch eine Falle sein können."

„Richtig. Zumal wir die Gestalt nicht sahen, weil die sich im Dunkeln gehalten hat."

„Warum habt ihr euch dann in den Raum sperren lassen?"

„Der Polizist war uns auf den Fersen. Und alle im Dom haben immer zu uns gehalten."

„Gut. Und weiter?"

Er küsste sie. „Wir haben gewartet. Irgendwann ging die Tür auf. Wir sind raus, gesehen haben wir keinen. Ich habe Margarethe heimgebracht und dann bin ich hierher gelaufen."

Sie schmiegte sich an ihn. „Zum Glück ging alles soweit gut."

„Ja. Wir haben noch Blätter übrig. Sollen wir sie vernichten?“

„Auf jeden Fall.“

Richard verbrannte die Flugblätter, dann kroch er zu ihr unter die Decke. Er berührte sie wie ein Porzellanpüppchen, als bestünde sie nur aus Blutergüssen. Auch dafür liebte sie ihn.

Bereits am nächsten Morgen las Vati ihr aus der Zeitung vor, dass Carsten selbst davon abriet, etwas auf irgendwelche Spekulationen über den Ausgang des Krieges zu geben. Verleumdungen jeglicher Art seien nichts als Spinnereien und sollten dahin wandern, wohin sie gehörten – in den Müll. Deutschland sei auf dem Vormarsch. Es folgte das übliche Geplänkel der Partei.

Vati warf ihr einen strengen Blick zu. Sophia hob abwehrend die Hände. „Ich bin verletzt.“

Sie hatte noch starke Schmerzen, schleppte sich aber in die Schneiderei, um die Kleider zu nähen.

Und dann war es so weit: Maria und Heinz heirateten. Die Zeremonie lief genauso rasch ab wie bei Katharina, bloß weinte Maria die ganze Zeit über. Erst als plötzlich Edgar auftauchte, der für die Hochzeit Sonderurlaub bekommen hatte, hob sie stolz den Kopf und begrüßte ihn mit einem Nicken

Wieder feierten sie daheim, tanzten in der Diele, alle außer Mama und Sophia. Sie brachte Mama gleich nach dem Mittagessen ins Bett. Danach setzte sie sich an die Festtafel, nippte am Sekt und schaute den Gästen zu. Es waren nur Frauen und alte Männer zum Feiern da, bis auf Heinz und Edgar, die sich lange unterhielten, während Maria von einem Tänzer zum anderen wanderte.

Irgendwann setzte sich Katharina zu ihr. „Findest du, dass Maria glücklich aussieht?"

„Bist du es denn?"

„Wie sollte ich es denn? Wir leben im Krieg und Edgar kämpft mit."

„Gerade aber nicht."

Sie schauten beide zu ihm, der seine Zigarette in einem Aschenbecher ausdrückte und über etwas lachte, das Heinz ihm erzählte.

Katharina räusperte sich. „Wichtig ist doch nur das Überleben in diesen Zeiten."

Sophia lächelte. „Das dient offenbar als Ausrede für alles. Sich immer schön mit dem Außen beschäftigen, dann braucht man im Innen nicht aufzuräumen."

Katharina schaute ihr direkt in die Augen. „Bist du denn glücklich?"

Sophia zuckte mit den Schultern. „Von mir erwartet das keiner, ich bin nicht verheiratet."

In den Augenblicken mit Richard war sie es. Aber nur dann.

Später holte Richard sie ab und sie fuhren nach Randersacker. Auf dem Land merkten sie nichts vom Krieg. In den Weinbergen hingen die Stöcke voller junger Trauben, das Obst reifte an den Bäumen, in den Gärten spross das Gemüse. Dafür interessierten sich die Menschen hier und suchten nicht nach dem nächsten Luftschutzkeller. Hielt sich Sophia im Haus von Richards Tante auf, trat sie in eine andere Welt, in der der Krieg nur im Volksempfänger stattfand. Häufig suchte

Richard dort einen Sender, der amerikanische Lieder spielte und sie tanzten dazu. Manchmal war auch die Tante mit von der Partie. Das waren Stunden der Ruhe, des Verdrängens, der Täuschung.

Tage später, als Sophia gerade auf dem Weg zur Schneiderei im Kaufhaus die Treppe hinabstieg, hetzte Maria ihr entgegen. „Schnell! Mama! Sag Katharina Bescheid!" Sie drehte um und verließ das Kaufhaus.

Sophias Magen krampfte. Um Gottes willen! Sie hetzte die Treppe hinauf, stürzte in Katharinas Büro, die gerade einen Lieferanten verabschiedete. „Wir müssen sofort zu Mama!"

Sie holten ihre Sachen und eilten nach Hause.

Maria stand am Fenster und weinte, Vati saß neben dem Bett, seine Schultern zitterten. Sophia trat zu ihm und legte ihm die Hand in den Nacken. Wie zerbrechlich er schien, wie ein kleiner Junge.

Katharina trat ans Bett und nahm Mamas knochige Hand. Überhaupt bestand Mama nur noch aus Haut und Knochen und doch erschien sie Sophia an dem Abend unglaublich schön, als leuchte sie von innen heraus. Die blasse Haut schien im Gesicht geglättet, das weiße Haar breitete sich auf dem Kissen aus. Sie schaute aus wie ein Engel. Gleichzeitig krampfte Sophias Magen bei dem Gedanken.

Maria schluchzte jetzt so laut, dass Mama die Augen öffnete. Vati tätschelte ihr die Hand. „Ich lass dich kurz mit den Mädchen alleine."

„Warte!", stoppte ihn Maria. „Ich muss euch was sagen." Sie putzte sich die Nase. „Ich bin schwanger."

Mama lächelte. „Wie schön, mein Kind."

Da gelang es Maria nicht mehr, sich zu beruhigen. Sie weinte so arg, dass Sophia sie hinausführte. „Komm, wir gehen hoch zu mir."

Maria schüttelte es regelrecht auf Sophias Bett. Also legte Sophia ihr eine Decke um und streichelte ihr den Rücken. „Auch ich gratuliere dir zu dem kleinen Wurm."

„Aber Mami!" Maria schluchzte so sehr, dass sich ihre Worte wie Schluckauf anhörten.

Sophia traten Tränen in die Augen. Mama ging es so schlecht, wer wusste schon, wie lange sie noch bei ihnen bleiben würde. Sie hatten sich niemals ausgesprochen. Sophia hatte ihr nie vergeben, dass sie stets nur Katharina und Maria um sich haben wollte. War jetzt die Zeit dafür gekommen? Fühlte sie sich nicht mehr wie das Stiefkind? Sie wusste es nicht.

Maria schnäuzte sich. „Ich meine, Mami soll doch ihr Enkelkind aufwachsen sehen. Alles miterleben."

„Ich wünsche es ihr."

Maria schaute sie aus nassen Augen an. „Aber es geht ihr so schlecht."

Jetzt flossen auch bei Sophia die Tränen. „Ja."

Sie krochen unter die Bettdecke und hielten sich fest, bis Katharina hereinkam. „Verabschiedet euch bitte von Mutter."

Maria schüttelte den Kopf. „Das kann ich nicht. Ich kann nicht. Versteht ihr?"

Sophia strich ihr über den Arm. „Es ist gut. Bleib hier."

Mama wirkte, als schlafe sie. Sophia legte den Kopf auf die Bettdecke, was sie als kleines Mädchen selten gedurft hatte, und weinte all die aufgestauten Tränen. Dann zog sie sich ans Fenster zurück und machte Platz für Vati und Katharina. Vati setzte sich auf den Stuhl und wischte sich die Augen, Katharina schüttelte es regelrecht, doch sie weinte ohne Tränen.

Sophia ging zu Vati. „Gib ihr noch einen Kuss und geh dann mit mir in dein Zimmer, ja?"

Vati küsste Mama liebevoll und ließ sich dann wie ein Junge in den kleinen Raum führen. Sophia stellte ein Glas Cognac vor ihn und verfuhr mit Katharina genauso. Dann setzte sie sich zu ihnen, legte die Hände auf den Tisch und lauschte dem Ticken der Wanduhr. Ab und an trank Katharina von dem Cognac, Vati hatte seinen in einem Zug geleert.

Sie wartete, bis jeder zur Ruhe kam und wollte schon fragen, wie sie ihnen helfen könnte, da fasste Vati in seine Jackentasche und reichte Katharina einen Brief von Mama. Er warf Sophia einen ernsten Blick zu, hob die Schultern und ließ sie wieder fallen. „Ich habe nur noch einen für Maria."

Hätte Mama ihr eine Ohrfeige gegeben, hätte sie besser damit umgehen können. Mama verabschiedete sich also von ihren Töchtern, von allen, außer dem Stiefkind Sophia. Irgendetwas in ihrer Brust platze und brannte, als habe sie zu Heißes getrunken. Gleichzeitig überzog sie eine Gänsehaut. Sie fror so sehr, dass sie nicht einmal weinen konnte. Also stand sie auf, ging hinaus, ließ die Tür von alleine zufallen und lehnte sich von außen dagegen. Was hatte Mama so an ihr gehasst? Ja, sie ähnelte wohl eher Vati, aber den hatte sie doch geheiratet, hoffentlich aus Liebe. Oder hatte sie die gänzlich für Katharina und Maria aufgebraucht? Wie sollte Sophia ihr je vergeben? Musste sie das überhaupt? Sie schaute nach oben. Da wartete Maria auf Trost und die traf keine Schuld. Also ging sie hinauf.

Die Beisetzung erschien Sophia wie das letzte Fest für Mama. Alle trugen festliche Kleidung, Musiker spielten an ihrem Grab und danach wimmelte es in der Villa von Menschen. Mama hatte es geliebt, Gäste zu bewirten. Ob sie von oben herabschaute?

Irgendwann saß Sophia mit Katharina und Maria zusammen und fragte nach den Briefen. Maria verbot es ihr, sie noch einmal darauf anzusprechen, was natürlich erst recht ihre Neugier weckte. Katharina gestand, ihren noch nicht gelesen zu haben.

Tage später erzählte sie ihr, was Mama ihr mitgeteilt hatte und löschte damit ihre Eifersucht aus.

„Mutter hatte wohl eine Liebschaft, bevor sie Vater geheiratet hat. Das heißt, ich habe einen anderen Erzeuger und ihn auch bereits kennengelernt. Er ist ein Ekel und ich werde ihn nie mehr aufsuchen.“

„Das kann ich kaum glauben.“

„Ja, so ging es mir auch. Aber wir haben einen guten Vater und können solche wie meinen Erzeuger aus unserem Leben streichen.“

Und ob sie einen guten Vater hatten, der alles für seine Lieben tat, der sein Leben aufs Spiel setzte, um das anderer zu retten. Wie schwer war es ihm wohl gefallen, vor David den Bösen zu spielen, nur damit die Partei ihm nicht auf die Schliche kam? Wie es David wohl ging? Er fehlte. Ihm hätte sie ihre Gefühle ausbreiten können und er hätte Trost und Rat gewusst.

Sie umarmte Katharina. „Ist es schlimm für dich?"

„Nein. Der Kerl kann mir gestohlen bleiben."

„Weißt du, was in Marias Brief steht?"

„Nein."

Dann hatte Mama sie nicht kränken wollen, sondern nur Katharina darüber aufgeklärt, dass ein anderer sie gezeugt hatte. Und Mama hatte also ihre Älteste behütet, weil sie nicht mit dem richtigen Vater aufwuchs, was unsinnig war, denn einen besseren konnte sie nicht haben. Dennoch meinte Mama wohl, sie mit mehr Liebe zuschütten zu müssen. So handhabte sie das auch mit Maria und für Sophia blieb keine übrig. Was wohl in Marias Brief stand?

Es war ein milder Abend, die Sonne stand neben einem weißen Mond, als Sophia zum Park hinunterlief. Dort traf sie sich meist mit Richard, wenn er sie mit zu sich nahm. Von unten kam ihr eine Frau mit einem Bündel im Arm entgegen. Sie traute ihren Augen kaum, als sie sie erkannte.

„Sina! Meine Güte, wie geht es dir? Wie dem Kleinen?"

Sina lächelte, doch ihre Augen wirkten traurig. „Es geht mir gut, der kleinen Alina auch. Aber Sophia, ich wollte gerade zu euch. Wir müssen schnell aus dem Land."

„Komm!"

In dem Augenblick kam Richard herangefahren. Zusammen eilten sie zur Villa.

Vati bot allen Platz an. „Erzählen Sie, was passiert ist, Frau Mainberger."

„Ich wurde ja schwanger und durfte als Einzige das Kind behalten. Alle anderen von uns Sinti mussten die

Schwangerschaft abbrechen und wurden sterilisiert. Nur ich nicht. Allerdings bin ich nun auch sterilisiert worden." Ihre Stimme brach, sie weinte.

Vati reichte ihr ein Taschentuch. Das Kleine wimmerte, Sina hob es auf die Schulter und wiegte es sacht, dann fuhr sie fort. „Ich wunderte mich die ganze Zeit über, warum mit mir anderes verfahren wurde. Auch in der Klinik isolierten sie mich, aber behandelten mich gut, gerade nachdem die Wehen zu früh einsetzten." Sie schluckte. „Na ja. Jedenfalls kam ja nun Alina zur Welt und mit ihr ihre Schwester. Sie waren Zwillinge."

Sophia stutzte. „Waren?"

„Ja." Sina seufzte. „Waren. Denn Alinas Schwesterchen nahmen sie mir weg. Es hieß, sie sei nicht gesund und dann sagten sie, sie habe nicht überlebt. Ich bekam sie nicht mehr zu sehen." Sina schaute verzweifelt von einem zum anderen. „Dann sterilisierten sie mich und jagten mich aus dem Krankenhaus."

Vati verlor jegliche Farbe aus dem Gesicht. Er presste die Lippen zusammen. Dann stand er auf und verließ das Zimmer.

Sophia verstand nicht gleich. „Was sagst du da? Du hast dein zweites Mädchen nicht mal gesehen?"

Sina schüttelte den Kopf. „Nein. Sie hat nach der Geburt geschrien. Die Schwester hat mir Alina auf den Bauch gelegt und ihr Geschwisterchen weggebracht."

„Das ist nicht zu fassen."

Zum ersten Mal meldete sich Richard zu Wort. „Sie haben dich deine Schwangerschaft austragen lassen, weil du Zwillinge bekamst."

Vati kehrte zurück und wischte sich mit einem Taschentuch über den Mund. „Ja, das war wohl der Grund."

Sina wandte sich an ihn. „Aber das wusste ich nicht. Mir hat keiner was von zwei Kindern gesagt."

Vati legte ihr die Hand auf die Schulter. „Natürlich nicht."

Alle schauten ihn an. „Es hilft nichts. Ihr zwei müsst weg. Ich werde euch helfen und Papiere besorgen. Solange bleibt ihr hier. In der Zwischenzeit kann ich mich nach der Kleinen im Krankenhaus erkundigen, kann aber nichts versprechen."

Es dauerte keine zwei Tage, dann brachte Vati Sina eines Nachts weg. Richard half ihnen und erzählte Sophia, dass sie sie aufs Land gefahren hätten, wo Sina mit der Kleinen in einen Zug gestiegen war. Hoffentlich ging alles gut.

Am Tag darauf standen wieder Uniformierte vor der Tür, die das Haus durchsuchten und nichts fanden. Als sie verschwunden waren, grinste Vati. „Gut, dass sie bis heute mit dem Durchsuchen gewartet haben."

Sophia nickte. Sie hakte sich bei ihm unter. „Ich muss ständig an Sinas zweites Kind denken."

Vati seufzte. „Ich habe leider nichts erfahren. Es starben zwei Kinder nach Alinas Geburt. Möglich, dass eines davon Sinas Kind war."

„Ist es nicht grauenvoll?"

„Ja, wie alles, was die Regierung tut."

Sophia stutzte. „Du meinst, sie haben Sina absichtlich eines der Kinder weggenommen, weil es ein Zwilling war?"

Vati zuckte mit den Schultern. „Was weiß denn ich?“

„Aber warum?“

Er wischte sich über das Gesicht. „Frag bei der Partei nicht nach einem Sinn.“

Sophia schüttelte den Kopf. „Ich will mir keine Grausamkeiten vorstellen.“

„So muss es ja nicht sein. Vielleicht war das Kind wirklich krank.“

„Vielleicht.“

10

Würzburg, 1945

Es war zwei Jahre her, dass Sina mit ihrem Kind geflüchtet war. Wie es den beiden wohl ging? Carsten hatte damals bestimmt etwas geahnt, denn die Wagner'sche Villa ließ er nach wie vor regelmäßig durchsuchen, natürlich ohne etwas zu finden.

Sinas Mädchen war nur wenig älter als Charlotte, die wie eine kleine Maria ausschaute. Gerade spielte Sophia mit ihr Verstecken.

Dazu stellte sich die Kleine im Zimmer irgendwohin und hielt sich die Augen zu. Dann tat Sophia so, als suchte sie und fragte laut, wo Charlotte denn sei, bis die Kleine „Da" rief und über Sophias Unvermögen lachte, sie zu finden. So wie jetzt.

Sophia nahm sie auf den Arm und küsste sie auf ihre runde Wange. Sie liebte die Kleine, war auch bei der Geburt dabei gewesen und half Maria, wo sie nur konnte. Zum Beispiel, wenn wieder einmal nachts Alarm ertönte, sie in einen Luftschutzkeller rannten und der fehlende Schlaf an Marias Nerven zerrte. Dann hütete sie für eine Weile Charlotte, damit Maria etwas schlief.

Sie setzte die Kleine ab, da kam Annemarie ins Zimmer und fragte, ob sie mitspielen dürfe.

Annemarie wohnte zusammen mit ihrer Mutter seit wenigen Wochen bei ihnen. Sie waren auf der Flucht gewesen und Vati hatte sie aufgenommen. Beide schauten keinem in die Augen, waren scheu wie Rehe. Wen aber wunderte das? Sie hatten auf der Flucht den einjährigen Emil verloren und mit ihm jegliches Vertrauen in das Leben.

Wenigstens im Spiel schwand die Schüchternheit der achtjährige Annemarie ein wenig. Gerade versteckte sich Annemarie hinter dem Vorhang, Charlotte hatte das Ganze natürlich mit offenen Augen verfolgt. Sophia lachte. Die Kleine war ein Schlitzohr.

Es schlug fünf Uhr. Maria kam gähnend herunter. Charlotte lief ihr gleich in die geöffneten Arme. „Na, hast du schön gespielt?"

„Ja, Mama." Charlotte lachte. „Nie gefunden."

„Keine hat dich gefunden, mein Schatz?" Maria wandte sich an Sophia. „Du musst los."

Es war ein kalter Tag im Februar, als sich Sophia auf den Weg zum Lazarett in der Schillerschule machte, das in ihrer Nähe lag. Der Wind blies so eisig, dass sie sich den Schal um Gesicht und Nase wickelte. Nur die Augen ließ sie frei. Das Pflegen der Verletzten lag ihr nicht, aber natürlich musste sie helfen, wie alle anderen Frauen auch.

Sie schlug den Weg über die Friedensstraße ein, als die Sirenen schrillten. Der nächste Luftschutzkeller war zu weit entfernt. Also rannte sie in eines der zweistöckigen Wohnhäuser und dort in den Keller.

Eine Frau mit einem kleinen Mädchen, das Sophia auf fünf schätzte, eilte hinunter. Drei alte Frauen saßen neben zwei alten Männern, die alle in ihren Mänteln steckten und kleine Koffer oder Taschen in den Händen hielten. Das Mädchen drückte einen Teddy an sich. Es rieb die Äuglein und bat seine Mutter um ein Lied. Die nahm es auf den Schoß und summte eine Melodie.

Die Männer flüsterten miteinander. Sophia verstand sie dennoch.

„Würzburg ist eine Lazarettstadt. Völlig uninteressant. Die wird nicht angegriffen."

„Bis auf den Bahnhof, der ist eben doch interessant."

„Stimmt."

Hoffentlich hatten die Männer recht! In dem Augenblick knallte es in der Ferne. Alle zogen die Köpfe ein, auch Sophia zuckte zusammen. Die Kleine weinte, während die Mutter sie in den Armen wiegte und beruhigend auf sie einredete. Es dauerte nicht lange, dann ertönte die Entwarnung.

Sophia rannte ein Stück zurück, bis sie die Villa erspähte. Es war alles heil geblieben. Sie stieß die Luft aus und dankte im Stillen dem Herrn. Dann machte sie sich wieder auf den Weg zum Lazarett.

Am nächsten Tag las Vati aus der Mainfränkischen vor, dass die Air Force den Hauptbahnhof und Teile der Bahnanlage zerstört hatte. Er ließ die Zeitung sinken. „Nun geht es los."

Charlotte kauerte auf Marias Schoss. „Was los?"

Vati lächelte. „Nichts. Das war es hoffentlich."

Sophia fütterte Charlotte mit Brotwürfeln. „Schön wäre es."

Am dritten März, als Sophia gerade auf dem Schwarzmarkt Schokolade, die Hilda mitgebracht hatte, gegen Mehl tauschte, erschallte der nächste Alarm über Würzburg. Diesmal zerstörten sie das Elektrizitätswerk.

Vati ließ die Schultern hängen. „Die Stadt fällt zusammen wie ein Kartenhaus."

Egal was Sophia auch sagte, es gelang ihr nicht, ihn zu trösten. Erst als Charlotte ihm auf ein Kinderlied vortanzte, lächelte er wieder. Dann aber fragte die Kleine: „Opa, wenn wir Keller müssen, nehmen wir Puppe mit, ja?"

Da rannen ihm plötzlich die Tränen über das Gesicht. Charlotte fing auch an zu weinen und Sophia hätte beinahe mitgeheult. Sie bot der Kleinen an, Verstecken zu spielen. Charlotte lächelte mit nassen Augen und schon war das Leid vergessen. Wie arglos die Kleine war. Vor langer Zeit war die größte Sorge von Charlottes Mama gewesen, was sie am Morgen anziehen sollte. Möge die Zeit zurückkehren.

Am nächsten Morgen stürmte Charlotte in Sophias Zimmer. „Du hast Burztag!"

Sophia hatte nicht einmal mehr daran gedacht. Meine Güte! Sie wurde schon dreißig. „Morgen erst."

Die Kleine klatschte in die Händchen. „Wir feiern."

„Gut, das machen wir. Aber erst morgen Nachmittag, ja?"

„Jaha!"

Im Esszimmer schob Vati ihr die Mainfränkische hin. Auf der ersten Seite stand eine Liste mit den Namen der umgekommenen Menschen vom Tag zuvor.

Vati wischte sich über die Augen. „Jetzt fallen nicht nur unsere Männer an der Front, jetzt sterben sie hier in der Stadt.“

Sophia stand auf. „Oder in den sogenannten Arbeitslagern. Sinnloses Sterben, wie schon seit Jahren.“

Sie war spät dran, aber das war nicht weiter schlimm, denn so viel gab es im Kaufhaus nicht zu tun. Zwar schneiderten sie noch Kleider, aber sie verkauften kaum etwas. Wen wunderte das auch? Wichtig war das tägliche Brot, nicht die äußere Hülle.

Sie ging am Hofgarten vorbei und warf einen Blick auf den Vorplatz der Residenz. Was ging denn da vor sich? Soldaten luden Taschen und Rucksäcke auf LKWs.

In dem Augenblick rief Heinz hinter ihr ihren Namen. Er kam heran. „Wollen wir zusammen zum Kaufhaus gehen?“

Sophia nickte und deutete mit dem Kinn zu dem Geschehen vor der Residenz. Heinz zog die Stirn in Falten. „Packen die?“

„Es sieht so aus.“

Gerade da trat Carsten aus der Tür, fuchtelte mit den Armen in der Luft herum und schien etwas zu befehlen, was Sophia nicht verstand. Dann drehte er sich um, fixierte sie aus schmalen Augen, schaute auf seine Schuhspitzen und ging ins Haus.

Heinz schnaubte. „Die Ratten verlassen immer als Erste das sinkende Schiff. Was sollen wir davon halten?“

Sie gingen weiter. Sophia rang mit sich, dann stieß sie doch ihre Vermutung aus. „Ein Freund von mir hört den verbotenen Sender und meinte gestern Abend, dass bald etwas geschehen würde."

„Na ja, solche Spekulationen höre ich fast jeden Tag."

Katharina deutete auf eine Liste auf dem Schreibtisch, als Sophia eintrat. „Wir haben letzten Monat kaum etwas eingenommen. Aber dadurch, dass du alles schneiderst, haben wir auch keinen schlimmen Verlust gemacht."

„Vielleicht wird sich bald was ändern." Sophia erzählte ihr, was sie auf dem Vorplatz der Residenz beobachtet hatte. „Möglicherweise packt Carsten."

„Vielleicht muss er zu einer Krisensitzung."

„Oder er verlässt die Stadt."

„Soll er doch."

„Weißt du, was das bedeutet?"

„Dass der Krieg bald zu Ende ist."

„Hoffentlich."

Sophia ging in ihr Büro. Zwar hatte sie seit Sonjas Tod viele Arbeiten von ihr übernommen, aber die erledigte sie auch im kleinen Nebenraum. Dennoch kümmerte sie sich um die Kollektionen und für die Entwürfe benötigte sie die großen Tische. Sie setzte sich auf einen Stuhl. Jetzt war sie zu keiner Arbeit fähig. Deutete sie das Packen Carstens richtig? Verließ er wirklich die Stadt oder ging ihre Fantasie mit ihr durch? Sollte er verschwinden, bedeutete das doch, dass der Krieg verloren war, aber auch, dass er vor einem Angriff flüchtete. Oder suchte er nur nach einem Versteck, weil die Alliierten die Stadt einnehmen würden? Hoffentlich war es so und die Würzburger ergaben sich ohne einen Kampf. Sie warf einen Blick zu Katharina. Die rechnete

Zahlen zusammen, ohne sich Gedanken über ein Kriegsende zu machen und auch ohne sich davor zu fürchten. Warum nur wälzte sie alle Eindrücke hin und her, kaute darauf herum, bis sie auf die Essenz stieß? Weshalb ließ sie nicht alles auf sich zukommen und nahm es dann hin wie es war? Einfacher wäre das schon. Aber sie konnte halt nicht aus ihrer Haut.

Am Abend schien Vati noch genauso am Tisch zu sitzen wie Sophia ihn am Morgen zurückgelassen hatte. Die Zeitung lag vor ihm und er starrte auf die Liste der Umgekommenen. Sophia ging zu ihm. „Wie geht es dir?"

Vati zuckte mit den Schultern. „Es waren Freunde von mir dabei."

Sie umarmte ihn. „Das tut mir sehr leid."

Während die anderen zum Essen herunterkamen, stieg Sophia die Treppe hinauf, wühlte in ihrem Zimmer in der Truhe mit den fertigen Gemälden, dann fand sie es. Das trug sie nach unten und reichte es Vati. „Das ist für dich. Hoffentlich gefällt es dir."

Vati betrachtete das Bild, schluckte, vergoss Tränen und lächelte gleichzeitig. „Es ist wunderschön."

Vor langer Zeit hatte sie Mama von einer Fotografie abgemalt, die sie im Alter von ungefähr zwanzig Jahren zeigte. Sophia fand das Porträt gut gelungen. Die anderen lobten sie dafür und freuten sich, dass Vati nun endlich wieder lächelte.

Charlotte deutete auf das Bild. „Ist Mama."

Zwar kannte die Kleine ihre Oma nicht, aber sie hatte auch nicht Unrecht mit ihrer Deutung. Maria ähnelte Mama in dem Alter sehr, aber noch mehr sah Charlotte ihr ähnlich – das dunkle Haar, die hohen Wangenknochen. Vati streichelte der Kleinen über den Kopf und erklärte, dass das auf dem Bild Oma sei.

Da rief Charlotte: „Oma, Oma."

Als alle grinsten, begann sie ihre Faxen zu machen, stieg auf einen Stuhl, zog Grimassen und schaute, ob alle lachten. Und dieses Prüfen der Reaktionen erinnerte Sophia stark an jemanden. Natürlich! Edgar verhielt sich so, wenn er einen Witz erzählte.

Später ging Sophia nach oben. Sie wollte Katharina noch an ihre Feier am kommenden Nachmittag erinnern. Sie klopfte an, trat in Katharinas Zimmer und starrte auf den Fußboden. Dort lag ein Passbild vor den Füßen ihrer Schwester. Als sie es aufhob, zitterte ihre Hand. Auf dem Bild schaute ihr Martin entgegen, ernst, mit verkniffenem Mund.

Sophia riss sich vom Anblick des Bildes los und musterte Katharina. „Woher hast du das?"

Die zuckte mit den Schultern. „Aus der Post eines Freundes."

„Rede keinen Unsinn."

Katharina hob abwehrend die Hände. „Bitte, lass mich. Ich erzähle es dir ein anderes Mal."

„Kann ich das Bild behalten?"

„Ja, aber wozu?"

„Als Erinnerung."

Sophia wandte sich ab und ging zur Tür. „Ach ja, jetzt hätte ich es beinahe vergessen: Charlotte möchte morgen meinen Geburtstag feiern. Hast du am Nachmittag Zeit?"

Katharina lächelte. „Nicht nur Charlotte. Natürlich komme ich."

„Danke. Schlaf schön."

Sophia legte sich ins Bett und betrachtete Martins Bild. Mit wem hatte er noch alles Kontakt? Sogar Katharina besaß ein Bild von ihm, nur ihr schickte er nicht einmal ein Lebenszeichen. In seinen Armen hatte sie sich aufgehoben gefühlt. Ihm und seiner Arbeit hatte sie nachgeeifert und tat es noch immer. Aber es war wie ein Hinterherrennen, kein gemeinsamer Gang. Sie stand auf und legte das Bild in eine Schublade des Sekretärs.

Mit Richard ging sie Hand in Hand durchs Leben. Er schob sie nur hinter sich, um sie zu schützen. Sie liebten sich nun seit zwei Jahren, ohne etwas vom anderen gefordert zu haben. Ging es nicht darum in der Liebe? Den anderen zu lieben, ohne Kompromisse eingehen zu müssen?

Am nächsten Tag eilte Sophia gegen zwei Uhr nach Hause. Die Sonne schien blass von einem hellblauen Himmel, besaß aber noch keine Kraft. Sophia fror und wünschte sich ins warme Wohnzimmer. Dort empfing sie Charlotte sogleich. Sie tanzte um sie herum und sang: „Du hast Burztag."

Maria bremste Charlotte, indem sie sie auf den Arm nahm. Gleichzeitig gratulierte sie Sophia und schenkte ihr ein Parfum. Wie Mütter das nur anstellten, mit dem Kind auf dem Arm irgendetwas zu erledigen.

Hilda gratulierte ihr ebenso und hatte es geschafft, einen duftenden Kuchen zu backen – wo auch immer sie die Zutaten aufgetrieben hatte. Vati kam herein und küsste Sophia auf die Wange. Dann nahm er ihre Hand und steckte ihr einen Ring mit einem sternförmigen

Stein an den Finger. „Den habe ich deiner Mutter geschenkt, als du auf die Welt kamst."

Sophia bekam einen Kloß im Hals. Vati wischte sich die Augen. In letzter Zeit war er so weich geworden, mitfühlend und rasch den Tränen nahe.

Als die Haustür ins Schloss fiel, flitzte Charlotte hinaus und Maria hinterher. Sie redeten mit jemandem, vermutlich mit Katharina. Daraufhin kam Maria strahlend wieder herein, mit der Kleinen an der Hand. Katharina folgte ihr und schenkte Sophia Block und Stifte, die es kaum noch irgendwo zu kaufen gab. Wie schön!

Als die Kleine die Farben entdeckte, rief sie Maria zu, sie habe doch das Bild für Tante Sophia gemalt. Maria brachte es und Charlotte überreichte es ihr strahlend. Sophia traute ihren Augen kaum: Auf dem Bild waren ein Haus, Blumen und die scheinende Sonne zu erkennen.

„Hast du das ganz alleine gemalt?"

Die Kleine nickte und lachte. „Ganz, ganz alleine."

„Wie kannst du so gut malen?" Das fragte sie sich wirklich. Charlotte war gerade zwei Jahre alt, da kritzelten die Kinder noch aufs Papier. Doch sie zeichnete bereits, was sie sah. Unfassbar. „Von jetzt an werde ich zusammen mit dir malen, ja?"

Sophia bedankte sich bei allen. Niemals hätte sie in diesen Zeiten mit Geschenken gerechnet, die wohl tief von Herzen kamen. Unglaublich. Alle hatten sich Gedanken gemacht, wie sie ihr eine Freude bereiten konnten. Sie gab allen einen Kuss. Dann redeten sie noch über das kleine Talent. Maria aber schien nicht zuzuhören. Sie schaute lächelnd an Sophia vorbei.

„Worüber freust du dich denn?", fragte Sophia sie.

Maria blinzelte. „Na ja, ein Grund zum Freuen ist es ja nicht. Edgar ist in Gefangenschaft geraten, aber zum Glück bei den Franzosen und nicht den Russen. Wenigstens wissen wir jetzt, dass er lebt."

Maria erzählte das, nicht Katharina.

Am sechzehnten März verließ Sophia das Kaufhaus etwas früher und eilte über die Kaiserstraße und die Juliuspromenade zum Dominikanerplatz. Sie hatte heute Dienst in einer der Anstaltsküchen. Zusammen mit Heinz würden sie das Essen in der Augustinerstraße abholen und in Wagen zum Hauptbahnhof fahren. Dort hatten viele Flüchtlinge eine Unterkunft gefunden und die würden sie mit Essen versorgen. Danach ging es wieder zurück in die Augustinerstraße. Folglich würde Sophia zweimal fast die gesamte Stadt durchqueren und doch gefiel ihr die Arbeit besser als die Pflege der Kranken.

Es war ein heißer Tag gewesen, an dem die Frauen Sommerkleider und die Männer Hemden mit kurzen Ärmeln trugen. Auch jetzt war es noch mild. Sophia bereute es, in ihre Strickweste geschlüpft zu sein, denn durch ihr Hasten schwitzte sie, nahm sich aber nicht die Zeit, die Weste auszuziehen. Heinz wartete bestimmt schon. Er war stets pünktlich. Bei allem, was er tat.

Und wirklich. Als sie die Augustinerstraße erreichte, stand Heinz bereits mit den Wagen auf dem Bordstein.

Nach der Essensausgabe stöhnte Sophia auf dem Rückweg. Ihre Beine schmerzten, das Kleid klebte ihr am Rücken. „Puh, bin ich müde."

Heinz grinste. „Du schiebst einen leeren Wagen."

„Ja, aber ich renne jetzt zum zweiten Mal vom Bahnhof zurück in die Augustinerstraße."

„Ich auch."

Sie blieb stehen. „Ich versorge die Flüchtlinge gerne."

Dann schob sie weiter. Hoffentlich hatten David, Sina und die vielen anderen, die das Land verlassen mussten, auch Hilfe gefunden.

Heinz nickte. „Ja, wenn wir schon nicht kämpfen, helfen wir wenigstens." Zwischen seinen Brauen bildete sich eine Falte. So war das! Er litt darunter, nicht eingezogen worden zu sein.

„Hättest du lieber für die Regierung dein Leben geopfert?"

„Ich weiß nicht. Aber verachtet ihr Frauen nicht Männer wie mich?"

Wieder blieb sie stehen und verschnaufte kurz. „Warum denn das?"

„Weil wir nicht wie Männer an der Front kämpfen."

„Und euer Leben dort lasst, bei einem aussichtslosen Krieg? Nein, wirklich nicht."

Er schwieg, schaute kein bisschen freundlicher drein, ging aber schneller. Sophia hatte Mühe, ihm zu folgen, japste schon nach Luft. Wie kam Heinz darauf, dass die Frauen ihn verachteten? Gab ihm das Maria zu verstehen? Oder schämte er sich für die Arbeiten, die sonst eher Frauen verrichteten?

Sie gelangten in die Augustinerstraße, als die Sirenen heulten.

Heinz ließ den Wagen los, fasste sie am Arm. „Der nächste Luftschutzkeller ist …"

„Komm! Zum Mainufer!"

Sie sauste los. Bloß in keinen Keller mehr! Nicht wieder in die verängstigten Gesichter der Frauen und Kinder schauen, nicht in die müden der alten Menschen. Ab zum Fluss. Im Freien bleiben.

Sie rannten durch Seitengassen, zwischen Mauerdurchbrüchen hindurch, in denen ihnen zum Teil Menschen entgegenkamen, aber auch einige folgten, bis zum Ufer des Mains.

Dort rangen sie nach Atem, dann schaute Heinz sie fragend an. „Willst du hier stehen bleiben?"

„Warum nicht?" Sie schaute zur Festung hoch. Die stand fest auf dem Marienberg und passte auf, das Käppele links von ihr.

Heinz nickte. „Kein schlechter Platz. Wir sind weit genug von den Häusern weg und zwischen den zwei Brücken."

Sie warteten dort auf die Entwarnung. Heinz erzählte, wie er auf dem Land aufgewachsen war, bei Onkel und Tante, weil seine Eltern bei einem Unfall ums Leben gekommen waren, als er acht Jahre alt war. Der Onkel besaß einen Weinberg und hatte versucht, ihm die Handgriffe darin beizubringen. Heinz hob die Schultern und ließ sie wieder fallen. „Ich stellte mich da dumm an. Die Arbeit lag mir nicht. Also ging ich bereits mit sechzehn in die Stadt und suchte mir hier was."

„Und wo hast du gearbeitet?"

„Von da an im Kaufhaus."

„Wie fandst du Joseph Weiß?"

„Er war ein feiner Mann, wie auch schon sein Vater.“

Leider hatte der feine Joseph sein Eheversprechen gebrochen und Katharina im Stich gelassen. Sophia seufzte. Gut, dass sie niemals heiraten würde. Dennoch wollte sie noch heute Abend zu Richard.

Plötzlich ertönte Vollalarm.

Eine Frau in ihrer Nähe legte die Hände auf die Wangen. „Heiland, ne, jetzt kommen sie.“

Sie schauten sich alle um. Sollten sie in einen der Luftschutzkeller? Einige rannten los, andere blieben.

„Wozu?“ Sophia rührte sich nicht vom Fleck. „Das sind eh keine richtigen Bunker, nur provisorisch eingerichtete Keller.“

Ein alter Mann neben ihr hob den Finger. „Kluge Entscheidung. Stürzen die Häuser ein, werden die Keller verschüttet. Ich bin immer hier ans Wasser raus.“

Heinz, der beim Alarm aufgestanden war, setzte sich wieder zu ihr auf den Boden.

Dann brauste es am Himmel, als käme ein Sturm auf. Sophia hob ihr Gesicht nach oben.

„Die Air Force“, sagte Heinz.

Der alte Mann wischte sich über die Augen. „Jetzt kommt der Krieg zu uns.“

Mit einem Male leuchtete es über der Stadt. „Christbäume“ sagte der alte Mann. „Sie stecken die Grenzen der Innenstadt ab, damit die Flieger gezielt die Bomben abwerfen könne.“ Seine Stimme versagte. Er weinte in seine Hand.

Gänsehaut kroch wie eine Geisterhand von Sophias Nacken den Rücken hinab. Sie sprang auf. „Katharina!“ Sie wandte sich an Heinz. „Sie ist in der Stadt.“

„Ja, die anderen auch, bestimmt im Keller am Letzten Hieb."

Sophia schüttelte den Kopf. „Nein, Katharina wollte länger arbeiten. Wir müssen zu ihr."

Heinz packte sie am Arm. „Du kannst da nicht rein."

Da fielen die ersten Bomben. Es brauste und krachte, wie es nur der Tod konnte und den begleitete das Licht der Geschosse. Minutenlang fielen die Bomben auf die Stadt. Die Häuser stürzten ein, als seien sie aus Sand gebaut. Es war ein ohrenbetäubender Krach, doch der Anblick betäubte sie innerlich und ließ Sophia nach Luft schnappen. Bestimmt war es nur ein Albtraum. Gleich würde sie erwachen und sich den Schweiß von der Stirn wischen.

Die Welt zerbarst. Ihre Beine gaben nach. Heinz schien sie beobachtet zu haben, jedenfalls griff er unter ihre Achsel und hielt sie fest. Es dauerte nur ein Fingerschnipsen und von den Häusern blieben nur Trümmer übrig, die brannten, Menschen begruben, alles, alles zerstörten. Eine unglaubliche Hitze schlug ihnen entgegen.

Heinz hielt sie noch immer fest. „Wir müssen hier weg."

Sophia drehte sich zur Festung. Auch die hatte es erwischt, nicht viel, aber sie war beschädigt.

Die Flieger zogen ab.

Sophia wandte sich an Heinz. „Wir müssen nach Katharina suchen."

„Nein, in der Stadt kommen wir um."

Der alte Mann krächzte. „Da hat er recht. Schaut zu, dass ihr wegkommt."

Sophia zitterte. Verflixt. Ihre Beine schienen gelähmt wie ihr Inneres. Sie konnte sich vom Anblick der Stadt nicht losreißen. Würzburg war eine einzige Ruine. Nichts, wirklich nichts schien mehr an seinem Platz. Als hätte ein Riese die Stadt niedergetrampelt.

Heinz nahm ihre Hand und zog sie mit. „Komm! Wir verbrennen sonst."

„Katharina! Sie ist inmitten der Gluthitze."

„Das weißt du doch gar nicht. Komm!"

Endlich spürte sie ihre Beine wieder. Sie drehte sich zu dem alten Mann um. „Kommen Sie, wir helfen Ihnen."

Der Mann schüttelte den Kopf. „Ich bleibe hier am Grab des Mains."

„Das geht nicht!"

„Meine Beine tragen mich nicht mehr." Er zeigte in Richtung der Sanderau. „Geht nur. Ich komme hier schon zurecht."

Heinz zog an ihr. Die anderen Menschen hatten sich schon auf den Weg gemacht. Sophia gab dem alten Mann einen Kuss auf die Wange, dann ging sie los.

Heinz schaute sie an. „Wo wollen wir hin? Nach Heidingsfeld?"

Sie schüttelte den Kopf. „Nach Randersacker. Und sobald wir ans Wasser können, machen wir uns nass."

Sie kamen gut voran, bis hinauf zur Löwenbrücke. Danach lagen Steinbrocken auf dem Weg. Doch die ließen sich noch gut umgehen. Die Hitze wurde aber unerträglich. Schweiß floss an ihnen herab, ihre Körper glühten, die Haut auf ihren Gesichtern schien bereits zu brennen.

Sophia schaute sich um. „Wir müssen ans Wasser."

„Wo denn?" Heinz stöhnte. „Wenn wir in den Main springen, treiben wir wieder Richtung Innenstadt."

„Also weiter!"

Wieder und wieder sahen sie sich gezwungen, über Schutt und Steine zu klettern oder um sie herumzugehen. Die Häuser schauten wie abgebrochene Zähne aus, wenn sie nicht völlig niedergestürzt waren. Menschen riefen nach Angehörigen, Mütter nach ihren Kindern. Eine alte Frau tanzte mit ausgestreckten Armen um einen Schuttberg und sang „Fliege mit mir in den Himmel hinein". Augenscheinlich verlor sie den Verstand. Kein Wunder. Sie liefen gerade durch die Hölle.

Als sie unter der Eisenbahnbrücke hindurchgingen, schlug Sophia einen Trampelpfad nach rechts ein. „Hier müssten wir ins Wasser können."

Es war bereits dunkel, aber das Flammenmeer der Stadt ließ die Nacht hell erstrahlen. Dadurch erkannte sogar Sophia den Weg. Was für eine grausige Hilfe. Der Pfad führte ans flache Ufer, an dem das Wasser des Flusses leckte.

Sofort stürzten sie sich in den eiskalten Main. Sophia verschlug es kurz den Atem. Wie gut die Abkühlung tat. Sie tauchte mit dem Kopf unter Wasser, stieg aber sofort wieder heraus. Heinz folgte. „Das reinste Eiswasser."

„Wir haben ja auch erst März."

Sophia wickelte sich die klatschnasse Strickweste um den Kopf. Dann schöpfte sie mit den Händen Wasser und trank wenige Schlucke. Heinz tat es ihr gleich. „Im Bauch ist die Flüssigkeit am besten aufgehoben."

Sie erhob sich aus der Hocke. Ihre Beine schmerzten, alles tat weh, das Herz vor allem. Wie sinnlos, etwas so

Schönes wie Würzburg dem Erdboden gleichzumachen. Wozu? Hier gab es keine kriegswichtige Industrie, wie alle es betonten. Würzburg war ein Schmuckstück, war ihr Zuhause.

Sie schleppte sich weiter am Main entlang. Hoffentlich ging es ihren Lieben gut! Und bitte, Herr im Himmel, lass Richard in Randersacker sein! Wo Martin sich wohl aufhielt? Vermutlich im Ausland. Dem war so großes Leid erspart geblieben, wie auch der gesamte Krieg. Zum Glück hatte auch Mama das Elend nicht mehr miterlebt.

Je weiter sie die Sanderau hinter sich ließen, umso kühler wurde es. Doch den gewaltigen Feuerschein erkannten sie auch aus der Ferne. Feuer! Wie damals bei der Bücherverbrennung. Jetzt aber ernteten die, die es gesät hatten.

Sophias Füße trugen sie kaum mehr. Es war zu viel. Könnte sie weinen, dann würde es ihr innerlich nicht mehr die Luft abdrücken. So aber ...

Sie ließ sich auf den Boden sinken. Heinz setzte sich neben sie. „Es ist nicht mehr weit.“

„Ich weiß.“ Sie flüchtete aus ihrer Stadt. Es gab sie ja auch nicht mehr. Und endlich flossen die Tränen.

„Warum? Wozu der Krieg?“

Heinz nahm sie in die Arme. „Es gibt darauf keine Antwort.“

„Sinnloses Töten, eine explodierte Welt.“ Sie schluchzte. Nie mehr würde sie aufhören, alles zu beweinen. Aber waren die Tränen nicht so unsinnig wie der ganze Irrsinn, der seit Jahren herrschte? Sie wischte sich mit der Hand über die Augen, stand auf und lief weiter. „Komm, Heinz. Immerhin leben wir.“

Sophia kam es wie eine Ewigkeit vor, in der sie einen Fuß vor den anderen setzte, stolperte, sich fing und weitertorkelte. Irgendwann aber deutete Heinz nach links. Sie stiegen über Grasbüschel, zwischen Gestrüpp hindurch zu einer Straße hinauf. Links loderte die Stadt, geradeaus aber erstreckten sich Weinberge. Würzburgs Feuerschein schien die Weinstöcke zum Leben zu erwecken, als stelle sich eine Armee in Reih und Glied dem Kampf.

Auf der Straße saßen und lagen Menschen, die dem Wahnsinn entkommen waren. Heinz ging weiter, Sophia folgte, die Füße so schwer, als hingen Erdklumpen daran. Sie warf noch einen Blick in Richtung Stadt, aus der zwei Frauen und ein kleines Mädchen herankamen. Sophia traten Tränen in die Augen. „Das ist Katharina."

Heinz schaute sich um. „Wem auch immer sei Dank."

Eine Frau und ein Mann gingen mit Decken zu ihnen, Sophia folgte. Sie fiel Katharina um den Hals.

„Mein Gott, Sophia." Katharina drückte sie so fest, dass ihr beinahe die Luft wegblieb. „Sophia."

Dann umarmte sie auch Heinz. „Hoffentlich geht es Charlotte, Maria und Vater gut."

„Das hoffe ich auch", sagte Heinz. Er sank auf den Boden. Katharina und Sophia setzten sich zu ihm. Der Mann und die Frau wickelten sie in Decken und verteilten welche an andere Flüchtlinge. Erst da erkannte Sophia Annemarie und ihre Mutter und begrüßte die beiden. Das Mädchen schaute sie aus riesengroßen Augen an, in denen sich der Schrecken spiegelte. Arme Kleine. Was hatte ihr der Krieg nicht schon alles angetan! Sie drückte sich fest an ihre Mutter und wäre wohl am liebsten in sie hineingekrochen. Sophia strich ihr übers Haar, aber Annemarie reagierte nicht. Dann fasste Sophia an ihren Hals. Sie trug tatsächlich noch die Kette mit dem goldenen Kreuz als Anhänger. Die nahm sie ab und hängte sie der Kleinen um. „Von jetzt an wird sie dir Glück bringen."

Annemarie tastete danach und umschloss das Kreuz fest mit der Hand.

Später führten der Mann und die Frau sie in eine Halle im Gemeindehaus. Darin hielt ein Kachelofen den Raum warm. Frauen mit geblümten Schürzen teilten eine Graupensuppe mit Karotten aus. Zudem bekam jeder heißen Tee.

Sophia schlang die Suppe hinunter und trank auch den Tee leer. Noch immer hatte sie unglaublichen Durst.

Katharina huschte nach draußen, kam aber kurze Zeit später wieder herein. Sie war kreideweiß im Gesicht. „Mir hat es den Magen umgedreht."

„Du Arme." Sophia hüllten sie beide in ihre Decken. Heinz und Annemarie schliefen sofort ein. Ihre Mutter bedankte sich bei Katharina für die Hilfe, dann legte auch sie sich hin.

Katharina setzte sich auf den Boden und lehnte sich an die Wand. Sophia rutschte nahe an sie heran. Sie erzählten sich gegenseitig, wie sie aus der Stadt herausgekommen waren. Katharina hatte sich durch Kellerflure geschlagen, war schließlich nach draußen gelangt, hatte sich, Annemarie und deren Mutter vor Feuerfunken geschützt, war über Geröll und Steinbrocken in der Sanderau geklettert und nach Randersacker geflohen.

Sophia umarmte sie. „Meine Güte! Du warst mitten in der brennenden Stadt!"

„Ja, aber jetzt bin ich da."

Sophia nickte. „Wir haben überlebt."

„Hoffentlich haben das Charlotte, Maria und Vati auch."

„Ich bete darum."

Katharina schaute ihr direkt in die Augen. „Und um wen noch?"

„Wen meinst du denn speziell?"

Sie zuckte mit den Schultern. „Edgar zähle ich noch zur Familie. Und wer gehört zu dir?"

Sophia grinste. So direkt fragte Katharina sonst nie. Sie war wohl ganz schön aus dem Gleichgewicht geschleudert worden. „Ich bin nicht verheiratet."

„Danach fragte ich auch nicht."

„Wichtig ist, dass die Familie überlebt hat."

Katharina lächelte. „Wir kleben ganz schön aneinander."

„Ja. Hast du deshalb Joseph nicht begleitet?"

„Vermutlich. Ich war damals auch so jung."

„Wir haben schon als Kinder aneinandergehangen, mehr als andere Geschwister."

Katharina schaute auf den Boden. „Vielleicht mögen wir das Altbekannte besonders."

Sophia schüttelte den Kopf. „Das ist es nicht. Wir haben ja auch Freunde."

„Was dann?"

„Innerhalb der Familie sind wir am ehesten wir selbst, ohne uns verstellen zu müssen."

Katharina schien zu überlegen. „Aber sollte das in der Ehe nicht auch so sein? Also, dass wir keine Rolle einnehmen?“

„Das ist dann der Idealfall.“ Sophia dachte nach. „In der Familie verstellen wir uns nicht, weil wir uns ja schon immer kennen. Da wollen wir uns nicht unbedingt von unserer besten Seite zeigen. Es weiß ja ohnehin jeder alles vom anderen. Und dann sind es wohl auch die gemeinsamen Erlebnisse und ihre Erinnerungen daran, die zusammenschweißen.“

„Obwohl sich da jeder an etwas anderes erinnert.“ Katharina legte den Kopf auf Sophias Schulter. „Schade, dass man manchmal überhaupt eine Rolle spielt.“

Katharina schlief ein. Sophia zog ihr die Decke bis über die Schulter.

Wie schaute das bei ihr mit dem Rollenspiel aus? Vor Martin wollte sie stets durch viel Mut glänzen, so als sei sie frei von Angst. War sie mit Richard zusammen, zeigte sie Trauer, Furcht, aber auch ihre Liebe zu ihm. Schlüpfte sie bei ihm in eine Rolle? Ja, aber nur, wenn sie die Gruppe anführte.

Das brauchte sie nun künftig nicht mehr zu tun. Himmel, ja! Der Kampf gegen die Partei endete mit dem heutigen Tag. Die Alliierten hatte sie mit der Bombardierung Würzburgs ausgelöscht. Sophias Gruppe hatte keine Aufgabe mehr. Wie es wohl Margarethe ging? Ihr durfte nichts zugestoßen sein, bitte nicht! Und auch Brigitte nicht. Sie hatten einst beide Prügel von der Polizei eingesteckt. Nun hatten Stärkere es denen heimgezahlt, auf die schlimmste Weise überhaupt. Wieder einmal mussten es Unschuldige ausbaden.

Stopp! So im Kreis zu denken, brachte nichts. Es warteten neue Aufgaben auf sie. Die Überlebenden würden die Stadt neu aufbauen, sobald sie aus der Hölle herauskrochen.

Zuvor aber musste sie mit Katharina und Heinz dorthin zurück, nach ihren Lieben schauen und prüfen, was es noch Heiles in der Stadt gab.

Morgenlicht kroch zu den Fenstern herein, feine Staubkörnchen tanzten darin. Verrückt! Die ganze Nacht über hatte Sophia kein Auge zugetan und vor sich hin sinniert. Mit einem Mal ging die Tür der Halle auf, vorsichtig, um jeden unnötigen Laut zu vermeiden. Jemand steckte den Kopf herein. Es war ein blonder Mann. Dann trat er ein und schloss die Tür hinter sich. Als er auf sie zukam, erkannte Sophia ihn am Gang. Richard! Dem Himmel sei Dank! Es ging ihm gut.

Er trat vorsichtig auf, wohl um keinen zu wecken. Als er vor ihr stand, beugte er sich zu ihr herab, küsste sie auf den Mund und schloss die Augen. „Ich hatte solche Angst um dich." Er atmete tief ein und aus. „Kann ich etwas tun?"

Sie schüttelte den Kopf.

„Später versuche ich, in die Stadt zu kommen und zu helfen." Er hatte nur geflüstert, küsste sie noch einmal und verschwand so leise wie er gekommen war.

Katharina wachte dennoch auf. „Dass ich nach so einem Erlebnis schlafen konnte, ist nicht zu fassen." Sie rieb ihren Nacken. „Oh, der ist knallhart."

Sophia lachte. „Wären wir das nur auch so manches Mal."

Die Frauen mit den Schürzen brachten Tee und Brot und danach machte Sophia sich mit Katharina und Heinz auf den Weg in die Stadt. Annemarie und ihre Mutter ließen sie zurück. Die beiden zog es aufs Land.

Sophia schlug vor, den Weg am Main entlangzugehen, den sie auch hergekommen waren. Als sie das Flussufer erreichten, blies dort ein kühler Wind und ließ sie in ihren klammen Kleidern frieren. Sophia hielt ihre Decke hoch, die sie mitgenommen hatte. „Die legen wir uns jetzt abwechselnd um."

Heinz winkte ab. „Wenn wir schnell laufen, wird uns auch warm werden."

Katharina nahm die Decke von Sophia dankend an. „Auch wir wollen wissen, wie es den anderen geht. Aber rennen sollten wir nicht, denn die Kletterei über das Geröll wird noch anstrengend."

Dennoch legte Heinz ein Tempo vor, das sie beide kaum mithielten. Atemlos erreichten sie die Sanderau, wo ihnen eine unglaubliche Hitze entgegenschlug. Mittlerweile trug Sophia die Decke auf den Schultern, nahm sie ab, behielt sie aber in der Hand. Sie schaute sich um. Das Gestrüpp am Ufer war niedergebrannt, die saftigen Ästchen glühten wie Zigarettenstummel. Kaum ein Gebäude war unbeschadet geblieben, Ruinen und Stümpfe zeigten anklagend zum Himmel. Menschen standen mit angstgeweiteten Augen davor, erstarrt in ihrem Entsetzen. Ein kleiner Junge rief nach seinem Hund. Tränen rannen ihm über das Gesicht. Sophia weinte mit ihm, beweinte ein Elend, zu dem ihr die Worte fehlten. Hätte sie es malen müssen, hätte sie zu schwarzen Tönen gegriffen, aber Schwarz war doch keine Farbe.

Heinz drängte weiter. Katharina fasste nach Sophias Hand, doch sie rührte sich nicht. Wohin sollte sie zurück? Zum Grab am Main?

Katharina schluchzte. „Sie haben uns alles genommen."

Da schnellte Sophia zu ihr herum. „Falsch! Noch leben wir." Etwas in ihr wuchs und bestärkte sie. Ihr Wille? „Alles, was zerstört ist, lässt sich wieder aufbauen. Hauptsache, wir leben!"

Katharina nickte. „Du hast recht. Komm!"

„Wartet!" Sophia deutete hinab zum Wasser. „Lasst uns hier die Kleider nass machen. Später können wir es nicht mehr." Sie tauchte auch die Decke ins Wasser. Heinz nahm sie ihr ab und schleppte das vollgesogene Knäuel weiter.

Der Wille zum Weiterleben trieb Sophia an, bis sie die Löwenbrücke erreichten. Dort schlug sie die Hand vor den Mund. Die Stadt war eine einzige Ruine. Geröll, Trümmer, Mauerreste, Schutt, Asche, wohin sie auch schaute.

„Wie ein offener Mund, dem die Zähne ausgeschlagen wurden", flüsterte Katharina. „Nur die Brücke steht noch."

Sophia drehte sich im Kreis. Es war unfassbar! Die Bilder zogen an ihr vorbei, doch der Verstand weigerte sich, sie aufzunehmen. Sie warf einen Blick zur Festung. Die hatte es versäumt, die Stadt zu schützen.

Und dann folgte das Entsetzen, als sie sich durch die Trümmer der Stadt kämpften. Tote – erschlagen, verbrannt lagen sie unter Steinbrocken begraben. Unter ihnen Kinder, die Hände nach den Müttern ausgestreckt. Sophia weinte, erstaunt, dass die Tränen nicht versiegten. Ganz gleich, über welche Brocken sie kletterten, darunter lagen Menschen. „Die Stadt ist ein einziger Friedhof."

Katharina zog sie weiter. „Komm! Wir gehen nach Hause."

Als sie den Dom erreichten, der nur noch zur Hälfte stand, entdeckten sie auf der Treppe ein Mädchen, das seinen Teddy im Arm hielt. Die andere Hand hielt es vor dem Mund und lutschte abwechselnd an einem seiner Finger. Heinz ging zu ihr und redete beruhigend auf die Kleine ein. Als er die Hand nach ihr ausstreckte, schrie sie aus Leibeskräften. In dem Augenblick ging die Kirchentür auf und eine alte Frau trat heraus. Sie bekreuzigte sich, gewahrte das Schreien des Mädchens und baute sich vor Heinz auf. „Verschwinde, du elender Hundesohn. Leuten wie dir verdanken wir, dass der Kleinen nicht mal ihr Verstand geblieben ist."

Katharina trat zu Heinz. „Komm!"

„Ja, nimm den mit, dieses Schwein", brüllte die Frau. „Die Eltern von ihr und die Geschwister haben sie im Lager elend verhungern lassen. Die Tante vor ihren Augen erschossen. Na, wundert ihr euch noch?" Sie zog die Kleine, die mittlerweile am ganzen Leib zitterte und unentwegt brüllte, hoch von der Treppe.

Heinz drehte sich um und erbrach sich, dann ließ er sich auf die Treppe fallen, vergrub das Gesicht in den Händen und weinte. „Ich kann nicht mehr."

Katharina setzte sich neben ihn. „Du weißt, dass du keine Schuld daran trägst."

Sophia schnaubte. „Wir alle sind schuld am Elend."

„Oh Sophia." Katharina schüttelte den Kopf. „Keiner braucht jetzt irgendwelche Vorwürfe."

Sie strich Heinz über den Arm. „Komm, gehen wir heim."

Hinter dem Dom stiegen sie erneut über Geröll und Aschehaufen, aus denen ab und an ein Schuh oder eine Tasche herausragten. Staub, Asche, Schutt, Trümmer. Sie stiegen im Vorhof zur Hölle herum und so heiß war es auch.

Sophias Kehle war knochentrocken wie Feuerholz und den anderen erging es bestimmt ähnlich. Ihre Kleider waren grau vor Asche wie ihre Haare und längst wieder trocken. Die Gluthitze erschwerte das Fortkommen zusätzlich. Auch in Sophias Innerem loderte es. Seit über zehn Jahren tötete die Partei Unschuldige und nun starben wieder unschuldige Menschen. Es war der reinste Wahnsinn! Und Katharina ließ Heinz in dem Glauben, dass er nichts für das Leid eines Kindes hier in der Stadt könne. Jeder von ihnen trug einen Teil der Schuld, weil keiner die verfluchte Regierung rechtzeitig bei ihren Gräueltaten gestoppt hatte. Keiner! Sie schluchzte auf.

Endlich erreichten sie die Residenz, deren Spiegelsaal in Trümmern lag. Heinz regte sich darüber auf. Als ginge es jemandem besser, wäre der noch heil.

Von dort eilte Katharina in den Park im Rennweg, wo ebenso alle Büsche und Bäume niedergebrannt waren und deren Stümpfe noch glühten. Es war die reinste Aschewüste.

Sophia und Heinz folgten ihr. Am Teich des Parks tauchten sie ihre Kleider ins Wasser. Katharina schaute von Heinz zu Sophia. „Gut, das Wasser ist warm, aber es wird uns dennoch etwas Kühle verschaffen."

Viel half es nicht, aber vom Park aus erreichten sie rasch die Ludendorffstraße. Dort verschlug es ihnen erneut die Sprache. Ihre Villa ragte als einzige heil zwischen den Häusern heraus. Bei den übrigen Gebäuden standen die Mauern noch, aber die Dächer fehlten und das Innere der Häuser war ausgebrannt. Sophia schüttelte den Kopf. Wenn das kein Fingerzeig des Schicksals war, dann wusste sie es auch nicht.

„Die Villa steht noch, damit wir endlich anfangen, anderen zu helfen, die in Not sind. Ist euch das bewusst?“

Heinz zog die Stirn kraus. „Natürlich müssen wir Übriggebliebenen zusammenrücken.“

Katharina schob sie weiter. „Jetzt schauen wir erst einmal nach den anderen.“

Wieder krochen sie über die Brocken der eingestürzten Dächer und kamen endlich zu Hause an. Sophia tat alles weh. Sie schaffte es gerade so, die Stufen zur Haustür hinaufzusteigen, und schaute dann in Marias strahlendes Gesicht. „Ihr lebt! Gott sei Dank!“

Sophia presste sie mit letzter Kraft an sich, dann warf sie ihr einen fragenden Blick zu. Maria verstand. „Charlotte und Vati geht es gut, Hilda kocht Tee und verteilt Brote an alle.“

„An alle?“

Maria nickte. „Vati hat die Nachbarn eingesammelt.“

Sophia ging in die Küche und begrüßte alle, dann sank sie auf einen Stuhl und dankte im Stillen, dass ihre Familie lebte.

Sie musste eingeschlafen sein, denn als sie erwachte, lag sie in ihrem Bett unter ihrer dicken Decke und trug eines ihrer Nachthemden. Die Tür schwang auf. Maria kam mit einem Teller dampfender Suppe und einem Stück Brot herein. „Geht es dir besser?“

Sophia stützte sich auf die Ellbogen. „Wer hat mich ins Bett gebracht?“

Maria stellte das Essen auf den Nachtschrank. „Das war ich.“ Sie lachte. „Stell dir vor: Annemarie und ihre Mutter sind auch wieder da. Sie wussten doch nicht, wohin sie laufen sollten.“

Sophia setzte sich auf, ließ die Beine zur Seite heraushängen und löffelte die Suppe. „Wer weiß, wie lange uns das Essen reichen wird?“

Maria schenkte ihr Wasser aus einem Krug auf dem Nachtschrank ein. „Heinz war vorhin draußen. Angeblich soll ein Hilfszug mit Lebensmitteln in die Stadt kommen.“

„Das ist gut. Der muss sich aber ganz schön durchkämpfen.“

Maria zuckte mit den Schultern. „Wir müssen halt alle zusammen helfen und vor allem aufräumen.“

Sophia hob den Kopf. Niemals hätte sie solche Worte aus Marias Mund erwartet. „Ja, für uns ist der Krieg vorbei, was soll denn noch zerstört werden? Also heißt es aufräumen und wieder aufbauen.“

Aber der Krieg war noch nicht vorbei. Heinz tauchte täglich mit Schreckensmeldungen auf, die er kaum über die Lippen brachte. Ende März griffen die Alliierten noch einmal die Kernstadt an, sie bombardierten Eisenbahneinrichtungen, schossen auf Zivilisten und schließlich hieß es, die US-Armee rücke vor. „Angeblich stehen sie schon bei Aschaffenburg.“ Heinz schluckte.

„Es reicht ihnen noch nicht.“ Sophia hob den Kopf. „Wir sind noch zu viele Überlebende.“

Am zweiten April löste sich die Stadtverwaltung auf. Mit einem Mal tauchte der Gauleiter wieder auf und brüllte Durchhalteparolen. Alle Männer und Jungen ab vierzehn Jahren sollten sich zum Einsatz bereit machen. „Lieber in brauner Uniform sterben!"

„Hoffentlich geht keiner hin." Sophia schüttelte den Kopf. „Wofür noch kämpfen?"

Vati nahm sie in den Arm. „Ich werde um das Leben meiner Töchter und Enkelin kämpfen."

Sie schaute ihm direkt in die Augen. „Wir sollten mit dem Kampf aufhören."

Vati verließ die Villa mit den Worten, er müsse etwas erledigen. Sophia und Katharina mutmaßten noch, was er vorhatte, als Carsten zu ihnen kam. „Ich verabschiede mich hiermit."

Sophia drehte sich um und ging in die Diele. Katharina hingegen schleuderte ihm ihre Verachtung entgegen. „Jetzt, wo der Feind kommt."

Da schnaubte er und höhnte: „Beten Sie für Ihren Vater. Er trägt die Verantwortung über das Gebiet um die Löwenbrücke. In wenigen Minuten werden alle vier Brücken über den Main gesprengt."

Sophia rannte hinaus. Das war also seine Rache an ihnen! Sie wollte sofort zu Vati, doch Katharina und Heinz hielten sie zurück. Er versprach, auf Vati zu achten und eilte die Straße hinab.

„Komm!" Katharina zog sie ins Haus. „Lass uns für ein paar Tage packen und uns im Luftschutzkeller verschanzen."

Katharina ging in die Küche, wohl um Hilda anzuweisen, genügend Lebensmittel einzupacken. Sophia wartete, bis sie darin verschwunden war, dann rannte sie zur Haustür hinaus und Richard in die Arme.

„Wo willst du denn hin?“, wollte er wissen.

Sie berichtete in knappen Worten, was geschehen war und dass sie Vati helfen würde. „Ich will ihn nicht auch noch verlieren.“

Richard strich ihr über den Kopf. „Hör zu. In der ganzen Stadt warten Soldaten darauf, gegen die Alliierten zu kämpfen. Dein Vater ist also nicht alleine. Sie alle sind für den Kampf ausgebildet, du aber nicht. Was sie bestimmt nicht gebrauchen können, ist eine Frau, die ihnen im Weg herumsteht. Keiner wird dich beschützen, außer deinem Vater. Und das wird er mit seinem Leben tun. Willst du das?“

Sie schüttelte den Kopf. „Aber ich kann doch nicht ...“

„Ich werde hingehen, ja? Sobald ich sehe, dass er mich braucht, helfe ich. In Ordnung?“

„Du bist auch nicht ausgebildet.“

„Stimmt.“ Er grinste. „Aber mich wird dein Vater nicht mit dem Leben verteidigen. Er kennt mich nämlich nicht.“

Er küsste sie, dann eilte er los, soweit es die Trümmer auf den Wegen zuließen. Sie rannte ihm nach. „Richard, bitte. Pass auf dich auf!“

Er zwinkerte und lief weiter.

War das richtig? Was, wenn ihm etwas zustieß? Dann war sie schuld. Zwar hatte Vati nun zwei Männer an seiner Seite, die auf ihn aufpassten, aber jetzt setzten drei ihrer Lieben ihr Leben für eine zerstörte Stadt aufs Spiel. Das war wieder so ein sinnloser Wahnsinn der

Regierung! Das musste jeder erfahren, am besten jede Frau, jede Mutter. Vielleicht könnten sie alle gemeinsam die Männer vom Kampf um Würzburg abbringen.

In dem Augenblick knallte es wieder und wieder. Die Männer sprengten die Brücken, der Kampf würde gleich losgehen. Sie war zu spät dran. Tränen traten ihr in die Augen. Menschen riskierten ihr Leben, sinnlos, und die Zeit für eine Warnung war zerronnen.

Maria stand plötzlich hinter ihr. „Was tust du hier? Komm, wir wollen los."

Sophia betrachtete ihre Hände, die vom Wegräumen des Schuttes voller Schwielen waren. Wem nützte die ganze Arbeit, wenn nun erneut alles niedergemacht würde? Zusammen mit Vati, Heinz und auch Maria hatte sie geschuftet, war bereit, die Stadt neu zu errichten. Wenn aber einem von ihren Lieben bei dem Kampf heute etwas zustoßen würde, dann gäbe sie auf, dann wäre die Erinnerung an den schmerzlichen Tag zu groß, um sich darauf ein neues Leben aufzubauen. Sie hob den Kopf zu Maria. „Ich komme."

Den Tag hatten sie im Luftschutzkeller verbracht, voller Sorge um die Männer und Gedanken an die, die sie schon lange nicht mehr gesehen hatten. Sophia hatte an Sina, Brigitte und Martin gedacht und mit Katharina über Joseph geredet. Ihrem Gefühl nach vermisste Katharina ihn noch immer, auch wenn sie es nicht zugab, vielleicht es sich nicht einmal selbst eingestand.

Nun, in ihrem Zimmer, ging ihr das Gespräch durch den Kopf. Wie aber schaute es bei ihr selbst aus? Vermisste sie Martin? Es war wohl eher Neugierde darauf, was ein Wiedersehen in ihr auslösen würde. Denn

Richard gab ihr das Gefühl, immer geliebt zu werden, selbst wenn sie schmutzig und erschöpft vom Wegräumen des Schutts zurückkehrte. Von Anfang an schien er ihr männliches Gegenstück zu sein.

Malten sie zusammen, versanken sie völlig in ihr jeweiliges Werk, tauchten daraus hervor wie aus einer anderen Welt und tauschten sich darüber aus. Richard hörte ihr zu und interessierte sich für ihre Meinung. Das hatte sie bei Martin vermisst. Möglicherweise war es aber auch der knappen gemeinsamen Zeit geschuldet, die sie damals miteinander verbracht hatten. Verrückt, wie viele Gedanken sie sich zu den Männern machte und nun stand sie wieder einmal Sorgen um sie aus. Sie trat an ihr Fenster. Hoffentlich kehrten sie bald zurück.

Charlotte stürzte zur Tür herein, natürlich ohne anzuklopfen. Sie hielt ein hart gekochtes Ei in der Hand. „Schau, du brauchst auch ein Osterei. Dann schlagen wir die zusammen.“

Sophia grinste. „Hat dir Hilda den Osterbrauch gezeigt?“

Die Kleine schüttelte den Kopf. „Nur wie man die Eier aneinander pocht.“

Sophia nickte. Woher sollte Charlotte das Wort „Brauch“ auch kennen? Sie ging mit ihr zu den anderen hinunter.

Hilda hatte hartgekochte Eier bunt angemalt und an alle verteilt. „Es ist schließlich Ostern.“

Charlotte drehte daraufhin so auf, dass sie sich schon früh am Abend auf den Teppich legte und Maria sie anschließend ins Bett brachte. Sophia gab ihr einen Gutenachtkuss, dann setzte sie sich zu Katharina. „Die Männer sind noch immer nicht zurück."

„Ich sorge mich auch. Aber wir können eben nur warten."

Sophia stand auf, ging zu Hilda in die Küche. „Kann ich dir etwas helfen?"

Hilda öffnete einen Küchenschrank. Viele Lebensmittel standen nicht mehr darin, aber sie holte eine Flasche mit einer bräunlichen Flüssigkeit heraus. „Kümmelschnaps. Habe ich von meinem Schwager. Den kannst du den anderen anbieten und selbst einen Schluck nehmen."

Sophia schnappte sich Schnapsgläser, ging hinaus und schenkte jedem ein, der mochte. Alle unterhielten sich, Katharina mit Annemaries Mutter, Maria war noch oben bei der Kleinen. Sie redeten und feierten das Fest der Auferstehung Christi. Auch Würzburg war gestorben. Wann es wohl wieder in seiner Pracht glänzen würde? Aber an einen Aufbau war nicht zu denken, solange sie noch Krieg führten.

Es war spät in der Nacht. Einige legten sich schlafen, andere unterhielten sich leise. Katharina war nach oben gegangen, da schlich sich Sophia nach draußen. Natürlich war die Stadt noch eine einzige Ruine. Der Umstand aber kam ihr gerade zugute. Obwohl es stockdunkel war, erkannte sie die großen Steinbrocken, Mahnmale eines grausamen Krieges, und schlich von einem zum nächsten. Fiele das Gelände zur Löwenbrücke hin nicht ab, wäre es ihr nicht gelungen, sich zu orientieren. So aber folgte sie dem Hang hinab.

Sie musste einfach nach den Männern schauen. Ihretwegen hatte sich Richard in den Kampf gestürzt! Sonst wäre er nach Randersacker gefahren, wo er in Sicherheit gewesen wäre. Und nun sollte sie daheim Däumchen drehen und abwarten? Nein! Sie würde ihm beistehen und auch Vati und Heinz.

Nach einer Ewigkeit erreichte sie den Park, der ohne Sträucher und Bäume einen freien Blick auf die Mauer um die Residenz bot. Alles in Sophia zog sich zusammen. Was für ein trauriger Anblick. Das Jahr zuvor war sie Ostern nachmittags durch den Park spaziert. Da hatten Vögel in den Bäumen gesungen. Jetzt gab es keine Vögel mehr und auch keine Bäume, nur Krähen, die nach Aas suchten. Ihr Magen verknotete sich bei dem Gedanken. Würzburg war ein Friedhof und dennoch ging der Kampf weiter.

Sie schlich bis zur Mauer der Residenz, da legte ihr jemand eine Hand auf die Schulter. Sophia zog die Luft ein, zuckte zusammen. Gerade blieb ihr das Herz stehen.

„Was um alles in der Welt tust du hier?", flüsterte eine ihr bekannte Stimme.

Sie fuhr herum. „Richard! Meine Güte!" Sie fasste sich an die Brust. „Hast du mich erschreckt."

„Und du mich erst." Er schüttelte den Kopf. „Bist du noch bei Trost?" Er hob ein Gewehr hoch. „Das ist eine echte Waffe. Wir schießen auf Menschen. Das ist kein Spiel. Also? Was machst du hier?"

Sie fiel ihm um den Hals. Er hatte recht. Wo war die erwachsene Sophia geblieben? In der Gemeindehalle in Randersacker? Oder hatte der viele Staub ihr den Verstand vernebelt?

„Ich hatte solche Sorge um dich. Wenn dir etwas passiert wäre ...“

Er küsste sie. „... hättest du keine Schuld. Ich bin freiwillig gegangen.“

„Nein, meinetwegen, weil ich Angst um Vati hatte.“

Er drückte sie an sich. „Nein, ich bin schon groß und kann selbst für mich entscheiden. Die Stadt braucht gerade jeden Mann, weil ... ja warum eigentlich? Was sollen wir hier noch verteidigen?“

„Unser Leben?“

„Denkst du, die wollen uns paar Hansele umbringen? Die werden die Stadt besetzen. Aber uns töten? Glaube ich nicht.“

Sie küsste ihn. „Woher willst du das wissen?“

„Ich glaube es. Komm, ich bringe dich heim.“

„Warte! Was ist mit Vati und Heinz?“

Er deutete mit dem Kinn den Hang hinauf. „Dein Vater wird vermutlich schon daheim sein. Heinz hält noch unten an der Brücke die Stellung.“

„Aber Heinz sieht doch so schlecht.“ Sie verbarg ihr Gesicht in den Händen. „Mein Gott! Das ist so ein Irrsinn.“

„Ja, das ist es. Die US-Armee besitzt Waffen, Flieger, Panzer und eine Armee, wie der Name sagt. Wir sind eine Handvoll Mann mit wenig Munition. Unseren Fliegern fehlt der Treibstoff, von Panzern gar nicht zu reden.“

„Bitte, Richard“, sie nahm seine Hand, „erzähle das Vati, damit er aufhört zu kämpfen.“

„Dein Vater weiß das und er kämpft wie ein Soldat. Er passt die ganze Zeit über auf Heinz auf.“

So war das! Vati war der Kämpfer!

„Aber Heinz ist doch noch dort."

„Vermutlich werden die Amerikaner uns in der Nacht nicht angreifen. Dein Vater will sich erholen, bevor er wieder hinuntergeht."

Sie machten sich auf den Rückweg. Sophia seufzte. „Wir beide haben immer gekämpft."

„Ja, aber jetzt ist alles vorbei, auch unser Krieg gegen die Regierung."

Sie legte sich die Hand auf die Seite. Dort stach es vom Klettern, vom Hetzen und Hasten. Sie war müde. Es stimmte, was Richard sagte. Es war vorbei, der Kampf beendet. Aber dann ...

„Warum befolgt Vati den Befehl eines Mannes, der sich aus dem Staub gemacht hat?"

Richard schnaubte. „Gute Frage. Ich denke, dass dein Vater euer Leben verteidigen will."

Hatten sie nicht gerade festgestellt, dass alles vorbei war?

„Aber wir können uns doch ergeben. Wir haben doch sowieso keine Aussicht darauf, zu siegen."

„Das stimmt." Richard zog sie mit sich, obwohl er bestimmt genauso erschöpft war wie sie. Dazu kam seine Kurzatmigkeit.

„Wir müssen mit Vati reden."

Er grinste. „Rede du mit ihm."

„Und du hilfst mir dabei."

Vor der Villa hielt Richard sie fest. „Versprich mir, keinen Unsinn mehr zu machen. Bitte bleib im Luftschutzkeller oder in der Villa, ja?"

„Aber ich habe immer gekämpft und nun soll ich mich mit den Frauen und Kindern verstecken?"

„Wie war das? Der Kampf ist der reinste Irrsinn, oder? Also, was willst du erreichen?“

„Auf euch achtgeben.“

„Sophia!“

„Ich liebe dich doch.“

„Oh.“ Er grinste. „Da muss ich erst in den Krieg ziehen, um das einmal zu hören.“

Sie warf ihm einen verwunderten Blick zu. „Ich dachte, du wüsstest das.“

„Du bleibst morgen da, versprochen?“

„Meinetwegen.“

Sie schlichen so leise wie möglich ins Haus, dann zu Vatis Schlafzimmer, nur um Katharina davor zu finden. Sie saß auf einem Stuhl vor der Schlafzimmertür und war eingenickt.

Sophie deutete nach oben. In ihrem Zimmer zog Sophia Richard ins Bett. „Das Gespräch mit Vati verschieben wir wohl auf morgen.“ Dann kuschelte sie sich an ihn.

Als sie erwachte, waren Richard und Vati verschwunden. Wieder bestand Katharina darauf, in den Luftschutzkeller zu gehen. Sophia spielte dort mit Charlotte und Annemarie, sang ihnen Lieder vor und lachte über die Faxen von Charlotte. Sie drückte sie an sich. „Du bist ein alberner Vogel.“

„Bin kein Vogel. Bin ein Mädchen, weißt du das nicht?“ Sie lachte und tanzte um Sophia herum. „Ich bin kein Vogel“, sang sie. Dann stolperte sie über ihre eigenen Füße und ließ sich fallen. Bestimmt hatte sie sich wehgetan, doch sie weinte nicht, stand auf und lachte noch immer.

Sophia stieß Katharina an. „Ein Stehaufmädchen wie du und gleichzeitig liebt sie es zu lachen."

Katharina nickte. „Viel zu lachen hat sie ja bis jetzt auch nicht gehabt."

„Na ja, aber sie findet immer etwas, um albern zu werden."

Katharina schüttelte den Kopf. „So ist keine von uns dreien."

„Dann wird sie es von ihrem Vater haben."

„Von Heinz?"

Sophia ging hinüber zu der Kleinen und nahm sie auf den Arm. Wie sehr sie sie liebte. Eine kleine Maria und voller Unsinn im Kopf. „Soll ich dir ein Märchen erzählen?"

Charlotte rieb sich die Augen. „Ja, vom Aschenputtel."

„Das mag auch ich am liebsten."

Am Abend schmierte Sophia Brote mit Schweineschmalz, während Hilda eine Bohnensuppe kochte. „Spätestens morgen muss der Hilfszug anrollen, sonst haben wir kein Wasser mehr."

Sophia seufzte. „Hoffentlich ist da der Kampf gegen die Alliierten vorbei."

Da schwang die Haustür auf und Vati, gefolgt von Heinz, kam herein. Maria umarmte ihren Mann sofort. „Gott sei Dank, euch ist nichts passiert."

Sophia, Katharina und auch Hilda stürzten sofort zu ihnen. Sophia presste Vati an sich. Nie mehr wollte sie ihn losziehen lassen.

Er setzte sich in die Küche und vergrub das Gesicht in den Händen, dann schaute er sich um. „Wo ist Richard geblieben?"

Heinz zuckte mit den Schultern. „Er wollte weiter."

Katharina setzte sich zu Vati. „Richard?"

Er nickte. „Ein tüchtiger junger Mann. Er kämpfte die ganze Zeit an unserer Seite."

Sophia wandte sich an Heinz. „Und da hast du ihn nicht mitgebracht?"

„Nein, er sagte, er wolle nach Hause. Vielleicht steht sein Haus noch?"

Sophia kehrte ihm den Rücken zu, schnappte sich den Teller mit Broten und stellte ihn auf den Tisch. Richard war bestimmt auf dem Weg nach Randersacker und würde morgen zurückkehren, um nach ihr zu sehen. Wenn dem so war, dann ergab Würzburg sich endlich. Sie legte die Hand auf Vatis Schultern. „Der Kampf ist vorbei, oder?"

Heinz antwortete für ihn. „Der Bürgermeister ist geflohen. Die US-Armee hat es geschafft, Metallträger über die Löwenbrücke zu schieben. Dann sind sie mit ihren Panzern nur so drüber gerollt und fahren jetzt durch die Stadt."

Vati strich sich über das Gesicht. „Wir sind durch die Kanalisation geflohen. Einige unserer Leute sind noch dort. Aber was hat das für einen Sinn?" Er schüttelte den Kopf. „Es ist vorbei. Ich nehme an, die Alliierten werden von hier nach Schweinfurt wollen."

Er stand auf, zog die Uniform aus und drückte sie Sophia in die Hand. „Verbrenn die."

Im Wohnzimmer entzündete sie im Kamin mit den wenigen Holzscheiten, die ihnen geblieben waren, ein Feuer und warf sie schließlich hinein. Sie wollte gerade zurück zu den anderen, blieb aber im Türrahmen stehen. Vati wusch sich in der Küche die Hände. Er stand im Unterhemd da, aus dem seine sehnigen Arme ragten. Die graue, lange Unterhose war ihm bis zu den Beckenknochen herabgerutscht und flatterte an seinen dürren Beinen. Er war mager bis auf die Knochen und doch übernahm er die Verantwortung für die Familie, wie er es immer getan hatte. Ein Kloß bildete sich in ihrem Hals. Sie würde ihn für alle Zeiten beschützen. Er drehte sich um und zwinkerte ihr zu, als könne er ihre Gedanken lesen. Da lächelte sie ihm zu. Mama hatte recht gehabt. Sie war die Tochter ihres Vaters.

Am sechsten April ernannten die Alliierten nach ihrem Sieg am Tag zuvor den ehemaligen SPD Angehörigen Steinberg zum neuen Bürgermeister der Stadt. Sophia ging zusammen mit Maria gerade in Richtung Letzter Hieb. Dort wollten sie sich mit anderen Frauen treffen, um Schutt wegzuräumen. Sie kamen an zwei alten Männern vorbei, die sich über Steinberg unterhielten. „Ein Witz ist das. Die Stadt ist jetzt amerikanisches Gebiet. Wozu brauchen wir einen Bürgermeister?"

„So ist es", sagte der Zweite. „Ein General bestimmt alles und Steinberg will das dann auf Plakaten verkünden."

„Ja, mehr als ein Laufbursche ist der nicht."

Sophia stellte sich zu ihnen. „Ich lese lieber die Plakate von einem SPDler als die vom Teufel persönlich."

Die Männer nickten und gingen weiter.

Maria schüttelte den Kopf. „Du kannst es nicht lassen. Die NSDAP ist doch jetzt Geschichte."

„Ja, unsere grausige Geschichte, die uns lange verfolgen wird."

Gleich darauf schritten Soldaten der US-Armee in Begleitung von Steinberg an ihnen vorbei. Sophia und Maria traten zur Seite, da sagte Steinberg zu ihnen: „Keine Angst. Wir wollen nur in den ehemaligen Bunker."

Sophia schaute ihnen nach. Er meinte bestimmt Carstens Bunker. Der und seine Polizisten hatten sich rechtzeitig aus dem Staub gemacht. Was Steinberg und die Soldaten da wohl suchten?

Kurze Zeit später, als Sophia zusammen mit den anderen zwischen den Trümmern arbeitete, kam die Prozession zurück. Steinberg redete mit einem Mann in Vatis Alter, der dann den anderen verkündete, dass sie im Bunker jede Menge Lebensmittel gefunden hatten, die an die Bevölkerung verteilt würden. Sophia wischte sich über die Stirn. Endlich eine gute Nachricht!

Am Abend saß Sophia zusammen mit den anderen in der Küche, dem wärmsten Ort im Haus. Jede Faser ihres Körpers schmerzte, während ihr Magen laut knurrte. „Keine Sorge, wir haben keinen Hund im Haus."

Maria lachte. „Da hätten wir gleich mehrere davon." Sie zeigte auf ihren Bauch. „Ob wir jemals wieder richtig satt werden?"

In dem Augenblick klopfte es an der Haustür. Vati stand in der Diele, warf ihnen erst einen fragenden Blick zu und ging dann zur Tür. Alle standen auf, bereit, das nächste Unglück zu empfangen. Verließ sie die Angst nie mehr?

Aber keiner jagte ihnen einen Schrecken ein, vielmehr spazierte Richard mit einem Korb in der Hand herein.

„Ich hörte, dass ihr viele Menschen aufgenommen habt. Da werdet ihr das hier gebrauchen können." Er trug den Korb in die Küche und stellte ihn auf den Tisch. Dort ragten neben Kartoffeln und Äpfeln, die schon etwas schrumpelig waren, aber bestimmt süß schmeckten, ein Säckchen Mehl, ein gerupftes Hühnchen und, zu Hildas Freude, in Papier eingeschlagene Butter heraus. Hilda hielt sie wie einen gewonnen Preis in die Höhe. „Richtige Butter!"

Richard grinste. „Schickt alles meine Tante." Er schaute an sich herab. „Wir sind keine großen Esser."

Der Reihe nach bedankten sie sich bei ihm, auch Sophia, mit einem Kuss auf die Wange. Daraufhin warf Maria ihr einen verwunderten Blick zu. Sophia lächelte nur. Sie würde ihr ein anderes Mal von Richard erzählen.

Hilda kochte eine Hühnersuppe und jeder fand ein Stück Fleisch in seiner Portion. Natürlich teilten sie die Köstlichkeiten unter allen Bewohnern der Villa auf. Zum Nachtisch gab es Äpfel. Sophia fasste es kaum, dass es überhaupt einen Nachtisch gab. Ale schlangen ihren Anteil daran hinunter, außer Charlotte. Sie biss in ein Stück Apfel und spuckte es aus. „Bäh!"

Katharina nahm das Stück mit einem Taschentuch auf. „Wie Edgar, er mag auch keine Äpfel. Wie es ihm wohl geht?"

Sophia schluckte. Da saß sie neben Richard, ihrem Geliebten, Maria neben Heinz und Katharina alleine und voller Sorge um ihren Ehemann. „Edgar ist ein Sonntagskind, das weiß ich", versuchte Sophia sie zu trösten.

Katharina lächelte. „Er ist wirklich an einem Sonntag geboren, genau wie du."

„Ich weiß."

An diesem Abend erschien es ihnen, als hätten sie mit den Nachbarn ein Fest gefeiert. Zufrieden lehnten sie sich zurück und streckten ihre Bäuche heraus.

Am Nachmittag hatten die amerikanischen Soldaten sie zusammengetrieben, nur um sie zu erfassen. Da aber keiner die Soldaten verstanden hatte und die mit Gewehren bewaffnet waren, hatten die Würzburger erneut um ihr Leben gefürchtet. Erst im Nachhinein hatte Steinberg den Sinn der Aktion erklärt und sich damit nicht gerade beliebt gemacht.

Jetzt riss der eine oder andere seine Witze darüber. Ein alter Nachbar lachte. „Stellt euch vor, ich wäre davongelaufen und das nur, weil die mich auf ihre Strichliste setzen wollten."

Ein anderer grinste. „Du wärst mit deiner Beinprothese wohl nicht so schnell gerannt."

Da hämmerte es an der Tür. Vati stand auf, gefolgt von Heinz. Offenbar blieb er jetzt ständig an Vatis Seite kleben.

Vier amerikanische Soldaten kamen herein, die Gewehre in den Händen. Sie sagten etwas in ihrer Sprache, malten mit den Händen einen Kreis, der wohl das gesamte Haus umschloss und verteilten sich dann in den einzelnen Zimmern.

Maria drückte sich an Heinz. „Wollen die uns ausquartieren?"

„Ich weiß es nicht."

Sophia stieg die Treppe nach oben. Die Soldaten durchsuchten die Räume, alle Schränke, Truhen und einer zeigte auf den Sekretär in ihrem Zimmer. Sie schloss ihn auf. Was sollte er darin finden? Martins Foto und die Briefe lagen im Geheimfach. Dann betrachtete der Soldat ihre Gemälde, hob den Daumen und nickte anerkennend.

Erst im Erdgeschoss wurden sie fündig. Einer zerrte eine Uniform aus einem Koffer. Die Besitzerin, eine Nachbarin im Alter von Vati, hielt ihre Hände ans Gesicht. „Herr Wagner, bitte helfen Sie mir. Das ist doch die Uniform meines Sohnes. Er ist Briefträger."

Vati ging zu dem Soldaten, der inzwischen die Uniform einem anderen reichte und sie alle mit einem zornigen Blick musterte. Bestimmt hielt er sie für Nazis. Gott im Himmel, gut dass sie Vatis Uniform verbrannt hatte.

„Das ist die eines Briefträgers." Vati sprach langsam und überdeutlich, doch der Mann schien nichts zu verstehen. Er zuckte mit den Schultern.

Sophia ballte die Fäuste. Noch ein Unglück, das aus Ungerechtigkeit entstand, das würde sie nicht verkraften. Sie warf Richard einen Blick zu, trat einen Schritt nach vorne, doch er hielt sie zurück. Er zog einen Briefumschlag aus seiner Jackentasche, hielt ihn in die Höhe und zeigte auf die Uniform. „Die gehört einem Mann von der Post, einem Postmann."

Der Soldat grinste. „Postman?"

Richard nickte. Dann lachten die Soldaten und gaben der Frau die Uniform zurück. Die bedankte sich unter Tränen. Sophia fasste sich ans Herz. Da plumpste gleich ein ganzer Felsbrocken herab.

Nachdem die Soldaten gegangen waren, setzte sich Sophia zusammen mit Richard auf die Treppe draußen.

Er hatte eine Decke mitgenommen und sie auf die Stufe gelegt.

Sophia betrachtete den Sternenhimmel, als eine Sternschnuppe herabfiel.

Richard grinste. „Ich habe sie auch gesehen." Er gab Sophia einen Kuss. „Ein Neuanfang ohne Kampf, in Ordnung?"

„Ja, der Krieg ist zu Ende und fertig."

11

Würzburg, 1946/1947

Die Sonne schien von einem wässrig blauen Sommerhimmel und kündigte einen warmen Tag an. Sophia eilte die Ludendorffstraße hinab. Wenigstens konnte sie wieder auf der Straße gehen. Schon darüber freute sich jeder. Es war so viel geschehen im letzten Jahr.

Die Alliierten hatten Vati verboten zu arbeiten und ihn als ehemaligen Parteiangehörigen aus seiner Firma geworfen. Natürlich war das ungerecht. Sophia wusste am besten, was er wirklich geleistet hatte. Aber wie sollte er das beweisen? Also fand er sich damit ab, als einfacher Arbeiter Geld zu verdienen, indem er den Schutt auf den Friedhöfen wegräumte. Jedenfalls mangelte es nicht an Arbeit, schließlich galt es, eine ganze Stadt aufzubauen. Um überhaupt Häuser errichten zu können, räumten aber alle Einwohner erst mal auf und damit waren sie auch hinreichend beschäftigt.

Dennoch hatte ihre Familie es geschafft, das Kaufhaus provisorisch auszubessern, Kleidung aus alten Uniformen zu nähen und von überall Stoffballen zu beschaffen. Nun endlich stand der große Tag bevor. Heute würde es unter der Leitung eines Treuhänders und mit Sophia als Geschäftsführerin wieder eröffnen. Katharina hatte für ein Jahr ein Berufsverbot erhalten.

Schuld daran war die Belieferung der Wehrmacht mit den Decken.

Sophia schaute über das kleine Angebot an Kleidung im Kaufhaus. Jedes einzelne Stück hatte sie genäht. Sie wandte sich an Katharina. „Das wird schon noch mehr. Hilda hat einen Schmied aufgetan, der uns mit Töpfen beliefern wird. Warte ab, bald wird dein Kaufhaus wieder glänzen – mit dir als Geschäftsführerin."

„Du machst das doch auch großartig", sagte Katharina.

Ein Lob von ihr tat gut. Sophia sperrte die Ladentür auf, als ihre Familie zusammen mit Hilda hereinstürmte und zur Eröffnung gratulierte. Sie schauten sich um, freuten sich mit ihr und gingen dann nach und nach zu ihren Arbeiten.

Tröpfchenweise trudelten Kunden herein, Frauen mit Kindern an der Hand. Sie kauften meist Sachen für den Winter und bezahlten mit Lebensmittelmarken. Trotzdem beschritten sie und Katharina den Weg zu einem neuen Anfang, zu etwas Normalität.

Und den bescherten die Alliierten auch Vati. Am Abend hielt er strahlend ein Schreiben in die Höhe. „Freut euch mit mir. Ich wurde als Mitläufer eingestuft. Zwar wird mir ein Treuhänder vorgesetzt, aber ich darf wieder in meinem Betrieb arbeiten. Muss mich melden, wenn ich die Stadt verlasse, na ja, auch eine Geldstrafe muss ich zahlen."

Auch das noch! Sophia ging zu ihm. „Wo willst du das Geld hernehmen?"

Er winkte ab. „Mach dir da keine Sorgen drum."

Sie musterte ihn. Offenbar konnte er den Geldbetrag bezahlen, also fragte sie nicht mehr nach.

Die Abende verbrachte sie mit Richard. Jetzt im Sommer hielten sie sich draußen auf, meist irgendwo am Fluss. Richard fühlte sich von der harten Arbeit in der Stadt erschlagen. Einmal hielt er seine Hände hoch und zeigte ihr die Schwielen an ihnen. „Sehen so Malerhände aus?"

Sophia küsste ihn auf jeden Finger. „Das ist jetzt unser neuer Kampf: der Aufbau der Stadt. Zeit für die Kunst werden wir danach finden."

„Ja ja, alles zu seiner Zeit." Er grinste. „Irgendwann malen wir alles Erlebte, dann wird es in unserer Brust leichter werden."

Sie küsste ihn. Wie gut er sie verstand. Wie einst David, nein noch besser.

Wer sie nie verstanden hatte, das war Mama. Und Sophia hatte ihr nie ihre Lieblosigkeit ihr gegenüber verziehen. Doch das alles tat nicht mehr weh. Es war mittlerweile zu viel geschehen.

Am nächsten Morgen machte sie sich auf den Weg zur Arbeit. Mittlerweile hatten Annemarie und ihre Mutter die Stadt verlassen und nach und nach erkannte Sophia, wie wenig Einwohner sich innerhalb Würzburgs aufhielten, wie wenige hier noch lebten. Angeblich waren Flüchtlinge bereits zurückgekehrt und wohnten im Altenheim in der Valentin-Becker-Straße. Dennoch begegnete ihr im Vergleich zu früher nur eine Handvoll Menschen. Irgendwann würde sich aber auch das wieder ändern und die Stadt zu einem Ort voller Leben werden.

Sie ging auf die Residenz zu, da rief von hinten jemand ihren Namen. Als sie sich umdrehte, stockte ihr der Atem. Träumte sie?

Martin kam auf sie zu, hager, in geflickter Kleidung, so wie sie alle in diesen Zeiten ausschauten. In seinen dunklen Augen aber loderte es wie eh und je. Er nahm sie in die Arme. „Sophia! Endlich."

Sie befreite sich aus der Umarmung. „Was tust du hier?"

„Auf dich warten." Er schluckte. „Seit Tagen stehe ich hier und hoffe, dich zu treffen."

„Du weißt doch, wo ich wohne."

„Ich wollte deinem Vater nicht begegnen."

„Der Krieg ist vorbei. Wovor hast du Angst?"

Er packte sie an den Schultern und redete unglaublich schnell. „Das ist es ja, hier sind wir von den Amerikanern besetzt. Aber ..."

„Wie kommst du hierher?"

Er zuckte mit den Schultern. „Zu Fuß."

„Was?" Sie musterte ihn. „Aus dem Ausland?"

„Ich war nicht im Ausland."

„Du hast dich im Land versteckt? All die Jahre über?"

„Ja. Ein Bauer hat für mich gesorgt. Er hat auch Juden beherbergt. Er wusste, dass ich mich immer für Flüchtlinge eingesetzt habe."

So war das. Er hatte in einem Versteck auf dem Land das Ende des Krieges abgewartet, das war auch sicherer als in der Stadt.

Er hielt sie noch immer an den Schultern fest. „Geh mit mir. Im Osten des Landes da können wir viel bewirken, glaube mir. Oder wir ziehen gleich in ein Land im Osten. Dort brauchen sie Leute wie uns, die auf die Straße gehen und rebellieren."

Sie strich seine Hände von ihren Schultern. Er würde sich niemals ergeben, er suchte den Kampf. Sie horchte in sich. Aber sie nicht, sie sehnte sich nach Frieden.

„Zunächst heißt es, das Land und die Stadt wieder aufzubauen. Das ist mein Kampf."

Er schüttelte den Kopf. „Dafür sind wir nicht geschaffen. Wir schielen nach höheren Zielen, sehen das große Ganze. Verstehst du?"

Über seine Schulter hinweg sah sie Vati, der gemächlich herankam.

„Martin, was ist, wenn ich dich bitte, bei mir zu bleiben? Hier, in Würzburg?"

Er schnaubte. „Ich baue keine Häuser, schreinere seit Jahren nicht mehr. Meine Welt ist die Gerechtigkeit, verstehst du?"

Sie nickte. Nichts anderes hatte sie erwartet. „Und ich suche Frieden."

„Geh mit mir. Du könntest mich mit deinen Zeichnungen unterstützen."

Sie stoppte ihn mit erhobener Hand. „Du hast dich nie um mich gekümmert." Dann trat sie nahe an ihn heran. „Wir atmen nicht die gleiche Luft."

Bei seinem Anblick pochte ihr Herz nicht schneller, auch weitete es sich nicht wie bei Richard, es schlug unaufgeregt.

Vati hatte sie erreicht, er stellte sich neben Sophia, schaute Martin an, der unter seinem Blick das Genick einzog.

„Moltke?“ Vati schnaubte. „Jetzt, wo alles rum ist, tauchst du wieder auf?“

„Ich musste verschwinden.“

„Natürlich.“ Vati grinste. „Das hast du immer getan, wenn es brenzlig wurde, nicht?“

„Besser, als wenn sie mich geschnappt hätten. Ich wusste zu viel.“

„Und das hättest du auch alles ausgeplaudert.“

Martin schaute von Vati zu ihr. „Sophia? Du weißt, dass es anders ist.“

Sie ballte die Fäuste. „Mein Vater lügt nicht! Und ich weiß nicht viel von dir, aber du gar nichts über mich. Weil es immer nur um dich ging.“

Martin schnaubte. „Du bist wie dein Vater.“

„Stimmt und darauf bin ich stolz.“

„Dann habe ich mich in dir getäuscht.“ Er winkte ab. „Ich brauche keinen. Ich gehe meinen Weg alleine.“ Er wandte sich ab.

„Bei dir fängt jeder Satz mit *ich* an, merkst du das?“

Er drehte sich nicht mehr um. Mit hängenden Schultern, den Kopf gesenkt, ging er zurück in den Park.

Vati legte den Arm um sie. „Lass ihn. Er ist ein verbitterter Mann, der große Pläne hat, dem aber der Mut fehlt, sie durchzusetzen.“

Sophia schaute ihm nach. Einst war er ihr Vorbild gewesen. Sie hatte geglaubt, ihn zu lieben. Aber so war es nicht. Liebe hieß, am Leben des anderen teilzunehmen und nicht über ihn zu bestimmen, so wie es bei Richard und ihr war. Ihn liebte sie.

Sie drehte sich lächelnd zu Vati um. „Gehen wir. Unsere gemeinsame Luft atmen."

Vati zog eine Braue hoch, dann lachte er. „Die staubige?"

„Der Staub legt sich auch wieder."

Sobald sie wieder zu Hause war, würde sie das Bild von Martin und seine Briefe fortwerfen.

An einem Tag im September, Sophia hatte gerade wieder einen Stapel Wintermäntel genäht und wollte sie aufhängen, da ging die Tür des Kaufhauses auf und Joseph Weiß trat herein. Er schaute gut aus, schlank, aber nicht mager wie sonst alle in der Stadt. Er war so elegant gekleidet wie vor dem Krieg. Er nahm den Hut ab, grüßte und ging zu Katharina.

Die starrte ihn mit offenem Mund an. Dann fuhr sie sich durch die Haare und strich ihren Rock glatt. Meine Güte, sie wollte ihm noch immer gefallen. Auf einmal schnauzte sie ihn an. Sophia verstand ihre Worte nicht, den Ton aber schon.

Sie hängte die Mäntel auf und ging nach oben in ihr ehemaliges Büro. Dort setzte sie sich auf den einzigen Stuhl. Was wollte Joseph hier? Er war verheiratet, also kam er nicht wegen Katharina. Ob er Geld brauchte? Sie lachte. Wohl kaum, so wie er ausschaute. Zudem wusste jeder mit einem Funken Verstand, dass hier nichts zu holen war. Außer dem Kaufhaus. Das stand noch zum größten Teil. Ihr Magen krampfte. Alles, nur das nicht!

Katharina schaute zu ihr herein. „Ich muss mal weg, passt du auf alles auf?"

Sophia nickte. „Viel Spaß."

Katharina schüttelte den Kopf. „Nein, den werde ich nicht haben.“

Sophia folgte ihr nach unten. Lag sie mit ihrem Verdacht richtig? Sie schaute zur Ladentür hinaus. Joseph öffnete ihrer Schwester gerade die Tür eines noblen Automobils. Geld brauchte er wohl nicht.

Am Abend hielten sie eine Familienrunde ab. Sophias Vermutung bestätigte sich. Joseph wollte sein Kaufhaus zurück. Sie legte Katharina die Hand auf die Schulter. „Als hätte er dir nicht genug angetan.“

Maria beugte sich zu ihnen vor. „Rede noch einmal mit ihm.“

Vati schüttelte den Kopf. „Lass dich lieber von ihm auszahlen und dann sparen wir das Geld. Ihr drei könnt bei mir arbeiten, bis ihr genug beisammen habt, um ein neues Kaufhaus zu eröffnen.“

Sophia legte die Hände auf den Tisch und starrte darauf. Verstand denn keiner? Es ging nicht nur um das Kaufhaus und ihre Arbeit. Katharina war verletzt worden und nun trat Joseph noch nach. Das war so demütigend. Wie konnte sie ihr nur helfen?

Tage später tauchte Joseph wieder auf. Katharina strahlte ihn an wie den Weihnachtsmann. Sie mochte ihn noch immer, trotz der gemeinen Forderung. Die beiden gingen nach oben. Als sie zurückkehrten, glühte Katharinas Kopf. Eine tiefe Zornesfalte grub sich über ihre Nase. Katharina verschränkte die Arme vor der Brust, Joseph stürzte zur Tür hinaus.

Sophia kehrte gerade in einer Ecke Schmutz zusammen und winkte mit dem Besen. „Leben Sie wohl, Herr Weiß.“

Katharina schaute sie aus traurigen Augen an, dann erzählte sie, was geschehen war. Vor zwei Tagen schien Joseph damit einverstanden gewesen zu sein, dass sie das Kaufhaus künftig gemeinsam leiteten. Auf einmal aber war er wie ausgewechselt und wollte es alleine führen.

„Bist du verrückt? Wie wird Edgar es wohl finden, wenn du und Joseph zusammen arbeiten?"

Katharina winkte ab. „Davon kann ja keine Rede mehr sein. Joseph wirft mir vor, damals schon nur sein Geld gewollt zu haben."

„Bist du deswegen traurig oder wegen des Kaufhauses?"

„Wegen allem."

Sophia stützte sich auf den Besenstil und fixierte Katharinas Blick. „Liebst du Joseph noch?"

„Ich bin mit Edgar verheiratet und ihn habe ich gerne."

„Das war nicht meine Frage."

„Ja, ich liebe Joseph noch, ärgere mich aber gerade über ihn. Außerdem werde ich Edgar bestimmt nicht wegstoßen, wenn er zurückkehrt."

Damit schien das Thema für Katharina beendet. Sie bat Sophia, im Kaufhaus zu bleiben und ging zur Tür hinaus. Sophia bediente eine Kundin, die einen der Mäntel kaufte. Wenigstens das.

Kurz vor der Mittagspause kam Richard herein. Sie eilte ihm entgegen und küsste ihn. „Wie schön, dich zu sehen."

Er nahm seinen Rucksack ab und holte Brote heraus. „Wollen wir die Mittagspause zusammen verbringen?"

„Steck die Brote wieder ein." Sophia sperrte ab. „Nimm sie mit zum Main."

Die Sonne schien von einem staubgrauen Himmel, der Farbe, die Sophia hasste. Sie setzten sich auf Steine am Ufer. Lichtflecken tanzten über das Wasser, auf das von oben das Käppele und die Festung herabschauten. Die Burg war beschädigt, achtete aber noch auf den Talkessel.

Richard holte die Brote heraus. „Wenigstens hier riecht es nicht nach Staub."

Er reichte eines Sophia. Sie schlang es hinunter, als gäbe es nichts mehr zu essen. Tatsächlich fühlte sie sich nie satt.

Richard verputzte seines auch im Handumdrehen. Danach erzählte sie ihm von Joseph und dem Kaufhaus.

Er hörte zu, schien zu überlegen. „Jemand hat dem Mann etwas Falsches eingeflüstert. Man müsste ihn sich mal zur Brust nehmen."

„Das würde ich machen, ich weiß aber nicht, wie ich an ihn rankommen soll."

„Wohnt er in der Stadt?"

„Das kann ich mir nicht vorstellen."

„Er fährt ein Automobil, oder? Hat er schwarzes Haar und trägt feine Anzüge?"

„Ja. Kennst du ihn?"

„Ich habe ihn vielleicht gesehen, im Haus unserer Nachbarin. Die vermietet Zimmer und da wohnt gerade jemand, auf den die Beschreibung passt."

„Nimm mich heute mit, wenn du heimfährst." Sie musterte ihn. „Moment mal. Es gibt doch kein Benzin, wie kommst du eigentlich nach Hause?"

„Meistens mit einem Mann aus dem Dorf. Der hilft hier freiwillig den Städtern."

Sie grinste. Wie er sie Städter nannte. Als ob er nicht dazugehörte. „Dann fahre ich mit euch. Mal sehen, was Herr Weiß mir zu sagen hat."

Am Abend wartete Sophia am Stadtrand auf Richard. Es dämmerte erst und es kostete sie bereits Mühe, in der Ferne etwas zu erkennen. Meine Güte! Ihre Augen ließen jetzt schon nach, dabei war sie noch jung. Sie vernahm Schritte hinter sich. Richard? Ein Mann mit Hakennase und zusammengewachsenen Brauen ging so nah an ihr vorbei, dass sie seinen Schweiß roch. Entgegen seines finsteren Aussehens grüßte er sie freundlich, ging ein gutes Stück weiter und kehrte mit einem von einem Pferd gezogenen Wagen zurück. Er setzte sich auf den Kutschbock und wartete. Ob das Richards Bekannter war? Sie gab sich einen Ruck und ging zu dem Mann.

„Entschuldigen Sie bitte, fährt Richard Klug mit Ihnen zurück nach Randersacker?"

„So ist es, junge Frau. Wollen Sie auch mit?"

„Ja bitte."

Der Mann winkte ihr aufzusteigen. „Na dann hopp! Rauf mit Ihnen. Ich bin Elmar."

Sie wollte nicht zu ihm auf den Kutschbock und kletterte in den Wagen. Da kam auch endlich Richard heran. Er grüßte und stieg zu ihr hinauf. Dann nahm er sie in die Arme, gab ihr einen Kuss und los ging's.

Es war ein kühler Abend. Sophia fröstelte trotz Strickweste. Richard schien das zu bemerken und nahm sie noch fester in den Arm. Der Wagen ruckelte die Straße

entlang und schüttelte sie durch, dennoch genoss Sophia die Fahrt. Von Richard gewärmt im offenen Wagen zu fahren und endlich Bäume längs des Weges zu
sehen – herrlich! Dann die Weinstöcke. Sie wirkten wie
gelbe und grüne Tupfen auf dem Hang, jetzt im Dämmerlicht zwar etwas blass, aber dennoch ließen die Farben sie wieder hoffen. Irgendwann würde auch Würzburg kein grauer Steinhaufen mehr sein, sondern stolz
seine Bauten präsentieren, die ja zum Teil schon wieder
in die Höhe wuchsen.

Sophia lächelte Richard an und deutete mit dem Kinn
zu Elmar. Der plapperte ohne Luft zu holen – von seinen Hühnern, dem Schwein, wie er Wurst herstellte
und dem Landleben allgemein.

Endlich bremste er sein Pferd mit einem lauten
„Brrr.“

Sie stiegen aus, bedankten sich bei ihm und strahlten,
als er ihnen erklärte, dass er sie am nächsten Morgen
wieder mitnehmen würde.

„Sie sind ein wunderbarer Mensch“, sagte Sophia.

„Sagen Sie das meiner Frau. Die schimpft mich aus,
weil ich nie daheim bin.“

Richard führte Sophia zum Haus seiner Tante, doch
da erspähte sie Joseph. Er saß auf einer Bank vor dem
Nachbarhaus, die Augen geschlossen.

Sophia ging zu ihm. „Guten Abend, Joseph.“

Der zuckte zusammen und schaute auf. „Guten
Abend, Sophia.“

„Entschuldige, ich wollte dich nicht erschrecken. Ich
kann dich doch duzen?“

Er nickte, rutschte zur Seite und bot ihr Platz an. Joseph duftete nach teurem Rasierwasser. Wie lange hatte sie das nicht mehr gerochen? Sie räusperte sich und machte den Mund zum Sprechen auf, da ging das Fenster neben ihnen auf. Eine Frau mit lockigem Haar steckte den Kopf heraus.

„Es wird bald dunkel, Herr Weiß." Sie musterte Sophia. „Dann sperre ich die Haustür ab. Haben Sie Ihren Schlüssel bei sich?"

„Ja, den habe ich."

Die Frau schloss das Fenster wieder. Joseph hob eine Braue. „Ein Wachhund könnte nicht besser auf mich achtgeben."

Sophia grinste und räusperte sich. „Ich wollte dich wegen Katharina sprechen."

„Ja, das dachte ich mir. Sie wird sich ärgern, weil ich mein Kaufhaus wieder zurückhaben will."

„Ich weiß nicht, ob sie sich deswegen ärgert."

Er drehte sich zu ihr. „Sondern?"

„Denk einmal nach." Sie ließ ihm Zeit. Er schwieg. Die Sonne versank hinter den Häusern, es wurde merklich kühler. Sophia fror.

Plötzlich sprang Joseph von der Bank auf. „Ich habe in der Schweiz Freunde und auch hier im Ort einen. Alle sind sich einig darüber, dass Katharina auf das Kaufhaus aus war."

„Das glaubst du doch wohl selber nicht."

„Damals war ich jung und glaubte an die Liebe. Ha! Jetzt bin ich klüger geworden."

„Tatsächlich?"

Er warf ihr einen zornigen Blick zu. „Meine Frau hat sich scheiden lassen und einen Mann gefunden, der vermögender ist als ich. Jetzt erzähl mir du, dass ihr Frauen nicht aufs Geld aus seid!"

„Ich will nicht einmal heiraten. Und Katharina liebt dich, noch immer. Obwohl, wenn ich mir dich so anschaue ..." Sie zog eine Braue hoch.

Er hob die Hand. „Vorsicht, sonst ist das Gespräch hier schnell beendet."

Sophia schwieg. Zugegeben, ein wenig verstand sie ihn. Er hatte eine Enttäuschung erlebt und übertrug sie auf Katharina. Dennoch fand sie das Verhalten ungerecht.

Er setzte sich zu ihr. „Es ist ganz einfach. Wenn ich Katharina wichtiger bin als das Kaufhaus, dann kann es ihr nicht so schwerfallen, sich von ihm zu trennen."

„Ach, wirklich? Damit du zwei Häuser besitzt und sie nichts mehr hat? Das ist dann deine Gerechtigkeit, ja?"

Er schnaubte. „Sie bekäme mich dafür."

„Wie schön! Bloß hat sie schon einen Mann, dessen Haus zerstört ist und der nicht mehr besitzt als sein Leben, wenn überhaupt."

Er schaute Sophia aus großen Augen an. „Ich denke, Katharina liebt mich."

„Ja, aber du hast dein Eheversprechen gebrochen. Wie soll sie dir noch vertrauen? Und nun kommst du her und verlangst auch noch das, was ihr geblieben ist."

„Oh, das klingt, als wäre Katharina eine Heilige und ich der böse Mann. So ist es aber nicht. Du vergisst, dass ich das Kaufhaus aufgeben und das Land verlassen musste."

Sie seufzte. Was sollte sie ihm antworten? Hätte Katharina damals das Kaufhaus nicht übernommen, hätte er jetzt genauso ein Anrecht darauf. Sie stand auf.

„Vergiss nicht, dass sie dich liebt. Setz das diesmal nicht in den Sand."

Er wischte sich über die Augen. „Ich habe niemals aufgehört, an sie zu denken. Meine Ehe war ein einziges Unglück. Katharina aber habe ich geliebt. Als ich sie wiedersah, meldeten sich die Gefühle von einst und es kam mir vor wie damals, als wir uns kennenlernten."

„Dann sag ihr das."

„Was würdest du an meiner Stelle denken? Meine Eltern, ach alle sagten, sie hätte nur das Kaufhaus gewollt, sonst wäre sie doch mit mir mitgegangen."

Sophia setzte sich wieder. So hatte sie damals auch gedacht und das war ihr nun peinlich.

„Du weißt doch, dass sie das Kaufhaus für dich erhalten wollte. Für dich!"

„Dann kann sie es mir ja wiedergeben."

„Bedeutet es dir so viel?"

„Es gehörte meinem Vater. Aber so wichtig ist es mir nicht. Wenn Katharina mich aber wirklich liebt, soll sie es mir beweisen."

„Ein Liebesbeweis durch Verzicht?"

Er nickte. „Ich denke, sie hat das begriffen."

Sophia stand auf. „Viel Glück euch beiden. Ich bin froh, dass ich keine solche Beweise erbringen muss."

„Du hast vielleicht nicht solche Enttäuschungen erlebt."

„Nein. Bloß den Krieg."

„Der blieb mir erspart, das weiß ich. Aber ich möchte meine Zweifel loswerden."

Sophia ging zwei Schritte, drehte sich noch einmal um. „Dann wirf sie doch in den Main." Sie gab auf.

Dann fiel ihr etwas ein. „Sag mal, kann es sein, dass ich dich nach deiner Flucht noch einmal in der Stadt gesehen habe?"

Er nickte. „Ich habe versucht, Jakob zu überreden, in die Schweiz zu ziehen. Ausgerechnet da, als die NSDAP sich im Rathaus breitmachte."

„Nun wohnt Jakob ja im Ausland."

„Ja in der Schweiz, zusammen mit eurem David, nicht mal weit von mir."

Ihr Herz klopfte schneller. „David? Er lebt? Wie geht es ihm?"

„Gut, aber er wünscht sich nach Würzburg zurück, möchte aber Jakob nicht alleine lassen."

„Mein Gott! David geht es gut. Wie wunderbar!" Das war die beste Nachricht überhaupt. Sie wollte so viel fragen und ihm ausrichten lassen, doch ein Kloß schien ihren Hals zu füllen. „Grüß ihn schön", krächzte sie, „wenn du ihn wiedersiehst."

Sie ging hinüber zu Richard und erzählte ihm, dass David lebte und es ihm gut ging. Dann vom Gespräch mit Joseph. Er wiegte den Kopf hin und her. „Seine Gattin muss ihm stark zugesetzt haben, wenn er so verunsichert ist. An sich wirkt er auf mich wie jemand, der weiß, was er will."

„Er will einen Beweis von Katharina. Und stolz wie sie ist, wird sie ihm den liefern."

„Tja, sie werden beide nicht auf dich hören, weil sie einen starken Willen besitzen, also passen sie auch gut zusammen."

„Ich verstehe Joseph nicht."

„Weshalb hat ihn Katharina damals nicht begleitet?"

„Ich weiß nicht." Sie seufzte. „Vielleicht habe ich den beiden dennoch mit dem Gespräch geholfen."

Die Nachricht, dass David gesund und munter in der Schweiz lebte, ließ die ganze Familie aufatmen. Doch das Hin und Her um das Kaufhaus trübte die Freude. Schließlich bestätigte sich Sophias Ahnung. Katharina entschloss sich, Joseph das Kaufhaus zurückzugeben und wollte ihm die Unterlagen persönlich überreichen.

So fuhr sie eines Abends mit Elmar nach Randersacker. Joseph erhielt seine Papiere und schien sich entschuldigt zu haben, wie Sophia Katharinas Erzählungen entnahm. Jedenfalls vertrugen sich die beiden wieder und leiteten kurze Zeit später das Kaufhaus gemeinsam. Sophia ging dennoch weiter ihrer Arbeit nach.

Ab und an sah sie die beiden auch in Randersacker in den Weinbergen spazieren gehen. Richard schien sich eine Bemerkung darüber zu verkneifen, grinste nur frech.

„Sie mögen sich halt", verteidigte Sophia sie. „So wie wir."

Richard schüttelte den Kopf. „Nein, denn Katharina ist nicht frei, so wie du."

Das stimmte. Wie sehr sie ihr endlich das verdiente Glück wünschte.

Ein Jahr später änderte sich alles. Im September 1947 schneite eines Tages Edgar zur Tür der Villa herein. Sie saßen gerade beim Abendessen, als er auf wackligen Beinen, verdreckt und abgemagert zu ihnen torkelte. Maria sprang als Erste auf, schlug die Hände vor den

Mund und half ihm auf die Küchenbank, nachdem ihn alle umarmt hatten. Er aß und ließ sich danach von Katharina ins Bett bringen.

Sie freuten sich alle über seine Rückkehr, gingen an dem Abend seine Erzählung über die Flucht von Frankreich durch, bis Heinz mit Maria und der Kleinen zu Bett ging.

Später redete Sophia noch eine Weile mit Vati über die Zeit, in der er Mama kennengelernt hatte.

„Sie war eine Frau, die Musik und Tanz liebte. Und auch die Männer." Er grinste. „Sie haben sie verehrt, aber sie hat mich gewählt."

„Das hat sie gut gemacht."

„Ja, nicht wahr?" Er lachte. „Na ja, Katharina hat dir ja erzählt, dass sie einen anderen Vater hat."

Sophia nickte. „Ja. Aber ihr wirklicher Vater bist du."

„Ich weiß." Er gähnte. „Ich leg mich schlafen. Gute Nacht."

Sie stand auch auf. Mamas Briefe. Die hatte sie ganz vergessen. Was wohl in Marias stand?

Als hätte sie sie herbeigewünscht, entdeckte sie Maria im Wohnzimmer am Fenster. Als Sophia eintrat, drehte sich Maria um. „Ich kann nicht schlafen."

„Weil Edgar zurück ist?"

Maria zuckte mit den Schultern. „Ist das nicht wunderbar? Jetzt sind wir wieder komplett."

Sophia seufzte. Komplett? Bis auf Sina und ihre Familie, dann David. Emmi, die auf das Land geflüchtet war, so wie Armin, Brigitte, Margarethe und ihre Familie. Vielleicht kamen sie irgendwann zurück.

„Ja, das mit Edgar ist prima. Charlotte scheint ihn auch zu mögen."

Maria zog die Brauen hoch. „Kein Wunder ... ich meine, er ist ja auch nett."

„Und so witzig."

„Mhm."

„Anders als Heinz?"

„Sie sind halt verschieden."

„Nämlich?"

Maria hob die Arme und ließ sie sinken. „Edgar ist witzig, Heinz vernünftig."

„Verstehe." Sophia nickte. Wie sollte sie jetzt die Sprache auf den Brief bringen? Am besten direkt. „Weil Vati und ich gerade über Mama redeten, was stand denn in deinem Brief von ihr?"

Maria versteifte sich. „Das ist so unwichtig wie nur was. Du sollst mich nicht danach fragen!"

Sophia seufzte. „Ich habe halt keinen bekommen."

„Sei froh."

Sophia ging aus dem Zimmer. In der Diele lehnte Heinz, der Vernünftige. Er hatte wohl alles mitangehört.

Sie stieg die Treppe hinauf. In Zukunft würde wohl alles kompliziert werden.

Dann aber änderte sich alles schneller, als sie gedacht hatte. Katharina und Edgar trennten sich kurz nach seiner Rückkehr. Und bald schon heiratete Katharina ihren Joseph. Diesmal schneiderte Sophia ein schlichtes weißes Kleid für sie und die Hochzeit war nicht mehr als der Besuch beim Amt.

Edgar blieb nicht lange alleine, denn Maria ließ sich scheiden und lebte daraufhin mit ihm. Natürlich wohnten sie alle in der Villa. Beim Frühstück rückten sie halt eng zusammen, denn noch immer nahmen sie es in der Küche ein.

Eines Morgens zog sich Sophia für einen Spaziergang mit Richard und Charlotte an. Sie brachte der Kleinen das Zeichnen bei und wollte ihr die unterschiedlichen Blätter der Bäume zeigen. Wenigstens kleine wuchsen wieder im Park. Richard lehnte an der Haustür und wartete. Charlotte hatte eine Tasche mit Block und Stiften umgehängt und setzte ein wichtiges Gesicht auf, als Hilda aus der Küche kam.

„Jetzt hätte ich es beinahe vergessen." Sie trug ein Päckchen mit sich. „Das hat Joseph für dich dagelassen. Er war ja wieder in der Schweiz und hat das für dich mitgebracht."

Joseph besaß sein Kaufhaus dort noch und bezog darüber Ware für das in Würzburg.

Sophia nahm das Paket entgegen, da stockte ihr der Atem, als sie den Absender las. Es war von David, aus der Schweiz.

„Mach es auf!", rief Charlotte.

Sie schaute zur Kleinen. Eigentlich wäre sie dabei lieber alleine gewesen.

Richard nickte ihr aufmunternd zu, also riss sie den Karton auf. Drinnen lag, in Papier gewickelt, ihr Schmuck, den sie einst David mitgegeben hatte. Sie schluckte schwer. Als Charlotte den sah, fasste sie ihn vorsichtig an. „Blaue Anhänger. Die schönste Farbe überhaupt."

Sophia lächelte.

Darunter lag ein Brief von David. Sie öffnete ihn. Es waren nur wenige Zeilen.

Liebe Sophia,

Sie waren immer wie eine Tochter zu mir und nun endlich kann ich für alles danken, was Sie für mich getan haben. Schon als kleines Mädchen ließen Sie es zu, Sie an die Hand zu nehmen und Ihnen die Welt zu zeigen. Ein kleines Wesen, das sich freut, umsorgt zu werden und mir weitete sich das Herz dabei, gebraucht zu werden.

Ich versprach einst, das Geschenk zurückzubringen. Jetzt aber sorge ich für Jakob, der mich braucht wie einst die kleine Sophia. Deswegen sende ich den Schmuck auf diesem Wege mit Dank zurück. Eines Tages werde ich zu meiner Familie nach Würzburg zurückkehren und nach meiner Sophia schauen. Bis dahin wünsche ich mir, dass Sie glücklich lächelnd und mit wachen Augen durchs Leben gehen.

Es grüßt in Liebe

David

Tränen liefen ihr die Wangen herab. Charlotte schaute sie aus großen Augen an, die Finger der linken Hand in den Mund gesteckt. Das machte sie seit den Schrecknissen des Krieges.

Sie strich der Kleinen übers Haar. „Es ist alles gut. Ich weine vor Freude." Da sprang die Kleine zur Haustür hinaus.

Richard kam heran. „Gute Nachrichten?"

Sie legte den Kopf auf seine Schulter. „Ja, ich bin glücklich."

Sophia trat aus der Haustür. Im Vorgarten stritten Spatzen zwischen den Bohnenstängeln um einen Wurm. Charlotte zog vorsichtig den ausgestreckten

Arm aus den Johannisbeerbüschen. Hatte sie von den Beeren genascht? Sie lachte. Sophia trat zu ihr. Ein Marienkäfer krabbelte über den Handrücken der Kleinen. Das Leben kam wieder ins Lot.

EPILOG

Würzburg, 1963

Sophia wusch den Pinsel aus, trocknete sich die Hände an ihrem Malerkittel ab und trat zwei Schritte zurück. Nur mit dem nötigen Abstand hatte sie ihr gesamtes Gemälde im Blick.

„Ja, so passt es!" Sie legte den Kopf schräg. „Von der Mauer im Hintergrund ist nicht mehr viel zu sehen."

Das Werk vervollständigte die Reihe ihrer Gemälde, die provozierten, wie Evelyn behauptete. Richtig! Das sollten sie auch! Solange Sie in deren Galerie in Frankfurt ihren Platz fanden, erfüllten sie ihren Zweck. Ginge es nach Sophia, durfte die ganze Welt die Gemälde betrachten und sich provozieren lassen. Hauptsache die Betrachter nahmen sie wahr und dachten darüber nach, was Sophia darauf zeigte und was gerade hier im Lande geschah.

Sie schluckte. Würden ihre Gemälde überhaupt provozieren und etwas bewirken? Konnten das Kunstwerke? Werke einer einzelnen Künstlerin, die unter einem fremden Pseudonym arbeitete? Sie schüttelte die Gedanken weg. So durfte sie nicht denken! Sie wusste doch am besten, was ein einzelner Mensch zu leisten vermochte. Die Tür des Ateliers öffnete sich knarzend, Richard trat ein. „Mit wem sprichst du?"

„Siehst du noch jemanden hier drinnen, außer mir?"
Sie schüttelte den Kopf. Wann hatte sie damit begonnen, Selbstgespräche zu führen?

Richard lachte, legte dann den Arm um ihre Schultern. Er starrte auf das Gemälde. „Es ist großartig. Jetzt schon."

Sophia lächelte. Einzig beim Malen vermochte sie sich zu erholen, selbst wenn sie so schwierige Themen verarbeitete wie in der aktuellen Reihe, politische Themen. „Die Gesichter fehlen noch."

„Hm." Wie meist drückte er den Zeige- und Mittelfinger an die linke Schläfe. „Du hast den Galgen gut herausgearbeitet, die Faust ebenso, die Peitsche, die Flammen, die Handschellen. Ich finde es auch grandios, dass alles ineinanderzufließen scheint, es aber doch einzeln gut zu erkennen ist." Er drehte sich zu ihr. „Das ist dein Stil, so malst nur du."

Durch das große Fenster fiel helles Sonnenlicht direkt auf sein Gesicht und blendete ihn. Er drehte sich etwas zur Seite und das war schade. Denn für einen Augenblick schien er von innen heraus zu leuchten, schaute genauso aus, wie sie sich als Kind Engel vorgestellt hatte. Sie ging zu ihm und gab ihm einen Kuss. Wie gut er duftete, nach Rasierwasser, nach Seife und nach Farbe, weil er nebenan an seinen Werken gearbeitet hatte. Sie fuhr ihm über die stoppelige Wange, dann hoch über die graue Schläfe und über sein weiches Haar. Die ergrauten Schläfen standen ihm gut, wie auch die Falten um die Augen und die von der Nase zum Mund. Während sie sich über jedes neue Fältchen im Gesicht ärgerte, ließen sie ihn markanter wirken und das war anziehend. Warum malte sie ihn nicht einmal? Als Engel womöglich. Sie wandte sich dem Gemälde zu, deutete mit dem Pinsel darauf. „Die Gesichter dürfen nicht fehlen! Eines öffnet den Mund zum Schrei, eines presst die Lippen zusammen, beim Dritten fließt eine Träne aus dem Auge."

Richard schüttelte den Kopf. „Mach das nicht. Das ist zu offensichtlich." Er nahm die Hand von ihrer Schulter und warf ihr einen ernsten Blick zu. „Deute nur ein Gesicht an und gib ihm einen verzweifelten Ausdruck. Lass nur die Augen sprechen, nicht mehr. Verstehst du?"

Sie nickte. Er hatte recht. „Ja, das mache ich. Und farblich werde ich das Gesicht im Blau der Peitsche andeuten."

„Großartig."

„Verrückt, nicht wahr? Jetzt wünsche ich den Menschen, wieder ins Land zu gelangen."

Richard nahm seine Brille ab und putzte sie. „Ja, jetzt gilt es eine Mauer aus Stein zu überwinden. Damals hatten die Menschen Herzen und Hirne aus Stein."

„Zum Glück nicht alle."

Er umarmte sie. „Ja, zum Glück nicht. Aber jetzt machst du eine Pause."

Sie drehte sich zum Fenster. „Aber das Licht …"

„…ist morgen wieder da." Er ließ die Arme sinken. „Komm! Wir gehen in den Weinbergen spazieren."

Sie stampften einen steilen Weinberg hoch, Richard voraus, sie schnaufend hinterher. Seit seine Lunge so gut wie ausgeheilt war, spazierte er täglich durch die

Weinberge, selbst bei Schnee und Regen. Sie blieb stehen und holte tief Luft. Wann hatte ihre Kondition derart nachgelassen? Richard drehte sich um, reichte ihr die Hand und zog sie bis auf den obersten Weg hinauf. „Erschöpft?“

Sie holte tief Luft. „Wo denkst du hin? Ich lasse mir lediglich Zeit und genieße die Landschaft.“

„Die Weinstöcke, die wie Soldaten in Reih‘ und Glied stehen?“

„Jetzt verdirb mir nicht die Laune!“ Sie holte noch einmal tief Luft und machte eine weitausholende Bewegung. „Ich freue mich über das frische Grün an den Bäumen und Büschen, das funkelnde Wasser unten im Main, den strahlend blauen Himmel ...“

„Schon gut.“ Er zog sie mit sich. „Komm! Ich will dir was zeigen.“

Mit großen Schritten ging er Richtung Stadt, Sophia kam kaum hinterher. „Ich vermute, du verrätst mir nicht, was du mir zeigen möchtest?“

Er grinste. „Richtig. Da wäre die ganze Überraschung dahin.“

Als sie die ersten Häuser der Stadt erreichten, traute Sophia ihren Augen nicht. Aus einem dunklen Hinterhof trat Maria heraus, mit roten Wangen und einem Lächeln, als habe sie einen Kampf gewonnen. Sie grüßte und strich sich übers Haar. „Was verschlägt euch denn hierher?“

Sophia hakte sich bei Richard unter. „Bist du die Überraschung?“

Maria zog eine Braue hoch. „Wie bitte?“

„Nein, nein." Richard streckte Maria die Hand entgegen, die sie schüttelte. „Ich habe Sophia eine Überraschung versprochen, deshalb fragt sie. Aber wo kommst du denn her?"

„Das wüsste ich auch gerne", sagte Sophia. „Ich dachte, du arbeitest."

Marias Lächeln wurde breiter. „Ich habe nur jemandem etwas gebracht."

Maria drehte ihr Gesicht zur Seite, als ob es ihr lästig sei, mit ihnen zu reden. Merkwürdig. Seit wann lieferte sie Ware aus? Oder ging es um etwas Privates?

Sie schwiegen alle drei. Sophia hakte sich bei Richard aus und legte ihre Hand auf Marias Arm. „Ist alles in Ordnung?"

„Ja, natürlich. Ich muss jetzt los. Wir sehen uns ja heute Abend, oder?"

Richard verneinte. „Ich muss noch einen Auftrag fertigbekommen. Aber zum nächsten Familienessen komme ich ganz bestimmt."

Da reichte ihm Maria die Hand. „Dann bis zum nächsten Mal. Tschüss, ihr beiden."

Sie eilte in Richtung der Bushaltestelle.

Sophia fuhr sich über die Stirn. Irgendetwas stimmte da nicht. „Maria wirkte nicht, als habe sie nur etwas abgegeben."

Richard zuckte mit den Schultern. „Und wenn schon! Sie kann ihre Angelegenheiten gut alleine regeln."

„Die Sorgen meiner Schwestern ..."

„... sind auch die deinen. Ich weiß. Aber gerade Maria behält doch immer den Überblick über alles und jedes."

Sophia warf einen Blick zu beiden Seiten der Straße. Hier wohnte bestimmt keine Bekannte ihrer Schwester. Vielleicht hatte sie doch einer Kundin etwas gebracht? Aber dazu passte es nicht, dass Maria ausgesehen hatte, als hätte sie einen Wettkampf gewonnen. „Wenn deine Schwester darüber reden will, wird sie es tun.“

Am besten war es, wenn sie jetzt schwieg. Sie würde Maria unterstützen, wenn sie sie brauchte. Wozu waren schließlich große Schwestern da? Auch, wenn Richard stets meinte, sie solle sich aus dem Leben anderer heraushalten, vermochte sie das nicht, hatte es auch noch nie gekonnt. Stets wuchs das Bedürfnis in ihr, zu helfen, sobald sie auf Menschen traf, die in Not gerieten. Dann versuchte Richard meistens, sie zu bremsen, sie ruhig zu halten, wie er es nannte. Er erinnerte sie dann an ihren hohen Blutdruck. In solchen Augenblicken interessierte der sie so viel wie ein Fliegenschiss am Fenster. Wichtig war einzig der Mensch in Not. Aber diese Diskussionen ermüdeten sie wie Musik im Radio. Deswegen holte sie tief Luft. „Die Überraschung wartet.“

„Richtig!“ Richard führte sie auf die gegenüberliegende Straßenseite. „Es ist nicht mehr weit.“

Sie nahm seine Hand. Wie nett von ihm, dass er sie überraschte und wie ungerecht von ihr, dass sie sich nicht darauf freute, nicht, nachdem sie Maria hier angetroffen hatte. Ob es um Charlotte ging? Hatte sie Streit in der Schule oder mit einer ihrer Freundinnen? Nein, bestimmt nicht. Charlotte schlichtete eher Streitigkeiten, bevor sie welche begann, ganz wie Maria.

Richard stupste sie an. „Hör auf zu grübeln! Deine Schwester weiß, was sie tut."

„Auch kluge Menschen haben Probleme."

„Die hat Maria bestimmt, aber sie hat sie im Griff." Er strich sein Haar aus der Stirn. „Edgar behandelt Maria doch immer wie ein wertvolles Schmuckstück."

„Ja, das ist richtig." Sophia schluckte. Leider legte keiner im Alltag ein wertvolles Schmuckstück um.

Richard riss sie aus ihren Gedanken, weil er stehen blieb und an die Tür eines Häuschens klopfte, an dem der Putz abblätterte. Die Tür schwang auf, der Duft nach gekochtem Kohl stieg ihnen in die Nase. Ein junger Mann mit schwarzem, über die Ohren wachsendem Haar, aus der Hose hängendem, ausgewaschenen Hemd und einer an den Knien abgewetzten braunen Cordhose stand im Türrahmen. Aus zusammengekniffenen Augen musterte er sie. „Ja?"

„Guten Abend", grüßte Richard.

„Es ist noch lange nicht Abend. Unsereins hat noch viel zu tun."

Richard streckte ihm die Hand hin. „Ich bin Richard, der Mann, mit dem Sie letzte Woche über das Moped geredet haben."

Der Mann wischte seine an der Hose ab und schüttelte dann Richards Hand. „Stimmt. Das habe ich. Und? Wollen Sie es?"

„Ich müsste es vorher einmal anschauen."

Der Mann rief ins Haus: „Bin mal draußen." Dann schloss er die Tür und winkte ihnen, ihm zu folgen. Er führte sie um das Haus herum in einen dunklen Hof, der von drei weiteren zweistöckigen Häusern umschlossen war.

Der Mann schien Sophias Blicken zu folgen. „Ja, so schaut es aus, wenn Große etwas Kleines umzingeln. Schöner wäre es, wenn alle gleich wären, nicht wahr?"

Das Häuschen schien sich wirklich im Schatten der höher Gebauten zu ducken, dennoch brauchten Würzburgs Einwohner Wohnraum. Sie schluckte eine Erwiderung hinunter.

Er stand mit in die Hüften gestemmten Händen da, die Augenbrauen zusammengeschoben und die Lippen zusammengepresst. Sie würde sich auf keine Diskussion mit ihm einlassen, Richard zuliebe nicht. Schließlich wollte er ihr eine Freude bereiten und offenbar ging es um ein Moped.

„Und wo haben Sie das gute Stück?", fragte er.

Die Frage riss den Mann aus seiner gereizten Stimmung. „Ich bin Paul und du kannst mich duzen." Er deutete zu einer Treppe, die wohl in den Keller führte. „Ich habe es untergestellt, damit es geschützt ist."

Er stieg die Treppe hinab und schob dann ein Moped hoch, stellte es vor Richard ab und holte tief Luft. „Die Honda habe ich mir vor zwei Jahren gekauft. Jeden Tag bin ich mit ihr hin und zurück zur Arbeit."

Es war ein rotes Moped mit einer grauen Sitzbank. Im untergehenden Sonnenlicht funkelte das Metall, als habe Paul es gerade poliert. Vielleicht hatte er das auch, denn das Fahrzeug schaute aus wie neu. Richard warf ihr einen strahlenden Blick zu, der ihr Tränen in die Augen drückte. Wie hatte er sein früheres Moped geliebt, auf dem sie den Weg zwischen ihrem Zuhause und seinem so oft zurückgelegt hatten! Sie, stets eng an ihn geschmiegt und sich wie als kleines Mädchen auf

Vatis Schoss gefühlt. Und nun wollte er ihr eine Fahrt zusammen mit ihm darauf ermöglichen?

Sie fasst nach Richards Hand. „Es schaut wunderschön aus." Sie wandte sich an Paul. „Und das dürfen wir uns für eine Fahrt ausleihen?"

„Ausleihen?" Paul zog die Brauen hoch und wandte sich an Richard. „Ich denke, ihr wollt es kaufen?"

Richard nickte, ließ Sophias Hand los und umrundete das Moped, dann ging er in die Hocke und strich über den Tank. „Wirklich! Es steht da wie neu."

Paul nickte. „Ja, ich habe es gut behandelt. Keinen Kratzer, nichts! Und der Tank ist noch halbvoll."

Richard richtete sich auf. „Wir nehmen es."

Paul starrte seine Schuhspitzen an und schwieg. Augenscheinlich fiel es ihm schwer, sich von dem Moped zu trennen und er brauchte es ja wohl auch für seinen Arbeitsweg. Sophia wandte sich an ihn. „Warum willst du es verkaufen?"

In dem Augenblick holte Richard einen Umschlag aus seiner Hosentasche und drückte ihn Paul in die Hand. „Zähl nach."

Paul kam der Aufforderung nach, nickte, steckte den Umschlag ein. „Wünsche euch viel Spaß damit." Dann wandte er sich an Sophia. „Unsereiner verkauft es, weil die Frau ein Kind bekommt und man das ernähren muss. So ist das!"

Richard schob das Moped über den Hof, Sophia folgte ihm. Sie hätte vieles dazu sagen können, aber wieder schluckte sie die Worte hinunter, Richard zuliebe.

Als aber Paul ihnen hinterherrief, „Am besten wir machen uns nach drüben ab, da haben alle gleich viel!", da reichte es ihr. Sie machte auf dem Absatz kehrt, um ihm ihre Meinung zu sagen, doch Richard stoppte sie. „Lass es sein! Bitte!"

Also atmete sie die Provokation weg. Richard startete das Moped, nahm auf der Sitzbank Platz und lächelte sie an. Sie stieg hinter ihm auf, schmiegte sich an ihn und losging's. Wie früher fuhren sie zwischen Stadt und Randersacker hin und her. Sie lehnte ihren Kopf an Richards Rücken, während sie alle Gedanken, alle Gefühle dem Wind überließ.

Erst als sie später mit dem Auto zu ihrem Elternhaus fuhr, schmerzte sie die Begegnung mit Paul. Nicht die Provokationen, aber der Umstand, dass er sein geliebtes Fahrzeug verkaufen musste. Ihm würde Richard helfen, so viel war klar. Er würde ihm auf einem Weg das Moped wieder zukommen lassen, auf dem er nicht sein Gesicht verlor. Dennoch gab es noch zu viel Not in der Stadt und im ganzen Land, noch zu viel Arbeit für Richard und sie.

Als sie in die Rottendorferstraße bog, spazierten diese gerade Charlotte zusammen mit Simon hinauf. Also wartete sie auf die beiden vor dem Haus. Simon hatte ein Problem mit seinen Eltern, nicht zum ersten Mal. Sowohl Katharina als auch Joseph versuchten ihn, zum zukünftigen Geschäftsführer des KAWAs zu erziehen. Der Junge aber übernahm das Gedankengut der Jugend, den Wunsch sich aufzulehnen gegen alles, was die vorige Generation für gut befand. Sophia grinste. Es war doch großartig, wenn Menschen rebellierten, denn dann übernahmen sie nicht alles Gegebene und duldeten es, sondern dachten über Änderungen nach.

Nachdem schließlich Simons Problem geklärt war und die gesamte Familie sich das gemeinsame Essen hatte schmecken lassen, fand Sophia endlich die Gelegenheit, Maria für einen Augenblick alleine zu sprechen.

Sie folgte ihr in den Garten hinaus. Wie früher lehnte sich ihre kleine Schwester an den Stamm des Nussbaumes und schaute hoch zu den Sternen. „Was für ein schöner Abend."

„Ja, ich liebe die Familientreffen auch." Sophia holte tief Luft. „Und liebte sie noch mehr, wenn es keine Probleme zu lösen gäbe."

Maria lächelte. „Das Leben ist eine Aneinanderreihung von Geschichten. Ohne Konflikte gäbe es keine Geschichten."

„Das wäre langweilig."

„Ja, wir sind ständig damit beschäftigt, die Langeweile zu bekämpfen."

Sophia stellte sich neben Maria und nahm ihre Hand. „Welchen Konflikt hast du heute bekämpft?"

Da lachte Maria. „Heute habe ich einem die Spitze abgesägt und die Langeweile eingeladen. Sie wird nicht lange bleiben, aber mir wenigstens eine Verschnaufpause gönnen."

„Maria! Du musst dir nicht alles gefallen lassen."

„Das tue ich doch nicht!" Sie reckte die Brust heraus. „Aber meinen Spaß will ich auch bei allem haben."

Jemand kam durch den dunklen Garten auf sie zu. Edgar! Er warf einen Zigarettenstummel weg und trat ihn aus. „Da bist du, meine Königin." Er streckte die Hand nach Maria aus. „Du warst den ganzen Nachmittag weg. Ich habe dich schon vermisst."

Maria grinste ihn an. „Keine Sorge! Du wirst künftig wieder viel Zeit mit mir verbringen."

Er räusperte sich. „Ist das so?"

„Ja, mein Schatz."

„Lass uns zu den anderen gehen." Edgar zog sie mit sich. „Simon will etwas auf der Gitarre vorspielen."

Sophia schüttelte den Kopf. Ein seltsames Paar. Ihr würden Edgars Tändeleien mit anderen Frauen auf die Nerven gehen, doch Maria war anders. Sie nahm sie hin und schien auch noch Spaß daran zu finden. Sie selbst brauchte einen Mann, bei dem sie sich frei fühlte, bei dem sie atmen konnte. Und das war Richard.

DANKSAGUNG

Herzlichen Dank dem dp Verlag-Team und meiner Agentin Alisha Bionda. Auf viele neue gemeinsame Projekte!
Einen lieben Dank an Astrid Rahlfs für das Lektorat und die netten Worte dazu.
Ich danke meiner Familie für jegliche Unterstützung.
Lieben Dank an Denise Fiedler und Gregor König für alle Hinweise und Burt Kühne für die geduldige Unterstützung.

Danke an alle Leser und Leserinnen für euer Interesse und die aufmunternden Worte!

Herzlichst
Mila Sommerfeld